Seis grullas

Literatura Fantástica

Elizabeth Lim

Seis grullas

Traducción de Alvaro Garat

minotauro

Título original: *Six Crimson Cranes*

Publicación por acuerdo con Random House Children's Books,
una división de Penguin Random House LLC

Adaptación de la cubierta: Booket / Área Editorial Grupo Planeta a partir de la idea original de Lydia Blagden © Hodder & Stoughton
Ilustración de la cubierta: © Kelly Chong
Primera edición en Colección Booket: julio de 2024

Depósito legal: B. 11.546-2024
ISBN: 978-84-450-1802-6
Impresión y encuadernación: CPI Black Print
Printed in Spain - Impreso en España

Biografía

Elizabeth Lim creció en la bahía de San Francisco, donde se crio rodeada de cuentos de hadas, mitos y canciones. Antes de convertirse en autora, Elizabeth era compositora profesional de películas y videojuegos, y todavía suele tener las mejores ideas para sus libros cuando escribe cerca de un piano. Es exalumna de la Universidad de Harvard y la Academia Juilliard, ahora reside en Nueva York con su marido y sus dos hijas. Es autora de la aclamada bilogía *Blood of Stars*, así como colaboradora de la serie *A Twisted Tale*, bestseller de *The New York Times*.

A Charlotte y Olivia, por ser mi mayor aventura.
Son mis alegrías, mis maravillas y mis amores.

LOR

YAN
A

CAPÍTULO 1

El fondo del lago sabía a barro, sal y arrepentimiento. El agua era tan densa que mantener los ojos abiertos era una agonía, pero gracias a los dioses que lo hice. Si no, me hubiese privado de ver al dragón.

Era más pequeño de lo que había imaginado. Del tamaño de un bote de remos, con brillantes ojos de rubí y escamas verdes como el jade más puro. No se parecía en nada a las bestias del tamaño de una aldea que contaban las leyendas que eran los dragones, tan grandes como para tragar barcos de guerra enteros.

Se acercó nadando hasta que sus redondos ojos rojos estuvieron tan cerca que reflejaron los míos.

Estaba observando cómo me ahogaba.

—Ayuda —le supliqué. Se me agotaba el aire y apenas me quedaba un segundo de vida, antes de que mi mundo se plegara sobre sí mismo.

El dragón me miró, levantando la ceja plumosa. Por un instante, me atreví a esperar que me ayudara. Pero rodeó mi cuello con la cola, quitándome el último aliento. Y todo se volvió oscuro.

Mirando en retrospectiva, sin duda no debí haberles comentado a mis criadas que iba a saltar al lago Sagrado. Solo lo dije porque el calor de esa mañana era insufrible —hasta los arbustos de crisantemos se habían marchitado—, y los pájaros que volaban por encima de los árboles de cítricos estaban demasiado acalorados para cantar. Sin mencionar que sumergirme en el lago parecía una opción perfectamente sensata para no tener que asistir a mi ceremonia de compromiso o, como me gustaba llamarla, el lúgubre fin de mi futuro.

Por desgracia, mis sirvientas me creyeron, y la noticia llegó muy rápido a oídos de Padre. En cuestión de minutos, envió a uno de mis hermanos a buscarme, junto a un séquito de guardias de rostro severo.

Así que aquí estaba yo, siendo conducida a través de los pasillos de palacio, en el día más caluroso del año. Hacia el fin de mi futuro.

Mientras seguía a mi hermano por otro pasillo bañado por el sol, jugaba con mi manga, fingiendo que cubría un bostezo mientras me asomaba al interior.

—Deja de bostezar —me reprendió Hasho.

Dejé caer el brazo y volví a bostezar.

—Si los suelto todos ahora, no tendré que hacerlo delante de Padre.

—Shiori…

—Prueba a que te despierten al amanecer para que te cepillen el pelo mil veces —contesté—. Intenta caminar con tanta seda encima. —Levanté los brazos, pero las mangas me pesaban tanto que apenas podía mantenerlas levantadas—. Mira todas estas capas, podría equipar un barco con velas suficientes para cruzar el mar.

El rastro de una sonrisa tocó la boca de Hasho.

—Los dioses están escuchando, querida hermana. Si sigues quejándote así, tu prometido tendrá una marca de viruela por cada vez que les faltes al honor.

Mi prometido. Cualquier mención de él me entraba por un oído y me salía por el otro, mientras mi mente se desviaba hacia pensamientos más agradables, como engatusar al cocinero de palacio para que me diera su receta de pasta de alubias rojas, o mejor aún, embarcarse en un navío y viajar por el mar de Taijin.

Al ser la única hija del emperador, nunca se me había permitido ir a ningún sitio y, menos aún, viajar fuera de Gindara, la capital. En un año, sería demasiado vieja para una escapada así. Y demasiado casada.

La indignación que me generaba me hizo suspirar en voz alta.

—Entonces estoy condenada, será horrible.

Mi hermano se rio y me empujó hacia delante.

—Vamos, no te quejes más. Ya casi llegamos.

Puse los ojos en blanco. Hasho empezaba a sonar como si tuviera setenta años, no diecisiete. De mis seis hermanos, él era el que más me gustaba: era el único con un ingenio tan agudo como el mío. Pero desde que empezó a tomarse tan en serio lo de ser príncipe y a malgastar ese ingenio en partidas de ajedrez en lugar de travesuras, había ciertas cosas que ya no podía contarle.

Como lo que guardaba dentro de mi manga.

Un cosquilleo subió por mi brazo y me rasqué el codo. Solo para estar segura, pellizqué la amplia abertura de mi manga cerrada. Si Hasho supiera de lo que escondía bajo sus pliegues, yo no viviría para contarlo.

Ni él ni Padre me dejarían vivir.

—Shiori —susurró Hasho—. ¿Qué le pasa a tu vestido?

—Pensé que manché la seda —mentí, fingiendo frotar una mancha en la manga—. Hoy hace mucho calor. —Hice ademán de mirar las montañas y el lago—. ¿No te gustaría que estuviéramos fuera nadando en lugar de ir a una ceremonia aburrida?

Hasho me miró con desconfianza.

—Shiori, no cambies de tema.

Incliné la cabeza, haciendo lo posible por parecer arrepentida, y me ajusté la manga con disimulo.

—Tienes razón, Hermano. Es hora de que crezca. Gracias por... por... —Otro cosquilleo me rozó el brazo y me di una palmada en el codo para amortiguar el sonido. Mi secreto estaba cada vez más inquieto y hacía que la tela de mi túnica se ondulara—. Por acompañarme a conocer a mi prometido. —Terminé de hablar rápido.

Me apresuré a dirigirme a la sala de audiencias, pero Hasho me tomó de la manga, la levantó en alto y la sacudió con fuerza. Salió disparado un pájaro de papel tan pequeño como una libélula e igual de rápido. Desde lejos, parecía un gorrión, con un punto rojo tinta en la cabeza, y revoloteó desde mi brazo hasta la cabeza de mi hermano, batiendo salvaje sus delgadas alas mientras se cernía frente a su cara.

Hasho se quedó boquiabierto, y los ojos se le abrieron de par en par.

—¡Kiki! —susurré con urgencia, abriendo la manga—. ¡Vuelve adentro!

Kiki no obedeció. Se posó en la nariz de Hasho y la acarició con un ala para demostrarle su afecto. Mis hombros se relajaron; a los animales siempre les gustaba Hasho, y estaba segura de que Kiki le encantaría como me había encantado a mí.

Entonces mi hermano se llevó las manos a la cara para atraparla.

—¡No le hagas daño! —grité.

Kiki voló, evitando por poco sus garras. Rebotó contra los postigos de madera de las ventanas, buscando una que estuviera abierta mientras se alejaba cada vez más por el pasillo.

Empecé a perseguirla, pero Hasho me agarró, sujetándome hasta que mis zapatillas patinaron contra la madera susurrante.

—Déjala —me dijo al oído—. Hablaremos de esto más tarde.

Los guardias abrieron de golpe las puertas, y uno de los ministros de Padre me anunció:

—La princesa Shiori'anma, la más pequeña, la única hija del emperador Hanriyu y la difunta emperatriz.

En el interior, mi padre y su consorte, mi madrastra, estaban sentados a la cabeza de la cavernosa cámara. El aire zumbaba con impaciencia, los cortesanos doblaban y volvían a doblar sus pañuelos húmedos para limpiarse las sienes transpiradas. Vi las espaldas de lord Bushian y su hijo, mi prometido, arrodillados ante el emperador. Solo mi madrastra se fijó en mí, congelada en el umbral. Inclinó la cabeza hacia un lado, y sus pálidos ojos se clavaron en los míos.

Un escalofrío me recorrió la espalda. Tuve el repentino temor de que, si seguía adelante con la ceremonia, me volvería como ella:

fría, triste y solitaria. Peor aún, si no encontraba a Kiki, alguien más podría hacerlo, y mi secreto llegaría a papá…

Mi secreto: que le había insuflado vida a un pájaro de papel con magia.

Magia prohibida.

Me alejé de las puertas y empujé a Hasho, que estaba demasiado asustado para detenerme.

—¡Princesa Shiori! —gritaron los guardias—. ¡Princesa!

Me despojé de mi chaqueta ceremonial mientras corría tras Kiki. Los bordados pesaban tanto como la armadura de un centinela, y liberar mis hombros y brazos de su peso fue como si me salieran alas. Dejé el charco de seda en medio del vestíbulo y salté por una ventana al jardín.

El resplandor del sol era fuerte, y entrecerré los ojos para no perder de vista a Kiki. Atravesó el huerto de cerezos y pasó por delante de los cítricos, donde su frenético vuelo hizo que los milanos estallaran desde las ramas.

Tenía la intención de dejar a Kiki en mi habitación, escondida en un joyero, pero había batido las alas y golpeado contra su prisión con tanta fuerza que temí que un sirviente la encontrara mientras yo estaba en la ceremonia.

Mejor tenerla conmigo, había pensado.

—¿Prometes ser buena? —le había preguntado.

Kiki movió la cabeza, lo que había tomado como un sí.

No era así.

Que me llevaran los diablos, ¡tenía que ser la más idiota de Kiata!

Pero no me culparía por tener corazón, incluso para un pájaro de papel.

Kiki era *mi* pájaro de papel. Con mis hermanos cada vez más mayores y siempre ocupados con sus deberes de príncipe, me había sentido sola. Pero Kiki me escuchaba y guardaba mis secretos, y me hacía reír. Cada día estaba más viva, era mi amiga.

Tenía que recuperarla.

Mi pájaro de papel aterrizó en medio del lago Sagrado, flotando en sus aguas tranquilas con una calma imperturbable, como si no hubiera trastocado toda mi mañana.

Cuando llegué a ella ya estaba jadeando. Incluso sin la capa exterior, mi vestido era tan pesado que apenas podía recuperar el aliento.

—¡Kiki! —exclamé mientras lanzaba un guijarro al agua para llamar su atención, pero ella se limitó a flotar más lejos—. No es el momento de jugar.

¿Qué iba a hacer? Si se descubría que tenía talento para la magia, por pequeño que fuera, me expulsarían de Kiata para siempre, un destino mucho peor que tener que casarme con un lord sin rostro de tercera categoría.

Apresurándome, me quité las zapatillas, sin molestarme en despojarme de la túnica.

Me lancé al lago.

Para ser una chica obligada a quedarse en casa practicando caligrafía y tocando la cítara, era una gran nadadora. Tenía que agradecérselo a mis hermanos; antes de que crecieran, solíamos escabullirnos a este mismo lago para bañarnos en las tardes de verano. Conocía estas aguas.

Avancé hacia Kiki, con el calor del sol que me picaba en la espalda, pero ella se hundía más en el agua. Los pliegues de mi vestido me envolvían con fuerza, y las faldas se me pegaban a las piernas cada vez que pataleaba. Empecé a cansarme, y el cielo se desvaneció mientras el lago tiraba de mí para sumergirme.

Me ahogué y luché por salir a la superficie. Cuanto más luchaba, más rápido me hundía. Las espirales de mi largo pelo negro flotaban a mi alrededor como una tormenta. El terror se apoderó de mis entrañas, y me ardió la garganta, con el pulso retumbando locamente en mis oídos.

Desabroché el ceñidor dorado que cubría mi túnica y tiré de mis faldas, pero su peso me hizo bajar y bajar, hasta que el sol no fue más que una tenue perla de luz que brillaba muy por encima de mí.

Finalmente, me liberé de las faldas y me impulsé hacia arriba, pero estaba muy abajo. No había forma de volver a la superficie antes de quedarme sin aliento.

Iba a morir.

Batiendo furiosamente las piernas, luché por conseguir aire, pero fue inútil. Intenté que no cundiera el pánico. El pánico solo haría que me hundiera más rápido. Lord Sharima'en, el dios de la muerte, venía por mí. Adormecería el ardor de mis músculos y el dolor que se hinchaba en mi garganta. Mi sangre comenzó a helarse, los párpados se me empezaron a cerrar.

Fue entonces cuando vi al dragón.

Al principio pensé que era una serpiente. Nadie había visto un dragón en siglos, y desde lejos, parecía una de las mascotas de mi madrastra. Al menos hasta que vi las garras.

Se deslizó hacia mí, acercándose tanto que podría haberle tocado los bigotes, largos y finos como pinceladas de plata. Tenía la mano extendida, y sobre su palma, apretada entre dos garras, estaba Kiki.

Por un instante, cobré vida. Batiendo las piernas, traté de alcanzarlo. Pero no me quedaban fuerzas. Estaba sin aliento. Mi mundo se encogía, todo el color se desvanecía.

Con un brillo travieso en los ojos, el dragón cerró la mano. Su cola me envolvió por detrás y me rodeó el cuello.

Y mi corazón latió por última vez.

CAPÍTULO 2

—Una… una serpiente. —Oí que Hasho tartamudeaba. No sabía mentir—. Vio una serpiente.

—¿Así que corrió hasta el lago? No tiene sentido.

—Bueno… —Hasho vaciló—. Ya sabes lo mucho que odia a las serpientes. Pensó que podría morderla.

Me dolía la cabeza como si tuviera una tormenta en su interior, pero parpadeé con un ojo entreabierto, observando a mis dos hermanos mayores, Andahai y Benkai, junto a mi cama. Hasho estaba en una esquina del cuarto, mordiéndose el labio.

Cerré el ojo. Tal vez si pensaban que seguía durmiendo, se irían.

Pero, maldita sea, Hasho se dio cuenta.

—Mira, se está moviendo.

—Shiori —dijo Andahai con severidad, su cara alargada se cernía sobre mí. Me sacudió los hombros—. Sabemos que estás despierta. ¡Shiori!

Tosí, con el cuerpo encogido por el dolor.

—Basta, Andahai —advirtió Benkai—. ¡Basta!

Mis pulmones seguían ardiéndome, ávidos de aire, y mi boca sabía a tierra y sal. Tragué el agua que me ofrecía Hasho y luego me forcé a sonreírles a mis hermanos.

Ninguno me devolvió la sonrisa.

—Te perdiste la ceremonia de los esponsales —me reprendió Andahai—. Te encontramos en la orilla, medio ahogada.

Solo mi hermano mayor era capaz de regañarme por haber estado a punto de morir. *Casi me muero*, me repetí a mí misma, con los dedos volando hacia mi cuello. El dragón lo había apretado con la cola, como si quisiera ahogarme. Pero no sentí ninguna magulladura ni tampoco vendas. ¿Me había salvado? Lo último que recordaba era haber visto dos ojos de rubí y una sonrisa torcida. No recordaba haber subido a la superficie y no podía haber flotado por mi cuenta…

Unas alas revolotearon contra mi pulgar y, de repente, fui consciente de mi otra mano, oculta bajo las mantas.

Kiki.

¡Gracias a las Cortes Eternas! Estaba un poco empapada, como yo. Pero viva.

—¿Qué pasó, Shiori? —preguntó Andahai.

—Dale un momento —ordenó Benkai. Se agachó junto a mi cama, acariciándome la espalda mientras bebía. Siempre amable y paciente, habría sido mi hermano favorito si no lo hubiera visto tan poco. Padre lo estaba entrenando para ser el comandante del ejército de Kiata, mientras que Andahai era el heredero del trono.

—Nos has preocupado, Hermana. Ven, cuéntale al viejo Benben lo que recuerdas.

Incliné la cabeza hacia atrás, apoyada en el marco de madera de palisandro de mi cama. Hasho ya les había dicho que me había escapado porque había visto una serpiente. ¿Debía avalar una mentira tan atroz?

No, Andahai y Benkai solo harán más preguntas si miento, razoné rápido. *Por otra parte, no puedo decirles la verdad, no pueden enterarse de lo de Kiki.*

La respuesta era sencilla. Cuando una mentira no funcionaba, lo haría una distracción.

—Un dragón me salvó —respondí.

Las comisuras de los labios de Andahai se deslizaron hacia abajo para acompañar un ceño fruncido.

—Un dragón. De verdad…

—Era pequeño para ser un dragón —continué—, pero supongo que eso se debe a que era joven. Sin embargo, tenía ojos inteligentes. Eran incluso más agudos que los de Hasho.

Sonreí divertida, esperando aligerar el ánimo de todos, pero el ceño de mis hermanos solo se frunció más.

—No tengo tiempo para cuentos, Shiori —dijo Andahai con crudeza. Era el menos imaginativo de mis hermanos. Se cruzó de brazos, con sus largas mangas tan rígidas como su pelo negro encerado—. ¿Elegiste justo este día para huir al lago? ¡Te perdiste la ceremonia con el hijo de lord Bushian!

Me había olvidado por completo de mi prometido. El sentimiento de culpa me subió al pecho y mi sonrisa se desvaneció rápidamente. *Padre debe de estar furioso conmigo*, pensé.

—Padre está en camino para verte ahora —continuó Andahai—. Yo no contaría con ser su favorita para poder salir de esto.

—Deja de ser tan duro con ella —lo reprendió Benkai—. Que nosotros sepamos, podría haber sido un ataque.

Ahora yo también fruncí el ceño.

—¿Un ataque?

—Se habla de levantamientos —explicó mi segundo hermano mayor—. Muchos de los señores se oponen a tu matrimonio con el hijo de lord Bushian. Temen que su familia se vuelva demasiado poderosa.

—No me atacaron —aseguré—. Vi un dragón y me salvó.

El rostro de Andahai enrojeció de exasperación.

—Ya está bien, Shiori. Por tu culpa, lord Bushian y su hijo han abandonado Gindara, totalmente avergonzados.

Por una vez, no estaba mintiendo.

—Es la verdad —juré—. Vi un dragón.

—¿Es eso lo que le vas a decir a Padre?

—¿Decirle a Padre qué? —Retumbó una voz, resonando en la habitación.

No había oído cómo se abrían las puertas, pero ahora hicieron ruido cuando mi padre y mi madrastra entraron en mis aposentos. Mis hermanos hicieron una profunda reverencia, y yo bajé la cabeza hasta casi tocar las rodillas.

Andahai fue el primero en levantarse.

—Padre, Shiori es... —Padre le hizo callar con un gesto. Nunca lo había visto tan enojado. Por regla general, bastaba una sonrisa mía para derretir la severidad de sus ojos, pero hoy no.

—Tu enfermera nos ha informado de que saliste ilesa. Me alivia saber eso. Pero lo que has hecho hoy es totalmente inexcusable.

Su voz, tan grave que el marco de madera de mi cama vibraba, temblaba de furia y decepción. Mantuve la cabeza inclinada.

—Lo siento. No era mi intención...

—Prepararás una disculpa adecuada para lord Bushian y su hijo —interrumpió—. Tu madrastra ha propuesto que bordes un tapiz para revertir la vergüenza que has traído a su familia.

En ese momento, levanté la vista.

—¡Pero, Padre! Eso podría llevar semanas.

—¿Tienes otro lugar donde estar?

—¿Y mis lecciones? —pregunté, desesperada—. Mis deberes, mis oraciones de la tarde en el templo.

Mi padre no se inmutó.

—Nunca te has preocupado por tus deberes. Se suspenderán hasta que hayas terminado el tapiz. Empezarás a trabajar en él de inmediato, bajo la supervisión de tu madrastra, y no saldrás de palacio hasta que esté terminado.

—Pero... —Vi que Hasho sacudía la cabeza. Dudé, sabiendo que tenía razón. No debía discutir, no debía protestar... De todos modos, las palabras salieron de mis labios de forma imprudente—. Pero el Festival de Verano es en dos semanas...

Uno de mis hermanos me dio un codazo por detrás. Esta vez, la advertencia funcionó. Cerré la boca con fuerza.

Por un instante, los ojos de mi padre se suavizaron, pero cuando habló, su voz era dura.

—El Festival de Verano se celebra todos los años, Shiori. Te vendría bien aprender las consecuencias de tu comportamiento.

—Sí, Padre —susurré a través del dolor de mi pecho.

Era cierto que el Festival de Verano se celebraba todos los años, pero este iba a ser el último con mis hermanos antes de que cumpliera los diecisiete años y me casara... no, *abandonara mi casa* para vivir con mi futuro marido.

Y lo había arruinado.

Padre observó mi silencio, esperando que rogara por su clemencia, que me excusara y que hiciera lo posible por hacerle cambiar de opinión. Pero el revoloteo de las alas de Kiki bajo mi palma me obligó a guardar silencio. Sabía cuáles serían las consecuencias si la descubrían, y eran mucho peores que perderse el festival.

—He sido demasiado blando contigo, Shiori —dijo Padre en voz baja—. Como eres la más pequeña de mis hijos, te he dado muchas libertades y te he dejado vivir sin freno entre tus hermanos. Pero ya no eres una niña. Eres la princesa de Kiata, la única princesa del reino. Es hora de que te comportes como una dama digna de tu título. Tu madrastra ha accedido a ayudarte.

El miedo se me revolvió en el estómago cuando mis ojos volaron hacia mi madrastra, que no se había movido de su posición frente a las ventanas. Había olvidado que estaba allí, lo que parecía imposible una vez que volví a mirarla.

Su belleza era extraordinaria, del tipo que los poetas han convertido en leyenda. A mi propia madre la consideraban la mujer más bella de Kiata, y por los cuadros que había visto de ella, no era una exageración. Pero mi madrastra era posiblemente la mujer más bella del mundo.

Ojos extraordinarios e iridiscentes, una boca como un capullo de rosa y un cabello de ébano tan brillante que caía en una larga sábana de satén sobre su espalda. Pero lo que la hacía verdaderamente memorable era la cicatriz diagonal que le cruzaba la cara. En otra persona, podría haber parecido temible, y cualquier otra persona podría haber tratado de ocultarla. Mi madrastra no y, de alguna manera, eso aumentaba su atractivo. Ni siquiera se empolvaba la cara, como estaba de moda, ni se ponía cera en el pelo para hacerlo brillar. Aunque sus sirvientas se quejaban de que nunca usaba cosméticos, nadie podía negar que la belleza natural de mi madrastra era radiante.

Raikama, así era como todos la llamaban a sus espaldas. *La Reina sin Nombre*. Había tenido un nombre una vez, en su hogar al sur de Kiata, pero solo Padre y un puñado de sus funcionarios de mayor confianza lo conocían. Nunca hablaba de ello ni de la vida que había llevado antes de convertirse en la consorte del emperador.

Evité su mirada y me observé las manos.

—Siento mucho si los he avergonzado, Padre. Y a ti, Madrastra. No era mi intención.

Padre me tocó el hombro.

—No quiero que vuelvas a acercarte al lago. El médico dice que casi te ahogaste. ¿En qué estabas pensando cuando saliste corriendo fuera de palacio en primer lugar?

—Yo… —Se me secó la boca. Kiki revoloteó bajo mi palma, como si me advirtiera que no dijera la verdad—. Sí, yo… creí ver una ser…

—Dijo que había visto un dragón dentro —comentó Andahai en un tono que dejaba claro que no me creía.

—No dentro de palacio —grité—. En el lago Sagrado.

Mi madrastra, que había estado tan quieta y silenciosa hasta ahora, se puso rígida de repente.

—¿Has visto un dragón?

Parpadeé, sorprendida por su curiosidad.

—Yo… sí, sí lo vi.

—¿Qué aspecto tenía?

Algo en sus ojos pálidos y pétreos me hacía difícil mentir a mí, una mentirosa nata.

—Era pequeño —solté—, con escamas esmeralda y ojos como el sol rojo. —Las siguientes palabras me resultaron difíciles de pronunciar—. Estoy segura de que lo imaginé.

Los hombros de Raikama bajaron un poco, y luego una cuidadosa compostura volvió a cubrir su rostro, como una máscara que se hubiera quitado sin darse cuenta por un instante.

Me ofreció una sonrisa tensa.

—Tu padre tiene razón, Shiori. Harías bien en pasar más tiempo dentro de casa y en no confundir la fantasía con la realidad.

—Sí, Madrastra —murmuré.

Mi respuesta fue suficiente para satisfacer a Padre, que le murmuró algo y se marchó. Pero mi madrastra se quedó. Era la única persona a la que no podía interpretar. Unas motas de oro rodeaban sus ojos, unos ojos que me atrapaban con su frialdad. No podía decir si las profundidades de esos ojos estaban vacías o rebosaban de una historia no contada.

Cuando mis hermanos se burlaban de mí por tenerle miedo, yo decía:

—Solo les tengo miedo a sus ojos de serpiente.

Pero en el fondo, sabía que era más que eso. Aunque nunca lo decía ni lo demostraba, sabía que Raikama me odiaba.

No sabía por qué. Solía pensar que era porque a Padre le recordaba a mi madre, la luz que hacía brillar su linterna, decía él, la emperatriz de su corazón. Cuando ella murió, mandó erigir un templo en su nombre e iba allí cada mañana a rezar. Tendría sentido que mi madrastra estuviera resentida por hacerle acordarse de ella, una rival fuera de su alcance.

Sin embargo, no creía que esa fuera la razón. Nunca se quejó cuando mi padre le había rendido homenaje a mi madre; nunca pidió que la nombraran emperatriz en lugar de consorte. Parecía preferir que la dejaran en paz y, a menudo, me preguntaba si habría preferido que la llamaran Reina sin Nombre en lugar de su forma oficial de dirigirse a ella, Su Resplandor, un guiño a su belleza y a su título.

—¿Qué es eso que tienes bajo la mano? —preguntó mi madrastra.

Mi pájaro se había arrastrado casi hasta el borde de mi cama, y no fue hasta ese momento que me di cuenta de lo incómoda que me veía tratando aún de cubrirla.

—Nada —dije rápido.

—Entonces pon las manos en el regazo, como corresponde a una princesa de Kiata.

Ella esperó, y yo no pude hacer otra cosa que obedecer.

Quédate quieta, Kiki. Por favor, pensé.

Cuando levanté la mano, Raikama sacó a Kiki de encima de mi manta. Para mi alivio, Kiki no se movió. Cualquiera pensaría que solo era un trozo de papel.

—¿Qué es esto?

Me levanté de golpe.

—No es nada, solo un pájaro de papel que hice. Por favor, devuélvemela.

Un error.

Raikama levantó una ceja. Ahora sabía que Kiki significaba algo para mí.

—Tu padre te adora. Te mima. Pero eres una princesa, no una niña de pueblo. Y eres demasiado grande para jugar con pájaros de papel. Es hora de que aprendas la importancia del deber, Shiori.

—Sí, Madrastra —dije en voz baja—. No volverá a ocurrir.

Raikama me tendió a Kiki. La esperanza se encendió en mi pecho, y estiré la mano para tomarla. Pero en lugar de entregármela, mi madrastra la partió por la mitad y, luego, otra vez por la mitad.

—¡No! —grité, abalanzándome sobre Kiki, pero Andahai y Benkai me retuvieron.

Mis hermanos eran fuertes. No luché contra ellos mientras los sollozos me sacudían el pecho. Mi dolor era abrumador. A cualquiera que no supiera lo que Kiki significaba para mí, le habría parecido *demasiado*.

Raikama me miró con una expresión indescifrable: los labios fruncidos, aquellos ojos fríos que se estrechaban en rendijas. Sin decir nada más, arrojó los restos de Kiki al suelo y se marchó.

Andahai y Benkai la siguieron, aunque Hasho se quedó. Esperó a que se cerraran las puertas y se sentó a mi lado en el borde de la cama.

—¿Podrías hacerlo de nuevo? —preguntó en voz baja—. ¿Podrías volver a encantar al pájaro para que vuele?

Nunca había querido dar vida a Kiki. Lo único que estaba tratando de hacer era pájaros de papel —grullas, ya que estaban en el escudo de mi familia— para que los dioses me escucharan. Era una leyenda que todos los kiatanos conocían: si hacías mil pájaros, de papel o de tela o incluso de madera, podían llevar un mensaje a los cielos.

Durante semanas trabajé sola, sin pedirle a mi hermano Wandei, el mejor en todo tipo de rompecabezas y construcciones, que me ayudara a hacer los pliegues de una grulla de papel. Kiki fue el primer pájaro que conseguí hacer, aunque, para ser sinceros, se parecía más a un cuervo con un cuello largo que a una grulla. La puse en mi regazo y le pinté una mancha roja en la cabeza para que se pareciera más a las grullas bordadas en mis túnicas, y dije:

—Qué desperdicio tener alas que no pueden volar.

Sus alas de papel empezaron a revolotear y, muy lento, se elevó en el aire con la inseguridad de una mariposa que acaba de aprender a volar. Durante las semanas siguientes, cuando terminaba mis clases y mis hermanos estaban demasiado ocupados para verme, la ayudaba a practicar en secreto. La llevaba al jardín para que volara entre los árboles podados y los santuarios de piedra y, por la noche, le contaba historias.

Estaba tan contenta de tener una amiga que no me preocupaban las implicaciones de hacer magia.

Y ahora se había ido.

—No —susurré, respondiendo finalmente a la pregunta de Hasho—. No sé cómo.

Respiró profundo.

—Entonces es lo mejor. No deberías meterte con magia que no puedas controlar. Si alguien lo descubre, te expulsarán de Kiata para siempre.

Hasho me levantó la barbilla para secarme las lágrimas.

—Y si te envían lejos de casa, ¿quién cuidará de ti, hermanita? ¿Quién mantendrá tus secretos a salvo y se excusará por tus travesuras? Yo no. —Me sonrió, una sonrisa pequeña y triste—. Así que pórtate bien. ¿Por favor?

—Ya me van a mandar lejos —contesté, apartándome de él.

Cayendo de rodillas, recogí los trozos de papel que mi madrastra había arrojado al suelo. Acerqué a Kiki a mi corazón, como si eso la devolviera a la vida.

—Era mi amiga.

—Era un trozo de papel.

—Iba a desear que se convirtiera en una grulla de verdad. —Mi voz vaciló, y se me hizo un nudo en la garganta mientras miraba la pila de pájaros que había plegado. Casi doscientos, pero ninguno había cobrado vida como Kiki.

—No me digas que te crees las leyendas, Shiori —me aconsejó Hasho con suavidad—. Si todos los que doblaran mil pájaros obtuvieran un deseo, entonces todas las personas se pasarían el día haciendo gorriones y búhos y gaviotas de papel, deseando montañas de arroz y oro, y años de buenas cosechas.

No dije nada. Hasho no lo entendía. Había cambiado. Todos mis hermanos habían cambiado.

Mi hermano suspiró.

—Hablaré con Padre para que te deje ir al Festival de Verano cuando esté de un humor más caritativo. ¿Te haría sentir mejor?

Nada podía hacerme sentir mejor con respecto a Kiki, pero asentí.

Hasho se arrodilló a mi lado y me apretó el hombro.

—Tal vez estas próximas semanas con Madrastra sean buenas para ti.

Me encogí de hombros. Todo el mundo estaba siempre de su lado. Incluso los criados, aunque la llamaban Raikama a sus espaldas, nunca tenían nada malo que decir de ella. Tampoco mis hermanos. O Padre. Especialmente Padre.

—Nunca la perdonaré por esto. Nunca.

—Shiori… nuestra madrastra no tiene la culpa de lo que ha pasado.

Tú sí, casi podía oírle decir, aunque Hasho era demasiado sabio para dejar escapar esas palabras.

Tenía razón, pero no quería admitirlo. Algo en la forma en que me había mirado cuando se enteró de que había conocido a un dragón me había dejado fría.

—No debe ser fácil para ella, estar tan lejos de su casa. No tiene amigos aquí. No tiene familia.

—Ella tiene a Padre.

—Ya sabes lo que quiero decir. —Mi hermano se sentó a mi lado, con las piernas cruzadas—. Haz las paces con ella, ¿de acuerdo? En todo caso, facilitará las cosas cuando le pida a Padre que te deje salir para el festival.

Apreté los dientes.

—Bien, pero eso no significa que vaya a hablar con ella.

—¿Tienes que ser tan quisquillosa? —Hasho refunfuñó—. Ella se preocupa por ti.

Me enfrenté a mi hermano, observando su ceño fruncido, el tic de su ojo izquierdo. Todos los signos de que estaba exasperado conmigo de verdad.

—No me crees, ¿verdad? Lo del dragón —dije en voz baja.

Hasho esperó demasiado antes de responder.

—Por supuesto que sí.

—No me crees. Tengo dieciséis años, no soy una niña. Sé lo que vi.

—Sea lo que fuere que hayas visto, olvídalo —insistió—. Olvida a Kiki, olvida lo que sea que hayas hecho para que todo esto ocurra.

—Yo no *hice* que sucediera. Solo sucedió.

—Haz las paces con nuestra madrastra —pidió Hasho otra vez—. Ella es nuestra madre.

—No la mía —respondí, pero mis palabras temblaron.

Alguna vez la había considerado mi madre. Hacía años, había sido la primera en aceptar a Raikama cuando Padre la trajo a casa y, por aquel entonces, ella me había tomado cariño. Solía seguirla a todas partes, era tan misteriosa que quería aprender todo sobre ella.

—¿Por qué tienes una cicatriz? —le pregunté un día—. ¿Por qué no eliges un nombre?

Ella sonrió, me dio una palmadita en la cabeza y me enderezó el ceñidor que llevaba en la cintura, atándolo en un lazo bien apretado.

—Todos tenemos nuestros secretos. Un día, Shiori, tendrás los tuyos.

La magia. La magia era mi secreto.

¿Cuál era el suyo?

CAPÍTULO 3

Odiaba coser. Odiaba la monotonía, odiaba las agujas, el hilo, las puntadas, todo. Por no hablar de que me pinchaba tantas veces que las sirvientas tenían que envolverme los dedos en vendas hasta dejarlos gruesos como albóndigas. Casi me pierdo las clases. Casi.

Los días eran interminables, más lentos que los caracoles que se agolpaban fuera de las pantallas de papel de las ventanas. Bordé grulla tras grulla, y pasé tanto tiempo haciéndolas que empezaron a perseguir mis sueños. Me picoteaban los dedos de los pies, con sus ojos brillantes, negros como la ceniza y, de repente, se convertían en dragones con dientes puntiagudos y sonrisas traviesas.

No podía dejar de pensar en el dragón y en la expresión que atravesó la cara de Raikama cuando Andahai lo mencionó, como si hubiera deseado que me ahogara en el lago.

¿Quién sabía lo que pasaba por la cabeza de mi madrastra? Al igual que yo, tenía poco talento para el bordado, pero *a diferencia* de mí, podía sentarse a coser durante horas. A veces la sorprendía con la mirada perdida en el cielo. Me pregunté en qué pensaría todo el día, o si al menos tenía algún pensamiento.

La ignoraba lo mejor que podía, pero cuando cometía errores en mi tapiz, se acercaba a mí y me decía:

—Tus puntadas son desiguales, Shiori. Será mejor que las rehagas. —O—: A esa grulla le falta un ojo. Lady Bushian lo notará.

Benditas sean las Cortes Eternas, sus comentarios nunca requerían una respuesta, al menos hasta este día, cuando me visitó con una extraña petición.

—El ceñidor de oro que lord Yuji te regaló para la ceremonia de tus esponsales, ¿sabes dónde está?

Me encogí de hombros.

—Debe de haberse caído al lago conmigo. —Mi respuesta no le agradó a Raikama. No frunció el ceño, pero por la forma en que se cuadraron sus hombros, me di cuenta de que no era la respuesta que buscaba.

—Cuando lo encuentres, tráemelo.

Le mentí y le dije que lo haría. Luego se marchó, y yo me olvidé enseguida del ceñidor.

La mañana del Festival de Verano, adultos y niños deambulaban por el paseo imperial, remontando cometas de todas las formas y colores.

Yo ansiaba ir. Hoy era el único día en el que Andahai se soltaba, en el que Benkai no estaba ocupado con su entrenamiento para ser comandante, en el que Reiji y Hasho no estaban encerrados estudiando con sus tutores.

Incluso los gemelos, Wandei y Yotan, que eran tan diferentes como el sol y la luna y siempre discutían por todo, nunca se peleaban el día del festival. Se unían para diseñar y construir la cometa más brillante. Los siete ayudábamos y, cuando la hacíamos volar por el cielo, era la envidia de todos en la corte.

Y toda la comida que me perdería: galletas con forma de conejo rellenas de alubias aduki, pinchos con pasteles de arroz rellenos de melocotones frescos o pasta de melón, caramelos con forma de tigre y oso. ¡Qué injusto era que tuviera que quedarme dentro y coser con Raikama!

Finalmente, cuando mi estómago no pudo aguantar más, me armé de valor para preguntar.

—Madrastra, el festival está empezando. ¿Puedo ir? ¿Por favor?

—Puedes irte cuando hayas terminado de bordar.

El tapiz no iba a estar listo hasta dentro de un mes.

—Para entonces ya habrá terminado.

—No te enojes, Shiori. Es impropio. —Mi madrastra no levantó la vista mientras su aguja entraba y salía de la tela—. Tenemos un acuerdo con tu padre.

Me crucé de brazos, indignada. No estaba *enojada*.

—¿No quieres ir?

Se giró y abrió su costurero. En su interior había cientos de ovillos de hilo, lana y seda floja envueltos con sumo cuidado.

Raikama empezó a guardar sus hilos.

—Nunca me han gustado esas cosas. Solo asisto por obligación.

Fuera de la ventana, los tambores resonaban y las risas rebotaban. El humo de las parrillas se elevaba hacia el cielo, los niños bailaban con sus ropas más brillantes y las primeras cometas de la mañana revoloteaban en lo alto de las nubes.

¿Cómo podría alguien *no* disfrutar de esas cosas?

Me senté en mi rincón, resignada a mi destino. Estaba segura de que mis hermanos me traerían la mejor comida, pero no tendría la oportunidad de hablar con los cocineros que venían de otros lugares ni de verlos trabajar. El único plato que sabía hacer era la sopa de pescado de mi madre, pero esperaba cocinar más —o al menos supervisar la cocina— una vez que tuviera que trasladarme al norte, la región de la cocina más sosa.

Estaba tan ocupada deseando estar en el festival que no oí a mi padre entrar en la habitación. Cuando lo vi, me dio un vuelco el corazón.

—¡Padre!

—He venido a invitar a mi consorte a que asista conmigo al festival —habló, fingiendo no notar mi presencia—. ¿Está lista?

Mi madrastra se puso de pie, sosteniendo la caja con sus bordados.

—Un momento. Permíteme guardar esto.

Cuando desapareció en la habitación contigua, Padre se volvió hacia mí. Su expresión era severa, y yo puse mi mejor cara de disculpa, esperando que se apiadara de mí.

Funcionó, aunque lo que dijo me sorprendió:

—Tu madrastra dice que has avanzado mucho en el tapiz.

—¿En serio?

—Piensas que no le gustas —dijo Padre, observador. Sus ojos, casi espejos de los míos, me sostenían la mirada. Suspiró cuando no dije nada—. Tu madrastra ha sufrido muchas penas y le duele hablar de ellas. Me alegraría mucho ver que te cae bien.

—Sí, Padre. Haré lo que pueda.

—Bien. Lord Bushian y su hijo volverán en otoño para la boda de Andahai. Entonces les presentarás tus disculpas. Ahora vete y disfruta del festival.

Los ojos se me iluminaron.

—¿De verdad?

—Esperaba que quedarte dentro calmara tu espíritu inquieto, pero veo que nada te amansará. —Me tocó la mejilla, trazando el hoyuelo que aparecía siempre que estaba feliz—. Cada día te pareces más a tu madre, Shiori.

No estoy de acuerdo. Mi cara era demasiado redonda, mi nariz, demasiado afilada y mi sonrisa, más pícara que amable. No era una belleza, no como Madre.

Sin embargo, cada vez que Padre hablaba de ella, sus ojos se empañaban y yo ansiaba escuchar más. Rara vez había más. Con una exhalación silenciosa, retiró la mano.

—Ve, disfruta del festival.

No necesité que me lo dijera dos veces. Como un pájaro que por fin ha sido liberado de su jaula, salí volando en busca de mis hermanos.

El Festival de Verano estaba repleto de cientos de personas divirtiéndose cuando llegué, pero encontré con facilidad a mis hermanos. Estaban descansando en el parque, lejos de los pabellones cuidados, las puertas bermellón y las plazas de arena blanca. Los mellizos habían confeccionado una brillante cometa tortuga este año, y mis otros hermanos estaban ayudando con la pintura de los toques finales.

Las cuatro patas de la tortuga sobresalían del caparazón, que era un mosaico de retazos de viejas bufandas y sacos de seda.

Con el azul claro de la tarde, parecía que estaba nadando en los estanques azules del jardín imperial.

Me apresuré a unirme a ellos. Todos los años, desde que éramos niños, habíamos volado juntos una cometa de la familia en el Festival de Verano. Mis hermanos ya estaban en edad de casarse, Andahai ya estaba comprometido y el resto lo estaría pronto. Era la última vez que lo hacíamos juntos.

—Os habéis superado este año, hermanos —saludé.

—¡Shiori! —Wandei me dedicó una mirada breve, con una cuerda de medir en las manos mientras comprobaba las dimensiones finales de la cometa—. Lo has conseguido. Y justo a tiempo. Yotan estaba a punto de comerse toda la comida que guardamos para ti.

—¡Solo para que no se desperdicie! —Yotan se limpió la pintura verde de las manos—. Me haces quedar como un glotón.

—Shiori es la glotona. Tú solo eres el de la gran barriga.

Yotan arrugó.

—Solo estas orejas son grandes. Igual que las tuyas. —Tiró de las de su gemelo, que, como las suyas, sobresalían un poco más que las de los demás.

Ahogué una risita.

—¿Queda algo bueno?

Yotan señaló una bandeja de comida que habían traído de los puestos.

—Casi se han acabado los mejores platos. —Me guiñó un ojo y se acercó, dejándome ver el montón de pasteles de mono que llevaba bajo su capa—. Shh, no se lo muestres a los demás. Tuve que sobornar al vendedor solo para conseguir este último plato.

Le devolví el guiño y me metí un pastel de arroz en la boca. Mis hombros se derritieron mientras mi lengua saboreaba cada bocado y el azúcar impregnaba mis labios con la dulzura justa. Entusiasmada, tomé otro antes de que Yotan pudiera volver a esconder el paquete.

—¡Guarda un poco para el resto! —se quejó Reiji.

—Acabo de llegar —me excusé, arrebatando otro pastel—. Tuvieron todo el día para disfrutar de la comida.

—Algunos hemos estado trabajando en la cometa —contestó con tono de protesta. Como siempre, las fosas nasales de mi tercer hermano estaban ensanchadas por el descontento—. Además, no hay mucho que disfrutar. No hay un puesto de pasteles de mono, ni croquetas de pescado a la parrilla. Ni siquiera el artista del azúcar es tan bueno como el del año pasado.

—Déjala que coma —dijo Benkai, antes de dirigirse directamente a Reiji—. Siempre tienes algo de qué quejarte, hermano.

Mientras mis hermanos discutían y yo me daba un festín, mi atención se desvió más allá de los magnolios hacia el lago, donde me había ahogado. Donde había visto al dragón.

Una parte de mí tenía ganas de ir a buscarlo.

—Vamos, démonos prisa antes de que se acabe la mejor comida —señaló Hasho.

—Buscad más pescado asado, ¿sí? —nos llamó Yotan.

Mis otros hermanos decidieron quedarse atrás y ayudar a los gemelos con la cometa. La competición comenzaría en media hora, el tiempo justo para que Hasho y yo pudiéramos explorar el festival.

Los niños con máscaras se apretujaban entre nosotros, chillando mientras corrían hacia las tiendas de juegos para ganar muñecas de porcelana y peces con aletas de plata en tarros de cristal. Cuando tenía su edad, los juegos eran lo que más me entusiasmaba. Ahora era la comida.

Aspiré el aroma de los pinchos de caballa frita y los huevos cocidos en té, de los langostinos rebozados y los brotes de bambú en vinagre, de fideos celofán bañados en salsa de cacahuete. Como la glotona que era, me sentí en el cielo.

—Princesa Shiori —exclamaron los vendedores, uno tras otro—, qué honor para mi humilde puesto ser agraciado con su presencia.

—¿No crees que deberíamos volver? —dijo Hasho después de que me vio zamparme un plato de fideos y langostinos rebozados—. La competición empezará pronto.

Padre y Raikama ya estaban paseando hacia el patio central, donde se celebraría la competición de cometas. De camino a reunirse con el emperador, lord Yuji nos saludó a Hasho y a mí.

—Vaya, vaya, cada día te pareces más a tu madre —saludó, agradable—. El joven Bushi'an Takkan es muy afortunado.

—¿Lo es? —dijo Hasho—. El aspecto físico de mi hermana es una cosa, pero sus modales...

Le di un codazo a mi hermano.

—Calla.

El caudillo militar soltó una carcajada. Siempre me había parecido un zorro, con hombros afilados, dientes pequeños y una sonrisa fácil.

—Al norte le vendría bien un poco de la princesa Shiori, famosa alborotadora.—Juntó las manos y luego señaló mi vestido, sencillo en comparación con sus opulentos ropajes—. Me dijeron que te caíste en el lago Sagrado no hace mucho y que perdiste una fortuna en seda.

—Así fue —respondí, y mi tono tomó un giro más tenso—. Me temo que también perdí el ceñidor que me enviaste. Me hace pensar que era muy valiosa, dado cuánto afligió a mi madrastra.

—¿Lo hizo? —preguntó lord Yuji—. Eso es una novedad para mí, pero la preocupación no, Su Alteza. Los ceñidores se reemplazan con facilidad, y mis hijos y yo solo agradecemos a los dioses que te hayan encontrado y llevado a casa a salvo. Aunque, entre nosotros, espero un cargamento de seda de mis amigos de A'landan en breve... Me han dicho que el rojo es tu color favorito.

—Es el color en el que más se fijan los dioses —contesté con descaro—. Si me envían al norte, necesitaré toda la atención que puedan prestarme.

Volvió a reírse.

—Que la suerte de los dragones te acompañe, entonces. Será rojo, entonces.

Cuando se fue, dejé escapar un suspiro. Lord Yuji era generoso y rico, y lo que es más importante, su castillo estaba en las afueras de Gindara. A veces deseaba estar comprometida con uno de sus hijos en lugar de con el de lord Bushian. Si *tenía* que casarme a la fuerza, al menos estaría más cerca de casa, y no prometida a algún señor bárbaro de tercera categoría.

—Hay que hacer alianzas —decía Padre cada vez que me atrevía a quejarme—. Algún día, lo entenderás.

No, nunca lo iba a entender. Incluso ahora, la inequidad de todo eso hacía que se me revolviera el estómago, y me metí en la boca el último pastel de arroz.

—Estás comiendo tan rápido que se te va a indigestar —me reprendió Hasho.

—Si como más despacio, toda la comida desaparecerá —respondí entre bocado y bocado—. Además, coser consume energía. Vuelve, sé que tienes ganas de ver cómo prueba la cometa Wandei. Yo todavía tengo hambre.

Sin esperarlo, recorrí los pasillos, dirigiéndome a los pasteles de arroz.

Me esperaba un lote fresco, cuidadosamente decorado en un gran cuenco de madera.

—Hecho especialmente para la princesa Shiori —dijo el vendedor.

Me lo llevé a los brazos y tomé también una ración de boniatos, sosteniendo el saquito como pude contra mi cuerpo.

Estaba a medio camino de volver con mis hermanos cuando vi a un chico con una máscara de dragón acechando detrás del puesto de pescado asado. Sus ropas parecían anticuadas, el ceñidor era demasiado ancho, y sus sandalias no combinaban. Era demasiado alto para ser un niño, pero paseaba por el festival como si lo fuera, o, mejor dicho, como si no debiera estar aquí. Lo más extraño de todo era su pelo, con mechas verdes.

El concurso de cometas empezaría pronto, y mis hermanos estaban esperando. Pero quería ver mejor la máscara del chico. Era azul, con bigotes plateados y cuernos escarlata. El muchacho era rápido, correteaba como un lagarto, y era aún más glotón que yo con la comida.

Todo lo que había en los puestos de los vendedores era gratis, lo ofrecían los artesanos para anunciar sus productos, pero no era de buena educación tomar más de uno o dos platos a la vez. Este chico se llevaba al menos cinco. Era impresionante cómo se las arreglaba para equilibrarlos en el brazo, pero si seguía así, los vendedores le iban a prohibir buscar más. Y ahora se aprestaba para agarrar una raíz de loto frita.

Sacudí la cabeza. *Novato*, pensé.

—Te sugiero que dejes el loto —le hablé, acercándome a él—. Todo el mundo sabe que es el peor plato del festival.

Pensé que lo había sorprendido, pero se limitó a guiñar un ojo, con un par de ojos rojos que brillaban detrás de su máscara.

—Entonces me quedo con el tuyo.

Antes de que pudiera responder a su atrevimiento, Hasho reapareció a mi lado, encontrándome por fin.

—Shiori, ¿vas a volver? Es casi la hora de la ceremonia de los barrilet...

El pie del chico salió disparado de repente, haciendo tropezar a mi hermano antes de que pudiera terminar.

Hasho tropezó. Mientras caía hacia delante, agarrándose a mí para mantener el equilibrio, una manga verde pasó por mi lado y me arrebató la bolsa de boniatos de debajo del brazo.

—¡Eh! —grité—. ¡Ladrón!

Las palabras apenas salieron de mis labios. Hasho y yo caímos uno encima del otro, y mis platos a medio comer se esparcieron por la calle.

—¡Sus Altezas! —exclamaba la gente, extendiendo sus manos para ayudarnos a levantarnos, una multitud que se reunía para asegurarse de que no estuviéramos heridos.

Apenas me di cuenta. Mi atención estaba en el chico enmascarado.

—No te vas a escapar tan fácil —murmuré, escudriñando entre los curiosos.

Lo vi moviéndose por los alrededores de las tiendas de juego y, luego, desapareciendo entre los arbustos. Se movía aún más rápido que Benkai, sus pasos eran tan ligeros que no dejaban huella en la suave hierba de verano. Empecé a seguirlo, pero Hasho me agarró de la muñeca.

—Shiori, ¿a dónde vas?

—Volveré a tiempo para la competición —contesté, apartando la mano.

Ignorando las protestas de Hasho, corrí tras el chico de la máscara de dragón.

CAPÍTULO 4

Lo encontré sentado en una roca, devorando una bolsa de boniatos con miel.

Mi bolsa de boniatos.

Su aroma flotaba en el aire, acentuando el hambre en mi vientre y la ira en mis puños.

Quería acusarlo de robo, lanzarle cien insultos diferentes y maldecirlo hasta el fondo del monte Nagawi, pero en cuanto lo vi de cerca, salieron de mi boca otras palabras:

—¿No eres un poco grande para llevar una máscara?

No parecía sorprendido de que lo hubiera seguido, ni enojado. En cambio, una sonrisa conocida se deslizó por su boca. No sabía dónde la había visto antes.

—¿Qué es eso? —preguntó con voz ronca, señalando el cuenco de madera bajo mi brazo.

—Pasteles de arroz.

Se quitó la máscara y los tomó.

—Deliciosos —dijo mientras mordía el bocadillo.

Si no fuera por la vibrante franja roja que rodeaba sus pupilas, tan familiar y a la vez tan extraña, le habría quitado el cuenco de las manos. Pero, sobresaltada, lo solté.

—No te los comas todos...

Demasiado tarde. Había desaparecido el último boniato y también el pastel de arroz. Puse las manos en las caderas y le mostré al chico mi ceño más irritado.

—¿Qué? —Encogió un solo hombro—. Nadar hasta aquí me da hambre.

Yo seguía mirándolo, con las gruesas rayas verdes que le rodeaban las sienes; era un color que nunca había visto antes en nadie, ni siquiera en los mercaderes de pelo pálido que venían del Lejano Occidente. Su piel era poco cálida, pero tenía un brillo nacarado. No podía decidir si su aspecto era extraño o hermoso. O peligroso.

Tal vez las tres cosas.

—¡Tú eres... tú eres el dragón! Del otro día en el lago.

Sonrió.

—Así que sí tienes cerebro. Me lo preguntaba, después de que te caíste al lago.

Respondí a su sonrisa con una mirada de odio.

—No me caí al lago. Me zambullí en él.

—Todo por ese pájaro, recuerdo. Ese pájaro *encantado*.

Recordar a Kiki me hundió. Me quité las migas de las mangas y comencé a alejarme del lago.

—¿A dónde vas?

—De vuelta al festival. Mis hermanos me van a echar de menos.

Estaba a mi lado en un instante, atrapando mi manga con los dedos y tirando de mí para que me sentara.

—¿Tan pronto? —Hizo un chasquido con su lengua—. Encontré tu pájaro por ti y te salvé de ahogarte. ¿No crees que me debes algún agradecimiento? Quédate un rato. Entretenme.

—¿Entretenerte? —repetí incrédula—. Hay todo un festival allá.

—Son todos juegos humanos, nada de interés para mí.

—Ni siquiera eres un dragón ahora mismo.

No lo era. En su forma actual, era un chico, un joven no mucho mayor que yo. Pero con el pelo verde y los ojos de rubí y las uñas afiladas como garras.

—¿Cómo *eres* humano?

—Todos los dragones pueden hacerlo —respondió, ampliando su sonrisa—. No he practicado mucho el cambio a la forma humana hasta ahora. Siempre pensé que los humanos eran aburridos.

Me crucé de brazos.

—*Yo* siempre pensé que los dragones eran majestuosos y grandiosos. Tú apenas eras más grande que una anguila.

—¿Una anguila?—repitió.

Pensé que lo había hecho enfadar, pero se echó a reír.

—Eso es porque aún no he alcanzado mi forma completa. Cuando lo haga, te impresionará.

—¿Cuándo alcanzas tu forma completa? —pregunté, sin poder contener mi curiosidad. Todo lo que sabía de los dragones era por las leyendas y los cuentos, y esos contaban poco sobre la adolescencia de los dragones.

—Muy pronto. Yo diría que en un año humano. Dos como mucho.

—Eso no es para nada mucho tiempo. —Resoplé—. No me puedo imaginar que crezcas *tanto* en un año.

—¿Oh? Hagamos una apuesta, entonces.

Me incliné hacia delante. A mis hermanos les encantaba hacer apuestas entre ellos, pero nunca me dejaban participar.

—¿Qué apuesta? Los dragones no son conocidos por mantener su palabra.

—*Siempre* cumplimos nuestra palabra —replicó—. Por eso se da tan pocas veces.

Le dirigí una mirada mordaz.

—¿Qué me propones?

—Si gano, me invitas a tu palacio y cocinas un banquete en mi honor. Espero mil platos, nada menos, y que asistan todos los lores y *ladies* más importantes.

—Solo sé cocinar un plato —admití.

—Tienes un año para aprender más.

No hice ninguna promesa.

—Si *yo* gano, me llevas a *tu* palacio y haces un banquete en mi honor. Las mismas reglas.

Su sonrisa se desvaneció, y se pasó una mano por el largo pelo verde.

—No sé si el abuelo aprobaría eso.

—Es justo. ¿Crees que mi padre aprobaría que llevara a un chico dragón a cenar?

—¿Aprobarlo? Debería estar honrado.

¿Honrado? Respiré con fuerza.

—Nadie habla así del emperador.

—Es cierto —admitió el dragón encogiéndose de hombros—. Los humanos veneran a los dragones, pero no es lo mismo al revés. Sería como si hubiera traído un cerdo a cenar.

—¡Un cerdo! —Me levanté de golpe—. No soy un cerdo.

Se rio.

—Está bien, está bien. Cálmate, Shiori. Es un trato.

Tiró de mi brazo hasta que me senté de nuevo.

—Y esto es Kiata, no A'landi; mi padre *no* recibiría a un dragón —resoplé—. Desprecia la magia…

Me detuve a mitad de la frase.

—¿Cómo sabes mi nombre?

—Ese chico del festival lo dijo. Justo antes de que le hiciera una zancadilla.

—¡Era mi hermano!

—Sí, y parecía un aguafiestas. ¿No te alegras de haberme perseguido a mí en su lugar?

Lo fulminé con la mirada.

—Dime tu nombre.

El dragón sonrió, mostrando sus dientes puntiagudos.

—Soy Seryu, Príncipe de los Mares de Oriente y nieto predilecto del Rey Dragón, Nazayun, Gobernante de los Cuatro Mares y las Aguas Celestiales.

Puse los ojos en blanco por lo engreído que sonaba. Yo también podía jugar a ese juego.

—Shiori'anma —dije con altanería, aunque él ya lo sabía—. Primera hija del emperador Hanriyu, y la princesa más favorecida de Kiata, el Reino de las Nueve Cortes Eternas y las Montañas Sagradas de la Templanza.

Seryu parecía divertido.

—Así que tu padre desprecia la magia, ¿eh? ¿Qué pensará de *ti*?

Cambié el peso de una pierna a la otra, incómoda.

—¿Y-yo? Yo… No tengo magia. No *hay* magia en Kiata.

—La magia es *rara* en Kiata —corrigió Seryu—. A excepción de los dioses y los dragones, por supuesto. Puede que sus fuentes se hayan agotado, pero es un elemento natural del mundo, y ni siquiera los dioses pueden borrar *todo* rastro. Por eso, una vez en una rara luna, nace un kiatano capaz de manejar lo que queda. Un humano, como tú. No lo niegues. He visto ese pájaro de papel tuyo.

Tragué con fuerza.

—Kiki ya no está. Mi madrastra... la destruyó.

Seryu señaló el bolsillo donde yo guardaba las piezas de Kiki.

—Puedes traerla de vuelta.

Lo dijo con tanta naturalidad, como si le dijera a un cocinero que sus langostinos estaban perfectamente fritos o que sus boniatos estaban bien horneados, que parpadeé, los labios se me separaron con sorpresa.

—¿Puedo? No. *No*. —Sacudí la cabeza—. No quiero saber nada con la magia.

—¿Qué, no quieres convertirte en una hechicera todopoderosa? —Bajó la voz—. ¿O tienes miedo de que tus poderes te corrompan y te conviertan en un demonio?

—No —repliqué. Suspiré y recité—: «Sin magia, Kiata está a salvo. Sin magia, no hay demonios».

—Sabes lo que hay en las Montañas Sagradas de la Templanza, ¿verdad?

—Por supuesto que sí.

Las montañas estaban justo detrás del palacio; las veía todos los días.

—Miles y miles de demonios —respondió Seryu con complicidad—, y toda la magia que tus dioses nos pidieron a los dragones que les ayudáramos a encerrar. Tu emperador debería *venerar* a los seres que ayudaron a que su reino estuviera a salvo. Que *mantienen* su reino a salvo.

—Los dioses y los centinelas mantienen a Kiata a salvo —repliqué—. Los dragones están demasiado ocupados apostando y atesorando sus perlas.

Seryu carcajeó.

—¿Eso es lo que os dicen ahora? No le enseñes historia a un dragón, princesa, y menos historia de la magia.

—No le enseñes a un humano sobre nuestros dioses —repliqué—. ¿Acaso se supone que estés aquí? Los dioses prometieron mantenerse en el cielo después de quitarle la magia a Kiata. ¿No dijeron los dragones que se iban a quedar en sus lagos?

—El mar —corrigió Seryu—. Vivimos en el mar de Taijin, en un reino brillante de conchas y preciosos corales. No en un lago fangoso. Y los dragones no están sujetos a las reglas de los dioses. Nunca lo hemos estado.

—Entonces, ¿por qué tu especie ha desaparecido durante tantos años?

—Porque tu reino es aburrido. Solo ver el palacio de mi abuelo te deslumbraría.

—Lo dudo —respondí cortante.

Una gruesa ceja revoloteó hacia arriba.

—La única manera de que lo descubras es que ganes nuestra apuesta.

—Si ganara, encontrarías alguna forma de engañarme para que me quedara en tu «reino brillante» por cien años. Hay una razón por la que los dragones tienen mala reputación.

Mientras Seryu sonreía, sin negar mis acusaciones, giré sobre mis talones para irme.

—Encuentra otra tonta que apueste contigo. Yo no voy a hacerlo.

—¿Y tu magia? Es un don raro, más raro aún en Kiata. Deberías aprender a usarla.

—¿Y acabar desterrada a las Montañas Sagradas? —solté, girando para encararlo—. Que me lleven los demonios, yo... ¡preferiría coser todo el día! Deja de seguirme.

—Eso es lo que dices —opinó Seryu—. Si fueras a volver al festival de verdad, estarías corriendo. Quieres aprender. —Hizo una pausa—. Te enseñaré a resucitar a tu amiga Kiki. ¿No te gustaría?

Mis defensas se derrumbaron. Sí, quería traer de vuelta a Kiki y sí, anhelaba aprender más sobre la magia. Después de todo, si había estado ausente de Kiata durante tantos años, tenía que haber una razón para que yo hubiera nacido con ella, ¿no?

Los dioses se llevaron la magia porque es peligrosa, me dije. *Pero los demonios ya están atrapados en las montañas, y lo único que quiero es aprender a recuperar a Kiki. ¿Qué daño podría hacer?*

El futuro pasó ante mis ojos, y me vi atrapada en el castillo de Bushian, casada con un lord sin rostro y confinada en una habitación donde cosía y cosía hasta el final de mis días.

Si *hubiera* que elegir entre eso y que los demonios me llevaran, elegiría a los demonios.

Además, ¿con qué frecuencia se puede aprender hechicería de un dragón? Sabía que si no aprovechaba esta oportunidad, lo lamentaría para siempre.

Seryu seguía esperando, pero antes de que pudiera responder, un grupo de cometas se elevó en el aire. ¡Me estaba perdiendo la ceremonia!

—Demonios de Tambu —maldije—. Mis hermanos se van a enojar mucho conmigo. Y Padre…

—Ya no puedes hacer nada —replicó el dragón—. Ya que estás, podrías disfrutar de la vista también.

Tentador, pero negué con la cabeza.

—Ya me he metido en suficientes problemas.—Empecé a irme, pero dudé—. Una lección. Nada más.

La sonrisa del dragón se amplió, mostrando sus afilados y puntiagudos dientes. La mirada no era tan feroz como la de un lobo, pero era suficiente para recordarme que no era humano, por mucho que se pareciera a un chico.

—Aquí tienes una lección para ti antes de que te vayas… —Seryu tomó el cuenco de madera y lo hizo girar en el dedo—. La madera de nogal tiene propiedades mágicas, ¿lo sabías?

Confesé que no.

—Uno de los pequeños rastros que dejaron tus dioses —afirmó con suficiencia—. Pon algo encantado dentro, y el nogal ocultará el objeto de las miradas indiscretas. Incluso refrenará la magia.

—¿De qué sirve eso? —pregunté—. El cuenco es apenas más grande que mi cabeza.

—Para la magia, el tamaño importa poco.

Como demostración, guiñó un ojo, y una bandada de pájaros hechos enteramente de agua salió disparada del cuenco y voló sobre el lago. En su punto más alto, estallaron y se evaporaron en un soplo de niebla.

—Podría ser útil para esconder futuras bandadas de grullas de papel. —Estaba a punto de decirle que no habría futuras grullas de papel cuando Seryu continuó—: Pliega una cuando estés lista y envíala al viento. Sabré esperarte aquí en este lago. —Puso el cuenco boca abajo en el suelo, marcando el lugar donde nos habíamos encontrado hoy para que ninguno de los dos lo olvidara—. Una última cosa, Shiori...

—¿Qué quieres?

—La próxima vez, trae más pasteles de arroz.

Una lección se convirtió rápidamente en dos, tres y luego cinco. Me reunía con Seryu todas las semanas, a menudo por la mañana, antes de mis sesiones de bordado con Raikama.

Cada vez que nos encontrábamos, llevaba diferentes bocadillos para compartir, pero a él siempre le gustaban más los pasteles de arroz, especialmente los que tenían trozos de melocotón dentro, que también eran mis favoritos.

Ese día me regaló a cambio un ramo de peonías marchitas.

—¿Intentas cortejarme o insultarme? —pregunté brusca, negándome a tomarlas—. Sabes que los kiatanos son supersticiosos con la muerte.

—Una superstición sin sentido —descartó—. Son para tu lección. Pocos pueden dar vida a los pájaros de papel. Sospecho que tienes talento para la espiritización.

—¿Espiritización?

—Puedes imbuir cosas con partes de tu alma. Es casi como la resurrección, pero no tan poderosa. No vas a hacer que los muertos vuelvan a la vida. O los fantasmas, para el caso. Pero es probable que puedas hacer que una silla de madera baile sobre sus patas, o revivir unas cuantas flores marchitas, si así lo deseas.

Me puso las peonías en la mano.

—Vamos, inténtalo.

Puedo imbuir cosas con partes de mi alma, repetí para mí. ¿Qué se supone que significa eso?

—Florece —les ordené a las flores. No ocurrió nada. Los tallos se me desmenuzaron en las palmas, y los pétalos secos cayeron al suelo.

Seryu masticó un tallo de hierba.

—¿No has oído lo que he dicho? Espiritización, Shiori. No le hables a la flor como si fueras un enterrador. Piensa en algo que te haga feliz. Como perseguir ballenas o ganar una discusión contra una tortuga.

Estaba claro que teníamos ideas diferentes sobre la felicidad. Me sentí tonta y busqué en mis recuerdos, buceando entre animales azucarados y cometas, pájaros de papel y grullas cubiertas de nieve, antes de aterrizar en mi recuerdo favorito: cocinar con mi madre. Solía sentarme en su regazo en la cocina y escucharla cantar, con la garganta que me vibraba contra la parte posterior de la cabeza, mientras pelábamos naranjas juntas y hacíamos puré de alubias rojas blandas para el postre. *Encuentra la luz que haga brillar tu linterna*, recordé que solía decir mi madre. *Aférrate a ella, incluso cuando la oscuridad te rodee. Ni siquiera el viento más fuerte apagará esa llama.*

—Florece —repetí.

Lentamente, ante mis ojos, las peonías marchitas temblaron con una luz cruda, entre dorada y plateada. Entonces brotaron del tallo hojas nuevas y crujientes, regordetas y verdes. Las flores se abrieron, con sus pétalos brillantes como el coral.

El pulso me retumbó en la cabeza, con la adrenalina que bombeaba como si acabara de nadar una carrera por el lago… y la hubiera ganado.

—Usar la voz es un poco tramposo, pero te enseñarán a evitarlo si vas a la escuela de hechiceros.

—No voy a ir a la escuela de hechiceros —afirmé, la amargura de mis palabras me sorprendió incluso a mí. ¿Cómo podría ir? La duda de si Padre me exiliaría, o me ejecutaría, si descubriera mis habilidades me había mantenido despierta más noches de las que quería admitir.

—Entonces yo te enseñaré —ofreció Seryu—. Puede que solo tenga diecisiete años de dragón, pero sé más que los hechiceros más antiguos de Lor'yan.

—¿Sí?

—¡Sí! —Me miró con desprecio ante mi escepticismo—. Además, no querrías estudiar con un hechicero. Están obsesionados con quitarle la emoción a la magia. Creen que se corrompe. Pero te gustó la sensación de ver que las flores cobraban vida, ¿no?

—Sí. —*Sí* era un eufemismo. Mi corazón todavía estaba golpeándome en los oídos, tan rápido que apenas podía oírme respirar—. ¿No debería haberlo hecho?

—Eso depende de lo que intentes lograr. —Seryu miró mis peonías, con sus ojos rojos inusualmente pensativos—. La magia tiene muchos hilos. El mismo encantamiento lanzado con alegría tendrá un resultado totalmente diferente si se lanza con ira, o con miedo. Hay que tener cuidado, sobre todo con poderes como los tuyos.

—¿Poderes como los míos? —Me reí, quitándole importancia a su seriedad—. ¿Como hacer que las flores muertas vuelvan a florecer y dar vida a los pájaros de papel?

—Eso es solo el principio. Tu magia es salvaje, Shiori. Un día, será peligrosa.

—Peligrosa —reflexioné—. Vaya, Seryu, casi suenas como si me tuvieras miedo.

—¿Miedo de ti?

Se burló y, con un movimiento del brazo, convocó una ola tan alta que los altos árboles que nos rodeaban eran diminutos en comparación. Entonces la ola cayó, golpeando el lago y empapándome la ropa.

—¡Seryu! —grité.

No se disculpó.

—Harías bien en recordar que soy un dragón, el nieto de un dios —dijo, gruñendo, antes de saltar de nuevo al lago—. No le tengo miedo a nada, y menos a ti.

No le tengo miedo a nada. Cuántas veces yo había pronunciado las mismas palabras. Pero siempre eran mentira, y tenía la sensación de que Seryu también mentía.

CAPÍTULO 5

—¿Dónde has estado? —preguntó Raikama cuando volví a trabajar en mi tapiz—. Has llegado tarde por tercer día. Incluso para ti, Shiori, esto es inusual. Espero que seas más diligente con tu trabajo.

—Sí, Madrastra —murmuré.

Mi tapiz estaba casi terminado, casi listo para que lo enviaran al castillo de Bushian. No podía esperar a terminarlo y tener mis días libres de nuevo.

Pero cuando me senté en mi bastidor de bordado, descubrí que mis progresos de esta semana se habían deshecho. Me quedé boquiabierta.

—¿Qué...?

—Tus líneas estaban torcidas —dijo Raikama—, y te faltó un trazo en el nombre de Bushi'an Takkan. Es mejor rehacerlo todo que arriesgarse a ofender de nuevo a su familia.

Apreté los dientes, con la ira hirviendo en mi interior.

Calma, me recordé, exhalando. *Calma*.

A este paso, tendría que terminar mi tapiz en el castillo de Bushian. Solté un gemido. Si pudiera encantar a mi aguja para que cosiera sin mí…

Bueno, ¿por qué no?

—Despierta —le susurré a la aguja—. Ayúdame a coser.

Para mi asombro, la aguja se revolvió y cobró vida, entrando y saliendo de la seda con torpeza. Luego, a medida que iba confiando en su hechizo, empezó a bailar por el bastidor en una sinfonía de puntadas. Añadí tres agujas más para acelerar el ritmo mientras yo también cosía, dando la espalda a Raikama para que no me viera.

Trabajamos toda la semana, hasta que por fin el tapiz —una escena de grullas y flores de ciruelo contra la luna llena— estuvo listo. Cuando terminamos, recogí las agujas en la palma de la mano.

—Gracias —murmuré—. Su trabajo está completo.

Las agujas cayeron sin vida, y un repentino letargo se apoderó de mí. Luché contra él y me levanté triunfante de mi bastidor de bordado para decirle a mi madrastra que había terminado.

Durante un tiempo que pareció muy largo, Raikama examinó mi trabajo, pero no pudo encontrar ningún fallo.

—Estará bien —dijo, aunque las cejas se le alzaron con desconfianza—. Cuando tu padre lo apruebe, les pediré a los ministros que lo envíen al castillo de Bushian.

Casi salté de alegría. Gracias a las Cortes Eternas, ¡eso significaba que era libre!

Exultante, guardé mis agujas e hilos. Quería encontrar a mis hermanos para celebrarlo, pero la magia era un trabajo agotador, mental y físicamente. Acabé dormitando en mi cama hasta que Guiya, una de mis criadas, me convocó a cenar.

Era nueva, con ojos inexpresivos, una cara olvidable y una obsesión exasperante por vestirme, hasta el último detalle, con el atuendo propio de una princesa, tarea a la que mis anteriores criadas habían renunciado hacía tiempo. En sus brazos había un conjunto de túnicas y ceñidores y chaquetas que no tenía ningún deseo de usar.

—Su ropa está arrugada, Alteza —advirtió—. No puede dejar su cámara con ese aspecto.

Estaba demasiado cansada para preocuparme. Ignorando sus súplicas, me dirigí a la cena, casi desplomándome en mi lugar junto a Hasho y Yotan. Apenas pude sobrellevar el primer plato sin cabecear.

Las almohadas bajo mis rodillas se sentían muy suaves, y me balanceé, arrullada por el aroma floral del té recién hecho. Hasho me sostuvo cuando me desplomé y derramé mi té.

—¿Qué te pasa? —susurró.

Lo ignoré, levantando la manga mientras los sirvientes limpiaban lo que había derramado.

—Padre —llamé, buscando su atención—. Padre, ¿puedes disculparme? Me siento mal.

—Te ves más pálida que de costumbre —dijo, distraído. Su mente estaba en otra parte; las reuniones con el consejo se habían alargado, aunque Andahai y Benkai no me dijeron por qué.

Me despidió con un movimiento de cabeza.

—Ve, entonces.

Mi madrastra me observó con extrañeza.

—La acompañaré.

Levanté la vista con horror.

—No, yo…

—Al menos hasta el pasillo —insistió.

No habló hasta que llegamos al final del pasillo.

—He estado pensando en ese dragón que dijiste que habías visto —me habló en voz baja—. Son bestias peligrosas y poco fiables, Shiori. Si te has encontrado con uno, lo mejor es que te mantengas lejos, muy lejos. Es por tu propio bien.

Oculté mi sorpresa. ¿Me había creído de verdad?

—Sí, Madrastra —mentí.

En cuanto regresé a mis aposentos, me desplomé en la cama.

¿Qué sabía Raikama —o qué le importaba— sobre lo que era bueno para mí? Por los dioses, su misión era sembrar infelicidad en mi vida.

Mientras la cabeza se me hundía en la almohada y los espíritus del sueño venían a por mí, me hice una promesa somnolienta.

Mañana por fin le pediría a Seryu que me mostrara cómo traer de vuelta a Kiki.

—¿Por qué te sorprende que te crea? —preguntó Seryu, masticando con pereza una rama de magnolia caída—. Los dragones son reales, todo el mundo lo sabe.

—Ninguno de mis hermanos me cree, ni siquiera Hasho —insistí—. Y no me *sorprende*; me *preocupa* que se lo cuente a mi padre.

—Si no lo ha hecho ya, no veo por qué iba a molestarse.

—No conoces a Raikama.

Clavé las uñas en la tierra, segura de que estaba ocultando la información para usarla contra mí más tarde. De la misma manera que desaprobó un encuentro con el hijo de lord Yuji, e insistió en sacrificarme a los bárbaros del norte abismal.

—Tal vez te hace seguir —dijo Seryu con maldad. Su pelo estaba completamente verde hoy, y lucía unos cuernos en los que no me había fijado antes.

—¿Seguir?

Se puso de lado, mirando algo que se arrastraba sobre el cuenco que usábamos para marcar nuestro punto de encuentro. Luego, con una garra, recogió una culebra de agua y me la acercó a la cara.

—Aquí está uno de sus espías.

Grité, poniéndome en pie de un salto.

—Dioses, Seryu. Quita eso.

—Relájate. Es inofensiva. Solo es una culebrita de agua. —Envolvió la serpiente alrededor de la cabeza, donde se posó sobre sus cuernos—. ¿Ves?

Todavía no me acercaba a él.

—Estaba bromeando, no es una espía, Shiori —afirmó Seryu. Hizo un siseo, y la lengua de la culebra salió como respuesta—. Solo tenía curiosidad por ver un dragón junto al lago.

—¿Puedes hablar con eso?

—*Con ella*. Y sí, claro que puedo. Los dragones y las serpientes están relacionados, después de todo, y las culebras de todo tipo son sensibles a la magia.

Eso no lo sabía.

—No me gustan las serpientes. Me traen malos recuerdos.

—¿De tu madrastra?

—Tiene cientos vagando por sus jardines —respondí a modo de explicación—. Mi hermano me retó una vez a robar una, y ella me atrapó.

Mi voz se tensó al recordarlo.

Las serpientes le recuerdan a su hogar, decía Padre a los ministros que no veían con buenos ojos sus inusuales mascotas. *Honren sus deseos como honrarían los míos.*

Era lo que nos decía a los niños también, y habíamos obedecido. Al menos hasta que Reiji me desafió a robar uno.

—Eres tú el que tiene miedo a las serpientes, no yo —le dije—. Además, le prometí que no entraría en su jardín sin ella.

—¿Tienes miedo de dejar de ser su favorita si te descubre?

—No le tengo miedo a nada.

Era cierto. Raikama me tenía cariño. No le importaría si tomaba prestada una serpiente.

La tarde siguiente, entré en su jardín, moviéndome con lentitud para no asustar a las serpientes. Pero sus ojos, todos amarillos y anchos y sin parpadear, me inquietaron. Solo había dado veinte pasos dentro de la madriguera cuando una pequeña víbora verde empezó a enroscarse en mi talón.

—Vete —susurré, tratando de quitármela de encima.

Pero se unieron más y, pronto, una docena de serpientes me rodearon. No, cien. Siseaban y enseñaban los colmillos. Entonces, una serpiente blanca que colgaba de la rama de un árbol se abalanzó sobre mi garganta.

Con un grito, salté hacia uno de los árboles, trepando tan alto como pude. Pero las serpientes me siguieron y mi pulso se aceleró de miedo. Me preparé para un mordisco mortal.

De repente, se abrió la puerta del jardín y apareció Raikama. Las serpientes retrocedieron como una marea que se aleja.

Yo prácticamente lloraba.

—Madrastra, por favor, perdóname. No sé cómo...

Una mirada fulminante fue todo lo que necesitó para silenciarme.

—Vete —dijo con frialdad.

Raikama nunca me había levantado la voz. Conmocionada, asentí con la cabeza, me deslicé por el árbol tan rápido como pude y salí corriendo.

—Desde entonces, me odia —le conté a Seryu, encogiéndome de hombros.

Mi despreocupación era fingida. Aún no entendía por qué ese momento había arruinado todo entre mi madrastra y yo, y me importaba más de lo que aparentaba. Pero nadie, ni siquiera mis hermanos, lo sabía.

—Bueno, no tienes nada que temer —respondió Seryu, sonriendo—. Si sus serpientes intentan hacerte daño, mi perla te protegerá.

Inclinó la cabeza hacia mí.

Estamos conectados, tú y yo.

Podía oír su voz, pero sus labios estaban inmóviles como la piedra. Di un salto hacia atrás.

—¿Cómo has hecho eso?

—Como dije, mi perla te protegerá. Nos une, de forma similar a como tú y Kiki estáis conectadas.

—¿Tu perla?

—Sí, te habrías ahogado si no fuera por la pequeña pieza que puse en tu corazón. Solo lo suficiente para mantenerte alejada de los problemas.

—¡Pusiste una perla en mi corazón!—exclamé.

—Después de que te desmayaste. No hace falta que suenes tan desagradecida: te salvó.

Mi alarma se convirtió rápidamente en curiosidad.

—Así que las perlas de dragón son mágicas.

—¿Son mágicas? —se burló—. Son la fuente misma de nuestra magia en su forma más pura y cruda. No hay nada que codicien más los demonios y los encantadores, ya que potencian sus habilidades.

—¿Dónde está el tuyo?

—Aquí —indicó, señalando su pecho—. Te lo mostraría, pero su brillo te cegaría.

Imité su burla para mofarme de su ego.

—¿Y aun así te has quitado un poco para salvarme?

—Quería saber qué hacía una humana bonita buceando tras un pájaro mágico. —Se aclaró la garganta, y sus gruesas cejas verdes se fruncieron en señal de confusión mientras yo lo miraba a los ojos—. No es algo que se vea todos los días. Me imaginé que un poco de la perla podría ayudarte a llegar a la orilla… ¿Por qué me miras así?

Sonreí con timidez fingida.

—Acabas de llamarme bonita.

Un rubor coloreó al instante sus puntiagudas orejas.

—Quise decir que me parecías bonita para ser *humana* —refunfuñó Seryu—. Serías un dragón horrible.

Un cálido cosquilleo ardió en mi pecho y me acerqué más a él, solo para ver cómo sus orejas se enrojecían aún más.

—Por suerte, no soy un dragón.

—Está claro —repuso Seryu, frotándose las orejas. Me echó una mirada—. Por eso mismo no puedes ir por ahí diciendo que tienes un trozo de mi perla. Sería casi imposible que alguien, excepto yo, te la quitara, pero los hechiceros son tan codiciosos como ingeniosos... Es mejor no arriesgarse mientras no esté.

—¿Te vas?

—Vuelvo al mar de Taijin. La corte de mi abuelo se encuentra en el cuadrante oeste durante los meses de invierno.

—Pero no es invierno.

—Lo es para nosotros. El tiempo de los dragones corre de manera diferente que en el reino mortal. Una semana para mí es una estación para ti. Debería estar de vuelta para tu primavera.

—¿Primavera? —repetí—. ¿Pero y nuestras lecciones? Y las grullas... ¡te perderás las grullas!

El dragón frunció el ceño.

—¿Las grullas?

—Visitan el palacio al principio de cada invierno —expliqué—. Es tradición saludarlas el primer día que llegan.

—¿Igual que es tradición que los príncipes reales y la princesa vuelen cometas durante el Festival de Verano? —dijo Seryu con ironía—. Los humanos tienen muchas tradiciones.

—También te perderás mi cumpleaños —dije, desanimada de repente—. Será mi último cumpleaños en palacio antes de que me manden a casarme con el hijo de lord Bushian.

Eso tomó al dragón por sorpresa.

—¿Te vas a casar?

—Sí —murmuré. Había enterrado todo el temor que sentía por mi compromiso durante semanas, pero ahora que Seryu se marchaba, la realidad de mi destino me escocía.

—¿Cuándo?

—Me enviarán al castillo de Bushian antes de que termine la primavera. La boda será el próximo verano.

La tensión en los hombros de Seryu se liberó.

—Oh, hay tiempo. Anímate, volveré en primavera. Mientras tanto, trabaja en tu magia.

Mis dedos fueron por instinto a mi bolsillo en busca de los trozos de Kiki que aún guardaba conmigo.

—Muéstrame cómo traer a Kiki de vuelta.

—No necesitas ninguna instrucción. Solo recuerda lo que te he enseñado.

Nerviosa, coloqué los trozos de papel en mi regazo, cuatro en total. Todos mis encantamientos desde el de Kiki habían sido efímeros. Las flores que hice florecer se marchitaron en cuanto mi concentración flaqueó, y los caballos de palo que hice galopar se derrumbaron en cuanto me aparté. ¿Y si resucitaba a Kiki solo para perderla de nuevo?

Kiki es diferente, me dije mientras empezaba a recomponerla con cuidado. *Es una parte de mí.*

Después de un minuto, ahí estaba. Un poco frágil, pero casi igual que antes: con un pico que se enganchaba un poco hacia abajo, dos ojos de tinta que había punteado con cuidadosos trazos de mi pincel y unas alas que se arrugaban en el centro, de modo que se curvaban como pétalos de orquídea.

Pero la tinta roja de su corona se había manchado y desvanecido. Me rasqué una costra en uno de los dedos y liberé una gota de sangre que presioné sobre la cabeza del pájaro de papel. Mientras se oscurecía con un tono carmesí, sostuve el pájaro en la palma de la mano. Llené mis pensamientos con la esperanza de que volviera a cobrar vida.

—Despierta —susurré.

Un fino hilo de oro plateado pasó por mis labios y se enroscó en las alas del pájaro antes de asentarse allí, como si estuviera cosido al papel. Entonces sus alas se batieron una vez. Dos veces. Y se elevó, rodeando mi cara.

—¡Kiki!

Kiki se me posó en la mano, con sus alas acariciándome los dedos.

Esa fue posiblemente la peor siesta que he tenido. Ella refunfuñó, sacudiendo su pico hacia mí. *Soñé que me hacían pedazos. No vuelvo a dormir nunca más. Jamás.*

—Puedo oírte —dije maravillada.

Sí, ¡claro que puedes oírme! Soy tu amiga más querida, ¿no es así?

—Tu deseo de traerla de vuelta os debe de haber unido —reflexionó Seryu—. Ahora podéis escuchar los pensamientos de la otra… aunque puede que encuentres que la compañía de un dragón es preferible a la de un pájaro de papel.

¿Te parece? Kiki gorjeó sin sonido. *Yo era su amiga antes de que te conociera.*

Me reí, amando el descaro de mi pájaro.

—Sí, pero ¿podrás enseñarme magia mientras Seryu no está?

—Es poco probable. —Seryu se recostó en la hierba—. Aunque siempre puedes pedirle ayuda a tu madrastra.

La risa se me murió en los labios.

—¿Mi madrastra?

Seryu se encogió de hombros.

—¿No lo sabes? Es una maga poderosa. La magia emana de ella. Incluso cuando estuve en su Festival de Suma, lo noté.

¿Raikama, una maga? ¡Imposible!

—Debes estar equivocado.

—Nunca me equivocaría en algo así.

—Pensaba que la magia era un don raro. ¿Cómo podría Raikama tenerla también?

—He dicho que es raro, no que *tú* seas la única que lo tiene. Y en realidad no es nada extraño. La magia atrae a la magia. Lo que sí es extraño es que mi abuelo le haya permitido cruzar el mar de Taijin. Él protege las aguas de Kiata de la magia extranjera.

—Tal vez no lo sabía —dije, y las vueltas que daba mi cabeza se detuvieron de forma abrupta. ¿Podría ser este el secreto que Raikama guardaba con tanto cuidado, que tenía magia, como yo?—. Deberías preguntar.

—No es prudente molestar al Rey Dragón sobre asuntos humanos. O alertarlo sobre un error que cometió hace años. Además, ella no es una hechicera.

—¿Qué quieres decir?

—No es una de esas tontas codiciosas atadas a un juramento de mil años, que juran servir a cualquier amo que posea su amuleto. No es algo tan grandioso como parece. Entre un amo y otro, tienen que pasar sus días en su forma espiritual, a menudo como una bestia sarnosa sin acceso a la magia, o sin mucha inteligencia.

—Si los hechiceros están obligados a tal juramento, ¿por qué les tememos?

—No lo hacen, no en Kiata. No tienen ningún poder una vez que cruzan el mar de Taijin.

—¿Por qué les tememos *fuera* de Kiata? —corregí. Tenía curiosidad.

—Porque están a un suspiro de convertirse en demonios. Ese es su castigo si rompen su juramento. Son peligrosos.

—¿Y mi madrastra no es peligrosa?

—No de la misma manera —respondió Seryu—. Su hechicería es salvaje y desenfrenada, como la tuya. Poderosa, sin duda, pero ambas sufren la corta vida de un mortal. —No pareció notar mi mirada, y continuó—: El misterio es de dónde saca su magia. No es de Kiata, como tú. Necesitaría una fuente, una fuente muy grande, para emanar tal poder.

—Tal vez bebe sangre de serpiente —dije, arremangándome—. Eso explicaría por qué tiene tantas.

—No creo que las serpientes sean una fuente de magia.

—Bueno, si no le preguntas a tu abuelo, tendré que averiguarlo *yo*. —Le lancé a Seryu una mirada tortuosamente engreída—. Lamentablemente, tendrás que esperar hasta la primavera para saber de qué me enteré.

—La primavera de los mortales no es más que un par de semanas en el tiempo de los dragones. Puedo esperar. —Seryu sonrió—. Bueno, ya me he quedado más tiempo del que debería. No te preocupes, princesa. Volveré. —Guiñó el ojo—. Tienes un pedacito de mi perla, y lo necesitaré de vuelta.

¿Cuándo se había acercado tanto? Podía oler la dulzura de la pasta de alubias rojas en su aliento.

—Tómala ahora, entonces —le ofrecí, retrocediendo un pequeño paso. Mi pie se tambaleó sobre una piedra suelta, y Seryu me agarró por el codo para estabilizarme.

—Quédatela. —Sus ojos brillaron como si guardara algún secreto—. Puede que la necesites.

Me besó la mejilla, con unos labios más suaves de lo que hubiera imaginado para un dragón. Luego, sin esperar mi reacción, se zambulló en el agua.

—¡Te veré en la primavera! —exclamó con un movimiento de la mano, y su cola salpicó antes de que lo perdiera de vista por completo.

Recogí el cuenco de nogal que habíamos usado para marcar el lugar de encuentro, le quité la suciedad de los lados y lo llevé a casa bajo el brazo.

De repente, la primavera parecía muy lejana.

CAPÍTULO 6

Con Seryu lejos y mi tapiz terminado, el resto del verano pasó muy lento. Reanudé las clases con mis tutores; las lecciones sobre historia, protocolo e idiomas eran cansinas, pero prefería eso antes que coser. Prefería cualquier cosa antes que coser.

Cada vez que podía, inventaba excusas para no tener clases. Eran mentiras blancas, como decirles a mis tutores que Andahai requería que lo ayudara a elegir un presente para su prometida, o decirles a los sumos sacerdotes que no podía presentar mis respetos a los dioses esa tarde porque Hasho estaba enfermo y necesitaba que le hiciera sopa. Pero la verdad era que mis hermanos siempre estaban muy ocupados, y nadie preguntaba por mí. Ni siquiera Raikama.

Por una vez no me importó, y utilicé mi precioso tiempo libre para espiar a mi madrastra.

Después de semanas de seguirla, de enviar a Kiki a espiarla, todo lo que había averiguado era su rutina de palacio. ¡Y qué rutina tan monótona! El desayuno con mi padre, las oraciones de la mañana, después la visita al jardín, donde alimentaba a las serpientes, regaba los crisantemos y barría los pétalos de glicina caídos. Luego, lo peor de todo, cosía durante horas sin parar.

Con un suspiro frustrado, arrojé un guijarro al lago Sagrado y observé cómo el agua se ondulaba y luego se aquietaba. Me senté y hundí los tobillos en el lago.

—No *puede* ser una maga, Kiki —le dije a mi pájaro—. Raikama siempre ha odiado la magia.

Odiar era un eufemismo, aunque nunca me había parado a pensar por qué. La mayoría de la gente de Kiata odiaba la magia. Pero el misterioso pasado de Raikama invitaba a muchos rumores descabellados sobre su procedencia, cómo había conocido a su padre y por qué tenía la cicatriz. Su afición a las serpientes no ayudaba a las especulaciones. En una ocasión, un ministro intentó convencer a Padre de que Raikama era una adoradora de los demonios, una de esas sacerdotisas heréticas que pasaban por el palacio todos los años, arrojando cenizas a las puertas y cantando tonterías sobre el regreso de la magia oscura a Kiata. Padre había exiliado al ministro y prohibido a las sacerdotisas de Gindara, pero ahora no podía evitar preguntarme sobre ello.

¿Podría ser que Raikama odiara la magia porque ocultaba la suya propia?

Fruncí el ceño.

—Ya la tendría que haber mostrado. Seryu tiene que estar equivocado.

Inténtalo de nuevo mañana, sugirió Kiki. *El dragón dijo que ella mantiene sus poderes ocultos.*

—También dijo que practicara *mi* magia —repliqué—. Cada hora que pierdo espiándola es una oportunidad perdida para probar mis habilidades.

También lo es cada minuto que pierdes quejándote, bromeó Kiki, mi improbable voz de la razón.

Dejé escapar otro suspiro, pero el pájaro tenía razón.

—Madura —le dije a una baya en ciernes, y se puso lo bastante gorda como para que un milano se lanzara a arrebatármela de la mano.

—Salta —le ordené a una piedra, y esta saltó por el lago hasta perderse de vista.

Esos hechizos eran fáciles, pero cosas como intentar cambiar la dirección del viento o llamar a las alondras y a las golondrinas a la punta de los dedos —simples encantamientos que deberían haber sido naturales para cualquier maga— me adormecían por el esfuerzo.

Es normal que te sientas mal por tu falta de habilidad, dijo Kiki, tratando de tranquilizarme. Su sentido de la empatía aún estaba lejos de ser fino. *Al menos puedes hacer* algo, *a diferencia de todos los demás en Kiata.*

—Excepto Raikama.

Agité las yemas de los dedos en el lago, intentando hacer un maremoto como el de Seryu, pero el agua apenas se onduló.

¿No quieres pedirle ayuda?

—Prefiero ahogarme en el lago Sagrado —repliqué.

Eso es un poco dramático, ¿no?, me reprendió Kiki. Cuando volví a suspirar, me pinchó la mejilla. *¿Por qué estás tan abatida, Shiori?*

No tenía que ver con Raikama, no en realidad. Tenía el resto del verano para descubrir su secreto; solo tenía prisa porque estaba aburrida.

—Mis hermanos me enseñaron a nadar en este lago —respondí al fin—. Nos reíamos tan fuerte que espantábamos a los patos. Andahai fingía ser un pulpo y nos atacaba si no podíamos nadar bastante rápido. Extraño esos tiempos. No quiero que nos casemos, que crezcamos y nos separemos.

Mis hermanos no habían preguntado por mí este verano. Andahai y Benkai estaban siempre en reuniones secretas con Padre y generales y embajadores, Wandei estaba inmerso en sus libros, Yotan era popular en la corte y salía todo el tiempo con sus amigos, y Reiji y Hasho estaban enfrascados en ese momento en una rivalidad de ajedrez que no les dejaba tiempo para nada más.

Mientras sacaba los pies del lago, el viento empujaba la corriente hacia mí. Era cada vez más fuerte, señal de que el otoño se acercaba. Levanté los brazos, disfrutando de la corriente de aire fresco que se deslizaba por mis mangas.

Por muchos recuerdos alegres que evocara, por mucho que gritara, no conseguía que el viento me escuchara.

¿Qué te parece esto?, sugirió Kiki, apuntando con el ala a algo que flotaba en el lago. *¿Por qué no le dices al viento que lo lleve hacia ti?*

Entrecerré los ojos. ¿Qué podía ser eso, que brillaba bajo un montón de musgo y algas?

Me arrastré por la orilla y agarré la rama más larga que encontré. Luego saqué lo último que esperaba volver a ver.

—¡Mi ceñidor! —exclamé.

Era el que llevaba cuando salté al lago, el mismo por el que me había preguntado Raikama. Los hilos dorados estaban empapados, el dibujo floral estaba manchado de barro y los hilos estaban enredados con el musgo, pero por lo demás estaba intacto.

Lo escurrí, con mis pensamientos revueltos. Después de espiar a Raikama durante semanas, estaba medio convencida de que Seryu estaba loco por pensar que era una maga. Al menos descubriría por qué ella había querido este tonto ceñidor.

La impulsividad y la curiosidad —dos de mis rasgos más hermosos— me hicieron irrumpir en su cuarto de costura, agitándolo como un estandarte de soldador.

—¡Madrastra! —hablé, mostrando el ceñidor húmeoa y arrugado—. Querías ver esto.

Raikama apenas levantó la vista de su bordado.

—Solo porque fue un regalo de lord Yuji. Ya has ofendido a una familia, Shiori. Es mejor que no insultes a otra. —Anudó el hilo y lo cortó con unas tijeras—. Que las criadas lo limpien junto con el resto de tus cosas.

Me di la vuelta para marcharme, y no habría pensado más en el incidente si no fuera por la sombra que recorrió el rostro de Raikama. Muy sutil, un débil pero inconfundible anillo de oro parpadeó en sus ojos.

A la mañana siguiente, mi ceñidor había desaparecido.

—Su Resplandor la quería —respondió Guiya cuando le pregunté. Tenía la mirada fija en el suelo, lo cual era prudente, teniendo en cuenta que yo la miraba con incredulidad.

—¿Así que se lo diste? —exclamé.

Guiya encorvó los hombros, temblando como un ratón.

—No, princesa. Su Resplandor... Su Resplandor se lo llevó. ¿Quizás usted quiera uno rojo? —Levantó un bulto ricamente envuelto—. Esto acaba de llegar de lord Yuj...

Salí corriendo antes de que pudiera terminar. A estas alturas, conocía de memoria el horario de mi madrastra, y estaría en su jardín. Perfecto, ya que yo conocía todas las formas de entrar sin que nadie lo notara.

No me aventuré mucho; me asustaban demasiado las serpientes. A veces oía a los cancilleres de Padre hablar de ellas, de que las víboras eran venenosas, algunas tan mortales que tocarlas podía causar la muerte. El recuerdo de sus escamas contra la piel todavía me hacía estremecer.

Con cuidado, me quité las zapatillas y las sujeté bajo el brazo mientras vadeaba la parte menos profunda del estanque de Raikama. Allí me escondí bajo el puente de roca, agachada tanto tiempo que me temblaban las rodillas, y los peces, pensando que yo era un nenúfar, se acercaron a mordisquearme los dedos de los pies.

Después de lo que me pareció una eternidad, llegó Raikama. En cuanto los guardias cerraron la puerta del jardín, sacó un ovillo de hilo escarlata de su túnica. Se parecía mucho a un sol rojo, excepto por las hojas que se aferraban a sus fibras.

Yo esperaba que se pusiera a hablar con las serpientes que descansaban en la pasarela cerca de las glicinas, como siempre hacía, o que se ocupara de su preciada parcela de orquídeas luna, cuyo dibujo solía bordar en sus abanicos y chales. En cambio, se levantó la falda hasta las rodillas y alzó el hilo por encima de su cabeza.

—Llévame a las Lágrimas de Emuri'en —ordenó.

El ovillo tembló y emitió una luz rojiza mientras rebotaba de su mano al estanque.

Raikama esperó al borde del estanque. El agua había comenzado a girar con furia, separándose para revelar un camino en el centro y una escalera abajo. Mi madrastra descendió rápido.

Empecé a seguirla, pero las serpientes siseaban, bajando de los árboles y elevándose del suelo para bloquearme.

El miedo me invadió y jadeé, congelándome a mitad de camino. Estaban por todas partes, algunas con colores deslumbrantes que no había visto nunca: turquesa, violeta y zafiro. Otras eran negras como la noche con rayas escarlatas o marfil con motas marrones. Pero sus colmillos eran todos iguales, curvados como pequeñas dagas, sus pupilas, rajas amenazantes.

Me rodearon, de la misma manera que lo habían hecho tantos años atrás.

¡Shiori!, llamó Kiki desde las escaleras. *Si no te das prisa, la perderemos.*

El agua empezaba a correr de nuevo sobre las escaleras, pero todavía tenía que pasar a través de las serpientes que se cernían sobre ellas. *El miedo es solo un juego, Shiori*, me recordé. *Se gana jugando.*

Volví a calzarme las zapatillas y me dirigí hacia las escaleras. Más serpientes cayeron de los árboles y se sumergieron en el agua, pero no miré atrás. La oscuridad se apoderó de mí, y seguí el resplandor de la luz allá abajo en las escaleras hasta que salí al otro lado.

Tuvo que ser la magia la que me llevó al bosque, más allá de los jardines de palacio. De hecho, ni siquiera podía ver el palacio, solo las Montañas Sagradas, tan cerca que ocultaban el cielo. Si realmente me encontraba en uno de los bosques de las montañas, estaba muy lejos de casa. Pero cómo volvería era la menor de mis preocupaciones.

Kiki se adentró en los árboles, con sus frágiles alas de papel que bailaban en una ráfaga invisible de viento de verano. A lo lejos, pude ver el ovillo de hilo rebotando entre los matorrales, su brillante luz pintando de rojo los árboles. Corrí tan rápido como pude, siguiendo a Raikama cada vez más adentro del bosque, hasta que, de repente, se detuvo.

Kiki me mordió el pelo, tirando de mí detrás de un árbol.

El ovillo había llegado a un agujero en la tierra, lleno de ramitas y hojas. Ya no temblaba ni brillaba.

Mi madrastra dejó a un lado sus sandalias y se quitó el alfiler de latón que le sujetaba el pelo en su característico rodete. Mientras sus mechones de pelo negro caían por la espalda, se frotó las sienes. Apareció un mechón de pelo blanco.

Fruncí el ceño. Eso nunca había aparecido. No en la reina sin edad.

Arrodillada junto al pozo de tierra, se arremangó y aflojó lentamente las capas de su túnica hasta dejar los hombros al descubierto.

Una luz brilló en su pecho, tenue al principio; luego se hizo más brillante, hasta que tuve que taparme los ojos. En el corazón de Raikama brillaba un orbe roto, fracturado en el centro, como una luna partida en dos. A pesar de todo, era hermoso, su superficie era oscura como el cielo nocturno, pero su luz era tan deslumbrante como el amanecer que se despliega sobre el océano. Era fascinante de contemplar.

—Eso es —dije en un suspiro—. La fuente de su magia.

Maravilloso. Ahora vámonos, suplicó Kiki. *Ya hemos visto suficiente.*

—Todavía no —susurré, haciéndole un gesto para que se fuera mientras empezaba a subir al árbol. Necesitaba ver más.

Burbujeaba agua desde el centro del agujero. Hace un minuto, estaba seco. ¿De dónde venía el agua?

Me incliné, fascinada. No se trataba de un estanque cualquiera, el agua era opaca y no reflejaba nada. ¿Podrían ser realmente las Lágrimas de Emuri'en, las lágrimas que se decía que había derramado la diosa del destino al caer de los cielos a la tierra? Los dioses habían destruido todos esos estanques.

Mi ceñidor dorado yacía sobre el brazo de Raikama, con su delgado cordón desatado. Mientras lo sumergía en el agua, habló en un idioma que no reconocí. Era más rítmico, las palabras eran cadenciosas y redondas. Su voz sonaba más suave y, por alguna razón, eso hizo que se me pusiera la piel de gallina.

—¿Entiendes lo que está diciendo? —le susurré a Kiki.

Suena como un hechizo. Uno peligroso. Kiki me clavó el pico en la mejilla cuando me acerqué. *¡Cuidado, Shiori! Dioses, ¿nadie te ha enseñado que siempre es el pájaro curioso el que se come el zorro?*, gimió. *Si tan solo hubiera nacido de una maga más sensata.*

—¿Desde cuándo te preocupa tanto tu vida? —repliqué—. Ningún zorro te querrá, estás hecha de papel.

Sí, pero si tú mueres, yo muero. Así que por supuesto que me preocupo por ti. Te lanzarías al fuego si eso te permitiera obtener respuestas.

—Ya veo. Solo te preocupas por mí por tu propio interés.

Claro. Un pájaro como yo no crea vínculos innecesarios.

Ignorándola, entrecerré los ojos para mirar las Lágrimas de Emuri'en. Dentro del charco, cintas de color carmesí brotaban de mi ceñidor, como si fuera sangre. Mientras se tejían entre los dedos de Raikama, la voz de mi madrastra cambió. El veneno goteaba de ella, su tono era áspero y profundo.

—Andahai —dijo con voz ronca.

Ante mis ojos, las cintas en el agua adquirieron la forma del príncipe heredero, tan realista que me estremecí. Fruncí los labios, echando de pronto de menos a mis hermanos, incluso a Andahai. Podía ser aburrido y testarudo, pero si gobernara Kiata con la mitad del cuidado que nos brindaba a los seis hermanos, nuestro país vería sus días más brillantes.

Entonces, cuando Raikama dijo sus nombres, el resto de mis hermanos aparecieron uno a uno en la piscina.

—Benkai. —Alto y elegante, el hermano que más admiraba. Era el más paciente de nosotros, pero eso no significaba que siempre nos escuchara.

—Reiji. —Rara vez sonreía, y hablaba sin pensar, sin importarle si sus palabras herían. Pero si Hasho podía soportarlo, no podía ser tan malo.

Las aguas seguían arremolinándose, y yo intentaba sacudirme cualquier encantamiento que Raikama debía estar lanzando, pero no había terminado. Todavía quedaban cuatro hijos.

—Yotan. —El hermano con el que contaba para decirme que mi cuenco estaba medio lleno, no medio vacío. El hermano que me ponía caparazones de cigarra en la almohada para hacerme gritar y me preparaba el té con suficiente chile para hacerme llorar, pero que siempre me hacía reír.

—Wandei. —El callado, que amaba los libros más que a las personas y se enterraba en sus pensamientos si Yotan no le recordaba que debía comer y dormir. Sus inventos eran una especie de magia en sí mismos.

—Hasho. —Mi confidente. El más gentil, aunque le gustaba burlarse de mí. En quien confiaban hasta los pájaros y las mariposas.

Finalmente llegó mi nombre.

—Shiori.

Salí de mi aturdimiento. Las cintas se volvieron negras, enturbiando el agua del estanque. Las serpientes —siete de ellas, más sombra que carne— emergieron y nadaron hacia Raikama.

Kiki salió disparada hacia mi manga.

Ahora, Shiori. Tenemos que irnos. ¡Ahora!

Oí la advertencia de mi pájaro, pero no pude moverme. Estaba paralizada por las serpientes.

Se deslizaban por mi madrastra, trepando por su espalda y cubriendo su cuello.

Shiori, susurraban. *¡Muere, Shiori!*

Ya había visto y oído suficiente. Me aparté de la rama del árbol y empecé a bajar cuando vi el perfil de mi madrastra. Sus ojos eran amarillos como los de una serpiente y, en lugar de su suave piel, brillaban escamas tan blancas como la primera nieve del invierno.

Jadeé y, al perder un asidero, me caí del árbol con un fuerte golpe.

Raikama se volvió.

—¿Quién está ahí? —llamó, cubriendo su corazón con la mano—. Muéstrate.

¡Que me lleven los demonios! Me hundí en los arbustos. Las hojas se doraron y se marchitaron bajo mis dedos, el miedo y el nerviosismo me hacían incapaz de controlar mi propia magia.

No me atrevía ni a respirar, pero el corazón me latía salvaje en el pecho. Le recé a las Cortes Eternas para que no me delatara.

—¡Muéstrate! —dijo Raikama de nuevo, poniéndose de pie. Apenas la reconocí, con su pelo arremolinado en una masa de tinta y la lengua saliéndole de la boca, fina y bífida. Mi madrastra no era una maga, ¡era un monstruo!

Horrorizada, me alejé de mi escondite y comencé a correr por donde había venido. Pero un bosque interminable me rodeaba. No sabía cuál era el camino a casa.

No importaba. Mientras Raikama no me encontrara... Alguien me agarró del brazo por detrás.

—Shiori —siseó mi madrastra.

Estaba demasiado sorprendida para luchar. Las serpientes sombrías sobre su hombro habían desaparecido. Su rostro también había vuelto a ser normal, pero el brillo marfil de sus escamas aún bailaba en mi memoria, mareándome.

Kiki voló, pegándole a mi madrastra con las alas, pero Raikama la apartó con un poderoso golpe.

—¡Kiki! —grité cuando mi pájaro desapareció de la vista.

—No deberías estar aquí —dijo Raikama con rabia—. Mírame cuando te hablo, Shiori.

La miré a los ojos. Brillaban de una forma que nunca había visto antes. Luminosos y dorados, tan hipnotizantes que no podía apartar la mirada.

—Olvida todo lo que has visto aquí. Estás agotada, todo ha sido un sueño.

Una oleada de cansancio me invadió. La boca se me estiró en un bostezo, los ojos se cerraban y se me abrían... entonces me detuve. Parpadeé. No estaba cansada. Y no había olvidado por qué estaba aquí.

Los labios de mi madrastra se fruncieron en una mueca. Me agarró del hombro.

—Olvida todo lo que has visto —repitió, con una voz profunda y sonora. El agua del charco que teníamos detrás ondulaba mientras ella hablaba—. Olvídalo y no hables nunca de ello.

—No —susurré—. No, déjame ir. ¡Suéltame!

Me zafé de su agarre y conseguí alejarme solo unos pocos pasos antes de que me atrapara de nuevo. Su fuerza, al igual que su velocidad, me sorprendió. Me levantó con facilidad y sus largas uñas se enredaron en mis mangas.

Me levantó hasta que mis ojos marrones quedaron a la altura de los suyos, amarillos, y grité.

Kiki regresó y se lanzó para morder la mejilla de mi madrastra. Un corte escarlata atravesó la piel de Raikama. Mientras ella gritaba, yo me escabullí, agarrando el ovillo de hilo de su mano en el último segundo.

Salí corriendo del bosque. Había visto todo lo que necesitaba.

Mi padre se había casado con un demonio.

CAPÍTULO 7

Lancé el hilo al aire y grité:

—¡Llévame a casa!

Al oír mi orden, el ovillo se estremeció con fuerza y se alejó de un salto. Me apresuré a seguirlo, casi sin poder pestañear por miedo a perderlo de vista mientras atravesaba el bosque. El sudor me empapaba las sienes, el calor del verano se me pegaba a la piel, pero no me atrevía a dejar de correr.

Tenía que avisar a mis hermanos. Tenía que avisar a Padre.

Finalmente salí del jardín de mi madrastra y me apresuré a entrar en palacio.

Qué espectáculo era yo. Hojas enredadas en el pelo, barro que cubría el dobladillo bordado de mi túnica. Incluso había perdido una de mis zapatillas. Los guardias se quedaron mirando, desconcertados por mi desaliño.

Nada podía detenerme.

Entré en la habitación de Hasho, jadeando.

—Es un demonio. —Me apoyé en la pared, intentando recuperar el aliento—. Tenemos que decírselo a Padre.

Hasho se puso en pie. No estaba solo; Reiji y los gemelos también estaban allí, enfrascados en una partida de ajedrez.

—Tranquila. ¿De qué estás hablando?

—¡Raikama! —Tragué una bocanada de aire—. La he visto transformarse. Ella sabe... sabe que estuve allí.

Kiki se salió de mi manga, y Reiji casi volcó el tablero de ajedrez.

—¿Qué es eso? —exclamó.

—Tenemos que decírselo a Padre —repetí, ignorándolo—. ¿Dónde están Andahai y Benkai?

—Aquí —respondió Andahai. Todas nuestras habitaciones estaban conectadas, y él estaba de pie entre la habitación de Hasho y la de Reiji, con una expresión severa.

—¿A qué se debe el alboroto, Shiori? —Frunció el ceño al ver mi túnica—. ¿Te has vuelto a caer al lago?

Pasé por delante de Andahai y me dirigí a Benkai. Me escucharía. Tenía que hacerlo.

—Tiene una salida secreta en su jardín —expliqué—. Y lleva a un... un lugar en las Montañas Sagradas de la Templanza. Si seguimos este ovillo, nos llevará allí...

Mis seis hermanos tenían una expresión idéntica: cejas arrugadas, barbillas rígidas y ojos apenados. Querían creerme, pero no lo hicieron. Por supuesto que no lo hicieron. Sonaba como una loca delirante.

—Vosotros... no me creéis.

Reiji se burló.

—Primero ves un dragón, ¿y ahora nuestra madrastra es un demonio?

—¡Es verdad!

—Sé que no quieres casarte, pero seguro que hay mejores formas de llamar la atención de todos.

Benkai lanzó una mirada de advertencia a Reiji y, luego, se volvió hacia mí.

—Después de la cena, hermana —dijo con amabilidad—. Después de la cena, iremos contigo a seguir este ovillo, ¿de acuerdo?

—¡Será demasiado tarde!

—Shiori, Shiori —dijo Hasho, sujetándome por los hombros—. Estás temblando.

Me zafé de su abrazo, aún tambaleándome.

—Padre se casó con un demonio. Tenemos que decírselo. Tenemos que...

Me falló la lengua. Raikama había aparecido en la puerta. Había desaparecido su cara de serpiente, el mechón blanco del pelo. Incluso sus faldas ya no estaban mojadas.

Pero su presencia era diferente: más poderosa, más convincente. Y el corte que mi pájaro le había hecho se había curado en menos de una hora.

Kiki se apresuró a volver a mi manga y mis hermanos hicieron las reverencias correspondientes de inmediato, pero yo me abalancé hacia el estante de espadas más cercano. Hasho me bloqueó y me agarró el brazo con tanta fuerza que me encogí.

Los ojos de Raikama se clavaron en los míos.

—Me gustaría hablar con Shiori.

—Quizá después de la cena, Madrastra —respondió Benkai. Sus hombros se habían tensado y ensanchado, pero aunque era el más alto de mis hermanos y le llevaba al menos una cabeza a Raikama, de alguna manera ella se erguía sobre él—. Ya llegamos tarde a...

—Vosotros seis saldréis primero.

Para mi sorpresa, mis hermanos no discutieron. Hasho me soltó del brazo y se dirigió a la puerta.

Agarré una espada con empuñadura de jade y perseguí a mis hermanos, bloqueando a Yotan y Wandei.

—¡No, quedaos!

Los gemelos detuvieron sus pasos, con cara de confusión.

—Shiori. —Sonó la voz de mi madrastra—. Suelta la espada.

Se me cayó de la mano y jadeé. No podía moverme. Mi cuerpo se rebelaba contra cada una de mis órdenes, arraigando mis pies al suelo y mis brazos a los lados.

¡Lucha, Shiori!, gritó Kiki, mordiéndome la mano desde dentro de la manga. *¡Debes luchar!*

Raikama me tocó el hombro.

—Mírate. Apenas estás en condiciones de venir a cenar. Ve rápido y cámbiate. Inventaré una excusa para tu padre.

Sus ojos parpadearon de color amarillo, y una ráfaga de frío me recorrió la mente y el cuerpo. De repente, mi ira contra ella se apagó, mis recuerdos de lo que había visto en su jardín no eran más que una bruma, un sueño. Lo único que quería era obedecer, ir a mi habitación y cambiarme para llegar a tiempo a la cena.

Me pondría una de mis túnicas rojas. El rojo era mi color favorito, y Padre siempre decía que era el que me quedaba mejor. O tal vez me pondría el ceñidor rojo que Guiya había mencionado.

Me sacudí y las manos se me cerraron en un puño. Raikama lo estaba haciendo de nuevo. Estaba intentando hechizarme.

Empujé a Hasho tan fuerte como pude, despertándolo, y luego tiré de los brazos de Benkai y Andahai, y les grité:

—¡No la miren a los ojos! ¡Está tratando de controlarnos! Ella…

—Suficiente.

La palabra cortó el aire como un cuchillo. La serie de acusaciones murió en mi garganta, como si alguien la hubiera tapado con un corcho.

Benkai agarró la espada que yo había dejado caer y apuntó con la hoja a Raikama.

Mi madrastra apenas se inmutó. Sus ojos brillaban de color amarillo, como cuando estábamos solas en el bosque.

—Te aconsejo que dejes la espada —dijo en voz baja.

Los brazos de Benkai temblaron, los músculos se le tensaron, y su rostro perdió el color. Algo lo impulsó a bajar su arma contra su voluntad.

—¡Demonio! —gritó Andahai, blandiendo su espada hacia Raikama.

—¡Ríndete!

Andahai tampoco pudo dar un paso antes de soltar de golpe su arma. El resto de mis hermanos se lanzaron contra ella, pero bien podrían haber atacado el aire, porque bastó con que ella levantara la barbilla para que ninguno de ellos pudiera moverse.

—¡Corre, Shiori! —habló Hasho, ronco—. ¡Llama a Padre!

Volé a través de la habitación, mis manos tanteaban las puertas, pero no se movían.

—¡Guardias! —grité, pero las ventanas se abrieron, y una ráfaga de viento se precipitó al interior, ahogando mi grito.

Me tambaleé, el viento me empujó hacia atrás hasta que me golpeé contra la cómoda de Hasho. Mientras me derrumbaba, con el dolor estallando en mi interior, una pesadilla se desplegó.

—Hijos de mi marido, no deseo haceros daño —dijo Raikama en voz baja a mis hermanos—. Pero vuestra hermana ha desvelado el secreto que más oculto, y veo que no hay forma de limpiar los recuerdos de vuestra mente. No me dejáis otra opción. Es por el bien de todos que debo hacer esto.

La luz de su pecho zumbó y brilló aún más que antes, extendiéndose por la habitación hasta envolver a mis hermanos.

Empezaron a cambiar. Primero sus gargantas, para que no pudieran gritar. Unas plumas negras les cubrieron los cuellos, extendiéndose hasta los largos picos que brotaban de sus narices y labios. Oí cómo se rompían los huesos y se desgarraban los músculos cuando los brazos se alargaron hasta convertirse en alas blancas y brillantes, y sus piernas se adelgazaron y se volvieron nudosas como tallos de bambú. Sus ojos se redondearon y profundizaron y, por último, seis coronas carmesíes adornaron la parte superior de sus cabezas.

¡Grullas, mis hermanos se habían convertido en grullas!

Volaban con violencia a mi alrededor.

Gritando, recogí una espada caída y cargué contra Raikama.

Ella giró, esquivándome con un rápido paso lateral antes de agarrar mi muñeca. Con la misma tremenda fuerza que había ejercido en el bosque, me levantó. Mi espada cayó al suelo.

—¡Devuelvelos! —Escupí, luchando contra ella—. ¡Devuelvelos, monstruo!

Era lo mismo que suplicarle a Sharima'en, la Enterradora, pero en mi locura creí ver un destello de piedad en sus ojos, una brasa de sentimiento.

Me equivoqué.

—Monstruo —repitió mi madrastra en voz baja. De forma letal. La cicatriz de su cara brillaba a la luz de la linterna—. Me llamaron así una vez. Me llamaron muchas cosas peores.

Mientras me retorcía, sus labios perfectos se curvaron en una mueca.

—De todas las personas que he conocido en esta nueva vida, pensé que tú serías la única que lo entendería. Pero me equivoqué, Shiori. —Me levantó en alto—. Ahora debes irte.

Antes de que pudiera lanzar su maldición, mis hermanos se abalanzaron. En una furia de picos afilados y poderosas alas blancas, atacaron a nuestra madrastra. Los muebles volaron y, en medio del caos, le di una patada a Raikama en el pecho y me liberé.

Huí a mi habitación, cerrando la puerta tras de mí. Tenía que detenerla. ¿Pero cómo? No con mi cítara ni con mis agujas de bordar, ni mucho menos con mis pinceles de caligrafía.

Mi tímida doncella estaba allí, encogida en un rincón. Nunca me había alegrado tanto de ver a alguien en mi vida.

—Guiya —grité, casi empujándola hacia la puerta—. Corre, dile a mi padre. Dile que Raikama es...

Guiya llevaba las manos a la espalda, como si ocultara algo. Una daga, esperaba. Cuando me vio, se precipitó hacia delante.

—Shiori'anma...

Hasta ahí llegó. De repente, se le estrechó la garganta y sus ojos se volvieron blancos, girando hacia atrás hasta que su cuerpo se aflojó. Guiya se desplomó en el suelo, inconsciente.

¡Demonios de Tambu!

Solo tenía unos segundos hasta que Raikama apareciera en la puerta.

Intenté despertar a Guiya. No tuve suerte. Tampoco tenía una daga. Solo un puñado de lo que parecía arena negra, probablemente carbón para teñirme el pelo y las pestañas. Inútil.

Empecé a dar vueltas para rebuscar en mi habitación. En mi escritorio estaban las grullas de papel que había doblado. Cientos de ellas. Las lancé al aire.

—Cobren vida y ayuden a mis hermanos.

A mi orden, sus picos puntiagudos se levantaron y sus alas de papel se agitaron. En cuestión de segundos, salieron disparados detrás de Kiki.

Rodeaban a Raikama en la puerta, pero bien podrían haber sido mosquitos. Levantó un brazo, y una luz brillante brotó de su corazón, y de repente mis pájaros cayeron sin vida, como un montón de piedras.

Solo Kiki seguía volando. Se escondió detrás de mi pelo, y sus alas temblaban con tanta violencia que casi pude oír su miedo.

—Así que sí tienes algo de magia —señaló mi madrastra, acorralándome—. Esto habría sido más fácil si no la tuvieras.

El odio me dio fuerzas. Le arrojé el cuenco de nogal de Seryu a la cabeza, lanzándolo con más fuerza que nada en mi vida.

Pero Raikama lo atrapó con una mano. Lo sostuvo sobre la palma, y un resplandor se acumuló en su interior, serpientes sombrías que se arrastraban por el borde y se enredaban en mi cuello.

Músculo a músculo, me puse rígida, inmovilizada por las serpientes que me apretaban cada vez más, hasta que ni siquiera un resuello pudo escapar de mis labios.

—Para —jadeé—. Quítamelas…

—¿Deseas hablar? —Los ojos amarillos de mi madrastra brillaron—. Entonces ten cuidado con lo que dices. Mientras este cuenco descanse sobre tu cabeza, con cada sonido que salga por tus labios, uno de tus hermanos morirá.

Raikama levantó mi barbilla para que nuestros ojos se encontraran. Esperaba que se riera de lo indefensa que parecía, pero su expresión era ilegible.

—A partir de ahora, tu pasado ya no existe. No hablarás ni escribirás sobre él. Nadie te conocerá.

Puso el cuenco sobre mi cabeza. Cuando los lados de madera me cayeron sobre los ojos y la nariz, abrí la boca para gritar, pero su maldición llegó más rápido que mi voz, y un mundo de negrura se plegó sobre mí.

CAPÍTULO 8

Me desperté de cara al cielo vacío, con la espalda apoyada en una tierra verde y crujiente. Altos tallos de hierba me rozaban las mejillas y los tobillos, y el viento traía un frío amargo que se colaba en mis huesos.

Me levanté, respirando con dificultad.

Esto no era mi casa. Estaba en la cima de una colina, sin palacio a la vista, y en lugar de Gindara estaba el mar. Podía verlo desde todas las direcciones, el agua gris bañando la orilla.

Raikama me había abandonado en una isla. Una, por lo que parecía, en el Lejano Norte. La luna era tan grande como mi puño y aún brillaba en el cielo de la mañana.

La ira se me hinchó en el pecho, pero cerré los puños, apartándola. Ya me enojaría más tarde. Ahora mismo, necesitaba salir de aquí... Tenía que encontrar a mis hermanos y volver a casa. Observé el paisaje más abajo y vi manchas rojas y marrones oxidadas a lo largo de la costa: barcos de pesca, una débil promesa de civilización.

Me subí mis andrajosas faldas y bajé la colina. Al poco tiempo, oí los cascos de los caballos tartamudeando contra un camino de tierra.

¡Qué suerte!, pensé, corriendo en su dirección. Agité los brazos y empecé a abrir la boca para gritarles. Era simple, les diría que era la princesa Shiori, la hija del emperador. Estarían más que encantados de llevarme a casa.

Pero las toscas risas de los hombres —y los destellos de las espadas de acero que blandían como al descuido en sus manos— me detuvieron en seco.

—¡Eh, tú! —gritó uno, viéndome desde lejos—. ¡Chica del sombrero, alto ahí!

El miedo se apoderó de mis entrañas. Había oído muchas historias sobre los peligros de los caminos de Kiata, y los bandidos eran los más peligrosos de todos.

Desaparecí entre los arbustos. A los cien pasos, me despojé de mi túnica exterior para poder avanzar más rápido. Con los dientes castañeteando por el frío, corrí siguiendo el pálido sol naciente sobre mí, tan pequeño y blanco que no se parecía en nada al sol que estaba acostumbrada a ver en casa.

Cuando la colina quedó muy atrás, y no era más que un montículo contra el mar grisáceo, frené para recuperar el aliento. Los bandidos no me habían seguido, gracias a las Cortes Eternas, y me había encontrado con un campo de arroz inundado. Debía de haber una aldea no muy lejos.

Buscando un camino, levanté la mano para protegerme los ojos del sol. Pero cuando mis dedos rozaron la madera en lugar de la piel, las palabras del bandido volvieron a retumbar en mí.

La chica del sombrero, había gritado.

Me dio un vuelco el corazón. *Tenía* algo en la cabeza. No era un sombrero. Un cuenco, de madera e inflexible. Por mucho que lo intentara, no podía quitármelo. ¿Era la magia de Raikama?

Me arrodillé junto a mi reflejo en un estanque poco profundo, mirándome a mí misma. El cuenco era profundo, me cubría los ojos y la nariz, pero podía ver sin problemas, como si la madera no fuera más sustancial que una sombra. No era el caso de mi reflejo: no importaba el ángulo en el que inclinara la cara, el cuenco me cubría los ojos y me ocultaba todo lo que había por encima de los labios.

Se me formó un nudo duro en la garganta al tiempo que volvía el calor ardiente en mi pecho.

Padre no me reconocería así. Nadie lo haría.

Le escribiré, me dije con determinación. En cuanto llegara a la aldea más cercana, enviaría una carta diciéndole a Padre dónde estaba. Encontraríamos a mis hermanos, y alguien —algún hechicero en algún lugar— debía tener el poder de deshacer lo que mi madrastra había hecho.

Entonces, contra las nubes grises que se acumulaban en el este, seis pájaros surcaron el cielo. El corazón se me subió a la garganta al recordar la maldición de mi madrastra.

—¡Hermanos! —grité. La palabra me supo a ceniza, pero no me detuve a preguntar por qué. Atravesé el campo de arroz hacia el mar, agitando los brazos.

Los pájaros siguieron volando.

No, no, no. Tenían que verme. No podían irse.

—¡Regresad! ¡Hermanos!

Presa del pánico, me arranqué la zapatilla y la lancé hacia ellos. Mi zapatilla se elevó en el aire, una mancha de color rosa brillante apenas más alta que los árboles que me rodeaban. No tenía ninguna posibilidad de rozar el cielo.

—¡HERMANOS! —les supliqué por última vez—. ¡Por favor!

Por fin, los pájaros se detuvieron. Me atreví a esperar que me hubieran visto.

No. Estaban cayendo. Cayendo en picado. Sin vuelo, como si alguien les hubiera cortado las alas. Sucedió tan rápido que todo lo que pude hacer fue mirar, con el horror retorciéndose en mi vientre.

Corrí a la playa, casi gritando cuando me encontré con los seis pájaros que yacían sin vida en la arena. Pero me quedé sin aliento antes de poder emitir un sonido: seis serpientes fantasmales, cada una de ellas tan transparente y oscura como una sombra, salieron de debajo de las alas de los pájaros muertos. Las serpientes se alzaron y llegaron a la altura de mi cintura, mirándome con sus ominosos ojos amarillos.

—Esta es tu única advertencia —sisearon—. La próxima vez, serán tus hermanos los que perezcan, uno por cada sonido que hagas.

Con su trabajo hecho, se desvanecieron en el olvido.

Y para mi horror y alivio, vi que las aves no eran grullas, sino cisnes. No eran mis hermanos, pero estaban muertos por mi culpa.

Seis cisnes, uno por cada una de las seis palabras que había pronunciado.

—Mientras este cuenco descanse sobre tu cabeza, con cada sonido que salga de tus labios, uno de tus hermanos morirá —había dicho mi madrastra.

Un pozo de dolor se me abrió en la garganta al comprender de repente la maldición de Raikama.

Quería gritar. Gritar. Llorar. Demostrarme a mí misma que no era cierto. Que era un terrible, terrible error. Pero los seis cisnes muertos, sus ojos negros y vidriosos, sus largos cuellos blancos retorcidos y magullados, me aseguraban que no era así.

Caí de rodillas, con un sollozo silencioso que me quemaba los pulmones.

Mi madrastra me había destrozado. Me había alejado de mis hermanos, de mi familia, de mi hogar. Incluso de mí misma.

Las lágrimas se deslizaron por mis mejillas. Lloré hasta que me dolió respirar, y mis ojos estaban tan hinchados que no podía distinguir el cielo del mar. No sé cuánto tiempo estuve allí sentada, meciéndome de un lado a otro, pero cuando la marea empezó a subir, finalmente yo también me levanté.

Ingenio, Shiori, me dije, secándome las mejillas con la manga. *Llorar no te servirá de nada. Languidecer aquí, desesperada por lo ocurrido, es exactamente lo que quiere Raikama.*

Quería que sufriera, incluso que muriera.

No puedes romper la maldición si estás muerta. Ciertamente morirás si te pasas todo el día aquí, revolcándote como una tonta autocompasiva, pensé.

Ingenio, Shiori, repetí para mí. Necesitaba comida. Necesitaba refugio y dinero. Todas las cosas por las que nunca había tenido que preocuparme.

Me tanteé la cintura, el cuello, las muñecas y mis largas mangas acanaladas.

No había nada. Ni un collar de coral, ni un colgante de jade, ni una pulsera de perlas. Ni una sola moneda, ni siquiera un abanico bordado que pudiera empeñar.

Por primera vez me arrepentí de no haber dejado que mis sirvientes me engalanaran con joyas o adornaran mi pelo con alfileres de oro y flores de seda.

Busqué en todos mis bolsillos, incluso en los del interior de mi túnica. Nada.

Entonces, del último bolsillo, algo salió revoloteando. Kiki se desprendió de la tela, doblando el cuello y las alas para alisar sus arrugas. Se posó en mi regazo, su cara de papel expresaba de alguna manera su preocupación.

¡Kiki!, grité en mis pensamientos.

Ella me oyó y abrió un ala para acariciar la carne de mi palma. Esa simple caricia bastó para que los ojos se me volvieran a llenar de lágrimas, esta vez de alivio. No estaba sola.

La tomé entre las manos y la apreté contra mi mejilla.

No puedo hablar, le dije. Incluso mis pensamientos sonaban desdichados. *Mis palabras... traen la muerte... mataron a los cisnes.*

Mi pajarita de papel se quedó callada por un momento. Luego dijo, con sorprendente delicadeza:

¿Qué son las palabras sino sonidos tontos que cansan la lengua? No las necesitas para encontrar a tus hermanos. Me tienes a mí, y no estarás sola, no mientras busquemos juntas. No más lágrimas hasta que los encontremos, ¿de acuerdo?

La promesa de Kiki me conmovió. No había esperado tanto de mi pajarita, y la abracé contra mí, manteniéndola a salvo mientras las olas chocaban a nuestro alrededor.

Encuentra la luz que hace brillar tu linterna, decía mamá. Ahora, más que nunca, Kiki era esa luz.

De acuerdo, acepté.

Por cierto, dijo Kiki, posándose en mi palma. *Creo que esos bandidos de ahí atrás eran en realidad pescadores.*

¿Por qué no dijiste nada?

Estaba metida en tu bolsillo.

Ante eso, sonreí. Un poco de mi antigua fuerza regresó.

Juntas, encontramos la aldea de Tianyi, la única de la isla. Con la barbilla alta y la nariz hacia el cielo, recorrí las calles con el aire y la dignidad de una princesa. Pero a nadie le importaba la delicadeza con la que caminaba, la gracia con la que gesticulaba o el orgullo con el que movía los labios sin hablar. Todo lo que veían era mi vestido roto y embarrado, mis pies sucios, el extraño cuenco en la cabeza. Lo único que entendían era que no podía hablar. Así que despreciaron mis silenciosas súplicas y me rechazaron.

Es solo cuestión de tiempo que Padre me encuentre, me recordé a mí misma con tristeza. Dioses, esperaba que Guiya siguiera viva. Tenía que haber oído a mis hermanos luchando contra Raikama; ella se lo diría a los guardias, que a su vez se lo dirían al emperador, y Padre obligaría a Raikama a deshacer la maldición. Todo lo que yo tenía que hacer era sobrevivir hasta entonces.

¿Pero cómo se puede sobrevivir con nada? Intenté mendigar, pero nadie ayudaría a una chica extraña con un cuenco de madera pegado a la cabeza. Intenté escribir en la tierra para conseguir comida, pero nadie sabía leer. Los niños se reunían para burlarse de mí, y algunos aldeanos me lanzaban piedras, llamándome demonio, pero yo no podía hablar para defenderme ni mirarlos a los ojos. Después de tres días de ser ignorada y escupida, de dormir a la intemperie sin más que el agua de la lluvia para llenarme el vientre, mis esperanzas se desinflaron.

El hambre me desesperó. La desesperación me hizo ser audaz.

Cuando llegó el siguiente amanecer, me escabullí a la bahía de agua gris, donde todos los pescadores atracaban sus embarcaciones, y desaté la cuerda de uno de los barcos camaroneros.

No me di cuenta de que el perfil oscuro de una mujer se cernía sobre mí hasta que fue demasiado tarde.

—Nadie roba a la señora Dainan —siseó, levantando una caña de pescar. Antes de que pudiera reaccionar, se estrelló contra el cuenco de madera que tenía en la cabeza, con tanta fuerza que me pitaron los oídos y el mundo me dio vueltas.

Me desplomé.

CAPÍTULO 9

Volví a recobrar el sentido y traté de levantarme, pero la señora Dainan volvió a golpear el cuenco en mi cabeza.

—Habrías sido más inteligente si hubieras salido nadando de la isla, chica. Ese cubo no sirve ni para agarrar camarones.

Me empujó hacia las olas grises que chocaban con los muelles, desafiándome a saltar. Cuando no lo hice, me arengó y me agarró la barbilla, estudiando los huecos ennegrecidos de mis mejillas.

—Justo lo que pensaba. Ningún demonio sería tan lamentable como tú.

Me arrojó su delantal.

—Ahora trabajas para mí. Me haces algún truco, y le diré al juez que te corte las manos por intentar robar mi barco. ¿Entendido?

El hambre se me agudizó en las entrañas mientras apretaba el delantal en la mano. Estaba manchado de aceite y salsa marrón y de granos de arroz secos que podría haber lamido directamente de la tela.

Solo por un día, me prometí a mí misma antes de ir tras ella. Miré al cielo vacío y me imaginé seis grullas atravesando las nubes. *Solo por un día.*

Pronto perdería la cuenta de cuántas veces se rompería esa promesa.

—¡Lina! ¡Lina, ven aquí, estúpida!

Lina. Incluso después de dos meses, todavía no me había acostumbrado al nombre que me había puesto la señora Dainan, pero no me importaba. Era mejor que *ladrona* o *cabeza de cuenco* o *demonio*, pero supongo que ninguno de ellos habría sido bueno para el negocio.

—¡Lina! Estoy esperando.

Lo que le faltaba a la señora Dainan en altura lo compensaba con una furia vociferante. Ni siquiera los terremotos podían superar el poder de su ira. En los últimos tiempos, estaba de mal humor; las corrientes de aire otoñales le provocaban dolor en los huesos, y se desquitaba conmigo.

Solo me preguntaba qué había hecho esta vez.

Dejando la escoba a un lado, me acerqué a ella, preparándome para una reprimenda pública. Me mordí el interior de la mejilla, un doloroso recordatorio de que no debía hablar.

—El señor Nasawa pidió una copa de vino de arroz, no de ciruela —retumbó la señora Dainan—. Es la tercera vez en una hora que confundes los pedidos.

No era cierto. El señor Nasawa, un pescador que acudía con frecuencia a la Posada del Gorrión, había pedido sin duda vino de ciruela. Lo fulminé con la mirada, pero él desvió los ojos. Por mucho que le gustara causarme problemas, sospechaba que me temía en secreto.

—¿Y bien?

Hace un mes, habría apretado los dientes y habría hecho un gesto para indicarle que estaba equivocada. Habría acabado con una marca en la mejilla y sin cenar.

Ahora había aprendido. Ahora mostraba mi rebeldía de otras maneras.

Lo siento, hice un gesto, bajando la cabeza otro centímetro. Estaba empezando a tomar la taza de vino de ciruela del señor Nasawa cuando la señora Dainan me golpeó la cabeza por el lado con la base de la mano.

El cuenco que tenía sobre el cráneo retumbó, haciéndome retroceder. La copa cayó al suelo, y el vino me salpicó el dobladillo de la falda.

Recuperé el equilibrio cuando la señora Dainan se abalanzó sobre mí y me lanzó una escoba a la cara.

—Niña inútil —me espetó—. Limpia el desorden.

—¿Por qué molestarse en mantenerla? —preguntó el señor Nasawa—. Mírala, con ese cuenco en la cabeza. Nunca he visto nada tan funesto.

—Déjela, señora Dainan —murmuró uno de los otros pescadores—. Es buena cocinera. La mejor que has tenido hasta ahora.

—Sí, déjala que vuelva a trabajar. El viejo Nasawa pidió vino de ciruela. Hasta yo lo he oído.

Como no quería discutir con los clientes, tomé mi escoba y barrí los fragmentos de la copa de vino destrozada.

Cómo había pasado de ladrona de barcos a cocinera de taberna era un recuerdo vago. Y, lo que era más desconcertante, ya era pleno otoño; los arces que iban oscureciéndose fuera de la taberna eran un recordatorio constante de mi promesa incumplida.

Tragué saliva, con un sentimiento de culpabilidad que me invadía. No tenía intención de quedarme mucho tiempo, pero la señora Dainan me hacía trabajar tanto que cada noche me derrumbaba en el catre, agotada de energía y demasiado cansada para idear un plan para irme. Por la mañana, el ciclo se repetía. Además, ¿a dónde podía ir sin dinero?

Podrías pedirle a uno de los pescadores que te preste un barco, Shiori, dijo Kiki, leyéndome los pensamientos. *A muchos de ellos les gustas.*

Revoloteó dentro de mi bolsillo. Deseaba dejarla salir, pero no podía dejarla sola en mi habitación, no cuando la señora Dainan se empeñaba en registrarla cada dos por tres sin avisar.

Kiki buscaba a mis hermanos todos los días, pero no había tenido éxito, ni siquiera para conseguir noticias de Padre. La aldea de Tianyi estaba tan alejada del continente que pocas noticias llegaban hasta aquí.

Me abrí paso hasta la cocina para comprobar la gran olla que se estaba cocinando a fuego lento.

Preparar la sopa de la mañana era mi tarea principal en la Posada del Gorrión, la razón por la que la señora Dainan no me echaba. Mi sopa era buena para el negocio.

Era la receta de mi madre. Ella había muerto cuando yo tenía tres años, pero yo había llevado el calor y el sabor de la sopa muy dentro de mí: el recuerdo de hurgar en la olla en busca de trozos de carne y de sacar espinas de pescado, de adornar mi cuchara con un brazalete de cebollas y de saborear el suave crujido de los rábanos y los trazos anaranjados de la zanahoria. Sobre todo, recuerdo la forma en que entonaba las cancioncitas que inventaba mientras trabajábamos en la cocina.

Channari era una niña que vivía junto al mar,
que mantenía el fuego con una cuchara y una olla.
Remover, remover, una sopa para tener piel bonita.
Hervir, hervir a fuego lento, un guiso para tener un pelo negro y grueso.
¿Pero qué preparaba para tener una sonrisa feliz?
Pasteles, pasteles, con alubias dulces y caña de azúcar.

Después de su muerte, todavía me colaba en la cocina para ayudar a las cocineras a preparar la sopa de mamá. Era el único plato que me permitían preparar, probablemente por lástima, y se me daba bien. Era lo que pedían mis hermanos cada vez que no se sentían bien, y a pesar de que eran chicos fuertes y robustos que rara vez caían enfermos, *eran* seis. Aprovechaba cada ego magullado y cada rodilla raspada como una oportunidad para perfeccionar la receta de mamá.

Cada vez que la hacía, me sentía cerca de mamá, y feliz. *Casi* feliz, que era todo lo que podía pedir estos días. Era el único momento en el que me olvidaba del desgraciado cuenco que tenía en la cabeza o de que me habían maldecido para que guardara silencio. O que mis hermanos estaban en algún lugar del mundo, sus espíritus atrapados en forma de grullas, perdidos para mí.

Además, si yo no cocinaba, lo hacía la señora Dainan. Sus recetas sabían a papel, eran insípidas y prácticamente incomibles.

Era capaz de servir guiso con estiércol de burro si eso le hubiera permitido ahorrar dinero, pero la mayoría de las veces volvía a hervir los huesos sobrantes durante una semana, echándoles verduras medio podridas y, sospecho, agua de fregar los platos.

Por supuesto, se puso furiosa cuando me sorprendió añadiendo zanahorias a la sopa y sazonando el arroz con caldo de espinas de pescado. Pero los pescadores se dieron cuenta de que, de repente, las comidas sabían mejor que antes, y de que el arroz estaba esponjoso en lugar de pastoso, y de que las verduras crujían cuando las masticaban, y les refrescaban el aliento. El negocio creció, y la señora Dainan dejó de sermonearme sobre el despilfarro de sus ingredientes. En cambio, subió los precios.

Ella no me gustaba, pero no era fácil para una viuda llevar su propio negocio. Sus dificultades se reflejaban en los profundos surcos de su rostro, que la hacían parecer mucho más vieja de lo que debía ser. No era amable, pero, a su manera, me protegía, al menos de sus clientes.

Un soldado me agarró de las faldas cuando salí de la cocina, tirando de mí hacia él.

—¿Qué hay bajo el cuenco de tu cabeza?

Le di con la escoba en la cara.

No me toques, pensé.

—Por qué, tú…—Se levantó enfadado, pero estaba tan borracho que se balanceaba, incapaz de mantener el equilibrio. Intentó lanzarme el vino, pero falló—. ¡Demonio! ¡Demonio!

La señora Dainan habló:

—Déjala en paz. Mi última chica era mucho más demonio que este camaroncito. No es muy inteligente, pero sabe cocinar. Ha disfrutado de su sopa esta mañana, ¿verdad?

—Entonces, ¿por qué tiene ese cuenco? —balbuceó el soldado.

—Es fea, eso es todo —respondió el señor Nasawa—. Tan horrible que su madre se lo pegó en la cabeza para evitar que el resto de nosotros viéramos su fea cara.

La señora Dainan, el señor Nasawa y el soldado compartieron una carcajada, y yo dejé de barrer, con la vista nublada por la ira. Esto lo había hecho mi madrastra, no mi madre. Me daba asco pensar que un monstruo como Raikama seguía casado con Padre, que seguía siendo la honorable consorte imperial de Kiata. Las uñas se me clavaron en el palo de la escoba.

Había habido más hombres como este soldado en la Posada del Gorrión en los últimos tiempos. Borrachos y beligerantes, pasaban por la aldea de Tianyi de camino a defender el norte. Cada vez que aparecía uno nuevo, una ola de inquietud se apoderaba de mí. Dioses, rezaba para que Padre no nos estuviera preparando para la guerra.

Como si la señora Dainan pudiera percibir mi distracción, se volvió con brusquedad y me señaló con un dedo huesudo.

—Deja de espiar, Lina —dijo, casi ladrando—. Nos falta leña. Ve a buscarla.

Tomé mi capa junto a la puerta y cambié mi escoba por un hacha.

Todavía echando chispas, me planté frente a la pila de leña más cercana. La tarea solía cansarme después de unos pocos golpes; el hacha me parecía tan pesada que necesitaba dos brazos para levantarla. Ahora la sostenía fácilmente con una sola mano.

Con cada golpe, descargaba mi ira.

No era casualidad que Raikama me hubiera dejado en la zona más aislada de Kiata, sin posibilidad de volver a casa.

¿Siempre había utilizado su magia para que hiciéramos lo que ella quería? ¿Era así como había encantado a Padre para que se casara con ella? Ella, una mujer extranjera de una tierra lejana, sin dinero ni título a su nombre.

Una parte de mí quería pensar que era así, pero sabía que no lo era.

Me habría dado cuenta de sus ojos cuando invocaba su poder, amarillos como los crisantemos de verano que florecían en nuestros jardines. Me habría dado cuenta de la piedra de su corazón, que brillaba como la obsidiana a la luz de la luna.

Sobre todo, me habría dado cuenta de su rostro. Su verdadero rostro. Afilado y horrible, con escamas de marfil como las de una serpiente.

El viento azotó el cuenco de mi cabeza, burlándose de mí. No había nada que pudiera hacer. Estaba abandonada, sola, sin voz, sin rostro y sin magia.

Cientos de veces, había intentado hacer que la hierba muerta bajo mis zapatos volviera a ser verde, que las mandarinas podridas que la señora Dainan compraba en el mercado volvieran a ser gordas y jugosas. Intenté plegar pájaros, peces y monos con cualquier cosa que tuviera a mano para darles vida. Antes, había sido tan simple como una palabra, un pensamiento, un deseo. Cada día lo intentaba una y otra vez, negándome a rendirme.

Pero la magia que había tenido había desaparecido. Era poco más que un sueño.

Un último golpe, y la madera crujió y gimió. Me aparté cuando el tronco se partió en dos y me limpié el sudor de la frente.

Tal vez la magia no era la respuesta. Tal vez tenía que encontrar otra forma.

Levanté el hacha hacia el siguiente montón de madera y reuní fuerzas.

Acurrucada en un colchón de paja, con Kiki en el hueco de mi brazo, soñaba con mis hermanos. Los veía todas las noches: Andahai, Benkai, Reiji, Wandei, Yotan y Hasho. Seis grullas con coronas carmesí.

A veces las llamaba y caían, una a una, en un destello de rojo, con la mordedura de una serpiente en sus gargantas de plumas negras. Me despertaba empapada en sudor, con el cuerpo temblando con violencia. Otras veces soñaba que me buscaban, volando sobre tierras lejanas que no reconocía. Esos sueños tenían una claridad vívida, y yo rezaba para que fueran visiones. Para que mis hermanos estuvieran vivos y a salvo y no se hubieran olvidado de sí mismos... o de mí.

Esa noche soñé con Raikama.

Los árboles de nuestro jardín se habían vuelto de un bruñido tono amarillo, sus hojas estaban chamuscadas con un rubor rojo.

Día tras día, mis hermanos volvían al palacio. Volaban, graznando gritos que sonaban vagamente como mi nombre.

—¡Shiori! ¡Shiori!

Era ilegal matar a una grulla en los terrenos del imperio, pero los soldados se alarmaban tanto por su aparición diaria que disparaban piedras a las aves cuando intentaban aterrizar en los jardines. Sin embargo, mis hermanos no se dejaron disuadir.

Finalmente, un día, los gritos se hicieron tan fuertes que mi propio padre se acercó a ver las seis grullas que sobrevolaban su palacio.

—Es extraño —reflexionó—. En general, las grullas solo nos visitan en invierno. Ven a ver. —Mi madrastra se unió a él—. Son diferentes de las aves que nos visitan habitualmente.

—¿Diferentes? Esposo, ¿ahora puedes leer las caras de los pájaros?

—No. —Mi padre soltó una carcajada breve y afligida —. Pero sus ojos... casi parecen humanos. Tan tristes. Casi como si las hubiera visto antes...

Al oír eso, mi madrastra se puso rígida.

—Se están volviendo violentas —respondió—. La más grande ha atacado a un guardia hoy, y otra ha entrado volando en mi jardín. Son grullas salvajes. Que los guardias les disparen si vuelven a venir.

Antes de que mi padre pudiera protestar, las motas de oro de los ojos de mi madrastra brillaron, y el rostro de él se aflojó. Asintió en silencio, como si pensara.

—Por supuesto que tienes razón.

La siguiente vez que mis hermanos vinieron a buscarme, ella también les hizo olvidar.

—Vuela al sur —dijo ella—. Olviden a su hermana y únanse a los otros de su especie.

¡No! *Quería gritar.* ¡No la escuchen!

Pero las seis grullas volaron y no pude saber si el hechizo de mi madrastra había tenido efecto o si los arqueros las habían asustado.

Cuando me desperté, tenía la espalda húmeda de sudor y las piernas doloridas de tanto moverlas en mis sueños. Pero mi mente era más aguda que nunca, como si por fin hubiera traspasado el velo de miedo que Raikama había arrojado sobre mí, y hubiera convertido mi dolor en un temple de acero.

Ya había languidecido lo suficiente. Era hora de hacer pagar a Raikama por lo que había hecho.

Era hora de encontrar a mis hermanos.

CAPÍTULO 10

La señora Dainan estaba en la cocina, diluyendo el vino de arroz y echando las sobras de la tarde en el guiso de verduras que había preparado para la cena.

—¿Qué pasa, Lina? —preguntó impaciente.

La pesadilla de ayer me había infundido valor. Extendí la mano, haciendo un gesto para pedir dinero.

La señora Dainan se burló.

—Tienes mucho valor para pedirme dinero. ¿Por qué debería pagarle a una ladrona?

No retiré la mano. Llevaba dos meses aquí, y durante ese tiempo había recuperado con creces lo que valía su barco camaronero. Ella lo sabía. Yo lo sabía.

El mango de su escoba se estrelló contra mi cabeza. Lo vi venir y lo esquivé, pero aun así me golpeó en el hombro.

El dolor me subió por la clavícula, y apreté los labios para no gritar. La posibilidad de que pudiera hacer ruido por accidente me asustaba mucho más que los golpes de la señora Dainan.

—Ladrona que eres, ¿crees que alguien más te va a acoger en su casa? —se burló—. Tal vez debería venderte al burdel. ¿Pero quién te querría con esa cosa ridícula en la cabeza?

Apreté los puños para no reaccionar con precipitación. Necesitaba aguantar esto solo un rato más. Me clavé las uñas en las palmas de las manos mientras me calmaba.

—¿Para qué necesitas dinero, de todos modos? No tienes casa ni familia. —Cerró los postigos de la ventana con un ruido seco—. Ahora sal antes de que…

Su reprimenda se vio interrumpida por el sonido de unos cascos que se detenían al galope. Un caballo relinchó frente a la puerta.

La señora Dainan olfateó y se enderezó el cuello de la túnica antes de abrir la puerta. Segundos después, su espalda se curvó en una profunda reverencia, sus brazos se agitaron y su voz se elevó a un tono obsequioso del que no sabía que era capaz.

—Ah, bienvenido. Bienvenido, señor.

Un centinela imperial había entrado en la posada.

Se me cortó la respiración, y tomé rápido la escoba de la señora Dainan, fingiendo que barría mientras me acercaba para escuchar lo que decían.

Históricamente, los centinelas eran caballeros entrenados para luchar contra los demonios, ayudando a los dioses a hacerlos retroceder a las Sagradas Montañas de la Templanza. Ahora que se suponía que esas amenazas habían desaparecido, los centinelas protegían a la familia imperial y mantenían la paz allí donde se encontraban. Algunos se entrenaban durante toda su vida para conseguir ese honor; era una de las pocas maneras en que un hombre pobre podía cambiar su fortuna.

Este centinela era joven, pero aun así probablemente ganaba al menos diez *makans* de oro al año. Suficiente para tener unas cuantas monedas de plata en sus bolsillos.

¿Qué estás haciendo, Shiori?, me reprendí a mí misma. *¿Fantaseando con robarle a un centinela?*

—¡Lina! —estaba gritando la señora Dainan—. ¿Dónde están tus modales? Trae a nuestro nuevo invitado un poco de tu deliciosa sopa. Y una taza de té.

Me apresuré a obedecer. Cuando volví, el centinela estaba sentado en un rincón junto a la ventana, lejos de los demás invitados.

Llevaba puesto el casco y la armadura, pero lo habría reconocido como centinela aunque llevara trapos como los míos. Tenía el aspecto: la postura rígida, los hombros orgullosos cincelados por años de riguroso entrenamiento, los ojos solemnes, libres de picardía o astucia. Había conocido a mil como él.

—¿Viene de la fortaleza de Iro o de Tazheni? —preguntó la señora Dainan, haciendo que su tono fuera más cálido que nunca. Hizo un ademán de doblar la toalla caliente que puso sobre la mesa del centinela—. Muchos soldados se están juntando allí. Es bueno para los negocios, pero no tan bueno para Kiata, supongo.

—Estoy de paso.

La respuesta del centinela fue cortante, señal de que quería que lo dejaran solo. Pero la señora Dainan siguió charlando.

—¿Vuelve a casa, entonces?

—El emperador ha estado buscando a sus hijos —informó el centinela. No era un gran conversador—. Me pidieron que me uniera a la investigación.

Los pelos de la nuca se me erizaron.

—Ah, sí. —La señora Dainan fingió compadecerse—. Los pobres príncipes y la princesa. No los hemos visto. No hay noticias aquí.

Esto el centinela ya parecía saberlo. Sacó de su alforja un libro de aspecto maltrecho, abriéndolo para evitar que la señora Dainan siguiera haciéndole preguntas. Luego inclinó la barbilla hacia su taza de té, ya vacía.

—¡Lina! —espetó la señora Dainan antes de volverse para atender a otros clientes—. Más té.

Le serví rápido, preguntándome qué había llevado a un centinela imperial a esta isla lejana en busca de mis hermanos y de mí. ¿Habría una manera de decirle quién era yo en realidad? ¿Podría confiar en él?

Apenas se fijó en mí, con la mirada clavada en su libro mientras agarraba la sopa. Mientras bebía, miré por encima de su hombro. No estaba leyendo, sino hojeando viejos dibujos en un cuaderno. Algunos tenían notitas a un costado, pero yo no podía verlos.

—No es de buena educación leer por encima de los hombros —dijo, sorprendiéndome.

Dejó la sopa y levantó la vista. Al ver el cuenco sobre mi cabeza, la curiosidad se reflejó en su rostro. Estaba acostumbrada a esa reacción, y me preparé para una serie de preguntas que no podía responder.

No se produjeron.

—Tú debes de ser la cocinera —dijo en cambio, señalando su plato—. La señora Dainan no exageraba con su sopa. Es excepcional. El sabor, el pescado, incluso los rábanos. Me recuerda a mi hogar.

Asentí con la cabeza, pero en realidad no me importaba lo que pensara de mi sopa. Quería preguntarle cómo estaba mi padre, cuánto tiempo llevaba buscándome. Si mi madrastra seguía a su lado.

Sobre todo, quería gritar, «¡Soy la princesa Shiori!». Quería sacudirlo por los hombros hasta que me reconociera. Quería ordenarle que me llevara a casa.

Pero no hice nada de eso. Simplemente agaché la cabeza y me retiré a la cocina.

Después de todo, ¿quién iba a creer que la princesa de Kiata era una sirvienta en medio de la aldea de Tianyi con un cuenco de madera pegado a la cabeza, tan pobre que no podía permitirse un peine para arreglar su pelo enmarañado o unas zapatillas de paja para caminar por el campo?

Nadie lo haría. Y menos este centinela.

Podrías pedirle dinero, sugirió una voz desesperada en mi interior. *Una moneda de plata no es nada para él. Sería todo para ti.*

Rogaría con gusto si eso implicaba encontrar a mis hermanos. Incluso si implicaba perder el poco orgullo que me quedaba. Pero rogar sería inútil. La señora Dainan me vería y me quitaría la moneda.

Esa vocecita cavó más hondo: *Así que le robarás.*

Sí. Si eso era lo que había que hacer para encontrar a mis hermanos, haría lo que fuera.

El crepúsculo tardó en llegar, con las sombras cayendo sobre la posada y la luz bruñida del atardecer filtrándose por las rendijas de los estrechos pasillos.

Mientras todo el mundo cenaba, subí con mi fregona y un cubo los chirriantes escalones hasta las habitaciones de los huéspedes para lavar el suelo y cambiar las velas de los faroles. Mis últimas tareas antes de poder comer, y dormir para terminar el día.

Dejé la habitación del centinela para el final. La señora Dainan le había dado la mejor habitación, lo que no significaba mucho: solo que tenía una ventana que daba al mar, una tetera que no goteaba y un taburete que no se tambaleaba cuando uno se sentaba en él.

Por lo general, mantenía la puerta abierta mientras trabajaba. Pero esta noche la cerré. Con firmeza.

Haciendo acopio de valor, comencé a registrar su habitación.

El centinela no había traído mucho. Su armario estaba vacío, y había mantenido la espada con él, quizá también su dinero. Pero no necesitaba mucho. Solo lo suficiente para comprar mi pasaje al sur.

En el perchero colgaba su arco. Parecía caro, tallado en el mejor abedul y pintado de un azul intenso. Pero no era tan tonta como para intentar vender las armas de un centinela.

Su capa, sin embargo, doblada con esmero sobre su catre, era otra historia. Por desgracia, estaba más rota y desgarrada de lo que parecía. Conteniendo un suspiro de frustración, metí las manos en sus bolsillos. No había nada dentro.

Giré, dispuesta a rendirme, hasta que vi que se había dejado la alforja en un rincón oscuro. Inesperado, para un hombre que parecía tan cuidadoso.

El contenido de la alforja confirmó mi juicio sobre su carácter: había una calabaza para llevar agua, una caja de cobre con yesca, un rollo de muselina con una aguja de hueso fino y un nudo de hilo, medias de lana adicionales y una cantidad excesiva de libros. Había volúmenes de poesía y pintura clásica e historia. Y también estaba el cuaderno de bocetos que le había visto antes, lleno de dibujos de montañas y barcos con forma de media luna en un río, y una niña con colitas sujetando un conejo. El arte era agradable, pero yo estaba aquí por los *makans*, no por las pinturas.

Entonces… en el fondo… algo suave…

¡Era la zapatilla que llevaba cuando Raikama me maldijo! La que había lanzado al cielo después de que creí ver a mis hermanos.

La zapatilla era poco más que un trapo, pero la habría reconocido en cualquier lugar: la seda rosa brillante, las grullas finamente bordadas, las manchas de hierba y de las piedras del camino. Guardé este último vestigio de mi pasado y me pregunté por el centinela. ¿Cómo había encontrado esto?

Con la curiosidad de saber más, escarbé en su bolsa. En uno de los bolsillos laterales había dos finos bloques de madera, atados para sostener algo que era claro que era importante.

Lo tomé.

Trabajé rápido con los dedos, desenredando la cuerda. Entre los bloques estaban los restos de un pergamino. Mi frente se arrugó con confusión. ¿Una carta en a'landano?

Lo abrí de par en par, deseando haberles prestado más atención a mis profesores de idiomas. A diferencia de Kiata, cuya tierra firme y todas sus islas habían estado unidas durante milenios, A'landi era un país enorme dividido en docenas de estados conflictivos. Nuestras creencias y tradiciones coincidían en muchos aspectos, pero eso no significaba que pudiera leer el idioma sin dificultad.

Por fortuna, el mensaje era sencillo:

Su Excelencia:

Cuatro Suspiros parece una solución elegante, pero me temo que ya no es necesaria…

¿Cuatro Suspiros? Fruncí el ceño. Ya había oído hablar del veneno. Su receta era un secreto de apenas un puñado de los asesinos más hábiles, muy apreciado porque incluso su olor era nocivo, haciendo que su víctima cayera en un profundo sueño. Sin embargo, al ingerirlo, era mortal.

Una vez, alguien trató de enviar a Raikama una bolsita de incienso impregnada de Cuatro Suspiros, pero ella la había detectado casi de inmediato, lo que le valió la admiración de su padre.

—Huele dulce —nos había explicado a mis hermanos y a mí—. Como la miel. Los asesinos siempre enmascaran el olor. Y usan dosis muy pequeñas, porque el veneno deja rastros de oro en la piel cuando se lo inhala y ennegrece los labios cuando se lo bebe.

Pensando en ello, no era sorprendente que una serpiente como Raikama tuviera talento para distinguir los venenos. Si lo hubiéramos sabido.

Volví a prestar atención a la carta. Una parte del centro estaba arrancada, con sangre seca que manchaba los bordes, pero quedaba otro fragmento en la parte inferior del mensaje:

La princesa y sus hermanos se han ido del palacio.

Me reuniré contigo y con el Lobo, como acordamos, para discutir nuestro próximo curso de acción.

Un escalofrío recorrió mi columna vertebral. ¿Quién era el Lobo y qué quería de mis hermanos y de mí? Volví a poner la carta entre los bloques de madera, segura de que había dado con algún oscuro plan para hacer daño a mi padre, y a Kiata. ¿Podría ser esa la razón por la que Raikama nos había maldecido a mis hermanos y a mí? ¿Para despojar a mi padre de sus defensas y dejar el reino vulnerable a los ataques?

¿Qué hacía este centinela con semejante mensaje?

Los faroles temblaron. Al principio pensé que era Kiki, que volvía de su búsqueda diaria de mis hermanos. Pero entonces oí unos pasos subiendo las escaleras.

Me sobresalté. Después de arrojar el pergamino a la alforja y apagar rápido la luz del farol, me precipité hacia la puerta, pero era demasiado tarde.

El frío aguijón de una cuchilla me pinchó el cuello.

Me quedé helada al reconocer la silueta inclinada del centinela contra la pared.

—*Tú* —dijo, con una nota de sorpresa en su voz. Adoptó un tono más duro—. Date la vuelta lento.

El corazón me retumbó en los oídos mientras obedecía. Si era un centinela de verdad, la espada que tenía era lo suficientemente afilada como para cortar huesos. Y estaría en su derecho de matarme.

Recogió el pergamino, dándose cuenta enseguida de que alguien había manipulado el cordón, y me lo sacudió en la cara.

—¿Qué estabas haciendo con esto?

Lo miré fijo, con los labios finos y cerrados.

—No volveré a preguntar.

Me señalé la garganta, indicando que no podía hablar. Luego extendí la mano, con la palma hacia fuera, para explicar que había estado buscando dinero. Hice olas del océano: dinero, para salir de la isla.

El centinela bajó la daga, comprendiendo.

—He visto a la posadera golpearte. ¿Es por eso por lo que deseas marcharte?

Todo lo que hice fue agachar la cabeza. Era observador, este. Yo había aprendido a serlo también, a través de mi silencio.

—Ya veo.

Guardó el pergamino en su alforja.

—Menos mal que te he descubierto —dijo con severidad, pero el filo de su tono había desaparecido—. Llevar esto por ahí solo haría que te mataran.

Ladeé la cabeza. *¿Por qué? ¿Qué dice?*

—Para alguien que no puede hablar, tienes una buena manera de dar a conocer tus pensamientos. —El centinela cerró su alforja—. Mis asuntos son míos, y a ti no te importan.

Lo estudié.

A pesar de su tono duro, no me daba miedo. Podría haberme matado en ese mismo monento por revisar sus cosas. Pero no lo hizo. Eso me bastó para deducir que la carta no estaba destinada a sus ojos. Le había dicho a la señora Dainan que estaba buscando a los hijos del emperador. Debió haber encontrado el pergamino durante su búsqueda.

Varias preguntas ardían en mi lengua. Quería pedirle noticias de mi hogar y de mi padre. Quería exigirle que me contara todo lo que sabía. Pero primero tenía que decirle quién era yo.

Todo mi ser se estremeció, delirando de euforia, mientras empezaba a escribir mi nombre en la palma de la mano. Milagros de Ashmiyu'en, ¡por fin había llegado alguien que sabía leer!

Entonces, unas serpientes invisibles sisearon en mis oídos.

—Recuerda —me advirtieron—. Nadie te conocerá.

Me quedé quieta, con el cuenco en la cabeza, pesado como una piedra. Incluso tan lejos de casa, la maldición de Raikama me atrapaba.

El siseo cesó cuando el centinela se quitó el casco. Su pelo oscuro, enmarañado y desordenado, se enroscaba en las orejas, y un mechón suelto caía sobre el pico del nacimiento del pelo. Le daba un aspecto menos amenazador, menos parecido al de un guerrero curtido y más al de un viajero cansado que necesita un lavado y un afeitado.

Levantó la vista.

—¿Todavía estás aquí? Cualquier otro ladrón ya habría huido. —Una pausa—. Supongo que no eres una gran ladrona, si tienes la audacia de robar a un centinela. ¿Es tu primera vez?

No tenía intención de responder, pero mi mano se levantó, con dos dedos alzados.

—La segunda vez, entonces. —La comisura de su boca se levantó en una sonrisa—. Eres honesta. No como tu señora.

No lo era. Mis hermanos me habían llamado una vez la princesa de los mentirosos. Pero supuse que yo había cambiado en los últimos meses. Muchas cosas habían cambiado.

—La señora Dainan te llamó Lina. ¿Es ese tu nombre?

Dudé. Sacudí la cabeza.

—No lo creo. Es bonito, pero de alguna manera no es para ti. —Esperé a que me explicara a qué se refería, pero no lo hizo—. ¿Cómo te llamas?

Ante la pregunta, fruncí los labios. Mis dedos hicieron el primer trazo de mi nombre antes de pensarlo mejor.

—¿No quieres decírmelo? No pasa nada.

Su voz se había vuelto suave, casi agradable. Había cierta musicalidad en ella, cada palabra era clara y sin prisas. Inusual, para un centinela. Los que había conocido en palacio eran siempre rudos, más expresivos con sus espadas que con sus palabras. Pero ¿qué otros centinelas conocía que llevaran un cuaderno de dibujos y leyeran poesía?

Una moneda de plata apareció entre sus nudillos.

—Tómala. Haz buen uso de ella.

Mis ojos volaron hacia arriba. Era más que suficiente para llevarme al sur a buscar a mis hermanos.

Me aferré a ella, pero el centinela la mantuvo fuera de su alcance.

—Espera hasta después del desayuno para irte —aconsejó, como si extrajera una promesa.

Mis hombros se tensaron, y mi cara se quedó en blanco. *¿Por qué?*

—Es mejor empezar un viaje con el estómago lleno que con el estómago vacío. Hablo por mí *y* por ti.

Señalé al exterior. *¿Tú también te vas?*

—Mañana por la mañana —confirmó—. Mi misión ha sido una especie de fracaso, pero tu sopa fue un consuelo inesperado. Te juro que debe haber magia en tu olla: hoy ha sido la primera vez que recuerdo haber disfrutado de los rábanos. —El humor brilló en sus ojos terrosos—. Me gustaría mucho volver a probarlos y asegurarme de que no ha sido una casualidad.

No pude evitar devolverle la sonrisa. Qué joven más tonto, le disgustaban tanto los rábanos que le preocupaba que mi sopa fuera una casualidad. Solo pensar en ello me hizo reír en mi cabeza.

Muy bien. Un desayuno más no podía hacer daño. Pero después, yo también me iría a buscar a mis hermanos y a romper nuestra maldición.

Una vez que tuve la moneda en la mano, hui de su habitación, olvidando la fregona y el cubo. La emoción bullía en mi pecho, y apenas pude evitar irme directo a mi habitación.

Tal vez, solo tal vez, mi suerte estaba empezando a cambiar.

CAPÍTULO 11

A la mañana siguiente, un segundo centinela llegó a la Posada del Gorrión. No me molesté en salir a recibirlo. Estaba removiendo mi sopa de pescado, inhalando el aroma y prestando más atención a los rábanos.

Los dedos de mis pies repiqueteaban al ritmo imaginario y yo cantaba en mi mente:

Remover, remover, una sopa para tener piel bonita.
Hervir, hervir a fuego lento, un guiso para tener un pelo negro y grueso.

Estaba más feliz de lo que había estado en semanas.

El sol me hizo cosquillas en la nariz y dejé el cucharón para rascarme. Luego estudié mi *makan* de plata, observando cómo la luz se reflejaba en sus bordes. Todavía no podía creer que el centinela me lo hubiera regalado. Tendría que preguntarle su nombre antes de que se fuera; Padre lo recompensaría por su generosidad una vez que yo estuviera a salvo en casa.

Después de que sirvieran la sopa, me iría. Esta noche estaría lejos de este lugar.

Pero mientras ponía los cuencos de sopa en una bandeja, la espada del nuevo centinela golpeó el muro exterior, y las tejas de arcilla cayeron desde el techo.

—¿Te atreves a intentar engañarme? —rugió.

—P-Perdóneme, m-mi señor —suplicó la señora Dainan—. No lo pensé.

Mi canción se detuvo, frágil, y miré hacia afuera, asomándome a través de los postigos de la ventana para ver lo que ocurría.

—Ordene a sus invitados que salgan al vestíbulo —dijo el centinela—. Quiero que todos estén presentes.

¿Quién era este hombre? La cota de malla que adornaba sus brazos y piernas era de un azul intenso, sus cadenas estaban tan delicadamente elaboradas que parecían pequeñas escamas de pez. Las cuerdas hiladas en oro mantenían unidas las placas de acero de la armadura alrededor de su torso, pulidas hasta el punto de que podía ver el reflejo de la señora Dainan en ellas: estaba de rodillas, inclinándose como si su vida dependiera de ello. Era probable que así fuera.

Parece importante, como un lord, observó Kiki. *Deberías acercarte a él.*

¿Y hacer qué?, repliqué. *¿No has visto cómo ha acuchillado la pared?*

La señora Dainan trató de engañarlo porque es rico. Yo también me enfadaría. Rápido, está entrando.

La puerta se abrió, haciendo temblar la sopa de mi bandeja. Incapaz de contener mi curiosidad, me arrastré fuera de la cocina para ver qué pasaba.

En la posada, el joven lord se pavoneaba, sacudiendo la suciedad de sus botas mientras los invitados se arrodillaban apresurados. Sus ojos eran de una laca oscura y resbaladiza, y unos gruesos músculos se le hinchaban en el cuello mientras observaba la posada. Luego, con un gruñido, se dirigió al otro lado de la multitud.

Está buscando a alguien, noté.

¿Tal vez a un bandido?, sugirió Kiki. *¿O a un sirviente fugitivo?*

No respondí. Este hombre no era un centinela ordinario. Era un *alto* centinela, probablemente, el hijo de uno de los señores de la guerra de Padre. ¿Estaba aquí en busca de mis hermanos y de mí?

Con un fuerte suspiro, me quité a Kiki del hombro y la escondí en la manga. Empecé a retirarme a la cocina, pero el lord me oyó.

Se volvió, presionándome el filo de su espada contra el cuello.

—Muestra tu respeto. No volveré a pedirlo.

Nunca me había arrodillado ante nadie, excepto ante Padre. Trabajar en la posada había atemperado mi orgullo, pero la pizca que me quedaba se negaba a permitirme que me rebajara ante este cruel desconocido. Lo miré desafiante, y un destello de ira pasó por el rostro del joven lord.

—Quítate ese cuenco de la cabeza.

Sin previo aviso, la parte plana de su espada me golpeó en la cabeza, y tropecé, dejando caer la bandeja. La sopa se derramó y las salpicaduras calientes me lamieron los tobillos. Me mordí el labio hasta que se me pasó la sensación de quemadura, pero no me moví para limpiar el desastre.

Cuando me puse de pie, el joven señor volvió a levantar la espada. La consternación —y un mínimo atisbo de miedo— asomó en sus ojos entrecerrados. Esperaba que se rompiera el cuenco.

—¿Qué clase de demonio eres? —preguntó.

—Se llama Lina —afirmó una voz conocida detrás de mí— y no es un demonio.

Era el centinela que había llegado ayer. Fijó su mirada con firmeza en el recién llegado.

—¿Has venido hasta aquí para encontrarme, Primo, o estás aquí para intimidar a aldeanos inocentes?

¿Primo? Sí que vi un parecido, ahora que lo sabía. Los dos hombres eran de altura y complexión similares, y compartían los mismos hombros orgullosos y los mismos ojos inquebrantables. Pero bien podrían haber sido primavera e invierno, tan diferentes eran sus comportamientos.

—El deber de un centinela es proteger a Kiata de los demonios —explicó enojado el lord—. Reconozco un demonio cuando lo veo. La rodea energía oscura.

—Basta de tonterías supersticiosas. No hay demonios en Kiata. Eres un alto centinela, no un sumo sacerdote. Guarda la espada, Takkan.

¿Takkan?

Sobresaltada, escudriñé al lord mientras envainaba su espada. Estampado en su vaina, había un conejo sobre una montaña, rodeado de cinco flores de ciruelo y una luna llena blanca.

Se me revolvió el estómago. Aunque nunca había prestado atención a mis clases de heráldica, conocía *ese*. Era el escudo de la familia Bushian.

Y Takkan... Takkan era un nombre que había pasado años evitando. El nombre del chico con el que debía casarme.

El mundo se enfocó. Esta *era* mi oportunidad. Todo lo que tenía que hacer era mostrarle que era la princesa Shiori, la hija del emperador. En pocos días, estaría de vuelta al palacio.

Pero mi inteligencia me retuvo.

Había visto a Takkan una vez. Solo una vez, cuando éramos niños. No recordaba nada de él —cómo era o cómo sonaba—, pero todo el mundo siempre me aseguraba que el heredero de lord Bushian era serio y amable.

Mentiras. El Takkan que tenía ahora ante mí no parecía amable. Sus ojos negros eran duros y fríos, y había algo amenazante en su forma de moverse, como un sabueso en la caza.

—¿Dices que no eres un demonio? —dijo Takkan con una mueca—. Adoradora del demonio, entonces. Peor aún. —Atravesó la sala, dirigiéndose a los aldeanos—. Todos han oído hablar de las llamadas sacerdotisas de las Montañas Sagradas. Mantienen su magia oscura en secreto incluso para los dioses. Esta pequeña parece que podría ser una de ellas. ¿Qué espíritus oscuros podría esconder bajo ese cuenco?

—Ya es suficiente —advirtió el otro centinela, con un tono de irritación en su voz—. Eso no es más que una leyenda, y ella es apenas una niña. No quiere hacer daño.

—¿No es más que una leyenda? —repitió Takkan—. Es curioso que *tú* lo digas, Primo.

El centinela se limitó a mirarlo fijo.

Nadie sabía qué problema tenían entre ellos, pero toda la posada se había quedado en silencio, y el aire estaba cargado de tensión. Apenas era consciente de la decena de aldeanos que me rodeaban, todos con la cara pegada al suelo como si las paredes se estuvieran desmoronando.

Me aparté con inquietud, cambiando mi peso de un pie a otro. Estaba segura de que Takkan castigaría a su primo por su impertinencia.

En lugar de eso, se alejó, como si me hubiera olvidado por completo.

—Recoge tus cosas —gruñó Takkan al centinela—. Voy a llevarte a casa.

Mientras Takkan se alejaba, yo volví a la cocina y recogí la sopa que quedaba en la olla. La vertí en un cuenco, casi derramándola una vez más mientras me apresuraba a salir por la puerta de la cocina.

No esperaba que el primo de Takkan estuviera justo fuera.

Me agarró por el brazo y me estabilizó antes de que chocara con él.

—¿Tienes prisa por irte?

No me asusté, solo me puse nerviosa por la sopa. Era lo único que quedaba.

Le tendí el cuenco. *Para ti.*

—Gracias.

Se lo llevó a los labios, luego dudó y bajó el cuenco.

—¿Deseas venir con nosotros? —preguntó, en voz tan baja que solo los dos podíamos oírla—. Nos dirigimos al sur, a Iro. ¿Has oído hablar de la región?

Su voz estaba llena de nostalgia.

—Es hermosa… el lugar más hermoso de Kiata cuando nieva.

Su oferta me conmovió, pero la ironía de la situación casi me hizo reír. Por supuesto que conocía Iro, la prefectura del castillo de Bushian. Juraba que habían sobornado a mis tutores para que me hablaran a diario de su magnificencia. De cómo Iro estaba rodeada de montañas y del río Baiyun, un oasis en el lúgubre norte. Todo eran inútiles tentaciones para tranquilizarme sobre mi compromiso.

Sin embargo, cuando el centinela habló de su belleza, le creí. Su voz estaba cargada de nostalgia y de una maravilla que no podía ser fingida. Casi quería verla por mí misma.

—No está lejos —continuó el centinela—, justo después del estrecho del mar del Norte, en tierra firme. Podría encontrarte trabajo en el castillo si lo deseas. Tu vida sería más fácil que aquí.

Sacudí la cabeza. Por mucho que me gustara, mi misión era encontrar a mis hermanos. Además, no quería tener nada que ver con su primo Takkan.

La decepción torció la boca del joven centinela, pero se bebió todo el plato de sopa.

—No fue una casualidad —dijo, masticando despacio los rábanos.

Tomé su cuenco, dando por hecho que había terminado y que se marcharía, pero él desató un amuleto azul con borlas del abanico en su cinturón. En él había una pequeña placa de plata con la palabra *coraje*.

—Si necesitas trabajo, muestra esto en la puerta del castillo. Los guardias no dudarán en admitirte.

Me ofreció el amuleto, pero no lo acepté. Era un regalo cortés, pero no tenía ningún valor para mí. En su lugar, intenté tomar su daga, enfundada junto a su espada.

—¿Quieres eso? —La sorpresa, y luego la alegría, se reflejaron en los cálidos ojos del centinela—. Eres una descarada. Muy bien, quédatela. Pero mantente alejada de los caminos por la noche: los bandidos se vuelven audaces, porque muchos de los centinelas están por ahí buscando a los hijos del emperador.

Dudó, y luego colocó el amuleto en la empuñadura antes de dármela.

—Intenta tener cuidado.

Las yemas de nuestros dedos se tocaron, y mi corazón dio un pequeño salto. Nunca le había preguntado su nombre.

Pero cuando volví a levantar la vista para preguntar, ya se había ido. Me acerqué a la ventana, observando su caballo hasta que desapareció por el estrecho camino junto al mar. Una vez que se fue, cerré las persianas y no volví a pensar en el centinela. Había demasiado que hacer, ahora que tenía los medios para marcharme.

Aquella noche, cuando todos dormían, cargué un saco de arroz vacío con todo lo que pude llevar: verduras en vinagre, pescado salado y camarones recién hechos a la plancha. Me hubiera gustado tener tiempo para preparar comida que me durara todo el viaje, pero no podía ser exigente.

Al amanecer, cuando la señora Dainan se despertara y descubriera que no había ninguna sopa hirviendo a fuego lento, yo ya me habría ido.

CAPÍTULO 12

Le compré un barco a un pescador de la aldea de Tianyi. Tuvo que pensar que era una descerebrada por salir a navegar en el umbral del invierno, pero me enseñó a surcar el mar con los remos, a interpretar el viento para navegar hacia el sur y a lanzar una red para pescar.

Mientras tanto, su mujer metió en el barco una manta y una caja de pasteles de pescado fritos y huevos cocidos. Su hija también ató un amuleto —una muñequita roja con dos cuentas por ojos— para protegerme. Cuando los encontré, horas después, la inesperada amabilidad casi me hizo llorar. Pero le había prometido a Kiki que no lloraría hasta que encontrara a mis hermanos.

Unas horas antes del anochecer, abandoné por fin la isla, al timón de una embarcación con apenas el largo suficiente para caber acostada y una vela que se tambaleaba contra el viento.

No parece que vaya a aguantar bien una tormenta, dijo Kiki, dándole voz a mi preocupación.

El cielo está despejado, respondí mientras remaba. *No se avecina ninguna tormenta.*

El invierno era lo que me inquietaba más. El frío nos perseguía hacia el sur, una capa perpetua de escarcha que picaba mi cara. Cada noche rezaba a los dioses, pidiéndoles solo dos cosas: que encontrara a mis hermanos y que no muriera congelada mientras dormía.

Me mantenía cerca de la orilla, dejando que la vela hiciera la mayor parte del trabajo. Solo cuando el tiempo era bueno y los vientos eran fuertes me atrevía a remar a lo largo del estrecho del mar del Norte. Los amaneceres se mezclaban con los atardeceres, y pasaba tanto tiempo rodeada de agua que empecé a soñar de color azul.

A veces llamaba a Seryu en mi mente, con la esperanza de que me oyera y saltara del mar, dramático en su forma de dragón. Podría ordenar a las corrientes que dejaran de luchar contra mi barco, o podría hacer que el agua se calentara un poco más. Pero nunca apareció, y pronto me di por vencida.

Cuando no remaba, mantenía las manos ocupadas para distraerme del frío. No tenía papel, así que doblaba trozos de algas secas en forma de pájaros, derritiendo cera de mis velas para mantenerlos unidos.

¿Qué vas a hacer con todos esos pájaros?, preguntó Kiki.

Me encogí de hombros.

Es algo que hay que hacer.

Oh, bien, dijo Kiki. *Me preocupaba que pensaras que podías pedir un deseo. Dijiste una vez que pedirías un deseo para convertirme en una grulla de verdad. Prefiero seguir siendo de papel, gracias.*

¿Por qué?

Mira en qué problemas te ha metido tener pulso, Shiori, se burló Kiki. *Tu prometido casi te destripa con su espada, ¿te imaginas lo doloroso que hubiera sido?* Se estremeció. *Ni siquiera pudiste decirle quién eras.*

Sí, bueno, agradezco a los grandes dioses que me haya perdido nuestra ceremonia.

Yo también me estremecí, pero por una razón diferente.

Pensar que todo el mundo solía cantar las alabanzas a Takkan. Yo *sabía* que mis tutores me habían mentido.

Una vez le pregunté a Padre:

—Si Takkan es tan maravilloso, ¿por qué nunca viene a la corte a visitarnos?

Padre había respondido que a un chico como Bushi'an Takkan no le iría bien en Gindara.

Desde luego que no. Era un bruto, tal y como me lo había imaginado y, por fin, me sentía reivindicada por haberlo odiado todos estos años. No podía creer que mi padre hubiera estado dispuesto a casarme con ese bárbaro; debía haber estado de verdad bajo el hechizo de Raikama.

Sería perfectamente feliz si no volviera a oír el nombre de Bushi'an Takkan nunca más, declaré a Kiki.

Cuando volviera a casa, le pediría a Padre que anulara el compromiso.

Si es que alguna vez volvía.

En el noveno sol después de salir de la aldea de Tianyi, llegué a la tierra firme de Kiata.

Tenía frío y estaba cansada y hambrienta, pero la visión de la tierra me dio un impulso de energía y eché los remos al agua para seguir adelante.

Navegué lento por la costa, contemplando las escarpadas montañas que bordeaban el bosque, algunas tan altas que atravesaban las nubes. El bosque en sí era vibrante, pues a diferencia de Tianyi, aquí los árboles apenas habían empezado a perder sus hojas. Me deslumbraban con sus vestiduras de esmeralda, oro y rubí, y se extendían hasta donde yo podía ver, al parecer hasta el infinito. Este era el Zhensa, el bosque interminable.

Mientras me acercaba, un coro de pájaros estalló desde los árboles hacia el cielo.

¿Has visto a sus hermanos?, llamó Kiki a los pájaros. *Son seis grullas con coronas carmesí.*

Los pájaros miraron a Kiki, sorprendidos de que una grulla de papel les hablara. Luego, respondieron con un pitido.

Dicen que no han visto ninguna grulla por aquí, tradujo Kiki.

Me volví hacia Kiki, asombrada.

¿Puedes hablar con ellas?

Se encogió de hombros levantando un ala.

¿Cómo crees si no que he estado buscando a tus hermanos todo este tiempo?

Mientras yo los escuchaba, Kiki llamaba a las mariposas y a las abejas, incluso a los mosquitos que me molestaban por la noche.

¿Has visto a seis grullas con coronas carmesí?

Siempre la respuesta era no. Y siempre Kiki transmitía la misma respuesta de los animales:

Pero las buscaremos y les diremos que te encuentren si lo hacemos.

Así fue, hasta que al fin, justo cuando estaba a punto de anochecer, nos adentramos en el río Baiyun. Allí, un castor estaba trabajando en su presa.

Kiki escuchó sus gruñidos y voces.

Dice que la curva del río está a la vuelta de la esquina y que deberíamos desembarcar allí. Hay peligro más adelante.

Gracias, señor Castor, le comuniqué con un gesto, y Kiki transmitió mi pregunta:

¿Ha visto pasar seis grullas?

¿Seis grullas? ¿Como esas? Miró al cielo.

Se me cortó la respiración. Por encima de nosotros pasaban seis grullas, con sus coronas carmesí en contraste con las nubes cenicientas.

Me puse en pie de un salto y agité los remos. El barco se sacudió y, mientras me tambaleaba para recuperar el equilibrio, mis hermanos siguieron volando.

¡Hermanos! Me agité. *¡Kiki, diles que estoy aquí!*

Pero la atención de Kiki estaba en otra parte. El castor había desaparecido, al igual que las mariposas. Un torrente de agua surgió delante.

¡Cuidado, Shiori!

Mi pájaro se precipitó delante de mí, gritando y chillando palabras que apenas podía oír. El agua golpeaba mi pequeña embarcación desde todas las direcciones, las olas nos zarandeaban.

Giramos, atrapadas en una corriente inflexible, precipitándonos hacia…

¡Una catarata!

El terror se apoderó de mí. No había rocas a las que saltar, ni una orilla al alcance. Tiré del timón al máximo para girar la embarcación, pero el agua era demasiado violenta y me impulsaba hacia delante con una velocidad alarmante, arrastrando mis remos.

Nos precipitamos hacia las cataratas.

¡Diles a mis hermanos que estoy aquí!, le grité a Kiki en mi mente. *Apresúrate.*

Mientras mi pájaro se lanzaba al cielo, el río se convertía en un torrente que amenazaba con engullirme. Me agarré a los lados de mi barca mientras se balanceaba contra las olas. La muñequita roja, la red de pesca, mis mantas… todo se lo llevó la corriente. Yo sería la siguiente.

Un velo de niebla ocultaba la catarata, pero podía oírla. También podía sentirla, el frío rocío en mi cara, la fuerte corriente que pronto me llevaría a mi fin.

La barca se tambaleó al borde de la catarata antes de salir disparada. Mi estómago cayó en picada, pero por un momento, estaba volando. Pude ver un arco iris en el fondo, una hermosa vista final, supuse, con el agua cayendo en cascada a mi alrededor.

No, ¡*estaba* volando! Unas fuertes alas blancas batían contra mi espalda, y destellos de color carmesí se lanzaban en la niebla, acompañados de furiosos graznidos.

Mis hermanos, mis hermanos habían venido a por mí.

Me pasaron sus cuellos por debajo de los brazos y las piernas, mordiendo mi túnica empapada mientras me levantaban. Se elevaron tan rápido y tan alto que me colgaban los pies sobre la cascada y el estómago se me apretó por la altura.

Pero no tuve miedo. Acaricié a Kiki entre las manos, sabiendo que estaba tan contenta como yo de ver las alas de mis hermanos rozando las nubes.

Por fin los había encontrado. Y ellos me habían encontrado a mí.

CAPÍTULO 13

Volamos hasta que los últimos destellos del sol se hundieron tras el horizonte y la oscuridad tiñó el cielo.

Mis hermanos aterrizaron ante una cueva moldeada en los montes, marcada por un estrecho saliente bajo las ramas y hojas del follaje. La luz de la luna fue cubriendo el bosque y, cuando tocó las coronas carmesíes de mis hermanos, uno a uno volvieron a ser humanos.

No fue una transformación elegante. Esperé en un rincón, mordiéndome el labio mientras los miembros de mis hermanos se estiraban y sus músculos se tensaban hasta que los seis se desplomaron en un montón, respirando como si cada jadeo fuera el último. Pero cuando al fin se levantaron, las lágrimas que había retenido durante todos estos meses brotaron de mis ojos. Lágrimas de alegría, de asombro y de alivio por estar juntos de nuevo.

Los abrazos vinieron de todas partes, y mis hermanos empezaron a hablar de inmediato.

—¿Dónde has estado?

—¡Te hemos estado buscando durante meses!

—Nunca te hubiéramos reconocido, Hermana. Gracias a los grandes dioses, tu pajarito chilla como un cuervo.

Pero una pregunta sonó más fuerte que las otras:

—¿Qué es ese cuenco en tu cabeza?

Andahai hizo callar a todos con una palmada.

—Ya basta, Hermanos. Sé que todos estamos emocionados por volver a ver a Shiori y aliviados de que esté viva y bien. Pero quizá deberíamos darle la oportunidad de hablar.

Ante eso, bajé la cabeza con tristeza.

—¿Qué ocurre, Hermana? —preguntó Hasho.

En los dos meses que habían pasado desde que lo había visto por última vez, tenía el pelo mucho más largo, al igual que mis otros hermanos. Barbas mal afeitadas brotaban de sus barbillas y mejillas, y misteriosas rozaduras asomaban por sus mangas y pantalones rotos. También había otros cambios. Algunos menos obvios, como las sombras que se ceñían a sus anchos cuerpos, la opacidad vidriosa de sus ojos, como si el tiempo que habían pasado como grullas estuviera minando su humanidad día a día.

No podía evitar hablarles de mi maldición por más tiempo. Me di un golpecito en la garganta y negué con la cabeza.

—¿Qué pasa, Shiori? Tú… no puedes hablar.

No era que *no pudiera* hablar. *No debía* hablar.

Pero ninguno de mis hermanos lo entendía, y no sabía cómo explicarlo.

Aunque lo intentaba, no me prestaban atención. Intercambiaban miradas entre ellos, miradas que yo no podía interpretar. Reiji gruñó, y su expresión se ensombreció. Era el único que no me había dado la bienvenida.

—Raikama ha pensado en todo —murmuró Benkai—. ¿Y ese cuenco que llevas en la cabeza? ¿Es también la marca de nuestra madrastra?

Wandei se acercó, con la cabeza inclinada metódicamente.

—Seguro que debe haber una forma de quitárselo. —Intentó tirar de él, primero con suavidad, luego con más fuerza—. No se mueve.

—Déjame intentarlo —dijo Yotan, acercándose por detrás de su gemelo para intentar arrancarlo. Se rascó el lunar de la barbilla, desconcertado—. ¿Has probado a cortarlo?

Asentí con la cabeza en un movimiento exagerado, bajando el cuenco. Lo había intentado todo: todos los cuchillos de la cocina de la señora Dainan y todas las herramientas que había encontrado en la aldea de Tianyi. El cuenco era indestructible.

Kiki eligió ese momento para salir volando de detrás de mi pelo. Sus pálidas alas se agitaron con fuerza, recién secadas tras nuestro encuentro con la cascada, y mis hermanos retrocedieron.

Todos menos Hasho.

Kiki se posó en su mano levantada, descansando en la curva de su pulgar. Recordó a mi hermano menor, el único que había conocido mi secreto.

—Me alegro de verte, Kiki —dijo Hasho con amabilidad—. Espero que hayas mantenido a Shiori alejada de las travesuras estos dos últimos meses.

Mis hermanos habían visto a Kiki el día que nuestra madrastra nos maldijo a todos, pero nunca habían tenido la oportunidad de preguntarme por ella.

—No tiene cuerda —se maravilló Wandei.

No soy una cometa, dijo Kiki, tajante, aunque mi hermano no pudo oírla.

Los ojos de Reiji se entrecerraron con desconfianza. Puso su habitual mueca.

—Es magia.

—Claro que es magia —dijo Hasho. Había una advertencia en su tono—. No lo hagas, Reiji. Ya hemos pasado por esto antes...

Fruncí el ceño mirando a mis hermanos. ¿Qué estaba pasando? *¿Haber pasado por qué?*

—La magia está prohibida —argumentó Reiji—. Este... este pájaro de papel es un problema.

¡Yo le enseñaré qué es un problema! Kiki le mordió la nariz.

Reiji se abalanzó para atraparla, pero Kiki fue demasiado rápida y salió disparada para volver a mi hombro.

—Es tu culpa que estemos malditos —me acusó Reiji, con sus narices encendidas por el resentimiento—. Si no hubieras enojado a Raikama, todavía estaríamos en casa, todavía seríamos príncipes, no estaríamos obligados a pasar todos nuestros días como pájaros. —Señaló con un gesto de rencor sus magulladuras y sus ropas harapientas.

—¿Así que prefieres que nunca nos hubiéramos enterado de que Padre se casó con un demonio? —balbuceó Yotan.

—¿De qué sirvió? No tuvimos la oportunidad de decírselo. Ahora está solo, con *ella*, y ni siquiera podemos protegerlo.

Mi corazón se hundió. Había pasado innumerables noches en vela, culpándome por lo que había sucedido. No me arrepentía de haber seguido a Raikama y de haberme enterado de lo que realmente era. Pero ¿y si hubiera acudido primero a Padre, y no a mis hermanos? ¿Y si hubiera sido más cuidadosa, si hubiera escuchado a Kiki y no me hubieran atrapado?

¿Y si nunca hubiera aceptado aprender magia de Seryu?

Podría haber hecho cientos de cosas diferentes, pero ya era demasiado tarde.

Me retiré al rincón, esperando desaparecer entre las sombras. Mis hermanos, que seguían discutiendo, apenas se dieron cuenta.

—¿Crees que nuestra hermana es un demonio como nuestra madrastra? —exclamó Yotan—. ¡Debes de ser más pájaro que hombre, Reiji, para que tu cerebro esté tan confuso!

—Padre prohibió la magia por una razón —replicó Reiji con firmeza—. Nuestros *antepasados* prohibieron la magia por una razón.

—¿Así que harías desterrar a nuestra hermana? —preguntó Hasho.

—¡La haría decir la verdad a Padre en lugar de hacer que nos maldijeran a todos!

—Suficiente. —Andahai levantó una mano para detener las discusiones.

En el pasado, eso era todo lo que hacía falta para que mis hermanos escuchasen, pero Reiji seguía chisporroteando de ira.

—Basta, Reiji —advirtió Andahai—. Shiori ha vuelto, y seguiremos juntos. ¿Entendido?

Cuando Reiji al fin asintió, mi hermano mayor exhaló.

Hasho me encontró en el rincón y tomó mi capa húmeda, la colgó y la cambió por una fina manta, que envolvió alrededor de mis hombros.

—Sal de ahí —pidió—. Deja que Reiji se calme.

Salimos a la cornisa y aspiré el aire fresco. Los árboles crujían debajo, y los grillos chirriaban contra el viento aullante. Las estrellas brillaban en el cielo nocturno, pero ya no podía ver la luna.

—Te hemos echado de menos, Shiori —dijo Hasho—. Reiji también, aunque debes ser paciente con él. La maldición ha sido... difícil, en especial para él. Sabe que has hecho lo correcto. Solo le está costando más aceptarlo que al resto de nosotros.

Miré a mi hermano menor. Sus ojos eran los mismos que siempre había conocido, pero ahora había una tristeza que no existía antes. Verlo hizo que mi corazón se sintiera más pesado en el pecho.

El hombro de Hasho rozó el mío.

—Quizás esta maldición tenga algo de bueno. Los seis estamos aprendiendo a trabajar juntos. Ahora que te hemos encontrado, solo será cuestión de tiempo que derrotemos a Raikama. —Me dedicó una media sonrisa—. Debemos permanecer juntos si queremos romper su hechizo.

Hasho y yo volvimos a la cueva, y lo primero que hice fue buscar a Reiji. Él deambulaba al lado del hogar de piedra, observando cómo hervían las raíces de loto y las castañas. Cuando me vio, empezó a apartarse.

No dejé que su actitud me desanimara. Me acerqué a su lado, esperando hasta que, poco a poco, sus hombros, tensos, se relajaron.

Reiji soltó un suspiro tranquilo.

—Nunca querría que Padre te desterrara, Hermana —dijo—, tengas o no tengas magia.

No era una disculpa, pero era suficiente por ahora. Le toqué la mano, demostrando que lo entendía.

Hasho se interpuso entre nosotros con una sonrisa.

—Ven, vamos a celebrar tu regreso. No tenemos mucha comida. —Señaló las escasas provisiones que había en el fondo de la cueva: un saco de naranjas magulladas, un puñado de castañas y un juego de tazas de barro rotas—. Pero a partir de mañana, tendremos que redoblar nuestros esfuerzos, conociendo tu gran apetito.

Ya me refunfuñaba el estómago, pero el guiso que hervía en la olla no había terminado de cocinarse, y tenía preguntas.

Señalé sus brazos y piernas, y luego la luna de fuera.

¿Se convierten en hombres por la noche?, inquirí, moviendo los labios para hacer la pregunta que me había estado rondando desde su transformación. Me preocupaba que fueran grullas para siempre.

Benkai fue el que respondió:

—Sí, pero no es el consuelo que crees, Shiori. Nuestras mentes son más agudas que las de la mayoría de las grullas, pero los días se confunden cuando eres pájaro, y no siempre recordamos que nos transformaremos al anochecer. Es especialmente peligroso cuando volamos; varias veces hemos estado a punto de caer del cielo...

Su voz se entrecortó y cruzó sus largos brazos sobre las piernas.

Pero cuando sois hombres, podéis intentar volver a casa. Me dibujé el carácter que significaba *hombres* y el de *hogar* en la mano. *Padre...*

—Padre no nos reconocerá. Nadie lo hace. La maldición nos sigue incluso cuando somos hombres. Si intentamos dar alguna indicación de quiénes somos en realidad, nos convertimos en grullas.

La maldición también me seguía a mí. Había intentado escribir mi nombre a ese centinela, pero las serpientes de Raikama me advirtieron que no lo hiciera.

—No tenemos ninguna esperanza de llegar a Padre —dijo Andahai sombrío—. Cuanto más cerca estamos de casa, más poderoso se vuelve el encantamiento de nuestra madrastra. Aunque salga la luna, no nos convertimos en hombres. —El tono de mi hermano se oscureció—. Además, Raikama ha ordenado a los guardias que disparen a las grullas que se aventuren demasiado cerca del palacio.

—Yotan estuvo a punto de morir la última vez —dijo Reiji, con la mandíbula tensa—. Recibió una flecha en el ala.

El remordimiento se apoderó de mí, y sentí cómo caían mis brazos a los lados.

—No te preocupes por eso —intervino rápido Yotan—. Fue hace semanas, y ya estoy mucho mejor.

Hasho me puso un cuenco de comida en las manos.

—Come. Te levanta el ánimo.

—Sí, celebremos nuestro reencuentro esta noche —invitó Andahai—. Ahora que has vuelto, ya no tendremos que soportar la cocina de Hasho.

Mi hermano menor hizo una mueca.

—Estaré encantado de cederte la tarea, Shiori. Por fin cumplirás tu deseo de aprender a cocinar.

Hurgando en mi plato, asentí en silencio. Mis hermanos no tenían ni idea de que me había pasado la mitad del otoño trabajando en la Posada del Gorrión. Había cambiado mucho desde la última vez que estuvimos juntos. Incluso en las pocas horas transcurridas desde nuestro reencuentro, me di cuenta de que lo mismo había ocurrido con ellos.

La cena fue un guiso hervido de lo que mis hermanos tenían en la parte de atrás de la cueva: raíz de loto y castañas y unos trozos de carne de color marrón poco apetecibles que no pude identificar. La piel era resbaladiza y dura; si no hubiera estado tan hambrienta, era probable que la hubiera escupido. Pero la carne en sí no estaba mal. A medio camino entre un ave y un pescado.

—Rana —dijo Yotan sin rodeos mientras me esforzaba por masticar. Sonrió—. Pensamos que la preferirías a los gusanos y las arañas.

Me obligué a tragar.

Sabroso, mentí con una sonrisa.

Mientras comíamos, Kiki zumbaba de hermano en hermano. Ya había cautivado a los gemelos, y una o dos veces observé que la mueca de Reiji se desvanecía, aunque su ceño volvió rápido cuando se dio cuenta de que yo estaba mirando.

Andahai estaba sentado solo, haciendo rodar una naranja entre sus manos. Apenas había comido.

¿Qué pasa?, dije haciendo mímica. No era propio de él estar tan melancólico.

—No es nada —respondió Benkai por él, pero descubrí que mis hermanos mayores intercambiaban una mirada.

Empecé a buscar un palo para escribir en la tierra cuando Benkai me tocó el hombro.

—Solo está aliviado de que hayas vuelto.

Miré a Andahai.

Hacía años que no veía a mi hermano mayor con algo que no fueran sus sedas principescas. Era el príncipe heredero, el heredero del reino de Padre. El hermano que cargaba con la responsabilidad de todo nuestro país. El que nos protegía y nos escuchaba, el que mediaba en nuestras discusiones y atendía nuestras heridas.

Por primera vez en mucho tiempo, parecía mi hermano primero y el príncipe heredero después. Estaba agraviado por no haber podido hacer nada para salvarnos de la maldición de Raikama.

Traje mi cuenco y me senté con él.

La maldición, hice un gesto, convirtiendo mis manos en alas. *Quiero saber más.*

—Esta noche no —dijo Benkai, siempre sabio—. Esta noche celebramos, ¿de acuerdo, Shiori? Nuestra madrastra ya ha causado suficiente dolor. No podemos dejar que su sombra oscurezca nuestras preciosas horas de luz. Ni una palabra más sobre la maldición.

Ni una palabra más. Más fácil de lo que pensaban.

Como siempre, fue Hasho quien me calmó. Se acercó, ofreciéndome la mitad de su comida, que me negué a tomar hasta que la echó en mi cuenco.

—Hemos pasado semanas preparando esta cueva para ti, Shiori —dijo en voz baja—. Esperábamos más que nada encontrarte. Y ahora lo hemos hecho.

Ahora lo han hecho, me hice eco.

Había soñado con este momento durante muchas semanas, con lo feliz que sería cuando mis hermanos y yo nos reuniéramos. Ahora que por fin había llegado, no podía celebrarlo.

Me sonreían, los palitos de madera repiqueteaban de forma rítmica contra las piedras planas que mis hermanos utilizaban como platos, y Yotan emitía sonidos sibilantes con una flauta que había fabricado. Pero mientras sonreía, yo no podía evitar la sensación de que algo iba mal.

Mis hermanos escondían un secreto. Un secreto que temían contarme.

Si supieran que yo sentía lo mismo.

Apreté los labios, conteniendo mi maldición. Fuera cual fuese su secreto, sabía que el mío era peor.

La noche pasó rápido. No recordaba haberme dormido, pero los movimientos de mis hermanos me despertaron. Iban de puntillas hacia la boca de la cueva, con bolsas toscas colgadas al cuello.

Salté tras ellos.

¿Se van?

—El amanecer está cerca —explicó Hasho—. Nos iremos hasta el atardecer para encontrar algo con lo que puedas escribir y para buscar noticias. Quédate aquí y no te alejes demasiado.

Me agarré a la manga de Hasho.

Llévame contigo.

—Seremos más rápidos sin ella —afirmó Andahai cuando mi hermano menor dudó.

Hasho hizo una mueca de disculpa.

—Espéranos. Hablaremos esta noche.

El sol se asomó por el horizonte. En cuanto la luz tocó su piel, empezaron a convertirse. Sus ojos humanos se ennegrecieron hasta transformarse en ojos de grulla, pequeños y redondos, y su carne se erizó con plumas. Al fin, sus brazos mudaron en alas.

—¡Hasta esta noche, Shiori! —Los gritos de mis hermanos fueron sustituidos por los graznidos y el gruir de las grullas.

Corrí tras ellos fuera de la cueva, viendo a mis hermanos saltar desde la cornisa hacia el cielo. Una vez que se fueron, pateé el suelo, enojada por haberme quedado atrás.

Kiki se posó en mi hombro. Reprimió un bostezo.

¿Va a ser esto una tradición de todos los días? Me habrían venido bien unas cuantas horas más de descanso sin tanto graznido.

Le dediqué una sonrisa irónica.

Has dormido toda la noche.

Estar a punto de morir te hace eso. Ella encogió un ala. Kiki nunca dejaba de sorprenderme con lo viva que estaba. *¿No querías ir con ellos?*

No me dejaron. Dijeron que me quedara quieta y descansara. Que ya hablaríamos esta noche. Volví a patear la tierra.

Solo las rocas consideran que quedarse quieta es una virtud. Que me llevaran los demonios antes de considerarla una de las mías.

Me aburrí después de una hora. Mis hermanos habían creado un espacio pequeño pero práctico para vivir en la cueva: un hogar revestido de piedras en el centro—obra de Wandei, supuse— y un escaso depósito de leña. Un saco de arroz casi vacío junto con la olla rota que habíamos usado la noche anterior para hervir castañas. Incluso había un libro o dos, con las páginas amarillentas y desgastadas por el tiempo. Pero lo último que quería hacer era leer.

Practiqué lanzando la daga del centinela a un tablón de madera. Solo unos pocos lanzamientos tuvieron éxito, pero no me desanimé. Me ayudó imaginar la cara de Raikama como mi objetivo.

A media mañana, estaba inquieta.

Voy a dar un paseo, le anuncié a Kiki.

Tus hermanos te dijeron que no te alejaras demasiado.

No es demasiado si sé cómo volver.

No estábamos tan arriba en las montañas como había pensado en un principio. La cornisa era estrecha, pero había un camino cuesta abajo. Mientras descendía, mantuve un ojo en los pies y otro en la vista de abajo.

El bosque se desplegaba en el horizonte, y no había ningún pueblo o ciudad a la vista, solo el río Baiyun, si recordaba correctamente mis lecciones de geografía. Dondequiera que hubieran ido mis hermanos, tenían que estar bastante lejos.

Las aguas del río estaban tranquilas y deseé no haber perdido mi barquito, en especial, la red de pesca que llevaba dentro. Si mis hermanos iban a tener la costumbre de dejarme atrás, al menos podría haber pescado alguna trucha o carpa para la cena. Sería mejor que el guiso de ranas que había preparado Hasho.

Arrodillada, probé el agua y ahogué un grito al ver lo fría que estaba.

Las ondas me bailaban en las yemas de los dedos y, cuando el agua se aclaró, me enfrenté a mi reflejo. No era la primera vez que me veía desde que Raikama me había maldecido, pero cada vez me reconocía un poco menos.

Incluso con el cuenco en la cabeza, me daba cuenta de que parecía mayor. Mi boca no se curvaba tan fácilmente como antes, y mis hombros eran más anchos, endurecidos por los meses de trabajo.

Ya no era la niña que ponía los ojos en blanco cuando hablaban sus hermanos o que chillaba ante los pasteles de arroz y los animales azucarados en palitos.

Ahora llevaba un puñal a todas partes, incluso en mis sueños.

Me quité los zapatos y me metí en el río, hundiendo los dedos de los pies en el barro.

Seryu, llamé en mi mente. Y esperé.

Esperé hasta que el frío me entumeció los tobillos y los peces se acercaron a mordisquearme los dedos. Kiki voló en círculos a mi alrededor, provocando a los peces hasta que uno casi le arrancó el ala.

Lo intenté de nuevo:

¿Seryu?

Silencio.

¿Qué esperaba? ¿Que el dragón estallara en el momento en que pronunciara su nombre?

Seryu estaba en las profundidades del mar de Taijin, probablemente descansando en un palacio tallado en perlas y caracolas. Me había advertido que no volvería hasta la primavera.

Sintiéndome estúpida, volví a la cueva, casi deseando no haberme ido nunca.

Mis hermanos volvieron con los picos llenos de pescado y una canasta rebosante de lechugas, mandarinas y bollos al vapor a medio comer. No había papel ni pincel ni tinta, pero me habían traído ropa nueva: una capa, un par de calcetines desparejados y guantes para el duro invierno que se avecinaba.

Me quedé boquiabierta, señalando sus propias ropas harapientas.

Hasho se encogió de hombros.

—Nadie nos ve por la noche.

Tampoco me ve nadie de día, pensé.

Llevaba todo el día esperando su regreso, deseando que mis preguntas tuvieran respuesta. Sin pincel ni tinta, me conformé con una forma más ingeniosa de comunicarme. Eché agua sobre un trozo de tierra y alisé el barro.

Hacía meses que no escribía, y la mano me temblaba al presionar la punta de mi daga en la tierra húmeda.

¿Y si me lleváis a casa?
Los guardias no me dispararán.

Ante la pregunta, la sonrisa de mis hermanos se desvaneció.

—No es tan sencillo, hermana.

Mi frente se anudó con confusión. ¿Qué no era sencillo? Estábamos juntos de nuevo, por fin, después de casi todo el otoño separados. Podían volar, lo que significaba que podríamos llegar al palacio sin problemas en cuestión de días. ¿Por qué eran tan reacios?

—Nuestra madrastra nos ha puesto las cosas un poco más difíciles. Por un lado, Padre no nos reconocería, aunque estuviéramos delante de él en nuestra forma humana.

La bilis subió a mi garganta. Aquel sueño que había tenido con los ojos amarillos y brillantes de mi madrastra clavados en los de Padre… ¿había sido real?

¿Cómo podemos derrotarla?
¿Hay alguna manera de romper su hechizo?

—Sí, pero no será fácil —respondió Andahai, frotándose la estrecha barbilla—. Todos los días de estos dos meses te hemos buscado. No teníamos ni idea de dónde te había enviado Raikama. Nos dividimos y viajamos a A'landi y Agoria, incluso a Balar.

—No te encontramos —intervino Benkai, retomando la historia.

—Pero sí conocimos a un hechicero: dijo que la única forma de romper nuestra maldición es quitarle la magia a nuestra madrastra.

Habría resoplado si pudiera. Eso no servía para nada.

¿Cómo?

Andahai dudó, lo que me preocupó. Mi hermano mayor nunca se quedaba sin palabras. Que ahora estuviera nervioso me puso nerviosa.

Se enderezó, pero la forma en que sus ojos miraban a los demás hizo que se me hundieran las tripas. Tenía la sensación de que sus siguientes palabras no me iban a gustar.

—Parece que Raikama está en posesión de una perla de dragón —dijo con lentitud—. Y tú, Shiori, tendrás que robarla.

CAPÍTULO 14

Los bordes de mi campo de visión se nublaron, las palabras de mi hermano resonaron en mis oídos.

No me alarmé ni me sorprendí. No, todo se había aclarado de repente. Aquel día en que seguí a Raikama hasta las Lágrimas de Emuri'en, había estado buscando la fuente de su magia. La había visto: aquel orbe roto de una forma misteriosa que mi madrastra guardaba escondido en su pecho. Había brillado con poder, como una gota de luz solar.

Así que había sido una perla de *dragón*.

Me toqué el corazón, donde descansaba el fragmento de la perla de Seryu, olvidado hacía tiempo. Entonces me puse en pie, haciendo girar mis manos con frenesí para preguntar: *¿Cómo la consigo?*

—Siéntate, Shiori —pidió Andahai, cubriendo el barro con las manos antes de que pudiera escribir—. Escúchanos primero.

Me senté, pero agarré con fuerza mi daga, con decenas de preguntas que pugnaban por salir.

—Tienes que tejer una red de flores estrella —explicó Andahai—. Es lo único con el suficiente poder para someter la magia de un dragón.

Fruncí el ceño.

Nunca había sido la estudiante más diligente de la tradición kiatana, pero *esa* historia la conocía.

—Crecen en la cima del monte Rayuna, en medio del mar de Taijin —continuó mi hermano, ignorando mi mirada preocupada—. Nadie ha sido capaz de acercarse a ellas, y mucho menos de tocarlas, no sin magia.

Observé a mis otros hermanos, que miraban al suelo. Pensábamos lo mismo. Innumerables tontos habían intentado recoger las flores estrella en el pasado, pero sus hojas eran afiladas como cuchillos, y se decía que el mero contacto con sus espinas era como una puñalada de fuego. Sin embargo, el mayor peligro era el propio Rey Dragón, que se sabía que custodiaba el monte Rayuna. Cualquiera que fuera sorprendido recogiendo ese tipo de ortiga estaría a su terrible merced.

—Pero nosotros podemos volar —dijo Andahai—, y tú... Raikama dijo que tienes magia en la sangre.

Ante la mención de nuestra madrastra, levanté la vista con desconcierto.

—Ella no mentía sobre eso, ¿verdad? —preguntó Yotan.

Hice una mueca. *No*. Pero no estaba segura de que eso fuera a ayudarnos aquí.

—Entonces deberías poder usar esto. —Benkai me tendió una cartera de paja, desgastada y con forma de caja, con una robusta correa y dos hebillas de madera. Era sencilla y poco llamativa, parecía cualquier bolsa vieja que pudiera llevar un aldeano pobre.

Pero cuando levanté la solapa, vi que estaba forrada con tiras de madera oscura. De nogal, si tuviera que adivinar.

—El hechicero nos lo dio. Dijo que sus profundidades no tienen límites, y que solo alguien con magia puede ver su contenido. Esto te ayudará a contener el poder de la flor estrella mientras tejes la red.

Tiré la cartera a un lado.

¿Y era casualidad que tenía esto en su poder?

¿Quién es este hechicero?

—El maestro Tsring es un famoso vidente de A'landi. —Benkai hizo una pausa, devolviendo la cartera a mi regazo—. Él es quien nos encontró y nos ayudó. Esperábamos que pudiera localizarte. —Su mirada se posó en el cuenco que descansaba sobre mi cabeza—. Pero dijo que tu magia estaba bloqueada.

Una afirmación acertada, pero seguía sin gustarme este maestro Tsring ni podía confiar en él.

¿Qué quiere a cambio?

¿La perla, una vez que hayamos terminado con ella?

—Quiere la red —respondió Hasho—. No nos servirá de nada después de romper la maldición. Es un intercambio justo.

Difícilmente. Me crucé de brazos. Con apenas una mirada a Reiji, mi hermano menos confiado, pude ver que ya habían discutido sobre este punto.

—Preocupémonos del hechicero más tarde —dijo Andahai con firmeza—. Por ahora nos centramos en la red de flores estrella. ¿Estás preparada para la tarea, Shiori?

¿Qué opción tenía?

Lo estoy. Pasé el brazo por la correa de la cartera. *Por supuesto que lo estoy.*

—Espera. —Wandei exhaló, recordándonos a todos que él era el único que no había hablado—. Nunca nos dijiste, Hermana, por qué es que no debes hablar.

Cerré los ojos, deseando que no hubiera preguntado.

Usando la daga para apuntar a mi garganta y luego a mis hermanos, moví los labios para comunicarles:

Porque moriréis. Por cada palabra que pronuncie, por cada sonido que haga, uno de vosotros morirá.

Los rostros de mis hermanos se tornaron cenicientos, y se miraron entre sí, transmitiendo algo que no estaba dicho. La señal más reveladora de que me estaban ocultando algo fue el ceño fruncido que tenía Andahai. Dio un codazo a Benkai, negando con la cabeza.

¿Qué estaba pasando?

—Quizá te estemos pidiendo demasiado, Shiori —dijo Andahai con lentitud—. Tejer la red será doloroso; te causará mucha agonía. No quisiera multiplicar tu carga.

Me puse en pie de un salto.

¿Mi carga? Señalé con gestos salvajes. *Cada mañana, vuestros cuerpos se desgarran al convertirse en grullas.* Había visto a Hasho intentar contener un grito mientras el encantamiento de Raikama lo consumía. Había visto palidecer el rostro de Yotan cuando los colores del amanecer empezaban a pintar el cielo.

¿Y yo? A pesar de todas mis quejas, lo único que tuve que hacer fue ponerme un tonto cuenco en la cabeza y contener la voz.

Mi maldición era leve comparada con la de ellos, y con gusto asumiría cualquier carga si eso les daba alivio.

—Esperemos hasta mañana —dijo Hasho—. No tenemos ninguna prisa por romper la maldición.

¿No hay prisa? Levanté la cabeza, segura de que era una mentira. Miré a Hasho con desprecio. Mi hermano menor solía ser el que guardaba *mis* secretos. ¿Qué estaba ocultando ahora?

Reiji habló, con las fosas nasales abiertas:

—Tenemos que decírselo. Estaría mal que nos fuéramos al monte Rayuna sin que ella lo supiera.

—Reiji —advirtió Andahai—. Estuvimos de acuerdo...

—*Tú* nos obligaste a estar de acuerdo. Ella tiene que saberlo.

Agarré el brazo de Hasho.

Cuéntame.

Los ojos de Hasho estaban fijos en el suelo, lo que no era una buena señal.

—Nosotros... —tartamudeó—. Te dijimos que teníamos que debilitar a Raikama con una red de flores estrella y t-tomar su perla para romper la maldición.

Sí. Me estaba impacientando. *Sí, ya sé todo esto.*

—No te hemos dicho qué hacer una vez que tengas la perla —aclaró Andahai, su rostro estrecho se veía cansado y demacrado.

Ahora tenía mi atención.

—Debes sostenerla en tus manos —explicó con lentitud— y decir el verdadero nombre de nuestra madrastra.

¿Su verdadero nombre? Arrugué la frente. Eso era bastante fácil. Podía tan solo preguntarle a Padre una vez que regresáramos a palacio con la red.

Me di cuenta. Tenía que *decir* su nombre.

No podía romper su maldición si no podía hablar. Mientras

este miserable cuenco descansara sobre mi cabeza, cualquier palabra que pronunciara traería la muerte.

Mis pulmones se quedaron sin aire. Uno de ellos tendría que morir.

Clavé mi daga en el barro, tambaleándome por la crueldad de la maldición de Raikama.

—Si se llega a eso, todos nosotros estamos dispuestos a correr el riesgo —intervino rápido Benkai—. ¿No es así, Hermanos?

¡Yo no! Agité los puños para indicar que quería gritar. Di un puntapié en el suelo, solo para hundirme en el suelo una vez más. *No lo estoy.*

—Ahora no es el momento de desesperar, Shiori —me consoló Yotan, rodeando mi hombro con su brazo. Pero incluso sus ojos, que tan a menudo bailaban con alegría, parecían resignados.

Pensando en animarme con la comida, me pasó el resto del estofado de la noche anterior, pero yo solo removí el contenido del cuenco, adormecida.

—Los seis buscaremos la información que podamos sobre su nombre —dijo Andahai, tomando mi silencio como una señal para seguir adelante—. Tú concéntrate en cómo tejer la red. En primavera, volaremos de nuevo a Gindara y romperemos el encantamiento de nuestra madrastra.

¿En primavera? Parpadeé, raspando la punta de mi cuchara en el barro.

¿Estaremos listos para entonces?

—No tenemos otra opción —expresó Benkai con tristeza—. Estamos en guerra, Shiori. Con A'landi.

Las palabras retumbaron en mis oídos.

¿En guerra?

Padre no tiene más herederos ahora que hemos desaparecido, y Raikama no tiene ningún hijo propio. El *khagan* de los estados del norte de A'landi ha declarado que el trono de Kiata está listo para ser tomado y ha estado sobornando a algunos de nuestros más poderosos aliados para que se vuelvan contra Padre. Padre ha llamado a todos los grandes señores a Gindara para que le vuelvan a jurar lealtad.

Miré a mis hermanos menores, todos con caras solemnes. Ayer mismo nos habíamos abrazado con alegría. Qué rápido esa alegría había sido reemplazada por un frío y terrible temor.

Nadie lo traicionaría.

Todas las casas son leales.

La expresión de Benkai no inspiraba confianza.

—La codicia es un gran motivador —dijo sin disimulo—, y se habla de que el *khagan* tiene un hechicero.

—Se llama el Lobo —aclaró Andahai, y yo empecé a reconocer el nombre—. ¿Has oído hablar de él?

Solo por una carta que encontré.

Debía estar destinada al khagan.

Escribí lo que podía recordar, excepto las palabras que no había podido traducir.

—¿Sabes de quién era?

Sacudí la cabeza con pesar, imaginando ahora que debía ser del lord que había traicionado a Padre. Me sumergí en mi guiso y comí una cucharada, tragando con fuerza.

Háblame del Lobo, moví los labios para decir.

—El maestro Tsring nos advirtió sobre él —contó Andahai—. El Lobo fue su alumno antes de revelar su verdadera naturaleza. Es traicionero y cruel, y muy inteligente.

¿Pero por qué venir aquí?

No tendría magia si entrara en Kiata.

—Uno no necesita magia para ser peligroso, Shiori —respondió Benkai—. Basta con tener reputación de ser peligroso para sembrar el miedo. Y el miedo es un arma poderosa.

—O… —repuso Wandei con lentitud— tal vez las costuras que alejan la magia de Kiata se están deshilachando. Los dioses han permanecido en silencio durante siglos. Puede que hayan decidido que es hora de que la magia vuelva a Kiata. Mira a nuestra madrastra… y a ti.

Me sentí enferma de repente. Los dedos se me agarrotaron alrededor de la cuchara y dejé el guiso. Había perdido el apetito.

—No te preocupes todavía —dijo Hasho, tratando de consolarme lo más que podía—. Si la suerte está de nuestro lado, los estados de A'landi se pelearán entre sí, y el *khagan* se olvidará de nosotros. Al menos, el invierno le dará a Padre más tiempo para prepararse.

Y *a mí tiempo para romper nuestra maldición*, pensé.

Si alguno de nosotros era vidente, tal vez había sido mamá, porque me bautizó Shiori, que significa *nudo*. Un símbolo de que yo era la última de sus siete hijos, la que uniría a mis hermanos, sin importar que el destino conspirara para separarnos.

Éramos siete, y el siete era un número de fuerza. Un número impar que no podía fallar, lo bastante grande como para resistir muchas amenazas, pero lo bastante pequeño como para permanecer devoto.

Me colgué la correa de la cartera del hombro y miré a cada uno de mis hermanos directamente a los ojos.

Lo que fuera necesario para detener a Raikama y romper los hechizos que nos había lanzado, lo haría. Aunque me llevara meses o años, aunque provocara la ira de los dioses y me enemistara con los dragones.

Llévenme al monte Rayuna.

CAPÍTULO 15

Al día siguiente, partimos hacia el monte Rayuna.

Con Kiki bien metida en la manga, me aferré a los bordes de la canasta de madera que Wandei había diseñado para transportarme. Era más seguro que agarrarse a sus cuellos, pero mi estómago seguía cayendo en picado cada vez que nos sumergíamos entre las nubes.

Cuatro de mis hermanos llevaban con el pico las cuerdas atadas a la canasta, mientras uno volaba por delante para guiarlos y otro se quedaba atrás para vigilar. Estábamos tan alto que los ríos parecían costillas y las montañas, arrugas sobre la tierra.

Por el camino, mis hermanos me contaron todo lo que habían aprendido sobre las flores estrella y los dragones que las guardaban, con Kiki como traductora. Los dragones no siempre habían sido presagios de buena fortuna, ni habían sido siempre visitantes infrecuentes de la tierra. Eran caprichosos y violentos y, a menudo, se entregaban a su poder para sembrar el caos en los mares. Lo peor de todo es que no respondían a nadie, ni siquiera a los dioses.

Para templar su fuerza, los dioses forjaron las flores estrella a partir de un trío de magias: hebras de destino del cabello de la diosa Emuri'en; la sangre de las estrellas de Lapzur, la fuente del poder de los hechiceros, y el fuego demoníaco extraído de las islas Tambu, lugar de nacimiento de los demonios.

A medida que las flores estrella crecían sin control en todo Lor'yan, los dragones se replegaron en el mar, escondiéndose allí hasta que los dioses suplicaron su ayuda para despojar a Kiata de la magia y sellar a los demonios dentro de las Montañas Sagradas. A cambio de su ayuda, el Rey Dragón exigió que se contuvieran las flores estrella en la cima del monte Rayuna. Allí, mantuvo un ojo vigilante por si alguien intentaba robarlas.

Ladrones, como mis hermanos y yo. Por las Cortes Eternas, recé para que fuéramos tan insignificantes —seis grullas y una niña sin magia— que no se diera cuenta de nuestra presencia.

¡Allí!, comuniqué, señalando hacia delante. *Lo veo.*

El vapor salía de la cima del monte Rayuna, tan espeso como las nubes. Los ríos fundidos silbaban, bajando como oro líquido, y los poderosos vientos soplaban, obligando a mis hermanos a dejarme más abajo en la montaña.

Ojeé la cima, haciendo inventario de los brillantes arbustos de flores estrella. Tenía que haber cientos, si no miles, que adornaban la cima de la montaña. Tendría que trabajar rápido y terminar antes del anochecer, antes de que mis hermanos volvieran a convertirse en hombres. El monte Rayuna no era un lugar en el que deseara quedarme varada.

Hasho se acercó. Los bordes negros de sus alas eran los más gruesos, como amplios trazos de tinta bajo el pliegue de sus plumas níveas. Sus ojos eran los más parecidos a los míos, incluso cuando era una grulla. Marrones con motas de ámbar.

Dice que si en algún momento cambias de opinión, Shiori, me lo digas. Kiki miró al monte Rayuna, con recelo, antes de transmitir el resto del mensaje de Hasho. *Encontraré a tus hermanos y te llevarán a casa.*

Negué con la cabeza. No cambiaría de opinión.

También quiere saber si quieres que uno de ellos se quede contigo.

Aquí, en el monte Rayuna, donde la magia salvaje crecía sin freno, no me atrevía a que nadie me acompañara a buscar las ortigas de las flores estrella. Y menos mis hermanos.

Sacudí la cabeza con firmeza y le pasé a Kiki a Hasho. Si los pájaros de papel hubieran podido fruncir el ceño, lo habría hecho. Volvió a revolotear sobre mi hombro, siseando:

Yo también voy.

Pero…

Soy una grulla de papel, Shiori, no una de verdad. Si pasa algo, puedes plegarme otra vez para devolverme a la vida.

No sin mi magia, quise responder, pero asentí para no asustarla. Dejé que mi cartera cayera sobre mi cadera. De una manera extraña, su presencia era reconfortante mientras me embarcaba hacia la montaña.

No fue una subida difícil, aunque las cenizas hacían que el camino fuera resbaladizo. A menudo me daba patadas contra objetos demasiado frágiles para ser piedras, demasiado huecos para ser ramas. Rezaba para que no fueran huesos.

Estaba a medio camino de la cima cuando el suelo tembló y tropecé con un pilar de roca.

¡Por los hilos de Emuri'en!, jadeó Kiki. *No era el Rey Dragón, ¿verdad?*

Solo un temblor. Me preparé para lo peor hasta que el temblor pasó. *Creo.*

Kiki batió las alas más rápido, evadiendo por poco un chorro de lava de una de las rocas.

¡Todo este fuego me va a chamuscar la cola! ¿En qué estaba pensando cuando acepté venir contigo? Date prisa, Shiori. No quiero quedarme aquí ni un minuto más de lo necesario.

No fue difícil encontrar las ortigas. Sus hojas, de color verde plateado con nervios de color rojo oscuro, eran puntiagudas, y sus espinas eran tan afiladas como los dientes. Crecían en grupos dispersos alrededor de la cima del monte Rayuna, sus gruesos tallos brillaban con fuego demoníaco y se balanceaban ante los vendavales de viento feroz. El hecho de que pudieran sobrevivir en esas condiciones, ni que hablar de prosperar, me recordó que eran ortigas ordinarias.

Me acerqué al primer arbusto con precaución. Desde lejos, las ortigas no parecían más brillantes que los arroyos fundidos que chisporroteaban por la ladera de la montaña. Pero cuanto más me acercaba, más intensamente brillaban las flores estrella. Una oleada de calor me pinchó la cara y utilicé mi cuenco como escudo. Incluso así, se me aguaron los ojos.

Tus hermanos dijeron que no estás obligada a seguir con esto, me recordó Kiki. *Puedo decirles que si tú…*

No está tan mal, mentí, intentando una sonrisa. *Es como cortar mil cebollas.*

A pesar de mi chiste malo y mis palabras valientes, se me erizó el vello del miedo. Podía sentir cómo el corazón me saltaba en el pecho, un dolor agudo y punzante, tan fuerte que me dolía respirar.

Era el diminuto fragmento de la perla de Seryu, que brillaba bajo mi cuello por primera vez, una advertencia de que no debía ir más lejos.

Las flores estrella lo repelen, me di cuenta.

¿Puede ayudarnos?, preguntó Kiki, colándose en mis pensamientos.

No, no podía acceder a su magia mientras estuviera maldita, pero no lo necesitaba. Si estar cerca de las flores estrella hacía que me doliera *mi* perlita, sonreí solo de pensar en lo que le haría a Raikama.

Enrollando la correa de mi cartera alrededor de la mano, busqué mi daga y corté las ortigas.

La hoja bien podría haber cortado la piedra. No cayó ni una ortiga. Ni siquiera una hoja.

Frustrada y sin aliento, retrocedí tambaleándome. Incluso con la correa que me cubría la piel, la mano me dolía como si me hubieran pinchado con mil agujas de fuego. Cerré el puño, tratando de contener el creciente dolor.

Kiki me rodeó, frenética.

¡Shiori, Shiori! ¿Estás herida?

No. Aspiré aire, desenvolviéndome la mano mientras me acercaba al arbusto. *Creo que tengo que sacarlas a mano.*

¿A mano? No, Shiori, eso…

No escuché la advertencia de Kiki.

El miedo es solo un juego, me repetía una y otra vez. *Se gana jugando*.

Tiré del tallo más cercano.

Un grito hirvió dentro de mí, casi saliendo de mis pulmones. Me mordí la lengua, estrangulando el sonido dentro de mí. La vista se me nubló y, mientras la sangre brotaba a través de mis dientes, todo lo que podía ver eran seis cisnes sin vida en la playa.

Cuando por fin recuperé el aliento, tenía la cara mojada por las lágrimas. Me había lastimado muchas veces trabajando en la cocina de la señora Dainan, pero el dolor de tocar la flor estrella no se parecía a nada que hubiera sentido antes. Las hojas dentadas me cortaban la piel como cuchillos, y las espinas eran como puñaladas de fuego.

Pero funcionó. Unas finas raíces plateadas, como telas de araña, brotaron de la tierra. Arrojé la planta, con raíces y todo, a mi cartera.

El ardor disminuyó en cuanto solté la flor estrella. Apreté el puño y luego lo abrí, mirando la palma de mi mano, en carne viva por las marcas de las quemaduras.

Basta, Shiori, me suplicó Kiki. *Morirás si sigues así.*

La próxima vez será más fácil, le aseguré, aunque sabía que era mentira.

El dolor no se hacía más fácil. Solo tenía que hacerme más fuerte.

Me arranqué la manga y me la metí en la boca. Mi voz se me había encogido dentro de la garganta, sin usar durante meses, pero no iba a correr ningún riesgo. Cualquier sonido condenaría a mis hermanos.

Ignoré las protestas de Kiki y ataqué la segunda mata de ortigas. Esta vez tiré de un manojo más grande, usando ambas manos para arrancar las raíces de la tierra. Necesitaría cientos para tejer una red que pudiera capturar la perla de Raikama.

Cada vez que arrancaba una de las ortigas, pensaba en mi padre, en mis hermanos, en mi país. Me imaginaba a Padre destrozado por el dolor, incapaz de confiar en nadie de su entorno, convencido de que uno de los señores de la guerra había capturado a sus hijos, cuando en realidad era la persona en la que más confiaba: Raikama.

No podía dejar que Raikama ganara.

Finalmente, Kiki dejó de decirme que me rindiera y me recordó que debía descansar. Tenía que hacerlo, aunque no quisiera. Me había echado a un lado demasiadas veces por las arcadas de dolor o para acunar mis manos ensangrentadas.

Metí las ortigas en la cartera. Era probable que hubiera recogido más de una docena, pero el hechicero no nos había engañado acerca de las interminables profundidades del bolso.

Arrastrándome lejos de los arbustos, me soplé las manos. La perla aún me punzaba en el pecho, pero ya casi había terminado.

—¡Shiori!

Me calmé. Habría reconocido esa voz en cualquier lugar. Pero no, no podía ser.

—Shiori —retumbó Seryu—. ¿Qué estás haciendo en el monte Rayuna?

Ahora me volví, buscando entre las ortigas.

—Detrás de ti. En el agua.

Kiki revoloteaba ante el estanque, que burbujeaba de calor y chorreaba cada pocos minutos con pequeños géiseres.

No podía ver a Seryu, pero nuestras mentes se tocaban, sus palabras me zumbaban en el oído como si estuviera a mi lado.

—Debes abandonar este lugar —advirtió—. Sal ahora mismo.

No puedo. Vete, Seryu. A menos que estés aquí para ayudar.

—¿Ayudar con qué? ¿Por qué estás aquí?

Ha sido maldecida, intervino Kiki.

—¿Maldita? —exclamó el dragón—. ¿Qué...?

No puedo decírtelo, interrumpí. *Matará a mis hermanos si lo hago.*

—¿Quién lo hará? ¿Tu madrastra? Ella no puede castigarte por tus pensamientos, Shiori. ¿Qué es esta maldición?

Raikama convirtió a sus hermanos en grullas, parloteó Kiki. *La única manera de romper su hechizo es...*

Cerré el pico de Kiki con los dedos.

Es suficiente. Le contaré el resto. Tragué saliva con fuerza, sabiendo que a mi amigo no le gustaría lo que iba a decir a continuación.

Es para tejer una red de dragón.

Pude sentir que Seryu se ponía tenso.

—Así que has venido por las flores estrella. —Su voz se oía forzada—. ¿Qué dragón estás tratando de atrapar?

No es un dragón. Mi madrastra. Ella tiene una perla de dragón.

—¡Una perla de dragón! —repitió Seryu—. Es imposible. Ningún humano posee una perla de dragón.

Me diste una parte de la tuya.

—Solo una parte. Incluso así, fue un riesgo tremendo. Ningún dragón daría más, no sin la bendición del abuelo. Tendría que ser robada. —Hizo una pausa deliberada, como para recordarme el entorno en el que estaba—. Y tú eres el primer mortal en siglos que se aventura aquí.

Hizo un gruñido bajo que me alegré de no poder ver.

—Será mejor que te vayas. Si mi abuelo percibe que alguien está robando flores estrella, se pondrá furioso. Trataré de distraerlo, pero podría ser demasiado tarde. Debes irte. Ahora.

Me puse en pie.

Espera, Seryu. ¿Cuándo te volveré a ver?

—Cuando las mareas estén más altas, mi magia de dragón estará en su apogeo. Pasa por el río más cercano después de la próxima luna llena y llámame. Vendré a ti entonces. Ahora date prisa y abandona este lugar. —Una pizca de miedo se asomó a su voz—. La ira de mi abuelo no es algo trivial.

Una vez que se desvaneció, un chasquido ensordecedor azotó el cielo.

Entonces la montaña rugió.

CAPÍTULO 16

El fuego saltó, el vapor silbó desde el suelo. La tierra se estremeció y, como si fueran insectos, las rocas negras comenzaron a dispersarse y arremolinarse hacia abajo, llevándome con ellas.

¡Hermanos!, grité en mi mente. Kiki salió disparada de mi hombro, volando a buscarlos.

Me deslicé montaña abajo, buscando un hueso o una piedra o cualquier cosa a la que agarrarme. Pero la montaña se deslizaba conmigo. Las espirales de roca se desmoronaban al temblar, y el humo se elevaba hacia el cielo.

Debajo, un pozo de lava estava en ebullición, brillante como el sol líquido. Deseé no haber mirado hacia abajo. Por muy poderosa que fuera la perla de Seryu, no creía que pudiera resucitarme. No mientras llevara este cuenco en la cabeza. *Sobre todo*, no si me derretía.

Mis hermanos chillaban para encontrarme, pero me buscaban por encima de las nubes de humo. Había caído demasiado lejos para que me vieran.

Rodé sobre mi estómago, envolviendo mis brazos alrededor de una piedra que se desmoronaba. Me dolían demasiado las manos como para aguantar mucho tiempo.

Kiki, grité en silencio. *Kiki*.

Si alguna vez agradecí mi vínculo con el pájaro mágico, fue en ese momento. Casi podía sentir cómo se lanzaba hacia mí, gritándoles a mis hermanos para que la siguieran.

Se abrieron paso entre las nubes, luchando contra salvajes ráfagas de viento. Sus alas blancas brillaban contra la ceniza y el fuego.

Hasho y Reiji me agarraron por el cuello y me arrojaron a la canasta. Pero mientras nos alejábamos del monte Rayuna, dejándolo muy atrás, en mi delirio, me pareció oír el gruñido atronador de un dragón.

Huimos a través del mar de Taijin, en una carrera con la tormenta. Los relámpagos azotaron el cielo y los truenos crepitaron no muy lejos. Luego llegó la lluvia.

Se derramó de las nubes grávidas, cada golpe tan pesado como un grano de arroz. A medida que las gotas de lluvia caían en mi canasta, mis hermanos aumentaban la velocidad, plegando sus alas mientras se esforzaban por llevarme a través de la tormenta.

Nos sumergimos bajo las nubes, las cuerdas que sostenían mi canasta se retorcían mientras mis hermanos luchaban contra el viento.

Me aferré a los bordes de la canasta, ignorando el dolor ardiente de mis dedos.

No nos dejes morir, soy un pájaro demasiado joven para morir. Kiki les rezaba a todos los dioses que conocía, pero lo único que podía hacer yo era mirar el mar. Algo se precipitaba por el agua, una criatura larga y serpentina.

El trueno retumbó, con un volumen que rajaba la tierra. Hizo que las olas se elevaran y que los vientos duplicaran su fuerza. Alarmados, Wandei y Yotan soltaron las cuerdas que sujetaban mi canasta. Durante el segundo más largo de mi vida, me agité contra el violento viento mientras los palos y las ramas de la canasta se deshacían bajo mis manos. El mar se agitó con avidez y, para cuando los gemelos volvieron a recoger las cuerdas, yo ya temblaba de miedo… y de revelación.

Eso no fue un trueno, me di cuenta mientras seguía observando las aguas.

Era el rugido de un dragón.

Sus bigotes eran como relámpagos, blancos y torcidos, y las rocas heladas de sus ojos brillaban con amenaza.

Nazayun, el Rey Dragón.

Desde las profundidades del mar de Taijin, se alzó en todo su terrible esplendor: una torre de escamas violeta y zafiro. Benkai soltó un chillido agudo cuando el dragón blandió sus garras hacia nosotros.

Mis hermanos se hundieron en el aire, esquivando por poco el ataque del Rey Dragón.

Quiere recuperar las ortigas, me gritó Kiki. *Si no las devuelves, te matará.*

El rey Nazayun no me dio precisamente la oportunidad de devolver las ortigas. Golpeó sin piedad, mis hermanos apenas esquivaron cada ataque. No podíamos evadir al dragón por mucho tiempo, no mientras mis seis hermanos tuvieran que llevarme con una cuerda en el pico.

Tiré del ala de Yotan. De Wandei también. A pesar de sus diferencias, los gemelos estaban más unidos entre sí que cualquiera de nuestros hermanos. Incluso ahora, sus alas batían en armonía.

Señalé al Rey Dragón.

Llévenme hasta él.

Kiki comenzó a traducir, y luego su pico se levantó con horror.

¿Qué, por los dioses, Shiori? ¡No!

No estaba escuchando. Ya estaba enganchando un brazo sobre el cuello de Yotan y el otro sobre el de Wandei.

Era una imprudencia. Podía oír los gritos de Andahai mientras Wandei y Yotan me sacaban de la canasta, con las piernas colgando sobre el mar embravecido. Los de Kiki eran un poco más difíciles de ignorar.

Shiori, esto es una locura. Piensa en mí. ¡Moriré si tú mueres! ¿No hemos hablado de la precaución como credo de los sabios? ¡Shiori!

Pellizcando las alas de mi ave, la metí en la manga para guardarla. Luego, con un guiño a mis hermanos, salté sobre la cabeza del Rey Dragón.

Aterricé sobre uno de sus cuernos y me deslicé hasta sus cejas. El dolor me cortó las manos mientras me aferraba a su pelo dorado y erizado, tan grueso como imaginaba que era la piel de un oso. Antes de perder el agarre, abrí mi cartera.

La luz se derramó y deslumbró los pálidos ojos del dragón.

Necesito una red de flores estrella para romper una terrible maldición, grité con mis pensamientos, sin estar segura de que él pudiera oírlos. *Una que lanzó mi madrastra, la Reina sin Nombre. Por favor, ella tiene una perla de dragón en su corazón, y la necesito para salvar a mis hermanos, estas seis grullas. Concédenos un pasaje seguro a través del mar de Taijin. Devolveré las flores estrella cuando haya roto la maldición.*

Me bajé el cuello de la camisa, mostrando el fragmento brillante de la perla de Seryu dentro de mi corazón.

Las cejas del rey Nazayun se inclinaron con reconocimiento, y las aguas temblaron. Por un momento, pensé que mi apuesta había funcionado.

Pero me equivoqué.

Con un rugido, se sumergió de nuevo en el mar, llevándome con él. Nada podría haberme preparado para la fuerza del Rey Dragón. Caí sobre su frente, y mi terror se reflejó en sus relucientes escamas de zafiro antes de entrar en caída libre. Las olas se elevaron sobre el dragón como si fueran montañas. El viento me arrojó a través del mar.

Me preparé para el choque, pero nunca llegó.

Las ramas de madera crujieron bajo mi espalda mientras unas fuertes alas emplumadas nos alejaban del peligro inmediato.

Tu hermano Andahai dice que eso fue muy estúpido, me reprendió Kiki mientras yo rodaba boca abajo en la canasta.

No tuvo tiempo de transmitir ninguna otra reprimenda. Benkai nos dirigió hacia los vientos en contra, y nos apresuramos a cruzar el mar de Taijin, tratando de dejar atrás al Rey Dragón antes de que se diera cuenta de que yo seguía viva.

Pero un nuevo peligro se presentó cuando las nubes se desplazaron, dejando al descubierto el sol.

Se estaba hundiendo, a minutos del anochecer. Si mis hermanos no podían llegar a tierra a tiempo, se transformarían en el aire sobre el mar agitado.

Teníamos que actuar con rapidez. Lo más importante era mi cartera de flores estrella. Benkai era el más atlético de mis hermanos, el más volador rápido y fuerte en su forma de grulla. Le metí la correa de cuero en el pico, haciéndole un gesto para que la llevara a la orilla.

No dudó. Su cuello se hundió ligeramente bajo el peso de la cartera mientras corría hacia la orilla. Lo conseguiría. Sabía que lo haría.

Pero no estaba tan segura del resto de nosotros.

Los rayos nos perseguían, largos y torcidos como garras de dragón, enviados por el propio Nazayun. Azotaron el cielo y algunos cayeron tan cerca que pude oler el humo que dejaron tras de sí, como cintas de hueso.

Apareció la orilla, y pude ver el borde del mar de Taijin espumando contra las playas de guijarros.

Solo unos segundos más de luz, recé.

El sol no me escuchó. Extendió sus brazos de color ámbar, bruñidos por el resplandor somnoliento de las estrellas nacientes, a través del mar por última vez, haciendo brillar las mareas. Entonces los últimos rayos de luz del día se hundieron más allá del horizonte y, al caer la noche, nosotros también. El terror se apoderó de mi garganta. El viento me sacó de la canasta y me oí gritar dentro de la cabeza. En todas las direcciones, mis hermanos se alejaban de mí, la luz de la luna golpeaba los contornos fluidos de sus rostros mientras sus gritos se convertían en gritos humanos.

Hasho se esforzó por sujetarme. Me agarré a sus plumas, pero temblaba sin control mientras el oscuro hechizo de mi madrastra se apoderaba de su cuerpo.

Sus ojos se hundieron, sus piernas se doblaron hasta quedar en cuclillas y su rostro se deformó de dolor. El largo pico negro se convirtió en unos labios pálidos y una nariz ligeramente ganchuda, los frágiles huesos de ave se reconstruyeron en huesos humanos, los músculos se engrosaron en brazos. Sus pulmones jadeaban como si no pudiera respirar.

Cuando llegó al agua, aún no había terminado de transformarse. Sabía que a los demás les pasaría lo mismo.

Tragué saliva, apenas un parpadeo antes de que el mar me devorara a mí también.

Fue un milagro que mis huesos no se hicieran añicos. Aunque me sentí como si eso hubiera pasado. No podía saber a qué profundidad me hundí. Unas inquietantes franjas de luz de luna iluminaban el agua, pasando por encima de mi cuerpo como si fueran fantasmas.

Mientras agitaba las manos, zarandeaba las piernas por instinto, impulsándome hacia arriba. Nadé hacia la superficie, con la cabeza ligera y pesada al mismo tiempo. Los pulmones se me contraían, el corazón bombeaba con fuerza para mantenerme con vida.

Moví las piernas con más fuerza. Por el rabillo del ojo, vi a Reiji luchando por alcanzar uno de los restos que flotaban sobre el agua. Lo agarré, con el dolor que se me extendía por las manos.

Le rodeé el cuello con el brazo y nadé por los dos hasta la orilla, donde Kiki y el resto de mis hermanos estaban esperando.

Los gemelos nos saludaron a Reiji y a mí, pero Andahai y Hasho estaban agazapados junto a Benkai. Mi segundo hermano se había desplomado en la arena.

Corrí hacia él

¡Benkai!

Hasho lo levantó, y Andahai lo sacudió hasta que, al fin, Benkai escupió arena y agua de mar.

No fui la única que se derrumbó de alivio.

—Nos has asustado, hermano. —Andahai golpeó a Benkai en el hombro—. Creíamos que habías muerto.

Benkai logró sonreír.

—Hará falta algo más que el Rey Dragón para matarme *a mí*. —El agua de mar goteaba de su pelo sobre la fina túnica sobre sus hombros—. Pero si nos mantenemos lejos del mar de Taijin durante un tiempo, no me voy a quejar.

Lo rodeé con mis brazos, riendo en silencio mientras lo abrazaba.

—Estás herida —dijo Hasho, al ver que me estremecía al retirarme del abrazo. Me tomó del brazo—. Benkai, rápido. Ven a echar un vistazo.

No es nada. Escondí las manos a la espalda, lejos de la inspección de mis hermanos, pero Benkai se mantuvo firme.

—Déjame ver, Shiori.

Con gran reticencia, extendí las palmas de las manos, y tanto Hasho como Benkai inhalaron de repente.

Esta mañana, mis manos habían sido las de una chica joven. Con las callosidades de mi duro trabajo en la Posada del Gorrión, con algunas quemaduras que me había hecho en la cocina que aún estaban cicatrizando, pero por lo demás, suaves y sin manchas.

Ahora mi piel estaba en carne viva, burbujeando con venas plateadas y rojas que reflejaban las hojas de las flores estrella. El dolor de las quemaduras se me había pasado, pero el simple hecho de doblar los dedos seguía doliendo lo suficiente como para hacerme apretar los dientes.

Ya se me pasará, dije con el gesto de encogerme de hombros. *Ya está mejorando.*

Sin creerme, Hasho se rasgó la manga y me envolvió las manos. Me sujetó los hombros, medio sonriendo.

¿Qué pasa?, moví los labios. *¿Tengo algas en el pelo?*

—Te pareces a ella —dijo Hasho, con ojos fieros y orgullosos—. Mamá.

¿Sí? Mis hermanos nunca habían dicho eso.

—Solo un poco —respondió Reiji—. Mamá era más hermosa. Y muchísimo menos impulsiva.

Lo fulminé con la mirada, pero una leve sonrisa, que no era poco amable, se extendió por su rostro.

—Eres tú misma, Shiori. El nudo que nos mantiene unidos, nos guste o no.

Entonces él y mis hermanos hicieron algo que nunca habían hecho: se inclinaron, bajando la cabeza en señal de respeto.

Levántense, les dije con un gesto, indicándoles que se levantaran. *Kiki, ¿puedes decirles que se levanten?*

Mi pájaro de papel inclinó la cabeza hacia un lado con timidez.

No me corresponde decirles a los príncipes de Kiata lo que tienen que hacer.

¿Solo a la princesa?

Solo a la princesa.

Los relámpagos habían cesado, dejando cicatrices irregulares entre el mosaico estrellado de la noche.

Busqué en el cielo las estrellas que reconocía. No había muchas: el Conejo, amigo de Imurinya, la dama de la luna. El arco y la flecha del Cazador, que pertenecían al marido de Imurinya. Y la Grulla, el mensajero sagrado del destino.

La Grulla era una constelación de siete estrellas al noreste de la luna. La tracé con el dedo, como hacía cuando era niña. Mi padre había bautizado esas siete estrellas con nuestros nombres, los de sus siete hijos.

Andahai, Benkai, Reiji, Yotan, Wandei, Hasho y Shiori.

—No importa a dónde os lleve la vida —decía—, seréis como esas estrellas: unidos por la luz que emanan juntos.

Aunque hacía frío en la playa y estábamos empapados por la lluvia y el agua del mar, de alguna manera me sentía con más calor que en mucho, mucho tiempo.

CAPÍTULO 17

Si algo bueno tenía la maldición, fue que en apenas una semana mis hermanos y yo volvimos a estar unidos, tan unidos como cuando éramos niños.

Aunque el invierno se cernía sobre nuestra pequeña cueva, con cielos grises y desiertos, nuestros espíritus eran todo lo contrario. Yotan y Benkai contaban historias de fantasmas junto al fuego, Wandei perseguía a Kiki e intentaba tallar pájaros en la leña, y yo me entretenía mientras Andahai y Hasho cocinaban.

A veces, durante las comidas, compartíamos nuestros primeros recuerdos de Raikama. Yo contribuía poco; después de todo, era la más joven, así que mis recuerdos eran los menos claros. Pero también era la vergüenza lo que me mantenía en silencio; yo había sido la más cariñosa con Raikama cuando había venido por primera vez a Kiata, un hecho que deseaba poder borrar para siempre.

O quizá ya lo había hecho. Era extraño, pero apenas recordaba por qué había querido a mi madrastra. Era como si alguien hubiera convertido esos recuerdos en arena y los hubiera hecho desaparecer de mi pasado. A decir verdad, es probable que fuera mejor así. No los echaba de menos.

—Ella no es de Kiata, eso lo sabemos —dijo Wandei con lógica—. Si Padre la conoció en el extranjero, debe haber traído barcos con él. Toda una tripulación de hombres. Habrá registros de su llegada o, al menos, de su lugar de nacimiento.

—Una mujer con su belleza no puede haber aparecido simplemente de la nada —convino Yotan.

Os olvidáis de que es hechicera, les recordé, escribiendo mis palabras en el suelo. *Puede que no siempre haya sido hermosa.*

—Pero seguro que tenía un nombre. Una familia. Un hogar. —Hasho hizo una pausa—. Es un comienzo.

Era un comienzo, pero yo estaba más preocupada por el final. Uno o dos días después de regresar del monte Rayuna, cuando el dolor de mis manos había remitido, busqué a Benkai para que me enseñara a usar la daga.

Había una razón por la que había tomado la daga del centinela, y no era solo para romper cáscaras de castañas o cortar flores estrella. Benkai era un alto centinela, y mis otros cinco hermanos eran hábiles guerreros; un día, pronto, tendríamos que volver a casa, al palacio, donde la magia de Raikama reinaba con fuerza.

Enséñame, rogué en silencio.

Andahai se interpuso entre nosotros.

—Una daga no va a hacer mucho contra Raikama. Incluso Benkai falló cuando intentamos luchar contra ella.

—Deja que tus manos se curen para que puedas empezar a trabajar con las flores estrella —concordó Yotan—. La red es nuestra mejor oportunidad para derrotarla.

—Descansa, Shiori.

—La estáis mimando como si fuera un gusano de seda —intervino Reiji—. Acaba de robarle las flores estrella al Rey Dragón. Puede manejar un cuchillo. —Se levantó, limpiando el polvo de sus pantalones rotos—. Yo le enseñaré.

Los demás y yo lo miramos, sorprendidos. De todos mis hermanos, no esperaba que *él* se pusiera de mi lado.

Sin decir nada más, me llevó al fondo de la cueva y comenzó nuestro entrenamiento. Finalmente, Benkai se unió a nosotros y al final de la noche ya estábamos enfrentándonos en rounds cortos.

—Te has hecho más fuerte, Shiori —dijo Benkai, sorprendido, cuando resistí sus embates.

Dos meses de trabajo para la señora Dainan, cortando repollos y melones con sus cuchillos sin filo y transportando leña en el frío, habían ayudado.

Si todo eso me hubiera preparado para afrontar el dolor de las flores estrella...

Al día siguiente, cuando mis hermanos se fueron a recoger provisiones para el invierno, me enfrenté por fin a las ortigas, extendiéndolas sobre el suelo de la cueva para determinar mi curso de acción.

Ninguna hoja afilada podía atravesar las ortigas, y mucho menos cortarlas. En su estado natural, no podía entrelazar los tallos para hacer una red, y estaba claro que no podía coserlas, no con sus espinas ardientes y sus hojas afiladas.

Un trío de magias, me repetí después de horas de agonizar con Kiki. Si tres magias de verdad habían creado estas ortigas malditas, todo lo que podía ver era el fuego del demonio, la luz cegadora que cubría cada tallo. ¿Dónde estaban los hilos del destino y la sangre de las estrellas?

Intenta quitar las hojas y los pelos urticantes, sugirió Kiki. *Si no, apenas podrás tocar las flores estrella.*

No era tan fácil como podar rosas, eso era seguro. Las espinas y las hojas eran como dientes y garras. Quitar las hojas era la tarea más fácil, pues se desprendían con unos pocos rasguños de mi daga. Siempre que tuviera cuidado de no tocar sus bordes dentados, mis dedos solían salir ilesos. Las espinas, en cambio, eran de una magia obstinada. No podían quitarse a menos que las golpeara con las piedras que recogía en la ladera de la montaña. Quitarlas a golpes fue un trabajo lento y arduo.

Pero, de hecho, iba a ser recompensada. El fuego demoníaco blindaba cada rama de enredadera de las flores estrella, pero una vez cortada la última hoja y arrancada la última espina, las ortigas se transformaron. El fuego demoníaco se hundió en el tallo fibroso, silenciando la luz deslumbrante de las ortigas. En cuestión de minutos, las flores estrella se convirtieron en una madeja de hilos gruesos y sueltos, que brillaban en violeta, azul y plata como polvo de luceros contra el cielo crepuscular.

La sangre de las estrellas.

Acuné los hilos en mis maltrechas manos, medio con asombro, medio con incredulidad. Había tardado todo el día para conseguir este único hilo. Necesitaría cientos más antes de tener suficientes para tejer una red. A mi ritmo, para cuando terminara, ya estaría bien entrado el invierno.

Aun así, había aprendido a alegrarme de las victorias más pequeñas.

Esa noche, cuando mis hermanos regresaron, se los enseñé. Lo celebramos asando castañas y dándonos un festín de boniatos púrpuras, y contando las estrellas hasta que nos quedamos dormidos.

Ojalá estos buenos momentos hubieran sido duraderos.

A medida que pasaban los días, sentía que volvía a caer en los viejos hábitos. Más de una vez estuve a punto de gritar a Andahai en voz alta, casi me reí de una de las bromas de Yotan, casi arrullé a los polluelos que Hasho trajo a la cueva.

Mi voz, que me había entrenado para olvidar cuando estaba en la Posada del Gorrión, se desprendía peligrosamente de mi garganta. Eso no podía ocurrir.

Empecé a fingir que estaba dormida cuando mis hermanos regresaban por la noche, empecé a fingir indiferencia cuando se ofrecían a llevarme volando por las nubes. Me retiraba temprano de la cena, no me reía de las bromas de Yotan y les dije a Benkai y a Reiji que estaba demasiado cansada para entrenar.

Estar sola era más fácil. Trabajar con las flores estrella a solas era más fácil.

Cada noche, mis manos se curaban lo suficiente como para volver a atacar el trabajo del día. Manejaba las ortigas con cuidado para evitar lo peor de su ira. Cuando me sentía valiente, practicaba tocando las espinas y las hojas, y me enseñaba a contener mis jadeos y gritos.

El dolor no se hace más fácil, me recordaba a mí misma cuando me estremecía. *Solo hay que hacerse más fuerte.*

Poco a poco, la práctica hizo que mi tierna piel se volviera más gruesa y resistente y, al final del mes, podía agarrar un tallo entero de flor estrella sin siquiera hacer una mueca de dolor. Pero sabía que no bastaba con que mi piel o mi voz fueran fuertes. Todo de mí tenía que serlo si quería romper nuestra maldición. Mi corazón, en especial.

Esa noche, me paré fuera de la cueva para observar la luna. Había crecido a lo largo del mes. Pronto estaría llena y volvería a ver a Seryu. Esperaba que hubiera aprendido algo útil de su abuelo.

—¿Quieres conspirar con un dragón? —exclamó Andahai cuando les escribí a mis hermanos para comunicarles el inminente encuentro—. ¿Has olvidado que fue un dragón el que casi nos mata?

Era el abuelo de Seryu, dije moviendo los labios, pero mi hermano mayor no lo entendió. No quería hacerlo.

Lo intenté de nuevo, empezando a rascar en el barro:

Él puede ayudar...

Andahai me arrebató el palo con el que escribía.

—No debes encontrarte con él —ordenó—. No me importa cuáles sean tus razones. La única lealtad de un dragón es hacia sí mismo. No podemos confiar en nadie.

Busqué entre mis hermanos un aliado, pero no encontré ninguno, ni siquiera en Hasho.

—Mi decisión está tomada, Shiori —afirmó Andahai—. No debes irte.

—Andahai tiene razón —dijo Benkai con suavidad—. Nuestra prioridad debe ser descubrir el nombre de Raikama. Pero tal vez cuando estemos de vuelta, podamos ir contigo.

Mi cabeza se levantó. Por lo que dijeron, parecía que iban a irse más de un día.

—Estaremos fuera una semana —confirmó Benkai—. Quizá más, si nuestro viaje nos lleva fuera de Kiata.

—Hay mucha comida para ti —dijo Yotan, tratando de hacer que me sintiera mejor—. Y tendrás las ortigas para mantenerte ocupada.

¿Adónde vais?

—Empezaremos en el sur —reveló Andahai—. Las serpientes son criaturas de sangre fría. Es poco probable que Raikama venga del norte.

Una suposición adecuada. Sin embargo, me hirió que no me hubieran consultado primero. Tomé mi palo de escribir para preguntar más sobre su ruta, pero Andahai enseguida supuso que estaba intentando pedir ir con ellos.

—Lo único que harás es retrasarnos. Wandei no tiene tiempo de hacer otra canasta para ti. Quédate en la cueva y mantente oculta.

¿Mantenerme oculta? Me crucé de brazos, exasperada e insultada a la vez. Me golpeé los puños en el pecho.

Puedo valerme por mí misma.

—Quizá contra Reiji, pero Benkai te deja ganar. Los bandidos no lo harán.

Hasho estuvo de acuerdo.

—Prométenos que te quedarás en la cueva.

—Hemos preparado todo lo que necesitas —contó Andahai—. Comida, agua, un espacio para trabajar con las ortigas. No te vayas a menos que sea una emergencia extrema. Tontear con dragones *no* es una emergencia extrema.

No había venido hasta aquí solo para languidecer en una cueva, tejiendo flores estrella desde el amanecer hasta el atardecer. Había venido a romper la maldición.

La rabia se apoderó de mi pecho, pero me incliné, agradeciendo a mis hermanos su amabilidad y mostrándoles mi sonrisa más mansa.

Ninguno de ellos se dio cuenta de que no había hecho ninguna promesa.

Por la mañana, en cuanto mis hermanos se fueron, tomé la cartera y me apresuré a ir al río para encontrarme con Seryu.

¿No has oído lo que han dicho tus hermanos?, exclamó Kiki, volando tras de mí. *¡Quédate en la cueva!*

Salté por encima de un tronco caído y caí sobre un montón de hojas naranjas y amarillas.

¿De verdad creías que les iba a hacer caso? Raikama tiene una perla de dragón, ¿y quién mejor que un dragón para ayudarnos?

Dioses, las cosas en el monte Rayuna habían sido tan apresuradas que ni siquiera había tenido la oportunidad de decirle a Seryu la parte más terrible de la maldición: que tenía que pronunciar el verdadero nombre de Raikama y perder a uno de mis hermanos.

Seguí adelante.

Seryu puede ayudarnos, lo sé.

Hoy no, suplicó Kiki. *Hubo una batalla en el bosque esta mañana. Las aves me lo dijeron. Soldados.*

¿Soldados? Me detuve, observando los árboles que se mecían con el viento. Sus ramas eran escasas, grises por la llegada del invierno. La percusión de las hojas al crujir y barrer provenía solo de las ardillas y los zorros jugando. *¿Los hombres de mi padre?*

Algunos sí, otros no.

¿Dónde están ahora?

Kiki revoloteó más alto, gorjeando algo a los otros pájaros.

Al sur de donde estamos.

Me relajé.

Si seguimos hacia el oeste, hacia el río, no los encontraremos.

¡No! Kiki revoloteó. *Si sigues dirigiéndote al río, te acercarás a ellos. Ellos también están en movimiento, Shiori. Deberías volver a la cueva.*

¿Y perderme el encuentro con Seryu? Sacudí la cabeza. Ni hablar, tenía demasiadas preguntas para el dragón. *Deja de preocuparte, Kiki. Tendré cuidado.*

Durante la última semana, los árboles habían perdido su esplendor, sus ramas se habían vuelto grises por la escarcha mientras las hojas caían sobre la tierra en capas de color marrón y naranja quemado. Era un bosque más sombrío y con un aspecto muy diferente, pero conocía el camino hacia el río. Sus aguas eran feroces hoy, y seguí el rugido de los rápidos hasta que por fin llegué a sus orillas.

¡Seryu!, grité con la mente. *Ya he llegado.*

No había rastro del dragón. No había especificado una hora para que nos reuniéramos, así que me arrojé sobre la tierra suave, lanzando guijarros al río y observando a las lagartijas azules que se posaban en las rocas a mi lado. Arriba, Kiki revoloteaba ansiosa.

¿Te vas a calmar?, le pregunté. *No hay nadie cerca.*

Me recosté en la hierba. Si Seryu iba a tardar todo el día, yo iba a dormir una siesta y dejar que mis dedos fatigados descansaran.

Una lagartija se me arrastró sobre el estómago y saltó sobre mi cartera.

Tienes hambre, ¿verdad?, le pregunté en silencio. *Yo también. Debería haber pensado en traer algo para comer.*

Las hojas de arce me cayeron sobre la cara, con sus bordes crujientes y pardos. Me las quité de la nariz y empecé a rodar hacia un lado, pero la lagartija seguía sobre mi cartera. Sus músculos se habían tensado y levantó la cabeza, el último movimiento que haría.

Una serpiente atacó y se tragó a la lagartija de un solo mordisco.

Me levanté sobre los codos, moviéndome con miedo.

La serpiente se abalanzó hacia mí, con la cabeza moteada en alto y los dos ojos redondos y amarillos clavados en los míos.

—Shiori —siseó.

Me quedé inmediatamente inmóvil.

—Así que aquí es donde te has estado escondiendo. —La serpiente sacó la lengua, fina y bifurcada. Los ojos amarillos se dirigieron a la cartera encantada que llevaba en la cadera—. Su Resplandor te advierte que no interfieras con el hechizo que te ha lanzado. Hay acontecimientos en marcha que no entiendes.

La golpeé con mi daga y, cuando se sumergió en las hojas, me levanté de un salto y corrí.

No sabía por dónde iba; me moví entre la marea naranja, gris y marrón. Kiki gritó algo, pero mi corazón latía demasiado fuerte en mis oídos para escucharlo. Supuse que me decía que corriera más rápido. Solo cuando mis piernas empezaron a cansarse y mi garganta empezó a arder, miré hacia atrás.

La serpiente no aparecía por ningún lado, gracias a los dioses. Me apoyé en un árbol para recuperar el aliento.

—*Estuvo cerca*, jadeé, esperando que Kiki se riera conmigo.

Pero ella no estaba allí.

¿Kiki? Lloré, dando vueltas. No miré por dónde iba y tropecé. Sobre un cadáver.

Volví a girar horrorizada.

Dos ojos nublados miraban al cielo, todavía abiertos de par en par por la conmoción. La sangre brillaba contra la dispersión de hojas muertas y se derramaba desde un limpio tajo en el abdomen. Era una muerte reciente; los pájaros y los insectos aún no habían llegado a él.

¡Shiori!, gritó Kiki. *¡Los cazadores!*

Las ramitas se rompieron. Crujieron pasos en las hojas caídas.

Me quedé helada. Mis rodillas se bloquearon mientras me agachaba y me escondí detrás de un arbusto. Pero me olvidé de mi aliento. Se escarchó en el aire, el vapor se enroscó y delató mi presencia.

—¿Quién está ahí? —gritó un hombre, no muy lejos.

Los gritos se acercaron, y me quedé muy quieta, hasta que todo se enfocó. Había corrido en la dirección contraria. Ya no podía oír el río y... no, no. Maldije mi terrible suerte.

Una flecha salió disparada desde detrás de los árboles, zumbando tan cerca que mis oídos sintieron un pitido, ensordecidos temporalmente.

—¡Señor Hasege, es una chica!

Salí corriendo, con el corazón latiendo el doble de rápido que mis pasos.

¡Hay cuatro de ellos!, gritó Kiki. *¡Cuidado! Detrás de los arbustos.*

Un cazador saltó, bajo, con el cuchillo apuntando a mi pierna. Mi primer impulso fue gritar, pero por suerte, el miedo cerró mis pulmones. Me escapé, pero apenas.

¡Otro! ¡A tu lado!

Otro cazador me tiró al suelo. Sucedió tan rápido que comí tierra antes de sentir el zumbido en mi cabeza, pero me puse de pie rápido.

Me lancé a los arbustos, derrapando sobre las hojas y derribando pequeños montículos. Parecía que llevaba horas corriendo, pero aún podía ver los cadáveres que asomaban bajo el follaje. No debió de pasar más de un minuto antes de que volviera a oír pasos.

Eran cuatro, tal como había dicho Kiki. Solo que no eran cazadores, tenían cascos de plumas y armaduras de cuero. Eran centinelas.

—Cuando te veas superado por un adversario, huye —me había dicho Reiji durante nuestras clases—. Benkai te dirá que te quedes y luches, pero ganar no es cuestión de honor. Se trata de sobrevivir para volver a luchar.

Lo estaba intentando. Pero el más alto —el líder— era rápido. También era fuerte. Esquivé por poco la punta de su espada cuando se acercaba a mi cara. Creyéndome victoriosa, bajé la guardia; no vi que extendía el pie para tirarme de espaldas.

La tierra retumbó debajo de mí y me mordí la mejilla para no gritar de dolor. Cuando me levanté, tres flechas me apuntaban a la cabeza. El líder levantó su casco.

Takkan.

La mirada cruel que me dirigió era la misma que antes. Ojos negros, duros e inflexibles. Sonrisa torcida, tan fría que mi estómago se convirtió en hielo. Sin embargo, algo era diferente. Su armadura era sencilla y sin adornos —sin cota de malla azul— y la vaina de su espada carecía del escudo de Bushian.

—Guarden sus armas —ordenó mientras sus hombres me rodeaban. Eran tres centinelas, pero, para mi decepción, ninguno de ellos era el amable soldado de la Posada del Gorrión.

—Me acuerdo de ti, la moza de cocina que no se inclinaba —se mofó Takkan—. Tu sincronización con nosotros es sospechoso, demonio. Sabía que no eras una cocinera.

Me sujetó por el cuello y me obligó a mirar los cuerpos caídos en el bosque.

—Mira a tu alrededor: tus compañeros están muertos. Pronto lo estarás tú también.

Las flechas sobresalían de sus costillas, los cortes eran rojos y brillantes, mostraban la muerte. Los siete iban vestidos de marrón, camuflándose con el bosque. Asesinos.

Todo zumbaba, los árboles crujían con el viento, mi pulso me retumbaba en la garganta. Palmoteé el aire y me arañé el cuello con los dedos inútilmente.

No estoy con ellos.

Takkan no lo entendía. Tampoco sus hombres.

—Ni siquiera puedo ver su cara —refunfuñó uno de los centinelas—. ¿No puede hablar?

Takkan me apretó la mandíbula con tanta fuerza que me dolió. Me sacudió.

—¿Dónde está mi primo, demonio? Habla, o este aliento será el último.

¿Estaba hablando del soldado de la Posada del Gorrión?

—Ella no parece que esté con los a'landanos —afirmó otro centinela, estudiándome. Era el mayor de los cuatro, con el pelo color peltre atado en un rodete—. Deberíamos dejarla ir.

—¿Dejarla ir? Ya me he encontrado con esta zorra antes. —Takkan me sacudió de nuevo, más fuerte esta vez—. ¿Dónde está Takkan?

Levanté la vista, desorientada. Hubiera jurado que me había preguntado dónde estaba Takkan.

Pero tú eres Takkan, pensé, con mi mente tambaleándose por la confusión.

—La chica es una campesina tosca, no una asesina —dijo de nuevo el centinela mayor—. Hasege, no tenemos tiempo para esto. Libérala y déjanos seguir nuestro camino.

¿Hasege?

Fuera cual fuese el nombre de este falso Takkan, no importaba. Tomé una flecha de su carcaj y le pasé el extremo puntiagudo por la cara.

Hasege soltó un rugido y le di un cabezazo en el cráneo. Fue el mejor uso que hice del cuenco de mi cabeza. Me dejó caer, y yo tomé mi daga, alejándome de los centinelas.

No fui bastante rápida. Me agarró la muñeca, apretándola hasta que mi corazón dio un salto de dolor, y la daga se me cayó de las manos.

La tomó con la otra mano. La sangre bajó hasta su barbilla, coagulándose en las oscuras cerdas de su barba. Estaba presionando la hoja contra mi cuello cuando soltó una profunda carcajada.

—Mira lo que tenemos aquí —indicó, mostrándosela a sus hombres—. La daga de Takkan.

¿La daga de *Takkan*? Mis pensamientos se agitaron salvajemente. Pero eso… eso significaba que el centinela de la Posada del Gorrión era… era… El hijo de lord Bushian. Mi prometido.

Me dolía demasiado la cabeza como para encontrarle sentido, y no ayudaba que Hasege me clavara más profundo la daga en la piel, con el aguijón de metal frío y mordiente.

—Así que lo has visto.

Esquivé a los tres centinelas, sabiendo que era inútil tratar de hacerles entender, pero estaba lo suficientemente desesperada como para intentarlo de todos modos.

Él me la dio.

El mayor, el que había sugerido dejarme ir, frunció el ceño.

—Tiene el emblema de Takkan. —El centinela señaló la borla anudada de la daga, la que yo había considerado un adorno inútil—. Está bajo su protección.

El rostro de Hasege se oscureció.

—¿Se ofrecería a proteger a una espía? Creo que no. Es más probable que le haya robado la borla.

—Deberíamos liberarla.

El emblema colgaba ante mí, una mancha azul, y, por primera vez, lo vi claro. Todas estas semanas lo había ignorado, y nunca me había dado cuenta de que el otro lado de su placa de plata llevaba el nombre de Takkan y el escudo de la familia: un conejo en una montaña, rodeado de cinco flores de ciruelo… y una luna llena y blanca.

Dioses, era cierto. ¡El centinela de la Posada del Gorrión *era* Takkan! Si el hijo de lord Bushian me había dado su protección, ningún centinela podría hacerme daño sin graves consecuencias.

La mirada de Hasege se endureció. Demasiado tarde, me di cuenta de que no tenía intención de dejarme marchar. Cuando empecé a correr, sus hombres me agarraron. Intenté dar patadas y puñetazos, pero unas cuerdas me ataron las manos y alguien me puso una mordaza en la boca.

Los centinelas me tiraron al suelo. Aterricé contra una roca dura y me estremecí de dolor. Mientras el viento gemía contra las hojas de las espadas, me quedé quieta como un conejo, esperando el golpe que acabaría conmigo.

Nunca llegó. Alguien me tiró encima de un caballo. Antes de que mis piernas terminaran de balancearse hacia abajo, Hasege golpeó el pomo de su espada en el cuenco de mi cabeza y los límites de mi mundo se desvanecieron en el olvido.

CAPÍTULO 18

—¿Dices que la encontraste en el bosque?

—Sí, mi señora. Al norte del paso de Baiyun. —Una delicada pausa—. Ella acuchilló a Hasege…

—En la cara. Sí, he oído la historia.

A medida que las voces se acercaban y los pasos descendían hacia el calabozo, me animé. Habían pasado cinco amaneceres desde que había llegado a este miserable lugar, pero reconocí la voz del hombre. Era el mismo centinela que me había defendido contra Hasege y sus vándalos en el bosque.

En silencio, en la oscuridad de mi celda, apreté el oído contra la pared para escuchar con más atención.

La dama se aclaró la garganta, un sonido más profundo que su voz.

—Dime la verdad, Oriyu. ¿Podría ser realmente una espía?

—Es poco probable. Tenía el emblema de lord Takkan…

—¡Sí, un hecho que ninguno de ustedes se molestó en decirme! Ahora déjenme entrar. Quiero hablar con ella.

La puerta se abrió con un traqueteo, y miré a la dama desde debajo de mi cuenco de madera. ¿Podría ser *lady* Bushian? La luz de su vela era débil, así que no podía ver sus rasgos con claridad, pero distinguí una figura robusta vestida con un brocado azul liso y un grueso chal de lana. El gris le jaspeaba el pelo, muy encerado, y un brazalete de jade pálido brillaba en una de sus muñecas. Pero lo que me llamó la atención fue la cartera que colgaba de su hombro.

Mi cartera.

—No estás dormida —dijo al ver que mis dedos se movían—. Siéntate. Y no finjas no entender; los guardias ya me han informado de que eres más inteligente de lo que pareces.

Obediente, me levanté, solo para arremeter contra mi cartera.

Oriyu me bloqueó y tropecé, con las piernas atadas.

—Tendrás que responder a algunas preguntas antes de recuperar tu bolsa.

Me hundí, débil, contra la pared. Llevaba días esperando a que alguien me interrogara o me azotara por haberle hecho una cicatriz en la cara a Hasege. Pero nadie había venido. Me habían olvidado por completo, con suerte los guardias se acordaban de traerme una comida al día. El hambre había sido peor que la espera.

¿Y ahora, de repente, me iban a interrogar?

—Me han dicho que no puedes hablar —dijo *lady* Bushian—. Responderás con un movimiento de cabeza. ¿Entendido?

Asentí una vez.

Satisfecha, *lady* Bushian hizo un gesto hacia las cuerdas sobre mis muñecas y tobillos. Oriyu solo me liberó las piernas.

—Levántate y sígueme —dijo la dama, recogiendo sus faldas—. Este lugar no es adecuado para un interrogatorio.

Viendo que no tenía otra opción, me tambaleé tras ella.

—No pareces una espía, por cierto. —Eso fue todo lo que dijo antes de que Oriyu abriera la puerta de la prisión.

La luz del sol me lastimó los ojos y, castañeteando los dientes, me abracé con los brazos sobre el pecho, sobresaltada por el brutal frío que azotaba mis mejillas. ¡Y las montañas! No reconocía ninguna de ellas. Tenía que estar más lejos de mis hermanos de lo que había pensado.

Empecé a buscar en mi memoria mis antiguos conocimientos de geografía, pero en cuanto vi los estandartes bordados que colgaban de las paredes del castillo, supe exactamente dónde estaba. El único lugar que había intentado evitar durante más de una década: el castillo de Bushian, la fortaleza imperial de Iro.

La fortaleza del norte era tal y como la había imaginado: lúgubre y sombría, con patios estériles y jardines resecos que rodeaban un castillo sin vida con tejados grises. Incluso el aire olía fuerte, a piedra arenisca y a humo de madera. Mis esperanzas de escapar se derritieron, como si fueran de hielo.

Estábamos a punto de entrar en una de las casetas de los guardias de la fortaleza cuando una niña con dos trenzas y caquis asomando por los bolsillos corrió hacia nosotros, con la cara enrojecida por la emoción.

—¿Es ella, mamá? —gritó, sin aliento—. ¿Es la chica que...?

—¡Megari! —la reprendió *lady* Bushian—. Recuerdo muy bien haberte dicho que te quedaras dentro del castillo. Te vas a resfriar aquí fuera. Deberías descansar.

—No puedes esperar que descanse *todo* el día. —Megari sonrió en mi dirección—. Quería conocer a la chica que luchó contra Hasege. ¿Puede comer con nosotros?

Lady Bushian frunció el ceño de inmediato.

—¿Cómo lo sabes?

Megari sonrió a Oriyu, que fingió mirar hacia otro lado y ajustarse el casco.

—Oriyu me lo contó. ¡Dijo que ella también tenía la daga de Takkan! Por favor, mamá, ¿puede comer con nosotros?

—No sería apropiado.

—Pero tiene hambre. ¿No es así?

Los ojos de Megari brillaban con picardía. No parecía tener más de diez años, y el dobladillo de su vestido estaba lleno de barro. Me cayó bien de inmediato.

Cuando su madre no miraba, respondí a Megari con un pequeño movimiento de cabeza. No solo tenía hambre. Estaba famélica.

Megari intentó meter uno de sus caquis en mi chal, pero Oriyu nos lanzó una mirada severa a las dos.

—Te traeré algunos más tarde —susurró, siguiéndonos a su madre y a mí a la caseta de los guardias antes de que *lady* Bushian pudiera prohibirlo.

Dentro, una mujer joven estaba sentada con delicadeza en un taburete de madera. Llevaba un paraguas escarlata y estaba vestida de blanco, excepto por un cinturón de ébano bordado con montañas. Su rostro redondo, empolvado y acentuado por un lunar en la mejilla derecha, parecía amable, pero una vez que levantó los ojos, vi que eran agudos como espinas.

—¿Zairena? —dijo Megari con un jadeo, volviéndose hacia su madre—. ¿Qué está haciendo aquí?

Lady Bushian la fulminó con la mirada.

—Modales, Megari. Si no, Oriyu te enviará de vuelta a tu habitación.

—¿Es esta la ladrona que querías que conociera? —preguntó Zairena, haciendo una recatada reverencia—. ¿La niña que robó el emblema de Takkan?

Mis ojos se entrecerraron. *¿Niña?* Yo no podía tener más de un año menos que ella. Y yo no había *robado* el emblema.

—Oriyu afirma que Takkan se lo dio —dijo *lady* Bushian con rigidez—. Cuándo y por qué, pronto lo averiguaremos. Hasege dijo que estaba con los asesinos que encontró en el Zhensa, pero mi sobrino no es una fuente de noticias demasiado fiable. No quiero preguntar, Zairena, pero ¿te resulta conocida?

Zairena se inclinó hacia delante para escrutarme, apoyando la barbilla en su paraguas.

—No, no. Habría recordado a una como ella, con ese extraño cuenco en la cabeza. Tengo fe en que todos los bandidos que atacaron a mis padres están muertos. Lord Sharima'en tiene su manera de reivindicarse ante los malvados. —Hizo una pausa—. Aunque quizás *haya* algo de maldad en ella. Hasege me habló de esta chica. Dijo que trató de matarlo.

—¡No, no lo hizo! —argumentó Megari—. Mamá, ella no es asesina. No puede…

Los hombros de *lady* Bushian se tensaron.

—Yo decidiré el destino de la chica —dijo, sacando una daga de su costado. El emblema de Takkan pendía de su empuñadura, y el barro incrustaba sus cuerdas de seda.

—Hace dos semanas, mi hijo me dijo que iba a cazar con Hasege. Se llevó a cinco de los mejores centinelas de Iro. Difícilmente el séquito apropiado para un simple viaje de caza.

—Takkan nunca ha sido buen mentiroso —murmuró Megari.

—Su misión los llevó a lo más profundo del bosque de Zhensa, donde unos asesinos les tendieron una emboscada. Se separaron, y Takkan no ha regresado. —La fría mirada de *lady* Bushian se encontró con la mía—. Y en el bosque donde desapareció, mi sobrino te encontró... con esto. —Balanceó el emblema ante mí—. ¿Se lo robaste a mi hijo?

Sacudí la cabeza con vigor.

—¿Debo creer que él te lo dio?

Y pensar que yo quería la daga de Takkan, no el emblema. Tragué saliva con fuerza.

Sí, lo hizo. Asentí con firmeza.

—¿Cuándo?

Esa era una pregunta más difícil de responder sin el uso de mi voz. Levanté los dedos.

¿Hace cuatro, cinco, tal vez seis semanas?

—¿Por qué?

Fruncí los labios, luego hice mímica de un cucharón y removí el aire.

Le gustaba mi cocina.

Lady Bushian negó con la cabeza, sin entender.

—Le dio comida —adivinó Megari cuando fingí beber de mis manos ahuecadas—. Ella cocinaba para él.

Lady Bushian enarcó una ceja cuando confirmé esto con un movimiento de cabeza.

—Cocinaba para él —repitió.

Sopa, moví los labios, fingiendo que me alimentaba.

Eso, *lady* Bushian pareció entenderlo. Agarró con fuerza la daga de su hijo.

Oriyu habló:

—Estaba sola cuando la encontramos. Hasege... la atacó, a pesar de mi oposición. Ella le cortó la cara en defensa propia.

—Ya veo. —Los ojos de *lady* Bushian eran como los de su hijo, su profundidad era fácil de subestimar—. ¿Cómo dijiste que se llamaba?

—Hasege la llamó Lina.

—Lina —reiteró *lady* Bushian—. Un nombre sencillo. Pero no puedo decidir si es una chica sencilla o no. El tiempo lo dirá, supongo. Oriyu, libérala.

Cuando el centinela cortó las cuerdas de mis muñecas, los labios de Zairena se fruncieron como si hubiera probado algo agrio.

—*Lady* Bushian —dijo en voz baja—, ¿está segura de que es prudente permitir que se quede? Me temo que debe haber algo raro en ella.

Miró fijo el cuenco que tenía en la cabeza, dejando en claro el problema.

—¿Y si alberga espíritus oscuros o trae mala suerte al castillo? —Hizo girar su paraguas—. No quise decirlo antes, pero Hasege me advirtió que ella... podría ser un demonio.

Megari resopló, recordándonos su presencia.

—Hasege llamaría demonio a su propia madre si le conviniera. No hay demonios en Kiata.

—En eso te equivocas —advirtió Zairena a la chica—. Todos los demonios están sellados en las Montañas Sagradas, y aunque no pueden salir, llaman a los débiles, obligándolos a cometer sus actos malvados. Me preocupa que esta chica pueda estar poseída.

—Eso es una tontería.

—Respeta a tus mayores, Megari —dijo *lady* Bushian, lanzando a su hija una mirada de advertencia. Se volvió hacia Zairena, tranquilizándola—: Confío más en mi hijo que en mi sobrino. Takkan mencionó haber conocido a una cocinera en la aldea de Tianyi. Lo que no mencionó fue que ella no podía hablar.

—¿No puede hablar? —Zairena se tocó el lunar de la mejilla empolvada. Su tono rezumaba compasión—. Ya veo. Es propio de Takkan sentir lástima por una chica así. Tiene su compasión y generosidad.

—Sí, pensé que también había heredado mi honestidad —respondió secamente *lady* Bushian—. Pero parece que ha estado recibiendo lecciones de su hermana.

—Es mal estudiante, Madre —bromeó Megari—. No tienes nada que temer.

—¿No tengo? —Los labios de *lady* Bushian se afinaron—. Veremos si… *cuando* vuelva.

La palabra *cuando* salió tensa, y a pesar de mi decisión de permanecer indiferente, sentí una punzada de preocupación. Mi propia misión era demasiado urgente como para preocuparme por los problemas de Takkan, pero ahora que sabía que era él, y no Hasege, quien había sido el amable centinela de la Posada del Gorrión, por cierto no le deseaba la muerte.

Lady Bushian se recompuso y se volvió hacia mí.

—El invierno está llegando, y te quedarás hasta que pase. He decidido que en la cocina. Oriyu te mostrará las habitaciones de los sirvientes. Ahora vete.

No me movería. No hasta que me devolviera la cartera.

—La bolsa, *lady* Bushian —dijo Oriyu—. Creo que ella quiere que se la devuelvan.

—¿Qué hay dentro? —preguntó Zairena.

—Nada —respondió *lady* Bushian, juntando las cejas—. Absolutamente nada.

Gracias a los dioses, aquel hechicero no había mentido sobre los poderes de la bolsa. Prácticamente arrebaté la cartera de los brazos extendidos de *lady* Bushian. Agarrándolo con ambas manos, luché contra el impulso de asegurarme de que las ortigas siguieran dentro.

—Pobre niña —dijo Zairena, sacudiendo la cabeza mientras yo sostenía la cartera con fuerza—. Debe de tener un valor sentimental, todo lo que le queda en el mundo.

Relajé mi agarre. Tenía que parecer menos apegada. Lo último que quería era atraer las sospechas hacia mi cartera. Zairena me dio una palmadita en el hombro y se acercó tanto que pude oler el incienso impregnado en su túnica.

—No estás sola, Lina. Sé cómo debes sentirte.

Antes de que pudiera apartarla, se retiró y se dirigió a *lady* Bushian.

—Permíteme acompañar a Lina a la cocina y familiarizarla con el personal. —Me echó la capa sobre los hombros—. Parece que le vendría bien una buena comida, y es lo menos que puedo hacer.

—¿Estás segura?

—No sería ninguna molestia.

—Te has convertido en una joven muy caritativa —la elogió *lady* Bushian—. Megari haría bien en aprender de ti.

Megari puso los ojos en blanco, y al amparo de mi cuenco, yo hice lo mismo. Al menos no era la única persona que reconocía una víbora de dos caras cuando la veía.

Como si fuera una señal, una sonrisa retorcida apareció en los labios de Zairena cuando nos quedamos solas.

—Has cautivado a *lady* Megari —dijo, abriendo su paraguas y levantándolo—. Pero ese encanto no funcionará conmigo.

Giró sobre sus talones y señaló una estructura de piedra frente al castillo. El humo salía de la chimenea y el fuego brillaba en las ventanas.

—Ahí es donde vas a trabajar —dijo, y luego se volvió con brusquedad, guiándome hacia un almacén de ladrillos no muy lejos del calabozo. Un sirviente me esperaba fuera, con un cubo de madera, una manta doblada y un montón de ropas, mi nuevo uniforme, supuse. Tras una apresurada reverencia a Zairena, me arrojó los objetos a los brazos y se apresuró a regresar al castillo.

Zairena abrió la puerta trasera del almacén. Con gusto, señaló el sótano.

—Y aquí es donde dormirás.

Mi espalda se puso rígida. No iría a las dependencias de la servidumbre, como había prometido *lady* Bushian.

En el interior, una estrecha escalera de madera conducía a una cámara cavernosa llena de sacos de arroz y, por el olor, barriles de pescado salado. No había estera para dormir, ni hogar, ni siquiera un lugar para calentar una tetera.

Zairena arqueó una ceja poco pintada.

—¿Qué, pensabas quedarte en el castillo con los demás sirvientes? No podemos permitir que traigas mala suerte al castillo. Además, nadie quiere estar cerca de ti con esa *cosa* en la cabeza. —Hizo una pausa—. Excepto las ratas, por supuesto; les gustará visitarte ahora que el clima se ha vuelto frío.

La ira se agitó en mi corazón. Yo no era tonta: me congelaría si dormía en este lugar. Era probable, incluso, que enfermase y muriese.

—Date prisa y lávate —dijo Zairena, clavando el extremo de su paraguas en el suelo—. Chiruan te espera en la cocina.

¿Lavar? ¿Con qué?

No había agua, solo barriles de pescado recién capturado esparcidos entre los que ya habían sido salados y secados. El olor era rancio.

Antes de irse, me levantó la capa de los hombros.

—Ya no necesitarás esto.

Un escalofrío se me metió en los huesos, y Zairena cerró la puerta de la bodega, dejándome a oscuras.

Al menos, aquí había silencio. Pero también estaba aislada.

Me asomé a mi cartera. Una luz brillante se abría en abanico, iluminando la habitación. Todo estaba quieto en el interior, los frágiles hilos de flores estrella brillando como si estuvieran manchados por la sangre de las estrellas, las ortigas en su forma natural, todavía ardiendo con fuego demoníaco.

Bajé con cuidado un paso, luego otro y otro. Las escaleras de madera eran viejas, algunas estaban agrietadas y astilladas. Las telarañas se me pegaban a las manos cuando tocaba las paredes, y me las sacudía, repugnada.

Las ratas chillaron, envalentonadas por las sombras, y me tropecé contra uno de los barriles de pescado. Que me llevaran los demonios, odiaba a las ratas. No tanto como a las serpientes, pero casi.

Abrí más mi cartera. Una luz nítida se derramó, y las ratas se escabulleron, asustadas por la magia oscura que había traído al lugar. Un pequeño triunfo.

Temblé mientras me vestía. Todavía era de día, y ya hacía mucho frío aquí dentro. Eso no auguraba nada bueno para la noche. O para el resto del invierno.

Algo crujió fuera, rozando la pared.

¿Kiki?, llamé.

No, era solo un pájaro ordinario. Probablemente un cuervo o una corneja.

La preocupación se apoderó de mí. Durante toda la semana la había llamado, esforzando mi mente al máximo, pero Kiki nunca respondía. ¿Hasege la habría encontrado y destruido? ¿O habría volado a mis hermanos en busca de ayuda?

Por los hilos de Emuri'en, esperaba que estuviera a salvo.

Cerré mi cartera y, mientras la luz de las flores estrella disminuía, corrí de regreso a las escaleras antes de que las ratas recuperaran el valor para salir de nuevo.

En el último peldaño, me volví, con los ojos que se adaptaban a las sombras y los oídos que captaban el ruido de las cucarachas y las ratas que se escabullían. Los bichos, el frío insoportable y los olores desagradables eran algo con lo que podía lidiar. Nadie quería entrar aquí, lo que significaba que no habría guardias ni criadas. Nadie entraba en el sótano, sobre todo por la noche.

Zairena no lo sabía, pero me había dado un santuario, un nuevo lugar de trabajo. Hasta que encontrara la forma de reunirme con mis hermanos, tendría que arreglármelas como pudiera.

CAPÍTULO 19

La promesa de calor y comida me hizo correr hacia la cocina. El edificio de madera irradiaba calor y, dentro, los cocineros gritaban para pedir aceite de sésamo y jengibre mientras los sirvientes contaban chismes, apilando bandejas lacadas y tazas de porcelana y teteras. Pero cuando entré, todo se quedó en silencio. Los sirvientes dejaron caer sus platos y agitaron amuletos para ahuyentar a los demonios; los cocineros cerraron las tapas de sus ollas de barro y tomaron sus cuchillos.

Parecía que Zairena ya les había avisado de mi llegada.

Levanté la barbilla.

Que intente hacerme la vida imposible. De todos modos, no me quedaré mucho tiempo.

Solo el jefe de cocina, Chiruan, me reconoció.

—Si lady Zairena no nos hubiera advertido de que eres un demonio, te confundiría con un pez —gruñó, lanzándome una toalla de mano. Bajo y ancho, tenía la complexión de un barril, la robustez de un ladrillo y la barriga de un oso. También era fuerte, y el paño aterrizó en mi brazo con una bofetada—. Apestas, chica.

Me olfateé las manos. Tenía razón, olía mal.

Después de limpiarme las manos, me lanzó una bolsa de arroz envuelta en hojas secas de caña, de nuevo con fuerza.

—Come rápido y luego ponte a trabajar.

Me retiré a un rincón y devoré la comida, saboreando los trozos de cerdo salado y la col en vinagre. Pronto se acabó el arroz; mis punzadas de hambre solo se satisficieron a medias. Pero no habría más comida hasta la cena.

Mi trabajo no era tan diferente de mis tareas en la posada de la señora Dainan: barría la cocina y la despensa, lavaba los platos y fregaba el arroz quemado del fondo de las ollas. Cuando Chiruan me enviaba a buscar leña a los almacenes, buscaba en la fortaleza una salida.

El castillo de Bushian era una de las fortalezas más pequeñas de Kiata —podía recorrer todo el perímetro en media hora—, pero una de las mejor defendidas, situada en lo alto de una escarpada colina. Altas murallas de piedra rodeaban el castillo, excepto por el este, que daba al río Baiyun. Había torres engalanadas con arcos y dos puertas, una en el lado norte y otra en el sur, vigiladas por numerosos guardias.

Salir no sería fácil. Pero sobrevivir al Zhensa con este frío sería aún más difícil. La escarcha ya cubría la superficie de mis cubos de madera.

El invierno había llegado.

Una mañana, la cocina estaba casi vacía cuando me presenté a trabajar, pero Chiruan estaba en los fogones, cocinando un pastel al vapor sobre el fuego. Olía divinamente, cálido y dulce, con un toque de jengibre que recorría la habitación.

—Pastel de caqui, el favorito de *lady* Megari —dijo Chiruan, cortando tres trozos en un plato de porcelana azul. Lo puso en una bandeja de madera, junto a una canasta de frutas frescas bellamente decorada con un ramito de flores de ciruelo— . Los últimos días ha estado en cama, pero siempre que pide pastel es señal de que se está recuperando. Pidió específicamente que *tú*, Chica Pez, se lo entregaras.

Su tono no contenía insultos ni juicios, lo que me sorprendió. Al igual que la petición de Megari.

¿Yo?

—No me corresponde cuestionar a *lady* Megari, solo atender sus deseos. Su habitación está en el nivel superior del castillo, en el ala de la Montaña del Este, pasillo de la izquierda. Debe estar practicando su música a estas horas, así que sigue el sonido de su laúd si te pierdes.

Chiruan volvió a prestar atención a las ollas de hierro que silbaban sobre el fuego. La cena, suponía.

—No te entretengas —dijo brusco—. Esto no es un respiro de tus tareas, y si las criadas te ven cuando vuelvan del huerto, no te defenderé.

Tomé la bandeja, asintiendo en silencio para demostrar que había entendido.

—Ponte un pañuelo en la cabeza para que los guardias no vean el cuenco. Así harán menos preguntas.

La previsión de Chiruan resultó ser correcta. Aunque los guardias inspeccionaron mi bandeja de pastel de caqui, nadie cuestionó mi presencia dentro del castillo.

Los pasillos eran estrechos, apenas lo bastante anchos para que dos personas pudieran caminar juntas, y había escasas paredes con paneles de madera, a diferencia de los marcos dorados de las puertas y los murales pintados del palacio imperial.

Mientras seguía el suave rasgueo de un *yueqin*, el laúd chino, en el piso superior, una habitación con puertas abiertas me llamó la atención. Dentro había dos bastidores de bordado, un telar y una rueca. Nada que ver con el antiguo cuarto de costura de Raikama.

—¡Por aquí! —exclamó Megari, asomándose desde su habitación al final del pasillo—. Me preocupaba que te hubieras perdido.

Me apresuré a entrar y puse la bandeja en una de sus mesas lacadas. Megari me observó inquisitiva, con las manos unidas a la espalda. Un suave rubor tiñó sus mejillas, pero su respiración era corta y tenía ojeras. Esperaba que el pastel la ayudara a sentirse mejor.

—Espera, no te vayas —dijo cuando me dirigí a la puerta—. Llevo toda la semana queriendo hablar contigo.

Incliné la cabeza y señalé hacia el edificio de la cocina.

Chiruan me está esperando.

—Siéntate, siéntate —insistió—. Es una orden.

Megari esperó hasta que me hundí en una de sus almohadas de seda. Podría haberme dormido en ese momento, si no hubiera estado tan preocupada porque apestaba a pescado.

Tomó la fruta más gorda de la canasta.

—Toma un caqui. La cosecha de este año es la más dulce. Lo sé, porque es mi fruta favorita. Toma también un poco de pastel.

Gracias.

Me metí el caqui en el bolsillo, pero el pastel lo devoré en tres voraces bocados. Mi estómago gruñó tan fuerte que agradecí que la maldición solo penalizara a mi lengua por hablar. De lo contrario, mis hermanos habrían desaparecido hace tiempo.

—Come más —indicó Megari—. Madre y Padre siempre dicen que el coraje es el credo de Bushian, pero en tiempos como estos me gustaría que fuera más bien «mantente al margen y bebe té». Tal vez entonces el bobo de mi hermano no nos tendría a todos agonizando por lo que le ha pasado.

Dejé de masticar. Tragué.

—No, deberías comer. He estado atiborrándome de caquis y pasteles, intentando no preocuparme por Takkan. Pero no debería. Preocuparme, quiero decir. —Megari se enderezó, aunque sus hombros seguían temblando—. Prometió volver antes del Festival de Invierno, y nunca rompe una promesa. Me tiene demasiado miedo como para intentarlo.

Le ofrecí una sonrisa valiente. Sabía lo que era preocuparse por los hermanos.

La última vez que había hablado con Takkan, me había pedido que fuera a Iro. Era hermoso, había dicho. Sus ganas de volver a casa eran evidentes. No se habría mantenido alejado por decisión propia. No sin avisar a su familia.

No a menos que algo terrible hubiera sucedido.

—Sin embargo, me siento mejor ahora que estás aquí —dijo Megari, animándose un poco. Sus pequeños hombros seguían temblando, pero tomó una de sus muñecas y la abrazó—. Tengo la sensación de que sé por qué te dio su emblema. Eres como una chica sacada de uno de sus cuentos.

Mi sonrisa se volvió inquisitiva. ¿Sus cuentos? Takkan no me parecía un cuentacuentos, pero ¿qué sabía yo de mi antiguo prometido? Ni siquiera había sido capaz de reconocer que el bruto de su primo viajaba con su nombre.

—Supongo que es mi deber vigilarte hasta que vuelva —continuó Megari—. Los dioses saben las horribles mentiras que Hasege y Zairena han difundido sobre ti, con ese cuenco en la cabeza. No puedes quitártelo, ¿verdad?

Torcí los labios, expresando lo obvio.

—Lamentable. —La niña suspiró—. Es extraño, sabes, Zairena no siempre fue mala, no como mi primo. Ahora son como dos flores en la misma rama podrida.

Megari se levantó.

—Mamá mantendrá a Hasege a raya al menos, pero en estos días, Zairena podría incendiar todo el castillo y mamá no la culparía.

Extendí los brazos en forma de pregunta.

¿Por qué?

—Porque sus padres fueron asesinados por bandidos en lo profundo del Zhensa. Mamá estaba devastada; *lady* Tesuwa era su mejor amiga.

Eso explicaba las túnicas blancas; Zairena estaba de luto.

—Oí que también te encontraron en el Zhensa —informó Megari, abriendo el cajón de su escritorio—. ¿Estabas de camino a casa?

No sabía cómo responder para que ella lo entendiera.

Sacó una hoja de pergamino y me ofreció un pincel y tinta que ya había preparado.

—¿Sabes escribir? Si me dices de dónde eres, puedo pedirle a Oriyu que te envíe de vuelta. O puedes señalar en un mapa.

Dudé. En la Posada del Gorrión, había considerado decirle a Takkan quién era, pero la maldición de Raikama me había detenido. Mi madrastra no podía saber que estaba en Iro. ¿Me atrevería a intentarlo de nuevo con Megari?

La muñeca se me tensó, las quemaduras de las flores estrella hacían que mis dedos no pudieran sostener algo tan delicado, pero ignoré el dolor.

Soy

Levanté la mano, sin atreverme a continuar. Era una prueba, esta inocente palabra. Esperé con el pincel suspendido sobre el papel. No ocurrió nada, ni sombras premonitorias. Ninguna serpiente.

¿Estaba por fin fuera del alcance de Raikama?

Sumergí el pincel en la tinta con impaciencia. Había tanto que decir. Podría decirle que me devolviera a mis hermanos, o que mi madrastra era una hechicera. O que mis hermanos se habían convertido en grullas...

Pero cuando empecé a escribir, la tinta salpicó, extendiéndose en la forma imposible de una nebulosa serpiente negra.

El pincel se me resbaló de la mano.

Lo siento, dije moviendo los labios, borrando las preciosas páginas con la manga. La serpiente había desaparecido, pero la tinta se había derramado por todo el escritorio.

—No pasa nada, se derramó —dijo Megari.

No se había derramado. Mis manos se cerraron en puños mientras una ola de calor me bañaba la cara. No podría escribir a papá, ni solicitar la ayuda de Megari. Ningún lugar estaba a salvo de la maldición de Raikama.

La serpiente seguía ardiendo en mi memoria, y me apresuré a tomar la bandeja que había traído. Necesitaba salir, volver a la cocina, pero las puertas se abrieron de repente desde el otro lado, y entró Zairena con una tetera de té humeante.

—¿Otra vez comiendo pasteles, Megari? —Pasó por delante de mí, como si no existiera—. ¿No te has cansado ya de los caquis? Pastel de caqui, sopa de caqui, té de caqui. La última vez que comiste tanto, estuviste enferma durante días.

—Estaba cansada, no enferma —dijo Megari, inexpresiva—. Y es mi fruta favorita.

—Sí, y yo diría que ya has comido bastante. —Zairena miró las migas del plato con la nariz arrugada—. Además, ¿qué sabe un a'landano como Chiruan de hacer dulces? Los únicos postres que valen la pena son los de Chajinda.

Zairena dejó la bandeja y sirvió una taza de té a la niña.

—Tal vez, cuando termine el invierno, mandaré a buscar pasteles de mono. Me vendría bien un poco de sabor a hogar.

Los pasteles de mono eran el postre más famoso de Chajinda. Incluso mis hermanos, que no tenían predilección por los dulces, siempre los buscaban en los puestos del Festival de Verano. A mí también me gustaban. Me recordaban a los pasteles que hacía mi madre. Pasteles que dudaba que volviera a probar.

Megari bajó su laúd con cautela.

—¿Lo harás, de verdad?

—Sí, pero solo si te terminas el té. Te estás recuperando, Megari, siempre y cuando comas tus verduras y dejes de invitar a chicas salvajes a tus aposentos.

Terminé de limpiar la tinta derramada, y Zairena por fin me reconoció con una mirada.

—Es una adoradora de demonios. ¿No has oído a tu madre?

Megari tocó un acorde fuerte y disonante.

—Mi madre no dijo eso. Lo hizo Hasege.

—Es lo mismo.

—Hasege es un idiota. Tú también lo pensabas.

—Cuando tenía tu edad —dijo Zairena, seca—. Entonces aprendí a tener más respeto. Hasege está ahí fuera arriesgando su vida para buscar a tu hermano. Podría ser la única esperanza de Takkan de llegar a casa con vida.

Los hombros de Megari cayeron, y Zairena volvió a llenar su taza de té.

—Eso es, sé buena. Ahora, sigue practicando tu música. Me encargaré de que Lina vuelva a la cocina.

Antes de que Megari pudiera protestar, Zairena me agarró por el ceñidor y me arrastró fuera.

Una vez que estuvimos en el pasillo, me arrebató el caqui del bolsillo.

—Robando, ¿verdad?

Levantó una mano para darme una bofetada, pero ya había tenido suficiente con la señora Dainan. La agarré de la muñeca, sosteniéndola en alto, y sus cejas se alzaron por la sorpresa.

Allí estábamos, en medio del estrecho vestíbulo, atrapadas en un furioso punto muerto. Levanté la barbilla, desafiándola a llamar a los centinelas.

Lo que no esperaba era que dejara caer el caqui. Cayó al duro suelo de madera, y ella lo aplastó con el pie, presionando con toda su fuerza. Cuando se apartó, lo único que quedaba era un amasijo de pulpa.

Anonadada, le solté la mano y ella giró sobre sus talones, sabiendo que, de algún modo tácito, había ganado.

Esa tarde cayó nieve, la primera que había visto, pero no la primera de la temporada. Un recordatorio de que mi cumpleaños, el primer día del invierno, había pasado durante la semana que había estado en el calabozo del castillo. Solía empezar a contar los días y las semanas en cuanto pasaba el Festival de Otoño, pero este año lo había olvidado por completo.

Cerré los ojos, fingiendo que estaba en casa e imaginando el banquete de la celebración: los músicos y los bailarines, el palacio entero con olor a pino y cedro, los tejados decorados con alfombras de nieve. Imaginé que llegaba en un palanquín festivo con lujosos almohadones de satén de seda, vestida con una chaqueta escarlata con un largo ceñidor de brocado y un tocado tejido con flores de ciruelo de seda y todas las flores del invierno. Y la comida… Calabaza asada con cerdo y jengibre, pasteles de arroz con puré de alubias rojas, lubina marinada en vino dulce con zanahorias en escabeche… Era tan real en mi mente que casi podía saborear los platos. Pero mi barriga no se dejó engañar, y los únicos invitados a mi «banquete» de cumpleaños de este año fueron las ratas que chillaban alrededor de mis zapatillas.

Para celebrarlo, dejé de lado las flores estrella, dando a mis manos un día de descanso. Me acosté en el sótano viendo cómo la luz de la luna perforaba los huecos entre los ladrillos y atrapaba las motas de nieve derretida que se deslizaban por las tablillas del tejado.

Hacía solo unos meses, tenía que recordarle a todo el mundo que tenía dieciséis años, no era una niña. Si alguna vez volvía, dudaba que alguien volviera a cometer ese error. Estos últimos meses se habían alargado como si fueran años. Apenas podía creer que solo tenía diecisiete años.

A mitad de la noche, algo me hizo cosquillas en la nariz. Me di un manotazo en la cara, pensando que era una mosca.

¿Así es como me saludas, Shiori, cuando he venido hasta aquí para desearte un feliz cumpleaños atrasado?

¡Kiki! Me levanté de golpe. Mi pajarita se posó en mi mano y la acuné contra mi pecho. *Te he echado mucho de menos.*

Te seguí, pero... Me mostró su ala, que se había doblado. *Por la tormenta.*

Oh, pobrecita. Enderecé el pliegue, palpando los grabados de oro plateado de su ala, tan delicados que parecían plumas. *Ya está, como nueva.*

Kiki batió las alas con gratitud, pero cuando habló, su voz se entrecortó.

Me preocupaba que ese centinela tan grosero te hubiera matado.

No lo hizo, gracias a las Cortes Eternas. Pero nunca adivinarás a dónde nos ha traído.

Giró el cuello y arrugó la punta del pico.

—*¿A la tienda del pescador?*

Me reí en silencio.

Bienvenida a mi tardío banquete de cumpleaños, pensé con mi voz más festiva, *celebrado este año en el depósito de pescado más lujoso del castillo de Bushian.*

¿Esto es el castillo de Bushian?, exclamó.

Irónico, ¿verdad?, pensé. *Pero le agradezco a Emuri'en que estés aquí. Me vendría bien algo de ayuda para salir de este lugar.*

¿Salir? El frío te matará, Shiori. Deberías quedarte aquí hasta que pase el invierno. Quédate y termina la red, luego reúnete con tus hermanos en la primavera.

Todavía hay tiempo, insistí. *El Zhensa está en las afueras de Iro. No pueden estar muy lejos.*

Hay una razón por la que el Zhensa se llama el bosque interminable. Kiki se me metió en el pelo, con su voz cerca de mi oído. *Piensa, Shiori. ¿De qué sirve reunirte con tus hermanos sin la red?*

Me buscarán…

Correré la voz entre las criaturas del bosque de que estás bien, me interrumpió. *Tus hermanos deberían estar averiguando el nombre de Raikama, no preocupándose por mantenerte a salvo. Eres una distracción para ellos, igual que ellos lo son para ti.*

¿Cómo es que son una distracción para mí?

Mira tus manos. Kiki rozó con un ala las cicatrices de mi palma. Incluso eso me hizo estremecer. *¿Serás capaz de terminar la red de flores estrella sin hacer ni un sonido?*

Sí. Asentí con firmeza. *Lo haré.*

Eso es porque tienes una gran voluntad. Pero necesitarás más que eso para vencer esta maldición. También necesitarás un corazón fuerte. A pesar de toda la alegría que te proporcionan tus hermanos, no serías capaz de reírte con ellos, ni de bromear, ni de hablar con ellos por la noche, y durante el día te torturarías con la culpa cuando se convirtieran en grullas. Te sentirías miserable, y lo último que querrías es trabajar con las flores estrella. Levantó las alas, su forma de mostrar incredulidad. *Además, ¿realmente quieres pasar todo el invierno encerrada en esa cueva?*

En el fondo, sabía que tenía razón. Ahora que había llegado el invierno, la cueva estaría aún más fría que el sótano. Pero mi corazón estaba puesto en encontrar a mis hermanos de nuevo y romper nuestra maldición juntos. Nada podía desanimarme.

¿Crees que esta fortaleza no es una jaula? ¿Que mis tareas aquí no son una distracción?, *repliqué. Todo el mundo me trata como un monstruo, Kiki. Ni siquiera puedo ir al río a buscar a Seryu. No me quedaré, no mientras haya una oportunidad.*

Kiki resopló.

Chica testaruda. No es una buena idea, te lo digo yo. Si intentas escapar, el mejor resultado posible es acabar de nuevo en el calabozo. No digas que no te advertí.

No lo haré, respondí en silencio, subiendo la manta hasta los hombros.

Ya tenía diecisiete años. Lo suficientemente sabia como para saber que la única culpable de mis decisiones era yo.

CAPÍTULO 20

La suerte de los dragones no estaba de mi lado. Al día siguiente y al siguiente, nevó y nevó, luego llegó la lluvia y convirtió el mundo en aguanieve mientras los vientos aullaban entre los árboles encogidos fuera de mi sótano.

Pero no era el clima lo que me impedía salir. El verdadero problema eran las puertas. Todo lo que necesitaba era una rendija para poder salir, pero las puertas de hierro permanecían cerradas y bloqueadas.

¿Quién crees que va a entrar y salir del bosque durante esta tormenta?, planteó Kiki.

Aun así, no me rendí y, a la tercera noche, mi paciencia se vio recompensada.

Estaba golpeando mis ortigas, arrancando sus hojas dentadas y cortando sus espinas ardientes, cuando los tambores retumbaron.

Al principio confundí el sonido con un trueno. Pero surgió un ritmo que hizo temblar las paredes. Me detuve a escuchar.

Tres golpes más. Silencio. Entonces los tambores volvieron a sonar, esta vez más rápido.

Me senté, mis músculos se tensaron.

Kiki, ¿oyes eso?

Kiki se me bajó del hombro y se coló entre los ladrillos para asomarse al exterior.

Están encendiendo antorchas en las torres de vigilancia. No sé qué significa, pero los guardias están bajando el puente sobre el río. Algo está pasando.

¡Qué buena suerte! Si los guardias estaban bajando el puente, eso significaba que alguien iba a entrar. Esta podría ser nuestra oportunidad de escapar. Con prisa, recogí las ortigas en mi cartera, me la colgué del hombro y me escabullí fuera.

¿Tienes un plan, o pretendes vagar sin rumbo?, preguntó Kiki con sorna.

Tengo un plan. O algo así. *¿Conoces el establo por el que paso todos los días de camino a la cocina? Robaré un caballo y saldré mientras la puerta aún esté abierta.*

¡Es un plan terrible!, exclamó Kiki. *Te derribarán antes de que pases la puerta.*

Tengo que intentarlo.

Me mantuve en las sombras mientras me escabullía por los patios vacíos, metiéndome entre los arbustos cuando veía movimiento.

Tal como había dicho Kiki. Guardias, soldados, incluso centinelas, todos corriendo hacia la puerta norte. Algunos incluso habían traído sus caballos. Se movían rápido, y la puerta ya retumbaba, las pesadas puertas de hierro rechinaban contra la tierra. Los arqueros salían de las torres de vigilancia y los jinetes rodeaban los muros de los bosques mientras la lluvia caía, convirtiendo el lodo del suelo en charcos de barro.

Más allá de la puerta, la oscuridad era total.

Finalmente, reconocí que había sido una idea terrible, terrible.

¿Ahora lo ves?, susurró Kiki con dureza. *¿Crees que puedes salir bailando por la puerta con esta tormenta? Volvamos al sótano antes de que alguien te vea. Vamos.*

Me mordí el labio en señal de derrota, dudando solo un momento antes de levantar los pies y empezar a caminar hacia el depósito de pescado.

Detrás de mí, los guardias se gritaron entre sí, abriendo la puerta.

—¡Abran paso! ¡Lord Takkan ha regresado!

Mi pulso se aceleró en contrapunto con mis pasos vacilantes.

¿Takkan había vuelto?

Las flechas gemían en el cielo, dirigiéndose a la fortaleza. Solo capté destellos a la luz de las antorchas. Luego aterrizaron, astillando los muros de piedra del castillo y apuñalando los tejados. Más de una se clavó en el suelo, cayendo no muy lejos de mis pies.

Di un salto hacia atrás, sorprendida. La fortaleza estaba siendo atacada.

Kiki se metió en una caseta de vigilancia para cubrirse. Mientras mi pájaro se escondía en los listones de madera sobre la ventana, yo me agaché fuera de la puerta y miré con los ojos entrecerrados lo que estaba sucediendo.

Un caballo atravesó la puerta, y su jinete gritó palabras que no pude distinguir. Había dos hombres en la montura, y me pareció vislumbrar a Takkan, pero no podía estar segura.

Cuando la tormenta se intensificó, los centinelas se apresuraron a cerrar la puerta. Pero los hombres del otro lado seguían entrando por la rendija, con sus caballos chapoteando en el suelo mojado.

Asesinos.

Debía de haber más de una decena de ellos, con sus espadas que brillaban.

La lluvia me golpeaba en la cabeza, ahogando los sonidos de la lucha que se desarrollaba, pero me arrastré de nuevo al interior de la caseta de guardia.

Apoyé mi mejilla en un pilar. Fuera, los hombres caían. Las lanzas se hacían añicos.

El miedo me subió a la garganta mientras Kiki se encogía detrás de mi pelo.

Nunca pensé que diría esto, Shiori, pero echo de menos el depósito de pescado.

Agarré un taburete, rompiendo una pata para usarla como arma, y me escondí bajo la ventana. Las flechas voladoras hacían parpadear las linternas; estaban tan cerca que podía oírlas cortar el aire a través de la lluvia.

—¡Ayuda! — gritaba un centinela en el exterior—. ¿Oriyu? ¿Hasege?

Su grito se perdió entre la tormenta, las campanas de alarma y el clamor de la batalla, pero lo oí. Me asomé y reconocí el caballo del centinela, que era el que había atravesado la puerta. Un astil de flecha sobresalía del flanco de la montura, y ahora el centinela estaba bajando a su compañero del lomo.

—¡Ayuda! lord Takkan está herido.

Los dedos de los pies se curvaron dentro de mis zapatos. Tenía que hacer algo. Tenía que ayudar.

Shiori, no. Kiki me tiró del pelo.

Ya estaba saliendo a toda prisa. *Aquí*, moví las manos para llamar al guerrero y agarré a Takkan por las piernas. Juntos volvimos cojeando hacia el cuartel de la guardia, esquivando flechas y escombros que caían.

Colocamos a Takkan sobre una estera, con la cara retorcida por el dolor. Intenté preguntarle qué había pasado, pero fue en vano.

—No te quedes ahí, chica —ladró el centinela—. Ayúdame a quitarle la armadura.

Obedecí. Le quité a Takkan los guantes, las botas y la espada, y mis dedos se detuvieron solo un segundo en el grabado de la vaina. El escudo de su familia, pude distinguirlo incluso en las sombras. Una luna llena envuelta en flores de ciruelo.

Con cuidado, quitamos la armadura de acero y el acolchado de cuero sobre el torso de Takkan. Me puse la mano en la boca cuando vi la sangre. Era brillante incluso en la luz turbia, y había tanta… tanta que no podía ver de dónde procedía.

El centinela respiró con fuerza.

—Es peor de lo que me temía —dijo con voz ronca, colocando los dedos para detener la sangre. La herida estaba justo a la izquierda del corazón de Takkan, una profunda puñalada—. Tendrás que llamar al médico. Dile a *lady* Bushian…

Una flecha atravesó una de las vigas de madera que había sobre nosotros, y salté. Pero fue lo repentino del hecho lo que me sobresaltó. Recuperé la compostura casi al instante y arranqué la flecha.

—No importa, te matarán ahí fuera si te vas. Quédate.

El propio centinela estaba herido —lo noté por los cortes en su armadura y la sangre que le manchaba el cuero cabelludo—, pero sus heridas no eran tan graves como las de Takkan. Hizo rodar a Takkan sobre mi regazo y puso una pequeña linterna a nuestro lado.

—Mantén su costado elevado y mantén la presión sobre su herida mientras busco ayuda. Su vida depende de ello, ¿entiendes?

Sí. Ni siquiera me di cuenta de que se había ido. La sangre se acumulaba donde yo presionaba la herida de Takkan, roja y viva, y parecía no tener fin. El aire tenía un agudo sabor a cobre, uno que hacía que mi estómago se retorciera y se revolviera.

Él gruñía cada vez que aumentaba la presión, lo que era un alivio y una angustia a la vez. Hice que Kiki recogiera agua de lluvia con sus alas y la goteara sobre sus labios resecos, pero deseaba poder hacer más por él.

Es el Chico Rábano, ¿no?, bromeó Kiki. *Parece diferente.*

Aparté el pelo de Takkan de su cara y le toqué la mejilla, húmeda y fría. Parecía más joven de lo que recordaba; le habían recortado el pelo y le habían quitado la barba de las mejillas y la barbilla. Guapo a todas luces, aunque la mayoría de las chicas de la corte lo encontrarían demasiado rudo. Si no fuera el hijo de *lord* Bushian, hasta *yo* lo habría encontrado guapo. Pero no podíamos cambiar nuestro linaje.

En la aldea de Tianyi, había pensado que era un extraño. Un centinela obediente que se había encargado de buscar a los hijos del emperador, como muchos otros en todo el reino.

Esta era la primera vez que lo veía y sabía quién era. Takkan, mi prometido, el muchacho que había despreciado... simplemente por existir.

¿Cuántas veces había rezado egoísta y horriblemente para que muriera, para que su barco se perdiera en el mar o para que cayera en un pozo, solo para no tener que casarme con él?

Tal vez *sí* merecía que me pusieran este cuenco en la cabeza, que no me dejaran hablar nunca más. Que me enviaran lejos de mi familia, con pocas esperanzas de encontrar el camino a casa.

Le di unas palmaditas en las mejillas, intentando que tomara conciencia.

Vamos, Takkan. No puedes morir. No aquí, no en mi regazo. Tienes que vivir, vivir, y cuando rompa mi maldición, podré decirle a Padre que desate nuestros hilos y serás libre de casarte con quien quieras. No te conviene que tu destino esté atado al mío, te lo juro.

Me incliné sobre él, apretando más su herida.

Encontrarás alguna dama buena que ame la nieve y los conejos y los lobos y lo que sea que les guste a los norteños. Vamos, le supliqué. *Por favor, no te mueras.*

La vida de ambos podría haber acabado allí mismo si Kiki no se hubiera dado cuenta de que el asesino se acercaba sigilosamente en la oscuridad.

¡Shiori!, gritó.

Me abalancé sobre la espada de Takkan. No tuve oportunidad de desenvainarla antes de que el asesino atacara.

Mi espalda se estrelló contra la pared, el filo de la espada del asesino chirrió contra mi vaina inútil. Agarré la empuñadura con fuerza, empujando hacia atrás todo lo que pude. Tenía los dedos resbaladizos por la sangre y los codos se me clavaban en las paredes. No podía ver la cara del asesino, pero tenía que saber que un solo golpe más sería suficiente para acabar conmigo.

¡Kiki!

Mi pájaro ya sabía lo que tenía que hacer. Rebotó sobre la nariz del asesino y le cubrió los ojos con las alas.

El asesino atacó con fuerza y yo me agaché. Su espada se estrelló contra el cuenco de mi cabeza, que resultó ser un escudo muy útil. Cortó en el aire, su espada se balanceó contra la pared y se enganchó entre los listones de madera.

Me alegré demasiado rápido. Mientras Kiki volaba a mi lado, el asesino agarró uno de los listones y me derribó.

Sus manos encontraron mi cuello, y el pánico se disparó en mi pecho. Pateé y golpeé, pero fue inútil. El aire se me escapó de los pulmones, y unas manchas blancas bailaron en mi visión. De repente, mi mente se bloqueó: me estaba ahogando de nuevo en el lago Sagrado, atrapada. Estaba muriendo.

Desde la esquina, Takkan gimió de repente. Le dio una patada al farol que rodaba por el suelo. Como una ráfaga, llegó hasta mí.

Su mango oxidado era la cosa más deliciosa que mis manos hubieran agarrado jamás. Sin pensarlo dos veces, lo aplasté contra el cráneo del asesino.

Las llamas se extendieron rápido sobre su capa, y él gritó. Salió corriendo hacia la lluvia. En cuestión de segundos, una flecha se clavó en su espalda. Se desplomó, muerto.

Grandes dioses, casi me derrumbé también. Inhalé y exhalé, recuperándome del *shock*. Entonces recordé que Takkan estaba despierto. Me arrastré hacia él, con el terror que atenazaba mi corazón cuando vi que el movimiento había abierto más la herida. La sangre se derramó por el suelo, y cuando lo puse en mi regazo, buscó mi mano, agarrando mis dedos con debilidad.

—Cierra —susurró—. Cierra.

Sus ojos se cerraron de nuevo, y ahogué un grito silencioso. La sangre no se detenía, por mucho que presionara sobre su herida.

Que me lleven los demonios, ¿qué debo hacer?

Me volví, buscando a mi alrededor alguna forma de ayudarlo. Espadas de todos los tamaños, una piedra de afilar, una jarrita de vino de arroz bajo una de las mantas. ¿Qué era una caseta de guardia sin medicamentos o suministros? Busqué en sus bolsillos. Nada.

¡Su mochila, Shiori!

Su mochila, la bolsa que había registrado cuando llegó a la Posada del Gorrión. ¿Había una aguja e hilo dentro?

Las manos temblorosas se me volvieron resbaladizas por el sudor. La caja de cobre con yesca, su cantimplora... Tiré esos objetos detrás de mí. Y ahí estaba. Casi no la veo: una aguja de hueso, metida en un rollo de muselina. Por una vez en mi vida, enhebré la aguja al primer intento. Luego la sostuve entre los dedos, con el corazón acelerado mientras unía los dos extremos de la carne desgarrada de Takkan.

La lluvia caía por las grietas del techo de madera y me golpeaba la cabeza mientras me arremangaba. En el último momento, introduje mi delantal en la boca de Takkan.

No tenía ni idea de lo que estaba haciendo, pero tenía que limpiar la herida de alguna manera. Abrí la jarra de vino de arroz y la vertí sobre su herida, apretando sus dedos mientras se sacudía. Estaba segura de que le había hecho mucho daño, pero apenas dejó escapar un gemido. Al igual que yo, sabía guardar silencio.

No sabía lo que estaba haciendo, aparte de cerrar la herida abierta ante mí. Nunca había tenido la mano más firme, y mis dedos eran aún menos hábiles ahora, después de mis semanas de lucha contra los pelos de ortiga de las flores estrella. Pero dudaba que a Takkan le importara la belleza de mis puntadas.

La primera puntada fue la más difícil. Atravesar la piel no era nada parecido a bordar seda. La piel era más gruesa, más resbaladiza, más tierna. Los dedos de Takkan se movieron, una señal reconfortante de que no lo estaba matando.

Canté mi cancioncita en la cabeza mientras trabajaba.

Channari era una chica que vivía junto al mar,
que cosía con una aguja y un poco de hilo.
Puntada, puntada, puntada, la sangre se iba.
Respira, respira, respira, la noche al día.

Mi letra espontánea no era muy buena, pero el ritmo me ayudaba a calmarme y me hacía seguir adelante, incluso cuando mis dedos temblaban y tanteaban en busca de la aguja. Perdí la cuenta de cuántas veces ocurrió.

Por fin terminé. La sangre manchaba el hilo y aún rezumaba entre los puntos, pero había detenido lo peor.

El corazón de Takkan latía bajo mi palma. Latido a latido, se estabilizó.

Gracias a Emuri'en, no lo había matado.

Me incliné hacia atrás, con el cuerpo hundido por el alivio. Fuera, la lluvia había amainado. La batalla parecía haber terminado, y un hechizo de tranquilidad había caído sobre la fortaleza. Por fin solté el aliento que había estado conteniendo, para volver a jadear unos segundos después.

Se acercaban pasos.

—Asesinos a'landanos —informó una voz ronca desde el exterior. Me calmé para poder escuchar mejor, con la mirada fija en la figura acorazada que salía de las sombras—. Han seguido a Takkan y Pao hasta Iro.

Shiori, ¿es ese…?

Kiki no tuvo que terminar. Se me revolvió el estómago de espanto.

Rodeando el cuartel de la guardia, con el rostro bañado por la luz de las antorchas, apareció Hasege.

—Han capturado a uno —continuó, sacando su espada sin una mancha de sangre—, pero le ha jurado lealtad a *lord* Sharima'en antes que hablar. ¿Dónde está mi primo?

Dejé de escuchar. Ya estaba recogiendo mi cartera. No podía arriesgarme a que nadie me viera con mis flores estrella, y menos aún Hasege.

—¡Estás ahí! —gritó cuando salí corriendo por la ventana—. ¡Detente!

Corrí tan rápido como pude, saltando sobre los amplios charcos que cruzaban los patios de piedra. Las antorchas se habían apagado hacía tiempo, por la lluvia, y me apresuré a regresar casi en la oscuridad.

Horas después, envié a Kiki en busca de noticias de Takkan. Volvió sin nada.

CAPÍTULO 21

No estaba muerto. Todavía no.

Eso lo supe a la mañana siguiente. Cada pocas horas, los sirvientes le traían sopa a Takkan. Espesos brebajes de hierbas que hacían que mi nariz se arrugara y mis ojos lloraran. Por las caras largas que ponían los sirvientes cada vez que volvían, deduje que no hacían mucho bien.

Eso era todo lo que sabía sobre su evolución; la cocina se había quedado en silencio tras su regreso. Había pocos chismes y aún menos noticias, lo cual era preocupante pero también tranquilizador. La ausencia de noticias significaba que no se estaba muriendo. Eso esperaba.

Me mantuve cuerda ocupándome de los quehaceres. La tormenta había empeorado, lo que significaba menos viajes a los almacenes y más tiempo en la cocina. Me ofrecí varias veces a preparar la sopa para Takkan, pero nadie lo entendió, así que intenté ser útil de otras maneras. Pero por muy rápido que terminara de fregar, los cocineros con ojos de langostino de Chiruan,

Rai y Kenton, no me dejaban acercarme a sus mesas de trabajo, ni siquiera para lavar el arroz.

—Este arroz va a tocar la boca de *lady* Bushian y su familia —ladró Rai—. No podemos permitir que apeste a pescado.

Cuando intenté lavar el pescado, también me lo quitaron.

—Puede que te dejen cocinar en la aldea de Tianyi, pero no aquí. Esta es la mansión de un lord, Lina. No podemos permitir que tu sucio espíritu contamine su comida.

Chiruan observaba desde su rincón, con ojos de desaprobación, pero no decía nada.

Lo peor era en el almuerzo, cuando todos los demás sirvientes se reunían en la larga mesa de la antesala. Todos los días, cuando subía para buscar mi comida, Rai me apartaba las manos.

—Los demonios no necesitan comer —decía—. Desde luego, ni carne ni verdura.

Kenton era igual de malo.

—¿Quieres más comida, Lina? Toma. —Me echaba un cucharón de agua en el cuenco y se iba.

Lo miraba fijo, afinando los labios y apretando las mejillas para formar una expresión monstruosa que parecía petrificar a los cocineros. Era una pequeña forma de vengarme de Rai y Kenton. A menudo fantaseaba con enrollarlos en arroz pegajoso y encerrarlos en el depósito de pescado, como ofrenda a las ratas.

Un día, estaba sentada sola en la mesa cuando Chiruan me puso delante un cuenco de arroz al vapor, luego un platito de zanahorias y setas y un cuenco de sopa.

—No confundas esto con la compasión, Chica Pez —dijo bruscamente.

Lo miré fijamente, conmovida por el inesperado gesto.

Gracias.

—Pero, Chiruan —protestó Kenton—. *Lady* Zairena dijo…

—¡En esta cocina mando yo!—gritó Chiruan, sobresaltándonos a todos—. No Zairena. No Hasege. Es *mía*. La Chica Pez está bajo mi mando. ¿Entendido?

—Entendido —murmuraron todos, y comenzó la comida.

A los tres bocados de la comida, una *lady* con un paraguas escarlata apareció por la ventana, acercándose a la cocina. Su cabeza estaba envuelta en pañuelos para no mojarse con la lluvia, y yo contuve la respiración, esperando contra toda esperanza que no fuera… Zairena.

—¡Cierren las ventanas! —susurraron los sirvientes—. ¡Rápido!

Se dispersaron, todos parecían saber el propósito de su visita. Se apresuraron a ir a la despensa para reunir ingredientes, mientras Rai y Kenton traían una tetera, un colador y un mortero de piedra.

—*Lady* Megari debe de estar mal otra vez —murmuró Chiruan, dejando su cuenco. El humo había comenzado a nublar la cocina, y avivó las llamas—. Últimamente la chica tiene el estómago más débil que el de una mariposa. Es una pena, su espíritu es tan fuerte.

Empecé a abrir una de las ventanas, pero Chiruan me detuvo.

—No lo hagas. *Lady* Zairena dice que el aire del exterior estropeará su té. —Exhaló con brusquedad, dejando entrever una mezcla de irritación y respeto—. Es un brebaje especial, que le enseñaron los sacerdotes de Nawaiyi. Hace maravillas con *lady* Megari.

Bajo mi cuenco, arqueé una ceja escéptica. Nawaiyi *era* famosa por su templo de curación, pero me costaba creer que sus piadosas sacerdotisas le hubieran enseñado a Zairena, entre toda la gente, sus artes.

Zairena entró por las puertas corredizas y se dirigió a los calderos de bronce que traqueteaban sobre el horno. Una bolsita colgaba de su muñeca, y molió su contenido en el mortero de piedra antes de preparar su té especial. Ningún té que conociera requería la atención de cinco sirvientes.

—Que le lleven esto a *lady* Megari —le indicó a uno—. Y tráeme otro cuenco. No, ese no, tonta. —Empujó a la chica fuera del camino—. Uno con tapa. —Hizo un espectáculo de arreglar la bandeja con dramatismo—. *Esto* es para lord Takkan.

¿Para Takkan?

—¿Lo ha visto, *lady* Zairena? —preguntó preocupada una de las criadas—. ¿Está mejor?

—Entra y sale de la inconsciencia —murmuró ella, bastante alto, como para que yo lo oyera—. Le ha bajado la fiebre, pero ha rechazado toda la comida. Incluso el agua. *Lady* Bushian está fuera de sí.

La preocupación tocó mis fibras más sensibles, y me asomé por encima del hombro para ver lo que Zairena estaba preparando para él. Una sopa, parecía.

—Chiruan, ¿tienes más dátiles rojos secos y raíz de horqueta?

Chiruan desapareció en la despensa y volvió con una gran caja de laca roja que había visto a su lado una o dos veces. Una nube de olores algo conocidos se extendió por el aire: especias y hierbas de todo Lor'yan.

Cometí el error de parecer curiosa. Rai me descubrió mirando y se interpuso para que no pudiera ver.

—Está intrigada por la caja de recetas del viejo, ya veo. Deben ser las especias.

Kenton se rio.

—Tiene algunas ahí que serán un incienso perfecto contra un demonio como tú.

Ignoré a los cocineros, agachándome junto a los cubos para terminar de fregar.

—Ya no necesito ayuda —les decía Zairena a Chiruan y a los demás sirvientes. Se arremangó y removió la olla—. Ya los he molestado bastante. Vayan, terminen su almuerzo. —Una pausa—. Excepto tú, Lina. Ven aquí.

Me levanté con lentitud.

Zairena mantenía una sonrisa de lobo mientras removía el contenido de su olla.

—He oído que eres famosa en la aldea de Tianyi por tu sopa. Pienso prepararle a Takkan un caldo que le abra el apetito, algo más ligero que todas esas sopas de hierbas que Chiruan ha estado enviando al castillo.

Su cuchara repiqueteó contra las paredes de la olla, una percusión no muy bienvenida. Pero no fue por eso por lo que me estremecí. ¿Realmente quería que yo ayudara?

—Ya sabes el calor que hace en la cocina, cuando haces sopa. Ya tengo una sed terrible. —Su mirada se posó en mi almuerzo, que se estaba enfriando en la mesa, prácticamente sin tocar—. Por favor, tráeme un poco de agua fresca.

¿Agua fresca? Me dirigí al pozo detrás de las cocinas.

—No, no. El agua de allí está caliente y sucia, con todos esos trozos de carbón y arroz que flotan en el abrevadero. Me gustaría tener agua limpia y fría. El pozo junto al puente del sudeste tiene algo que me parece especialmente refrescante. Trae unos cuantos baldes, ¿sí?

¿Podría hablar en serio? La lluvia caía a cántaros, tan fuerte que podría haber llenado baldes de agua del cielo antes de llegar al pozo del sureste. Pero nadie habló por mí.

—¿Qué sucede, Lina? El frío y la lluvia no deberían molestarle a alguien como tú.

Resentida, me aparté las faldas y obedecí.

Mi túnica se empapó a los pocos segundos de salir. Me metí en los establos mientras la tormenta empeoraba y me golpeé la cadera contra uno de los abrevaderos de los caballos. La paja flotaba en las aguas y yo emití un bufido silencioso.

Dioses, ¡qué satisfactorio sería arrojar un balde de agua del abrevadero de los caballos a la cara de Zairena!

Pero cuando me preparaba para volver a salir a la lluvia, el agua turbia del abrevadero se arremolinó, y una voz seca y conocida retumbó desde su interior.

—Solo por usted, princesa, sufriría la indignidad de tener que ser escuchado desde un abrevadero de caballos.

Era la última voz que esperaba escuchar, sobre todo saliendo del abrevadero de caballos, y di un salto hacia atrás, sobresaltada.

En efecto, ¡era Seryu! Sus ojos de color rojo rubí brillaban a través de los trozos de heno que flotaban, y el contorno de su pelo verde me resultaba conocido.

—Eres más difícil de localizar que los hijos del viento, ¿lo sabías? —me amonestó el dragón—. Aquí estaba yo, preocupado porque el abuelo había cambiado de opinión y había lanzado un rayo a la cueva de tus hermanos. En cambio, resulta que te has encontrado un castillo.

Soy ingeniosa, respondí a través de mis pensamientos, recuperando un aire de mi antiguo yo. *Siempre lo he sido*.

Me llevé el dedo a los labios, mirando a mi alrededor para asegurarme de que estábamos solos.

Siento lo del río. Me encontré con soldados.

—Lo sé —respondió—. Me enojé al principio, hasta que oí a tus hermanos buscándote. ¿Quién iba a saber que seis grullas podían graznar tan fuerte, y sobre el mar de Taijin?

Era extraño; Hasege me había llevado lejos de nuestro escondite en el bosque, pero aún podía ver el Zhensa desde mi ventana si miraba bien a lo lejos.

¿Por qué no pueden encontrarme?

—¿Por qué? —La tensión en su voz era palpable—. La magia de tu madrastra es fuerte, mucho más de lo que yo pensaba. Cuando son hombres, ella convoca serpientes para disuadirlos de buscar ayuda. Y cuando son grullas, cada vez que están cerca de encontrarte, los fuertes vientos las desvían de su curso, hacia el mar.

Cerré los puños a los lados. Sabía de primera mano lo peligrosos que podían ser los vientos para mis hermanos.

—Intenté llamarlos —continuó Seryu—. Hice contacto con dos de tus hermanos. El joven, el que habla con los animales incluso después de haberse convertido de nuevo en un hombre.

Hasho.

—Y el guapo. Es el mejor en la caza.

Benkai. Inhalé, aliviada por escuchar que mis hermanos estaban bien. *Los has estado vigilando*.

—Solo cuando cruzan el mar. No tengo ningún vínculo con tus hermanos, y ellos no tienen magia en la sangre; eso dificulta la comunicación.

¿Pero lo intentarás de nuevo? Prométeme que lo harás.

—Un dragón no le hace promesas a un humano —afirmó Seryu de forma contundente—. Y menos a uno que roba flores estrella del monte Rayuna sin decírmelo.

Lo siento, Seryu. De verdad que lo siento. Hice una pausa, agarrando el lado del abrevadero del caballo e inclinándome más hacia su reflejo. *Pero, por favor. Si no vas a hacerle la promesa a un humano, hazla a una amiga.*

El agua se quedó quieta. Entonces Seryu resopló, y pude ver que había cedido.

—Los otros deben tener razón. Imagínate a mí, el favorito del abuelo, soportando la peor parte de su ira. Por un humano. —La voz de Seryu se volvió suave—. Debo de tenerte mucho cariño.

Mis mejillas se calentaron, pero el alivio me inundó. Habría abrazado al dragón si hubiera estado aquí, pero no estaba.

Gracias.

—No me des las gracias todavía. —Sus ojos rojos brillaron—. Tu madrastra encontrará otras formas de frustrarme. Su mayor poder está en convencer a otros para que hagan su voluntad.

Esto lo sabía. Recordé el tinte amarillo de sus ojos cuando usaba su poder. Me pregunté cuántas veces lo habría usado con mis hermanos para que la amaran, con mi padre para que la escuchara. Me estremecí. Recé para que nunca hubiera funcionado conmigo.

—Estoy empezando a creer que de verdad tiene una perla de dragón —continuó Seryu.

La tiene. Me crucé de brazos. *La vi. La guarda en su corazón, como tú. Fue así como convirtió a mis hermanos en grullas.* Toqué el cuenco de nogal en mi cabeza. *Y me maldijo con esto.*

—Me preguntaba qué era eso —dijo Seryu secamente—. Pensé que era un extraño sombrero humano. Bueno, eso explica por qué tu magia está apagada. Por qué nuestra conexión a través de la perla es débil.

Hay más: no debo hablar ni decirle a nadie quién soy, ni siquiera por escrito.

—Entonces lo haré por ti.

No. Solo tú y Kiki lo podéis saber, porque estamos conectados. Nadie más. No correré el riesgo de que Raikama castigue a mis hermanos.

El agua se arremolinó, y la expresión de Seryu era ilegible.

—Háblame de su perla.

Era como una gota de noche, conté, *oscura y rota. Cuando ella invocaba su poder, hacía que su rostro se transformara en el de una serpiente.*

El agua se calmó mientras Seryu consideraba esto.

—Su verdadero rostro, entonces —murmuró—. No se puede mentir a una perla de dragón, sobre todo si no es la propia. Pero que la perla sea oscura y esté rota… eso es algo que nunca he oído.

Quizá tu abuelo lo sepa. ¿Podrías preguntarle sin decir nada sobre mi maldición?

—No quiere hablar conmigo —admitió Seryu—. La última vez que lo intenté, me cortó los bigotes y me arrojó a un remolino. Pero alguien más lo enojará pronto. Mientras tanto, buscaré a tus hermanos y los enviaré a buscarte.

No, no lo hagas.

Una vez que las dije con el pensamiento, mis palabras me sorprendieron tanto como a Seryu. A principios de esta semana, había estado dispuesta a arriesgar mi vida para reunirme con mis hermanos. Pero empezaba a ver lo acertado del argumento de Kiki para quedarse.

Ellos tienen su misión. Yo tengo la mía. Tragué saliva. *Estamos mejor separados.*

Admitir esto fue más fácil de lo que esperaba, libre de culpa y dolor.

O tal vez estemos mejor sin romper esta maldición.

—¿Qué estás diciendo?

A estas alturas, no lo sabía. Estaba agotada, mi mente adormecida por la preocupación hacia Takkan y mis hermanos, mi cuerpo agotado por trabajar con las flores estrella y en la cocina. Durante mucho tiempo me había propuesto no pensar en nuestra maldición, pero ahora, medio congelada bajo la lluvia, con la túnica empapada y el espíritu debilitado, dejé aflorar mis más oscuros temores.

Tengo que decir el verdadero nombre de mi madrastra para romper nuestra maldición. Pero si hablo, uno de mis hermanos morirá.

—Ese es un dilema desagradable —respondió el dragón.

Ayúdame, Seryu. ¿Puedes quitarme este cuenco de la cabeza? Es la única manera de que pueda recuperar mi magia.

Las aguas se agitaron y sentí que una fuerza invisible tocaba el cuenco de mi cabeza. Tiró y tiró, hasta que al fin Seryu dejó escapar un gruñido de derrota.

—Déjame pensarlo, Shiori —murmuró—. Termina la red antes de que mi abuelo cambie de opinión sobre dejarte vivir. Mandaré llamar a Kiki cuando tenga noticias de tu madrastra. Estoy confinado en el agua hasta la primavera, y sería mejor que vinieras al río. ¿Puedes arreglártelas?

El río estaba fuera de los muros de la fortaleza. No sabía si podría escabullirme, pero encontraría la manera. Asentí con la cabeza.

—Intenta no meterte en problemas hasta entonces, ¿de acuerdo?

¿Qué te hace pensar que me meteré en problemas?

—Tienes razón, también podría pedirle a una polilla que se aleje de una llama.

Era una broma desenfadada, pero yo no estaba de humor.

Sin despedirme, dejé a Seryu por el pozo y me apresuré a volver a Zairena, con los baldes tan pesados como mi corazón.

Esa noche, después de la cena, la sopa de Zairena volvió a la cocina. Sin tocar.

Teniendo en cuenta cómo me había tratado, debería haberme alegrado de su fracaso, pero estaba demasiado preocupada por Takkan. Moriría si no podía recuperar sus fuerzas.

La cocina estaba alborotada. Rai y Kenton se encargaron de preparar todos los platos favoritos de Takkan, y Chiruan volvió a hacer sus sopas de hierbas. Cada vez que miraba al jefe de cocina, tenía su caja de lacas fuera, estudiando minuciosamente las recetas y las hierbas. Ninguna parecía funcionar.

Que me llevaran los demonios, tenía que hacer algo.

Ya has hecho algo, dijo Kiki esa noche cuando estábamos solas en el depósito de pescado. *Y mira, casi haces que te maten.*

Casi hago que me maten por intentar escapar, le recordé. *No por ayudar a Takkan.*

¿Por qué te preocupas tanto por él? ¿Porque es tu prometido?

Miré con odio a mi pajarito presuntuoso.

Esa es la última razón, le dije con firmeza. *Él no me importa. Pero si de verdad lo hirieron por buscarme... entonces tengo que intentar al menos salvar su vida.*

Te ha crecido la conciencia en los últimos meses, Shiori.

¿Significa eso que a ti también te crecerá una?

Mi pájaro emitió un chirrido de disgusto. Pero no gorjeó ninguna réplica, y me apresuré a salir del sótano y entrar en la despensa. Los viajes nocturnos a la cocina habían sido la forma en que había sobrevivido las últimas semanas con las escasas raciones de comida de Rai y Kenton. Pero esta era la primera vez que entraba a cocinar.

No todos los ingredientes que necesitaba estaban disponibles en invierno: no había coles ni cebollas, y las zanahorias eran escasas, pero me las arreglaría. Takkan había dicho que creía que había magia en mi olla, pero se equivocaba. No tenía magia. Todo lo que tenía era trabajo duro y cuidado. A ambos los necesitaba ahora más que nunca. La suerte tampoco me vendría mal.

Encendí el fuego, y las chispas saltaron cuando las llamas iluminaron la cocina. Con un estruendo, puse la olla sobre el fuego y comencé a trabajar.

CAPÍTULO 22

Ya era la tercera vez que cambiaba en secreto la sopa de Chiruan por la mía, solo un cuenco para que nadie sospechara. Iba al castillo en una bandeja llena de los platos favoritos de Takkan. Mi ánimo se desinflaba cada vez que las criadas volvían, negando con la cabeza que él no había tocado nada, pero no me rendí. Seguiría haciéndolo hasta que funcionara, o hasta que me atraparan.

A la cuarta mañana, las criadas no volvieron. En su lugar, un centinela irrumpió en la cocina, con las botas cubiertas de la nieve que había caído durante la noche.

Era Pao, el guerrero que había dejado a Takkan conmigo cuando habían regresado. Llevaba el pelo tan corto que estaba casi calvo, y tenía arroz en la cara, pegado a su barba incipiente —señal de que debían haberlo interrumpido durante el desayuno para que viniese aquí—, pero nadie se atrevió a señalarlo.

—¿Quién preparó la sopa de lord Takkan? —preguntó.

—Yo. —Chiruan se cruzó de brazos, pero su ceño se arrugó de preocupación—. ¿Qué ocurre?

Pao lo ignoró.

—Vuelvo a preguntar: ¿quién preparó la sopa de lord Takkan?

La cocina se quedó en silencio. Los lavanderos dejaron de sorber su avena de la mañana, los cocineros dejaron caer sus cuchillos y Chiruan se limpió las manos en el delantal.

De forma muy lenta dejé la fregona y me adelanté.

—Vuelve a tu lugar —dijo Chiruan, haciéndome un gesto para que volviera—. No necesito un chivo expiatorio. Esta es mi cocina.

No me aparté. Levanté la barbilla para que Pao entendiera que yo la había hecho.

El reconocimiento parpadeó en los ojos profundos del centinela.

—Tú. —No me dio ninguna pista sobre mi destino—. Ven conmigo.

El corazón me golpeó en el pecho. Quizá mi sopa no había llegado a Takkan, o quizá le había provocado una indigestión. ¿Se había atragantado con una espina de pescado perdida y por eso me llamaban? ¿Lo había matado yo?

Terribles escenarios se desplegaban en mi imaginación mientras Pao me acompañaba al castillo. No ayudaba el hecho de que los pasillos fueran largos y parecieran no tener fin. Finalmente, oí la voz de *lady* Bushian, que provenía de lo que debía ser el comedor, y Pao me indicó que esperara fuera de la puerta.

—¿Vas a dejar esta ridícula búsqueda? —dijo, sonando afligida—. Casi te matan. Y no me digas que fue un accidente de caza.

Un murmullo, demasiado silencioso para que yo lo oyera. Me atreví a esperar que fuera Takkan.

—¡Si hubieras querido que estuviera tranquila, no habrías salido sin mi permiso! Estaba dispuesta a pasar por alto que robaras la armadura de Hasege para investigar las Islas del Norte, para complacer esta obsesión por encontrar a la princesa Shiori. ¿Pero luego te vas de nuevo, apenas dos semanas después, sin decírmelo? ¿Todo porque has encontrado una zapatilla cerca de la aldea de Tianyi?

Se me apretó el pecho. Era Takkan, y esa era *mi* zapatilla.

—Prefiero no discutir esto en el desayuno, Madre. Por favor.

—¿Crees que los asesinos de A'landan habrían sido tan descuidados como para dejar una zapatilla en el campo? —Lady Bushian continuó presionándolo—: Están tratando de atraerte. Para matarte, como casi lograron hacerlo.

—No tendrían ninguna razón para quererme muerto —replicó Takkan con firmeza—, a menos que creyeran que había encontrado algo.

—Sí, Pao me habló de la carta que encontraste. Dijo que la encontraste en poder de *otro* asesino que intentó matarte.

Miré de reojo a Pao, que cambió el peso de un pie a otro con inquietud.

—No me importa lo que había en la carta. O cuán fundamental era que el emperador la leyera de inmediato.

—Madre...

—Los hijos del emperador han muerto. Incluso Su Majestad lo ha aceptado. —*Lady* Bushian golpeó algo sobre la mesa—. ¿Te imaginas lo que fue para mí ver que te traían a casa medio muerto? No debes volver a buscar a la princesa, te lo prohíbo. ¿Tengo tu palabra, Takkan?

Pao golpeó la puerta, amortiguando la respuesta de Takkan. No habría elegido este momento para entrar en el comedor, pero el centinela abrió las puertas y no tuve más remedio que seguirlo.

Dentro, Takkan estaba sentado en la cabecera de la mesa, con las manos alrededor de su cuenco. Su rostro estaba pálido y su cuerpo, cansado. Pero tenía mejor aspecto. Mucho mejor.

Me incliné, dirigiéndome primero a *lady* Bushian y luego a Takkan, que me dedicó una cálida sonrisa.

—Me pareció reconocer esa sopa.

Megari inclinó el cuenco de su hermano para mostrarme que estaba vacío.

—Es lo único que ha comido en toda la semana —comentó. Imitó la voz más grave de Takkan—: Sopaaaaa. Sopaaaaa de pescadooo. —Se rio cuando él hizo una mueca—. Espero que hayas hecho una olla grande, Lina. Se la va a beber toda a este paso.

No había hecho una olla grande. Pero eso podía arreglarse con facilidad. Incliné la cabeza amablemente y me volví hacia Pao. Takkan estaba bien de nuevo, y mis esfuerzos habían tenido éxito, todo completo con el agradecimiento personal del propio joven lord. Supuse que Pao me llevaría de vuelta a la cocina.

Todavía no.

—Le pedí a Pao que te mandara llamar —aclaró Takkan, todavía sonriendo—, pero tiene la costumbre de tomarse las órdenes demasiado en serio. Espero que no te haya dado un susto.

Pao esbozó una media sonrisa.

—Señor, si hubiera visto los puntos que le dejó a usted, yo fui el que se llevó un susto. —Me miró—. Supongo que tu cocina es mejor que tus suturas.

Un bufido vino de donde se encontraba Zairena, y bajé la cabeza.

Sí, así es.

—Tú también tienes mi agradecimiento, Lina —dijo *lady* Bushian, brindándome la más breve de las miradas—. Estamos agradecidos por tu ayuda.

—En efecto, Lina. —Zairena levantó la vista—. ¿Por qué no te llevas algunos caquis?

Me estaba indicando que me fuera, y yo estaba más que dispuesta a aceptar. Había hecho lo necesario por Takkan. Nuestros destinos podían no cruzarse.

—No hay necesidad. —Takkan señaló la larga mesa lacada—. Toma todos los que quieras. Desayuna con nosotros.

¿Yo? Me resistí. Miré a Pao, que levantó apenas la barbilla, como si dijera, «adelante».

Ocupé el asiento vacío junto a Zairena, intentando no regodearme con su sonrisa tensa y forzada. La de Takkan, al menos, era real.

—Ahora me doy cuenta de que nunca me he presentado correctamente —habló—. Soy Bushi'an Takkan de Iro.

Sí, ya sabía que él y Hasege habían intercambiado sus papeles para frustrar a los asesinos. Lo que no sabía era por qué los asesinos de A'landan estaban tras él. *Lady* Bushian había insinuado que tenía que ver con que Takkan me buscaba a mí, la princesa. Pero intuía que había algo más.

—Lina —dijo Takkan, sacándome de mis pensamientos—, ya has conocido a mi madre, mi hermana. Y a Tesuwa Zairena, nuestra invitada.

Zairena se levantó de repente.

—Por favor, discúlpenme. Ahora me doy cuenta de que he olvidado agradecer a los dioses la recuperación de Takkan. —Sus palabras sonaron totalmente artificiosas, pero aun así tomó su paraguas—. Me apresuraré; es que no me gusta dejarlos sin mi agradecimiento.

—Ve, Zairena —dijo *lady* Bushian—. Estaremos aquí cuando vuelvas.

Apenas noté que se iba. Mi atención estaba en la comida, y me costó todo mi autocontrol no lanzarme sobre ella. Me serví un poco de cada plato: una porción de natilla de huevo cocido al vapor, una cucharada de raíz de loto guisada a fuego lento y cinco o seis brotes de bambú en vinagre. Fingí no notar que Takkan se reía de mi glotonería mientras su madre arrugaba la nariz.

—Es la tercera vez que va a rezar esta mañana —observó Megari—. Quizá sería más conveniente que comiera en el templo.

—¡Megari! —reprendió *lady* Bushian—. Y tú, Takkan, fue su rapidez mental la que te salvó. Se pasó toda la noche rehaciendo los puntos de tus heridas, y con los ojos cerrados para preservar su pudor. ¿No lo recuerdas?

Yo sí recordé haber cosido las heridas de Takkan, cuando la sangre que cubría su pecho era tan brillante y espesa que no podía distinguir dónde empezaba la carne. Si hubiera cerrado los ojos para preservar mi modestia, habría muerto.

—Con toda su bondad, debería ser una sacerdotisa —murmuró Megari—. ¿Podemos donarla al templo de la ciudad? Seguro que sería más feliz sin tener que ir y venir del templo todo el tiempo. ¿Y por qué siempre tiene que llevar su paraguas?

—Su paraguas es para la lluvia —explicó con brusquedad *lady* Bushian—. Si sigues hablando así, haré que *tú* vayas a rezar a los dioses. Sabes muy bien que hubo una tormenta cuando murieron los padres de Zairena. Es perfectamente razonable que ella deteste cualquier cosa que le recuerde ese horrible día.

—Pero lo lleva incluso cuando no llueve —protestó Megari. Tiró de la manga de Takkan—. Tú también lo has notado, ¿no?

—No todo el mundo se deleita viendo el sol como tú, Megari —respondió él—. Aunque ciertamente no le haría daño a Zairena. Está muy pálida desde la última vez que la vimos.

—Es porque se empolva la cara —repuso *lady* Bushian, resoplando—. Y la última vez que la vieron eran unos niños que perseguían conejos como bestias poco civilizadas. Al menos Zairena tiene el sentido común de no volver a hacer eso.

Lady Bushian se aclaró la garganta en desaprobación y luego centró su atención en Takkan, preocupándose por su salud y solo dirigiéndome la palabra cuando era absolutamente necesario. Cada vez que me hablaba, evitaba mirar el cuenco que tenía en la cabeza.

Solo había terminado la mitad de mi desayuno cuando Zairena regresó, demasiado pronto para haber visitado el templo y volver. Me pregunté adónde habría ido en realidad.

—Qué respeto tienes por los dioses, Zairena —dijo *lady* Bushian, dándole la bienvenida—. Ojalá mis hijos fueran tan devotos. Ashmiyu'en debe haberte escuchado y debe haber velado por la rápida recuperación de Takkan.

Zairena se tocó la mejilla, radiante por los elogios.

—La diosa de la vida es compasiva. Las sacerdotisas me enseñaron a venerarla por encima de todo.

—También deberíamos darle las gracias a Lina —dijo Takkan, su mirada encontró la mía y la sostuvo con intensidad—. Si no fuera por ella, habría muerto cuando llegó el médico.

La certeza en su voz me hizo contener la respiración. ¿Qué recordaba de aquella noche? Había estado despierto el tiempo suficiente para ayudarme a luchar contra el agresor. ¿Había visto a Kiki revoloteando sobre mi hombro, instándome a mantener la calma mientras mis dedos temblorosos cosían la herida?

—Te debo la vida —afirmó, inclinando la cabeza en señal de profunda gratitud. Se volvió hacia su madre—. A partir de ahora, Lina es mi invitada aquí, libre de ir y venir a su antojo.

Exhalé.

¿Qué?

—¿Tu invitada? —repitió Zairena, haciéndose eco de mi sorpresa—. Es... es cocinera. Por no hablar de que es la prisionera de Hasege.

El tono de Takkan se endureció.

—Yo estoy a cargo del castillo mientras mi padre está en la corte. No Hasege.

—¿También va a comer con nosotros? —balbuceó Zairena—. ¿Y va a dormir en la fortaleza?

—Hablas como si ella fuera una rana —intervino Megari—. Que no sepa hablar no significa que no pueda entenderte, ¿sabes?

—Megari —le advirtió *lady* Bushian con severidad.

—*Ella* es la que está siendo grosera, no yo.

Los ojos oscuros de Zairena se llenaron de arrepentimiento.

—Debes perdonar mi arrebato. Mi preocupación por la recuperación de Takkan me ha sacado de quicio. —Sonrió con tanta dulzura que mordí el labio de porcelana de mi taza, deseando que se atragantara con un hueso—. Lo que quise decir es que tal vez sería más cómodo que Lina se quedara con los sirvientes. Después de todo, es a lo que está acostumbrada.

¿Lo es? La miré fijo. *No lo sabría, dado que he estado durmiendo entre barriles de pescado.*

Había una amenaza detrás de las palabras de Zairena. Sabía que esperaba que rechazara la oferta de Takkan. Cualquier sirviente que se preciara de serlo se habría inclinado y habría dicho con amabilidad que ya era suficiente con sentarse a desayunar con sus superiores.

Pero yo no era su sirvienta. Y, por cierto, no le tenía miedo a Zairena.

—Hay una habitación cerca de mí —se ofreció Megari—. En el castillo se está calentito.

Eso era todo lo que necesitaba para convencerme. No quería ser una invitada en el castillo. No quería tener que asistir a las comidas y que mis idas y venidas fueran observadas y analizadas. No quería estar más cerca de Takkan de lo que ya estaba. Pero después de una semana en el depósito de pescado, me habría acurrucado con gusto en un lecho de brasas si eso implicaba disfrutar de una noche sin congelarme los dedos.

Asentí con la cabeza.

Luego, completamente consciente de que Zairena me observaba con el ceño fruncido, tomé uno de los caquis que había en el centro de la mesa y le di un mordisco largo, satisfecha.

Mi nueva habitación estaba a la vuelta de la de Megari, decorada con almohadas de porcelana cubiertas con fundas de seda azul y verde, un escritorio tallado en abeto y un pergamino colgante de hojas de gingko prensadas. También había una ventana circular con vistas a la montaña del Conejo, famosa por sus dos picos que parecen las orejas de un conejo cuando están cubiertos de nieve.

Era un lujo poder estirar los brazos sin chocar con la pared y respirar sin tener ganas de vomitar por el olor a pescado. Lo mejor de todo era que no había ratas.

¿Había dormido alguna vez en una cámara tan grande como esta? La vida que había llevado antes —con tres cámaras para mi uso personal y una habitación entera solo para guardar mis ropas— me parecía un sueño lejano.

¿No te alegras de haberte quedado?, preguntó Kiki. *Imagina tener que volver a ese sótano donde entraban las corrientes de aire. O a la cueva de tus hermanos.*

Es bonito, admití.

Fue generoso el Chico Rábano. Ya empieza a gustarme.

Torcí los labios en respuesta a lo que dijo.

Eres voluble. Me parece recordar a alguien que no quería que perdiera mi tiempo preparando sopa para él.

Kiki se hundió en un almohadón, apoyándose en la suave seda.

¿Cómo iba a saber que era un alma tan generosa? Tal vez deberías haberte casado con él, después de todo.

No es generosidad, pensé, rígida. *Le salvé la vida. Está mostrando su gratitud. Yo habría hecho lo mismo en su lugar.*

¿Lo harías, ahora? ¿También te habrías dado un makan *de plata? No te veo recompensando a un ladrón, Shiori.*

Sintió pena por mí. Por eso me dio dinero.

Di lo que quieras. Lo único que digo es que no parece el bárbaro que te imaginabas.

La ignoré, guardé mi cartera bajo la cama y busqué en los armarios. En ellos, había un conjunto de túnicas que debió seleccionar alguna criada mientras yo estaba desayunando. Encontré un sencillo vestido azul marino y un ceñidor verde terroso que me quedaba muy bien.

Era el material más suave y limpio que me había puesto en meses y, después de cambiarme, me desenredé los nudos del pelo y me desvanecí en la silla más cercana. Me habría dormido enseguida si no me hubiera llamado la atención un delgado pincel para escribir que había sobre el escritorio.

También había tinta en barras y una piedra para molerlas y mezclarlas con líquido, pero, curiosamente, no había papel. Me decepcionó, pero tal vez fuera lo mejor. Después de lo ocurrido en la cámara de Megari, sabía que era mejor no intentar escribir para pedir ayuda.

La silueta de alguien apareció al otro lado de los paneles de papel de las puertas. En cuanto vi de quién se trataba, me levanté de golpe y empecé a hacer una reverencia.

—No te inclines —pidió Takkan—. Por favor.

Había recuperado algo de color en las mejillas desde el desayuno, pero olía a medicamentos, a gingko, jengibre y cáscara de naranja.

Entró con lentitud.

—Te advierto que Megari se colará en tu habitación a menudo.

Me froté las manos.

¿Porque está caliente?

—Por las vistas. —Se plantó en un taburete junto a mi chimenea y contempló la montaña de fuera. El orgullo onduló en su voz—. Hermosa, ¿verdad?

La nieve pintaba los picos de la montaña del Conejo, incluso más blanca que las volutas de nubes que colgaban del cielo. Se parecía menos a un conejo y más a un huevo con dos orejas, para ser sinceros. Por otra parte, tal vez todavía tenía hambre.

—Es más hermoso cuando la luna aparece entre los dos picos —describió Takkan, señalándolos—. Si tienes suerte, podrás ver la luz de la luna brillando sobre el río Baiyun. Ilumina todo el valle. Decimos que es cuando Imurinya está mirando.

Imurinya, la dama de la luna. Se dice que pasó su infancia en la montaña del Conejo. Solía haber pinturas de ella en el palacio, pero Raikama las hizo desaparecer.

—Las leyendas contienen vestigios de magia —decía mi madrastra—. Es mejor olvidarlas.

Ahora entendía por qué detestaba los cuentos de hadas. Con todas sus serpientes y su malvado poder, ella misma podría haber salido de uno.

—Nadie parece tener muy buena opinión de Iro —continuó Takkan—, especialmente en invierno: «La gente es demasiado dura, el clima es demasiado frío, la comida es demasiado sosa». Puede que todo eso sea cierto, pero este lugar se hace querer... si le das una oportunidad.

Sonreí con amabilidad. Todo el mundo pensaba que su ciudad natal era la más bonita. Y aunque la vista era magnífica, no me conmovió ni me impresionó. Todo lo que veía era nieve. Nieve interminable que espolvoreaba la pequeña ciudad de abajo y blanqueaba incluso el bosque de más allá.

—¿No estás convencida? —preguntó Takkan—. Para ser una chica de la aldea de Tianyi, eres difícil de complacer. Sin embargo, no es de ahí de donde eres realmente, ¿verdad? —Hizo una pausa—. Si me lo dices, podría ayudarte a encontrar el camino a casa.

Miré al suelo y negué con la cabeza. Esta era mi casa, por ahora.

—Quédate todo el tiempo que quieras, entonces. Pero me sentiría mejor si te devolviera esto. —Takkan me tendió su daga. El emblema azul familiar, recién limpiado y restregado, colgaba de su empuñadura. Su voz se tensó—. Me dijeron que Hasege pensaba que la habías robado.

Su boca se convirtió en una línea fina, un rastro de furia le hacía endurecer la mandíbula.

—Fue imperdonable lo que hizo. Lo echaron.

Me encogí de hombros para demostrarle que no temía a Hasege. La única persona a la que realmente temía era Raikama.

Mientras dejaba la daga sobre mi escritorio, Takkan demoró su salida.

—Una última cosa —dijo, metiendo la mano en el bolsillo. Sacó un libro cosido a un lado, más nuevo y fino que el cuaderno de dibujo que había encontrado en su mochila—. Es uno de los míos. Me gusta dibujar... como notaste con tu agudeza al entrar en mi habitación. —Una sonrisita—. Pensé que lo encontrarías útil.

Tomé el libro con ambas manos. Todas las páginas del interior estaban en blanco, y enrollada a lo largo del lomo había una bolsa con cordón, bastante grande como para contener un frasco de tinta y un pincel. Como Takkan había sido tan considerado, bajé la guardia. Solo un poco.

Gracias.

—He recordado cómo intentaste escribirme tu nombre en la Posada del Gorrión. ¿Lo escribirás ahora? ¿Tu verdadero nombre?

Mis hombros se tensaron, y Takkan retiró rápido su petición.

Si había decepción, la ocultó bien.

—Tu pasado es un secreto que debes guardar. No te volveré a preguntar. Pero espero que al menos compartas algunos de tus pensamientos.

Fue mi turno de dudar. Ninguna serpiente de tinta se filtraría de mi pincel mientras no aludiera a mi pasado; eso era lo que había entendido sobre la maldición de mi madrastra. Todo lo demás estaba permitido.

Espera. Yo tenía una petición.

Escribí con lentitud, mis caracteres salían manchados y, en la mayoría de los casos, ilegibles. Nunca había tenido una letra bonita, por mucho que mis tutores me obligaran a practicar y mis hermanos se burlaran de ella, pero con mis dedos hinchados, era aún peor.

Quiero trabajar en la cocina.

—¿Te gustaría seguir trabajando en la cocina?

Asentí con fuerza.

—¿Quién soy yo para impedírtelo? —dijo, divertido—. Tengo un presentimiento, Lina, aunque te ordenara comer con nosotros todos los días y todas las noches, encontrarías la manera de hacer lo que quisieras en su lugar.

Era cierto.

Con un destello de mi antigua picardía, respondí,

Cocinaré rábanos. Muchos.

Mientras el sonido de su risa llenaba mi pequeña habitación nueva, por un momento me alegré de haberme quedado en Iro.

Pero permanecer en el castillo de Bushian era un medio para conseguir un fin. Una vez que terminara mi red, me iría. La primavera llegaría antes de que me diera cuenta, me dije, sabiendo muy bien que era mentira. Si había algo que entendía del norte, era que los inviernos aquí eran largos.

Muy largos.

Después de ser recibida en la fortaleza con una habitación propia, lo último que esperaba era echar de menos mi maloliente sótano.

Tenía agua caliente a mi disposición, un brasero de bronce que mantenía la habitación caliente, y armarios llenos de abrigos y túnicas.

Debería haberme alegrado de este giro de los acontecimientos. Pero no.

La primera noche, una vez que todos dormían, abrí ingenua mi cartera, y fue como si hubiera liberado fuego demoníaco: la luz flamígera de las flores estrella se derramó fuera de la bolsa y se coló por las rendijas entre las puertas de madera, iluminando los pasillos oscuros y vacíos.

La cerré rápido, respirando con dificultad.

¿En qué estaba pensando? ¿Que nadie vería su luz? ¿Que nadie me oiría aplastar sus espinas? Las paredes eran delgadas como el papel; podía oír a Megari practicando con el laúd, aunque estuviera al otro lado del pasillo.

La magia brotaba de las ortigas, rayos de fuego demoníaco y destellos de color de la sangre de las estrellas. Si alguien encontraba las flores estrella me encarcelarían y, lo más probable, me ejecutarían.

Tendría que volver al sótano, me di cuenta con tristeza.

Ausentarme del castillo fue más fácil de lo que pensaba. Pao hizo la vista gorda cuando me vio entrar y salir. Al parecer, me había ganado su confianza. Eso, o supuso que me iba a hacer sopa. Una buena suposición, ya que siempre volvía con el hedor del bacalao y la caballa.

Me quedé en el sótano hasta bien entrada la noche, trabajando con los dedos hasta que estaban tan rígidos que no podía cerrar el puño. Kiki me ayudó, picoteándome las mejillas para mantenerme despierta.

Mi ritmo mejoraba. Aquella noche desprendí cuatro hilos de flores estrella de los pelos y espinas que los protegían, lo máximo que había hecho hasta ahora. Trencé sus hilos iridiscentes antes de volver a guardarlos con cuidado en mi cartera. Luego pasé a una quinta hebra.

Solo cuando el frío había adormecido el ardiente dolor de mis manos y mis ojos no podían permanecer abiertos ni un segundo más, me arrastré al fin hasta el castillo y me dormí.

CAPÍTULO 23

Al día siguiente, las cocineras, las criadas, los chicos que lavaban la vajilla —todos los que me habían llamado «cara de demonio» a mis espaldas— me saludaron calurosamente. Rai y Kenton me recibieron en la cocina con un delantal nuevo, limpio y planchado. Y en el almuerzo, dulces y brochetas de carne coronaban mi plato.

—Así que fue nuestra Lina quien salvó al joven lord Takkan.

—Bien hecho, bien hecho.

—Realmente pensamos que eras una adoradora de los demonios. *Lady* Zairena fue tan convincente... Esperamos que no te ofendas.

No, no me ofendí. Pero recogí sus elogios y sonrisas y los metí en una olla imaginaria y cerré la tapa. Crecer en la corte me había enseñado a discernir a mis verdaderos amigos de aquellos que me abandonarían si alguna vez cambiaba mi suerte.

Chiruan fue el único que no dijo nada. Me ofreció un plato de repollo en vinagre y carne de cerdo picada sobre arroz, como a los demás, pero guardó silencio hasta que terminé de comer.

Demasiado consciente de su escrutinio, me levanté y volví a mi taburete del rincón para deshuesar un poco de pescado. Chiruan me siguió.

—Vuelve al castillo —me aconsejó—. Ahora eres una invitada de honor. ¿Qué haces todavía aquí? Y manipulando un pescado que no te he dado permiso para tocar.

Sin hacerle mucho caso, coloqué el pez en el cubo que tenía a mi lado y busqué uno nuevo. Era una pregunta que no podía responder, ni con un gesto ni con mímica.

Todas las noches me esforzaba hasta la extenuación, machacando las flores estrella. Incluso cuando las espinas se desprendían en finos montones de polvo gris, a veces unas cuantas espinas delgadas como agujas se aferraban a los tallos desnudos de enredadera y eran una dolorosa sorpresa cuando las agarraba. Tenía que arrancármelas de los dedos antes de poder dormir. Y cuando el sueño me reclamaba, también lo hacían las pesadillas. Grullas caídas con ojos y gritos humanos. Chicas con caras de serpiente. Perlas rotas que se tragaban reinos enteros. Tales imágenes atormentaban mi precioso descanso.

Solo en la cocina me liberaba de esos sueños angustiosos. No quería renunciar a ella.

Aunque no podía ver mis ojos, Chiruan pareció entenderlo. Tomó mi pescado y me pasó un paño para limpiarme las manos.

—Puedes lavar el arroz. —Eso fue todo lo que dijo.

Y así, con esa sencilla tarea, comencé como aprendiz en su cocina.

Si hubiera podido, habría pasado todo el tiempo aprendiendo de Chiruan. Durante los días siguientes, además de lavar el arroz, recibí otras tareas: cortar jengibre y mezclar especias, batir natillas de huevo y cocer pan al vapor. Para la semana siguiente, ya estaba aprendiendo a hacer fideos, y descubrí que amasar me aliviaba las manos doloridas. Me encantaba y no podía dejar de hablar de ello con Kiki.

Pero la cocina era una distracción de mi verdadera tarea. Estaba a medio terminar de quitar las espinas y cortar las hojas de las flores estrella, lo que significaba que pronto pasaría lo peor. Pronto tendría que empezar a hilarlo.

En mi primera semana en Iro, había visto una rueca en la sala de ocio de *lady* Bushian. Todas las tardes se reunía allí con un pequeño círculo de amigas para pintar, jugar al solitario y escuchar a Megari tocar su laúd.

Nunca me habían invitado, pero empecé a merodear por el comedor después de la comida, quedándome tanto tiempo que *lady* Bushian no tuvo más remedio que preguntarme, por cortesía, si quería acompañarla arriba.

Cuando Oriyu abrió las puertas de la sala de ocio, mi impaciencia se volvió dolorosa. Cuando nadie me prestaba atención, eché un vistazo al interior. La rueca seguía allí, centrada entre dos altos biombos con dibujos de conejos y la luna.

—Es de Zairena. —*Lady* Bushian me había sorprendido mirando—. Un instrumento hermoso, ¿no? Está tallado en abedul y olmo. Su madre se lo dejó. Zairena parece haber heredado su talento, pero yo nunca fui buena en esas artesanías.

Yo tampoco lo era, pensé mientras me hacía a un lado para que Oriyu pudiera acompañar a *lady* Bushian a la habitación.

Pero ella no se movió. Su mandíbula estaba tensa, recordándome a Takkan cuando estaba a punto de decir una verdad desagradable.

—Un momento, Lina —dijo *lady* Bushian en voz baja—. Me alegra lo mucho que mis hijos se han encariñado contigo, y eres muy bienvenida en el castillo. Pero me alivia que hayas visto la conveniencia de conservar tus funciones en la cocina.

Me quedé quieta. ¿Qué estaba tratando de decir?

—Lo que quiero decir es que eres mi invitada porque Takkan cree que lo has salvado. Y te pido que, como mi invitada, no olvides tu lugar.

Una oleada de calor me subió a las mejillas. *¿Que no olvide mi lugar?* Su tono era parejo, la inflexión de cada palabra era demasiado ensayada para ser natural.

—Me han dicho que visitas los aposentos de Megari…

Solo una vez. E invitada por ella.

—Y que Takkan ha venido a la tuya.

Me mordí la mejilla, intentando aguantar lo absurdo de todo aquello. ¿Creía que estaba intentando seducir a su hijo? La sola idea me hizo desear resoplar. Lo último que quería era conquistar a mi antiguo prometido —un mero lord de tercer rango— y vivir en este páramo intolerablemente gélido. Tenía una maldición que romper, y un hogar al que regresar.

Todo era cierto, pero mi rostro se calentó de vergüenza. *Escúchate, Shiori,* pensé. *Tienes suerte de que este «lord de tercer rango» te haya acogido. Si no, todavía estarías en la Posada del Gorrión. O en algún lugar peor.*

Lady Bushian debió de leer mi abatimiento como una reacción a su reprimenda, porque suspiró.

—No quiero parecer dura —explicó, con un poco menos de frialdad que antes—. Iro es una fortaleza pequeña y las noticias corren rápido dentro de sus muros. Dadas tus… inusuales circunstancias, sería prudente tener cuidado. Por tu bien. ¿Entendido?

Por mi bien. En realidad, no quería que vieran a sus hijos paseando por Iro con alguien que parecía adoradora de los demonios.

Luchando por mantener la calma, logré asentir.

Y no tardó en llegar Zairena, con una canasta de caquis y varias amigas de *lady* Bushian detrás. Por la sonrisa de satisfacción que tenía en los labios, estaba segura de que lo había oído todo. Incluso estaba dispuesta a apostar que *ella* había inspirado la reprimenda de *lady* Bushian.

La razón, no podía entenderla. No había rubor en sus mejillas ni una sonrisa enamorada cuando hablaba con Takkan, signos que había notado en las chicas que coqueteaban con Yotan o en los chicos que buscaban la atención de Benkai. ¿O realmente le preocupaba que fuera adoradora de los demonios? Unas cuantas chicas de la corte se habían ido a estudiar con sumas sacerdotisas y habían regresado devotas hasta la exasperación. Pero Zairena parecía demasiado engreída para ser extremadamente religiosa.

Tal vez solo le disgustaba porque ya no era la única invitada especial en la fortaleza.

—Estos son los últimos de la temporada —dijo, poniendo la canasta en una mesa baja—. He pensado que a todos nos vendría bien un tentempié.

Las otras damas se levantaron de inmediato para tomar uno.

—Qué detalle, Zairena.

—Tomen todos los que quieran. Ya he reservado unos cuantos para la querida Megari.

Mientras todos agradecían a Zairena su generosidad, yo me hundí en mi silla, demasiado agraviada para comer. Nadie me miraba a los ojos, lo que confirmaba que todos habían oído los humillantes comentarios de *lady* Bushian.

—También he guardado unos cuantos para ti, Lina —dijo Zairena, pasándome un paquete de caquis envueltos en una tela de algodón a rayas. Sonrió con demasiada dulzura—. Una tardía bienvenida al castillo.

Mientras yo dejaba el regalo a un lado, *lady* Bushian acompañó a Zairena a la rueca.

—Muéstranos en qué has estado trabajando —pidió—. Todas estamos ansiosas por ver lo que las sacerdotisas te enseñaron en Nawaiyi.

Me incliné hacia delante, también ansiosa.

Zairena se arremangó y se sentó en la rueca, dándole unas cuantas vueltas antes de empezar a introducir fibras de color pajizo con la mano libre. Poco a poco, un hilo dorado y lustroso comenzó a desenrollarse.

Las amigas de *lady* Bushian jadeaban de alegría.

—En verdad es hermoso —habló una—, pero ¿por qué no comprar hilo en el mercado? Sería mucho más fácil.

—En efecto, lo sería —convino Zairena—, pero no hilo dorado. El color es difícil de encontrar en estos días, dado que podríamos entrar en guerra con A'landi. El carruaje de mi padre llevaba cargamentos de este mismo tinte cuando nos atacaron con tanta crueldad. —Tragó saliva visiblemente, su cara redonda palideció—. Hacerlo girar en la rueca de mi madre me hace sentir cerca de ellos.

—¿Qué harás con el hilo cuando termines?

Zairena levantó la bobina y su voz se elevó con orgullo.

—Se lo enviaré a la Reina sin Nombre.

Al mencionar a Raikama, me puse alerta.

—El emperador en persona se enteró de lo que les pasó a mis padres. Debió sentirse mal por mí después de sufrir su propia pérdida, y le habló a Su Resplandor de mis hilos. Ha hecho un pedido de cuarenta carretes para hacer nuevas túnicas ceremoniales. Por eso debo hilar todo el día, para poder enviarlo a palacio antes del Festival de Invierno.

¿Cuarenta carretes de hilo dorado para una nueva túnica ceremonial? En todos mis años de convivencia con Raikama, nunca la había visto interesarse por su atuendo y, mucho menos, comprar nada en persona. Desde luego, no compraba hilos, fueran brillantes o no.

Zairena mentía.

Estaba segura de ello, pero no dije nada. En su lugar, la observé trabajar con la rueca, intentando memorizar la forma en que lo manejaba con una mano y alimentaba el huso con la otra, produciendo un flujo continuo de hilo fino y sedoso.

No parece tan difícil, pensé, imitando sus movimientos detrás de mis mangas. *Qué rápido gira. Podría terminar en unas pocas noches.*

—Vengan, ¿por qué no lo intentan? —invitó Zairena, levantándose para que las amigas de *lady* Bushian pudieran tener un turno en la rueda.

—¡Vaya, es como hilar oro!

Zairena sonrió por los elogios.

—Si me queda hilo, tejeré ceñidores para todas.

Parecía que estaba de un humor generoso. Me levanté para unirme a la multitud alrededor de su rueda.

¿Puedo probar?, le indiqué con señas.

La sonrisa de Zairena no se borró.

—No te lo recomiendo, querida Lina. El hilado es un arte delicado, para dedos ágiles. —Señaló abiertamente mis manos, e incluso *lady* Bushian retrocedió al ver mis cicatrices—. Prefiero evitarte el dolor.

Mis dedos habían sufrido tanto que *no sentirían* el dolor, pero no tenía forma de comunicarlo. Zairena tenía voz, yo no.

Asentí con la cabeza, brusca, mientras Zairena colocaba muselina sobre la rueca. La hora del ocio había terminado, y no demasiado pronto.

—Una vez que tus manos se hayan curado, tal vez tú también quieras hacer algo para la consorte del emperador —dijo *lady* Bushian con amabilidad—. Su Resplandor ha estado afligida todo el tiempo por sus hijos perdidos.

Estuve a punto de reír ante la ironía de su comentario, por muy bien intencionado que fuera. Pero me contuve, sacudí la cabeza con energía y me levanté para marcharme.

—Lina, no te olvides de los caquis —avisó Zairena, poniendo el paquete en mis brazos. Hizo un gesto a Oriyu, que esperaba junto a la puerta—. Devuelve la rueca a mi habitación.

Ante la petición, Oriyu arrugó el ceño como una ciruela. El centinela no era su criado, y transportar bienes de una habitación a otra no era una de sus funciones. Pero tenía la sensación de que

Zairena se había dado cuenta de la atención con la que la miré hilar y había hecho la petición para azuzarme. Debía tener más cuidado con ella.

Mientras el centinela se la llevaba, eché un último vistazo a la rueca. Pronto encontraría la forma de utilizarla.

CAPÍTULO 24

Cuatro caquis.

Cada uno era firme y regordete, y perfectamente comestible, pero Zairena apenas había disimulado su insulto. Cualquier regalo de cuatro unidades era un deseo de mala suerte para el receptor.

Yo solía reírme de esas supersticiones, pero eso era antes de la maldición de Raikama. Ahora necesitaba toda la suerte posible.

Volví a envolverlos en la muselina de Zairena y me los colgué del hombro, sin querer tener nada que ver con ellos.

Los dejaré en el templo, decidí, al divisar su puntiagudo techo de arcilla al otro lado del patio. Era pequeño y estaba sin supervisión, la entrada se destacaba por dos braseros de piedra y pilares escarlata que enmarcaban los escalones de madera. *O los tiraré otra vez al huerto*.

Los dioses del clima decidieron por mí. Un trueno retumbó desde muy lejos, prometiendo lluvia. Corrí a refugiarme bajo la veranda inclinada del templo.

Mientras subía las escaleras del templo, la puerta se abrió de golpe.

—¡Lina!

La sorpresa de ver a Takkan me sobresaltó, y los caquis salieron catapultados fuera de mi alcance y rodaron escaleras abajo. Ahí se fue mi ofrenda. No creí que hubieran caído con *tanta* fuerza, pero todos estaban magullados, la piel ámbar casi negra por el impacto.

Takkan se arrodilló y me ayudó a recuperar los caquis.

—¿Ofrendas a los dioses?

Lo eran. Mi boca se inclinó, con una expresión de humor irónico.

Tomé apresurada las frutas e hice una reverencia, luego me dirigí a los escalones de piedra para bajarlos. Prefería enfrentarme a la lluvia que quedarme en el templo con Takkan.

—Espera, Lina...

Agité las manos hacia el altar, inclinándome para mostrar deferencia.

No deseo perturbar tus oraciones.

Un trueno interrumpió mi gesto, y Takkan levantó la vista. De repente, las nubes se pusieron más oscuras. Más pesadas también, como si se hubieran blindado para la batalla.

—Los dragones han salido a jugar —dijo cuando las primeras gotas de lluvia se desprendían del cielo—. Deberías quedarte dentro hasta que terminen.

Dudé.

¿Qué significa eso?

Dejó escapar una breve carcajada.

—Es una historia que le contaba a Megari.

Curiosa ahora, me quedé en la puerta y giré las manos.

Explícame.

—Todo el mundo sabe que ver a un dragón es señal de buena fortuna. Le dije que los relámpagos provienen de los dragones que arañan el cielo, y que el trueno es el sonido de sus gritos mientras juegan. —Los ojos oscuros de Takkan centellearon con humor—. Pensé que así dejaría de irrumpir en mi habitación en mitad de la noche, exigiendo que le contara historias y le hiciera compañía. Pero parece que me salió el tiro por la culata. Ahora, durante cada tormenta, viene a mi habitación y cuenta los truenos y los rayos. Está acumulando suerte para desear un invierno más corto.

Sonreí, conteniendo una carcajada.

—¿Te gusta la historia?

Contra mi voluntad, me había gustado. Parecía una broma que me hubiera gastado Yotan.

—Creo que es la primera vez que te veo sonreír de verdad, Lina. —Ladeó la cabeza, con una sonrisa en la boca—. Excepto cuando te di ese *makan* de plata.

¿Cómo lo sabes?

—Tienes un hoyuelo cuando estás contenta —dijo al ver mis labios curvados. Se tocó su propia mejilla izquierda para reflejar la mía.

Me impresionó que se hubiera dado cuenta. ¿Solía observar esas cosas?

Las gotitas de lluvia se convirtieron en fuertes chapoteos contra el techo del templo. El frío hizo que me picaran las costras de las manos, y me enrollé la bufanda alrededor de los dedos para no rascarme.

—Entra —dijo, abriendo más la puerta—, antes de que la lluvia sea más fuerte.

No debería hacerlo. Hice un gesto con las manos, sin saber qué hacer con ellas. *Chiruan...*

—Entra —repitió, sin entender mis gestos—. Ya que estás aquí, quiero preguntarte algo.

Las manos se me cayeron a los lados. La curiosidad era mi mayor debilidad.

La lluvia tamborileaba en el techo mientras lo seguía al interior del templo. Los sahumerios ardían, el incienso se elevaba hasta mis fosas nasales. Eché un vistazo a las ofrendas del altar, observando las botellas de vino de vidrio acanalado, las vasijas de arroz hervido y los cuencos de caquis y melocotones verdes, las monedas de cobre colgadas y los amuletos bordados para alejar a los fantasmas y los espíritus perdidos.

En una de las mesas ceremoniales, estaba la zapatilla rosa que había encontrado cerca de la aldea de Tianyi. *Mi* zapatilla. Junto a ella, el tapiz de disculpas que le había bordado.

—Lo cosió la propia princesa Shiori —recitó Takkan—. Una disculpa por haber faltado a nuestra ceremonia de esponsales.

Yo sabía lo que era. Solo que nunca pensé que lo volvería a ver.

La emoción se agolpó en mi garganta. Quise rozar con los dedos los ojos de grulla que me había costado tanto coser. Parecían pequeños bulbos negros, algunos anudados demasiado grandes, otros demasiado pequeños. Las cabezas de las grullas eran de diferentes tamaños, algunas ladeadas, y otras con el cuello torcido. Nunca había sido una gran artista, y eso se notaba.

Lo único en lo que había pensado mientras trabajaba en el tapiz era en volver a ver a Seryu, y en cuándo me daría mi próxima lección de magia.

Lo que daría por volver a esos tiempos. Darle a Padre el abrazo al que siempre se había resistido y preguntarle por mi madre.

Oír a mis hermanos reírse tan fuerte que el sonido rebotaba desde el otro extremo de nuestro pasillo hasta mis habitaciones.

—Y esto —dijo Takkan, levantando la zapatilla—. Esto es lo que llevaba puesto el último día que la vieron. La encontré cerca de la aldea de Tianyi, a cientos de millas y un mar de distancia del palacio imperial. No muy lejos de la Posada del Gorrión, por así decirlo.

Su voz se convirtió en un susurro bajo.

—¿La viste… mientras estabas allí?

Mi compostura vaciló. ¿Era esto lo que quería preguntarme? Me mordí el interior de la mejilla. Habría sido fácil mentir, pero no quería hacerlo.

Miré al suelo y me hice la tonta.

—Por supuesto que no. Siento haber preguntado. —Takkan dejó la zapatilla en el suelo—. Es extraño que nadie sepa lo que le ocurrió. Si la mataron a ella y a sus hermanos, o si nuestros enemigos se la llevaron de Kiata.

¿Por qué le importaba tanto lo que me había pasado? *Lady* Bushian lo había calificado de obsesión, pero nunca habíamos hablado. Incluso lo había desairado en nuestra ceremonia de compromiso. ¿Por qué arriesgar su vida para buscarme?

Mira más de cerca, deseaba decir. *Estoy aquí. Estoy aquí, Takkan.*

Pero conocía el poder de la maldición de mi madrastra. Aunque fuera el hombre más observador de Kiata, todo lo que vería sería una chica con un cuenco de madera sobre la mitad de su cara.

Alcancé mi pincel, descubriendo mis manos lo suficiente para escribir:

¿Por qué los asesinos te hirieron?
¿Porque buscan a la princesa?

Él posó su mirada en mí, sus ojos más fríos de lo que jamás había visto.

—¿Recuerdas la carta que encontraste en mi mochila?

¿Cómo podría olvidarlo? Casi me había cortado el cuello por ella. Tiré del extremo de mi bufanda mientras me explicaba lo que ya sabía: que se la había encontrado a un espía a'landano, alguien que quería hacernos daño a mis hermanos y a mí.

—Pude rastrearlo —confirmó finalmente Takkan—. Hasta lord Yuji.

¡Lord Yuji! Mis rodillas se entrechocaron con la sorpresa, y si no hubiera estado apoyada contra la mesa del altar, podría haber tropezado con mis propios pies.

—Dejé Iro para enviar un mensaje a Su Majestad —continuó Takkan—. Fue entonces cuando los asesinos de Yuji vinieron a por mí. Son los que encontré en el Zhensa, los que casi me matan. Que me *hubieran* matado, si no fuera por ti y por Pao.

A medida que la noticia se asentaba, la ira brotó en mi pecho. Así que *esa* era la razón por la que Yuji quería a Takkan muerto. El señor de la guerra siempre me había recordado a un zorro, del mismo modo que Raikama era como una serpiente. Que me llevara el demonio, si los dos estaban conspirando contra Padre…

—Pronto todo Kiata sabrá de la traición de Yuji —dijo Takkan con voz ronca—. Y Shiori…

Levanté la cabeza.

¿Qué pasa con Shiori?

—La carta que encontré era solo un fragmento, pero Yuji mencionaba que los príncipes y la princesa habían desaparecido. No están muertos. *Desaparecidos.*

Sí, yo también lo recordaba.

—Por eso creo que está viva —explicó Takkan en voz baja, dirigiéndose a las estatuas de los siete grandes dioses—. Todos los días rezo que lo esté. Shiori y sus hermanos. Su pérdida ya ha hecho mella en Su Majestad. Rezo para que los encuentren antes de que esto destruya a Kiata también.

Asentí con la cabeza para mostrar que estaba de acuerdo, pero bajo mi cuenco, la furia me pinchaba los ojos. Me imaginé a Padre medio atormentado por la pena, medio embrujado por mi madrastra. Solo pensarlo me hacía doler el corazón.

Dioses, protejed a mi padre, recé. *Dioses, protejed a Kiata. Mantenedlos a salvo; mantenedlos enteros. Si alguien debe sufrir, que sea yo. No mi familia. No mi país.*

Un manto de oscuridad había caído sobre el templo. No había muchas horas de luz en Iro, y ya estaba anocheciendo.

—Parece que los dragones al fin han vuelto al mar —murmuró Takkan mientras la lluvia amainaba.

Me había olvidado por completo de la tormenta. Empecé a recoger mis caquis magullados, pero el frío había adormecido algunos de los puntos sensibles de mis dedos y me olvidé de tener cuidado. Un espasmo de dolor me subió por la mano y me estremecí, apretando los dientes hasta que se me pasó.

—¿Qué pasa? —preguntó Takkan preocupado—. ¿Te lastimaste?

No. No. Me llevé las manos a la espalda. Fingí que temblaba mientras las envolvía. *Solo tengo frío.*

—No necesitas cubrir tus manos, Lina. He visto las quemaduras.

Por supuesto que las había visto.

Takkan inclinó la cabeza.

—¿Puedo?

Dudé, con las burlas de Zairena aún frescas en mi memoria. Si Takkan retrocedía...

¿Y luego qué?, me reprendí a mí misma. *¿Qué te importa lo que él piense? ¿Qué te importa lo que piensen los demás?*

No me importaba. Me lo demostré arrancándome el pañuelo de las manos.

Indiferente, soy indiferente a Takkan. Mi mente coreaba este estribillo, pero mis ojos recorrían su rostro mientras inspeccionaba mis dedos, un entramado plateado de cortes y quemaduras. Me di cuenta de que le afectaba ver que me dolían las manos, más que el cuenco que tenía en la cabeza o que me negara a hablar. Una decena de preguntas se posaron en su frente. Pero sus labios no se torcieron de asco ni sus ojos se ablandaron de compasión. No creí que pudiera soportar su compasión.

—Tus dedos no se curarán bien —dijo en tono monocorde—, no cuando todavía tienes espinas clavadas en la carne. Podría quitártelas ahora, pero si prefieres ver al médico...

No. No quería ver al médico. No deseaba ver a nadie.

Takkan frunció el ceño.

—Lina —afirmó—, tu elección es *o* yo *o* el médico. Si no, no trabajarás en la cocina, no con las manos así.

Sentí una punzada de fastidio y me crucé de brazos.

¿Ahora me estás dando órdenes?

—No me mires así. No te servirá de nada cocinar con una herida. Cuanto más tiempo pases sin ayuda, más tardarán tus manos en curarse.

Sus ojos eran inflexibles, una gruesa ceja un poco levantada, como si me desafiara a un nuevo desacuerdo.

Por mucho que odiara admitirlo, tenía razón. Había hecho todo lo posible por quitarme las espinas todas las noches, pero mis dedos ya no eran hábiles para un trabajo tan preciso, y quedaban unas cuantas obstinadas. Me molestaban más que los cortes y las quemaduras.

Torcí los labios y puse la palma de la mano para que empezara. *Adelante.*

—¿Quieres un pañuelo o algo para morder?

Me dieron ganas de reír. Unas cuantas espinas apenas bastarían para hacerme gemir, y mucho menos gritar. En lugar de eso, negué con la cabeza.

Sujetándome la mano, me quitó las espinas, lento y constante. Sus manos eran tan suaves que casi me hacían cosquillas.

Aparté la mirada, observando el incienso que ardía junto al altar. Por lo general, su olor, una combinación humeante de sándalo y jazmín, me daba sueño, pero no aquí. No mientras las varillas ardían frente a mi zapatilla y mi tapiz. No mientras Takkan me tomaba de las manos. Me volví hacia él, tan concentrado en su tarea que apenas se fijó en mí.

Es curioso, solía coquetear con los chicos de la corte sentándome cerca de ellos. Sonreír con timidez y rozar mis codos con los suyos era un juego para mí en los festivales y las aburridas ceremonias a las que me obligaba a asistir Padre. Me gustaba ver los efectos de mi atención: si hacía que su respiración se acelerara o que sus orejas se enrojecieran, si empezaban a recitar poesía de inmediato o si intentaban pedir mi mano. Pero con Takkan no me atrevía. Con él no era un juego.

Cuando por fin terminó, buscó en el bolsillo un recipiente de madera con bálsamo, el mismo que llevaba para sus heridas. Un olor familiar a medicamento, herbal y agudo, me picó la nariz.

—Prueba esto —me dijo con toda la colaboración del mundo—. Frótate un poco en las manos todas las mañanas, y cuando el dolor no te deje dormir por la noche.

Gracias.

Me dirigí a la puerta, ansiosa por salir por fin.

Afuera, la lluvia se había convertido en una nieve suave de la textura del polvo, y las antorchas iluminaban los terrenos de la fortaleza, con sus llamas temblando contra el viento como luciérnagas.

—Espera, Lina —dijo Takkan, agarrando el otro extremo de la puerta corrediza. Todo rastro de su orgullo anterior había desaparecido, y su voz se había vuelto solemne—. Me dijeron que te habían encontrado en medio del Zhensa. Juré no preguntarte por tu pasado, pero si alguien te ha hecho daño, o si tienes problemas… dímelo. Por favor, no lo ocultes. Soy tu amigo.

El corazón se me encogió de repente, y me alegré de que no pudiera verme los ojos. Me habrían delatado. Lento, muy lento, asentí con la cabeza.

Me apresuré a salir, con la nieve cayendo sin ruido sobre mi cuenco. Si Takkan me llamó, no pude oírlo. Lo único que oí fue el chapoteo de la nieve bajo mis zapatos.

Durante todo el camino hasta la cocina, la promesa de Takkan me persiguió. Si solo hubiera sido aquel simple centinela de la

Posada del Gorrión, habría confiado en él en un instante. Habría querido ser su amiga.

Era demasiado tarde para partir y buscar a mis hermanos. Lo que fuera que los dioses estuvieran tramando —al traerme al castillo de Bushian y reunirme con mi antiguo prometido— no tenía más remedio que averiguarlo.

CAPÍTULO 25

Una ventisca asoló Iro, retrasando mi trabajo una semana. Me volví loca esperando a que parara la nieve e intenté aporrear las ortigas en mi habitación, cubriendo el papel lechoso de mis puertas y ventanas con telas oscuras y envolviendo mis piedras en un manto para amortiguar el sonido. Pero pronto me rendí. No podía arriesgarme a que me descubrieran.

—No se permite salir del castillo a nadie —dijo Oriyu cuando fingí que necesitaba ir a la cocina. Su nariz se arrugó—. Ni siquiera a ti.

¿Viste cómo te olió?, se quejó Kiki cuando volvimos a nuestra habitación. *Como si apestaras a pescado.*

Sí suelo apestar a pescado, pensé, frotándome las manos.

¿Qué le ha pasado al simpático?

En cuanto preguntó, vimos al pobre Pao junto a la puerta sur, con cara de sufrimiento por tener que estar fuera durante la tormenta. La nieve se había convertido en aguanieve, y los truenos surcaban el cielo.

Tenía tanta prisa por volver a mi habitación que no me di cuenta de la tenue luz de la linterna que se tambaleaba a través de los paneles de papel hasta que llegué a mis puertas y las encontré ligeramente entreabiertas.

¡Hay alguien dentro!, advirtió Kiki, volando hacia su escondite detrás de mi lavabo.

Apreté los dientes, odiando no poder evitar el escalofrío que me recorrió la espalda. Dioses, esperaba que no fuera Zairena.

Mantuve una mano en la daga y, con la otra, abrí las puertas.

Una figura agazapada junto a la ventana salió disparada.

—¡Lina!

Estaba oscuro, pero reconocí esa voz.

¿Megari?

—¡Has vuelto! —gritó—. Quería ver la nieve sobre la montaña del Conejo, y tú tienes la mejor vista, pero nunca respondiste a la puerta, y luego la tormenta empeoró…

Otro estallido de truenos. Retumbó con tanta fuerza que las ventanas temblaron. Con un chillido, Megari se tapó los oídos, y sus hombros temblaron mientras enterraba su cara en mis ropas.

—Los dragones deben haber salido a jugar —murmuró mientras la luz brillaba.

Sonreí. Me alegraba de que Takkan me hubiera contado esa historia.

Los dragones han salido a jugar, repetí. Me pregunté qué pensaría Seryu de eso.

Con cuidado, aparté las manos de Megari de sus orejas. Levanté su rostro de mi túnica, inclinando su cabeza hacia arriba para que pudiera leer mis labios.

No pasa nada. No pueden hacerte daño. Saqué una pequeña pila de papel y comencé a plegar una hoja a la luz de la linterna.

A medida que el comienzo de una grulla tomaba forma, Megari me observaba, hipnotizada.

Coloqué la grulla de papel en la palma de mi mano.

¿Te gusta?

—¡Sí! ¿Me enseñas a hacer una?

Aprendió rápido los pliegues y aplaudió con alegría cuando hizo su propio pájaro. Los truenos rodaron, esta vez más lejos, y Megari miró hacia la ventana.

—No siempre me dan miedo las tormentas —dijo, sumando una pizca de orgullo. Su voz vaciló—. Solo las realmente fuertes. Takkan y yo vimos la última tormenta juntos, y conté cada rayo. Ni siquiera me tapé los oídos cuando hubo truenos.

Ante la mención de Takkan, mi concentración flaqueó e hice un pliegue incorrecto. Había sido fácil evitarlo estos últimos días. A veces lo veía durante las comidas, pero al igual que yo, siempre estaba callado. Es curioso, parecía hablar más cuando estaba a solas conmigo. Supongo que tan solo le parecía educado llenar el silencio. No estaba muy conversador estos días.

Juntas, Megari y yo nos sentamos junto a la ventana, observando los relámpagos. Competimos para ver cuántas grullas podíamos plegar antes del siguiente trueno, y contamos la cantidad de rayos.

Poco a poco, sus párpados empezaron a caerse, y las alas de su último pájaro también cayeron, ya que se olvidó de levantarlas después de hacer el último pliegue. Le pasé la mano por los ojos, como hacía mi madre para ayudarme a dormir.

Nunca había tenido una hermana, pero si la hubiera tenido, habría deseado una como Megari.

Le di un beso en la frente y la acosté en mi cama. Mientras ella dormía, apoyé la cabeza en la ventana y busqué en el cielo la constelación de la Grulla, pero había demasiadas nubes. Así que conté los relámpagos hasta seis... uno por cada hermano. Mis párpados se cerraron cuando llegué a Hasho.

Cuando me desperté, mi manta estaba perfectamente extendida sobre mi cuerpo, cubriendo incluso mis pies.

Megari se cernía sobre mí, completamente vestida.

—¡La tormenta ha terminado! —declaró, con su laúd rebotando contra la espalda—. ¡Despierta! Ya ha pasado el desayuno.

Una vez que me puse de lado, abrió las ventanas. La tormenta había terminado, pero las maltrechas nubes aún colgaban en el cielo, grises y desgarradas.

—¡Mira, mira lo que ha sobrevivido a la ventisca! —exclamó, señalando un grupo de árboles con pimpollos rosas junto al río. Tuve que entrecerrar los ojos para verlos, pero una vez que lo hice, resaltaron sobre el paisaje de nieve derretida—. ¿Ves eso? Son ciruelos en flor. Apuesto a que acaban de florecer; la tormenta debe traer suerte después de todo. Vamos, Lina. No está lejos, a las afueras de Iro, bajando la colina. Podríamos estar de vuelta antes del almuerzo.

Mi cabeza se inclinó con precaución.

¿Y tu madre?

—No podemos decírselo a mamá. Ella dirá que no porque es demasiado frío, que hay asesinos y lobos y mil razones más...

Dudé.

¿Lobos?

—No vamos a ir tan lejos para encontrar lobos. —Megari se rio de mi preocupación y me echó la capa sobre los hombros—. Ven, Lina —pidió, remolcándome de la mano hacia la puerta—, seremos las primeras en ver las flores. Llevaré mi laúd y tocaré hasta que se me congelen los dedos. Será maravilloso y romántico.

Le toqué las trenzas. Hace solo unos meses, yo había sido como ella. Joven, queriendo atesorar cada momento porque temía que fuera el último. Impaciente, porque un año me parecía una eternidad. Ahora me sentía más vieja que la luna.

Ve, me instó Kiki, estirándose detrás de un jarrón. *Te vendría bien la excursión.*

¿Vendrás?

¿Y quedarme en tu bolsillo todo el día? Kiki resopló. *Creo que no.*

Megari seguía tirándome de la manga.

De acuerdo, dije moviendo los labios, apartando mi cartera para esconderla debajo de la cama.

—¡Sí! —gritó, y soltó un chillido que me caldeó el corazón.

Juntas encontramos a Pao, que nos dejó salir de la fortaleza. Bajamos la colina brincando, perdiendo a menudo el equilibrio contra el hielo. No pude contar las veces que nos caímos de bruces y tuvimos que alejarnos mutuamente de los charcos helados. Hacía mucho tiempo que no tenía un momento de despreocupación como este. La felicidad de Megari era contagiosa, y yo no podía dejar de sonreír.

—Hace meses que no voy a Iro —dijo Megari, señalando la ciudad de abajo—. Hay un camino desde el castillo hasta Iro, pero está cubierto de nieve y hielo. Espero que se despeje antes del Festival de Invierno.

Un puñado de campamentos de soldados salpicaba la ladera de la colina, cerca de la fortaleza, pero Iro era más pequeña y tranquila de lo que había imaginado. Vi comerciantes que transportaban mercancías por los caminos helados y a un hombre que vendía castañas asadas, pero las calles, blancas por la nieve, apenas contaban con otro tráfico. No había mansiones ni villas, ni mercados al aire libre, ni puentes arqueados, ni barcos que remaran por el río. Solo un puñado de puertas rojas bajo el sol acuoso.

Era todo lo que hubiera odiado como princesa Shiori. Ahora lo encontraba idílico.

Extendí la mano para tomar los trozos de nieve que caían de las ramas de los árboles. Mientras se derretían en mis palmas, observé cómo los niños pinchaban palos en el río helado que atravesaba la ciudad. La vista del río Baiyun me hizo retroceder. ¿Había hecho Seryu las paces con su abuelo al fin? Habían pasado semanas y no sabía nada de él.

—Esa es la montaña del Conejo —explicó Megari, señalando los picos cubiertos de nieve—. La leyenda dice que cualquier conejo que suba a la cima conseguirá vivir en la luna con Imurinya. En primavera, el valle tiene cientos o *miles* de conejos. Takkan y yo solíamos intentar atraparlos, pero mamá nunca nos dejó criar uno. Decía que sería demasiado trabajo, y que solo estaríamos tristes si Chiruan hiciera un día un guiso de conejo.

Siguió hablando:

—Tampoco nos dejaba subir a la cima. Una vez intentamos arrastrar a Zairena con nosotros cuando estaba de visita, pero le gustaba tanto mirar a los conejos que nunca llegamos a la cima. ¿Quién iba a imaginar que se convertiría en la tigresa que es ahora? La habría invitado hoy si se pareciera más a su antiguo yo. De todos modos, creo que es más feliz hilando en su rueca, haciendo esos hilos tontos para la emperatriz.

Emperatriz consorte, corregí automáticamente en mi cabeza.

Pero sí, me alegraba en secreto que Megari no hubiera invitado a Zairena.

—Además, eres mucho más divertida que ella —comparó Megari, tomándome del brazo. Nos acercábamos a los ciruelos—. Puedo ver a todos los conejos corriendo hacia ti y tratando de saltar sobre tu sombrero, Lina. Debe ser excelente para evitar la nieve y el sol.

Sonreí, conmovida por la alegría de la chica.

Sí, debe ser.

—En primavera hay sol en la montaña de los Conejos, y a veces se llena de gente, cuando todo el mundo viene a disfrutar del paisaje. Pero sigue siendo mi lugar favorito en Iro. Ya lo verás. Cuando los árboles florecen y la montaña se vuelve verde, es como un lugar de ensueño. Solo a Takkan parece gustarle más Iro en invierno.

¿Por qué?

—Porque es cuando se pone a trabajar en sus historias. Están desparramadas en su escritorio. —Su ceja se levantó, como conspirando—. He intentado que cuente una este año en el Festival de Invierno, pero es tan terco como su caballo. Apuesto a que *tú* podrías conseguirlo, sin embargo... porque le salvaste la vida.

Ahora me enderecé. Conocía ese tono. Prácticamente lo había inventado yo cuando quería algo de mis hermanos.

—Ah, a todos les encantaría. Es tradición que alguien de la familia abra el Festival de Invierno con una actuación. Es una forma de hacer feliz a la gente de Iro. Padre solía recitar poesía, y mamá solía bailar. Ahora yo toco mi laúd, y cuando tenemos suerte, Takkan....

Su voz se desvaneció mientras miraba nerviosa a los árboles. Yo también miré a mi alrededor. ¿Qué estaba buscando?

Megari me agarró del brazo.

—¡Ahí están! Los ciruelos en flor.

El bosque era pequeño, solo una decena de árboles como mucho, pero *era* hermoso. Los pétalos besados por las rosas, navegaban por el viento, flotando sobre la suave nieve virgen. No muy lejos, oí el canto del río y el relincho de un caballo.

—Llegas tarde —dijo Takkan, cerrando su cuaderno de dibujo—. Dijiste que estarías aquí tocando el laúd antes de que yo llegara.

—¡Takkan! —Megari saltó a los brazos de su hermano que la esperaba. Él la hizo girar en el aire, deteniéndose a mitad de camino cuando me vio.

—He traído a Lina, ¿está bien? No ha visto los ciruelos en flor.

Takkan me saludó con una sonrisa.

—¿Es así?

No le devolví la sonrisa. No me disgustaba verlo, pero me preguntaba qué estaría tramando Megari.

Detrás de los árboles, su caballo relinchaba y daba coces a la nieve que volaba en nuestra dirección.

—Tranquilo —dijo Takkan, tratando de calmarlo—. Almirante. ¿Qué te pasa?

Almirante resopló, y sus enormes ojos parpadearon con miedo. Di un paso atrás. Tenía la sensación de que estaba reaccionando por mi presencia.

—Debería haber traído algunos caquis —dijo Megari, acariciando la espesa crin del caballo—. Ya está, ya está, buen chico. —Lo acarició en el hocico—. Todavía estoy intentando que mi hermano mayor te cambie el nombre a Fideos. Almirante es un nombre antiguo y aburrido.

—Es un caballo centinela, Megari, no un conejo.

—Los caballos centinela también pueden tener personalidad. Ves, a él le gusta.

—Creo que solo le gustas tú.

—Entonces tiene buen gusto.

Con una risa, Takkan atendió a Almirante, y Megari enganchó un brazo alrededor de uno de los ciruelos y giró, atrapando los pétalos que caían. Arrancó un ramito y me lo entregó.

—Un recuerdo, Lina. Hasta la primavera.

Me acerqué las flores a la nariz y aspiré su dulce fragancia. Me metí el ramito con cuidado en el bolsillo.

—A veces desearía que el Festival de Invierno fuera aquí en vez de en la ciudad. —Megari suspiró—. ¿Te imaginas si la iluminación de las linternas se hiciera entre estos árboles? También será bastante pintoresco junto al río, supongo. Te encantará, Lina. Hará tanto frío que no sentirás la nariz, pero no existe una noche más maravillosa. Y también hay fuegos artificiales.

—Creía que no te gustaban los fuegos artificiales —habló su hermano.

—No me gustan —bromeó Megari—. Son ruidosos y a todo el mundo le gustan demasiado. Pero estoy dispuesta a enfrentarme a mis miedos por el bien del festival. A diferencia de ti, Takkan. Y después dices que el coraje es nuestro credo.

—Esto no tiene nada que ver con el coraje —repuso Takkan con severidad—. No importa cuántas veces me lo pidas, no voy a cambiar de opinión.

¿Cambiar de opinión sobre qué?, señalé con un gesto.

Antes de que Takkan pudiera detenerla, Megari giró dramática y saltó sobre el tocón de un árbol.

—Escúchame, amiga Lina: mi hermano, Bushi'an Takkan de Iro, que ha eludido a asesinos y bandidos y luchado con valentía en nombre del emperador Hanriyu, es tímido. Lo ha sido desde que era niño. No tenía amigos, ni siquiera Pao. Y se subía a los árboles para esconderse de las multitudes...

—¡Megari! ¡Baja de ahí! —Takkan se pasó una mano avergonzada por el pelo.

Deseaba poder reír. Una carcajada empezó a brotar de mi vientre, y me hizo cosquillas contenerla. Pero me conformé con una sonrisa, la más amplia que había tenido en mucho tiempo.

—También le dan miedo los monstruos. Los de ocho cabezas con pelaje a rayas y pelo blanco... —Megari saltó del tocón, sonriendo con maldad mientras las mejillas de su hermano adquirían un feroz tono escarlata—. ¿Recuerdas que Hasege dijo que había visto uno en el tejado? Hiciste guardia durante semanas, en busca de un monstruo que habías inventado en tu propia historia.

—Eso fue una broma cruel —dijo Takkan, con su exasperación en aumento—. Y no me dan miedo los monstruos.

—Sin embargo, te da miedo cantar para el festival.

Megari era descarada, pensé, riéndome de lo mortificado que parecía Takkan. Como si deseara que el río lo arrastrara.

¿Cantas?

—¿Canta? —repitió Megari—. Las sacerdotisas solían decir que Takkan podía convocar a las alondras y a las golondrinas con el sonido de su voz, igual que yo puedo calmar los vientos furiosos con mi laúd.

—Casualmente, esas sacerdotisas también dicen que a mamá le salen diamantes de los labios cada vez que dona *makans* de oro —replicó Takkan, seco. Se puso frente a mí—. Exageran, Lina. De forma grosera.

Sacudiendo la cabeza, busqué en mi bolsillo el pincel y el cuaderno de escritura.

Quiero escuchar. Nunca he conocido a un señor de la guerra que cantara.

Una leve sonrisa asomó en la boca de Takkan.

—¿A cuántos señores de la guerra has conocido, Lina?

Levanté las dos manos para indicar que eran decenas. Cientos. Era la verdad, pero por supuesto, Takkan pensó que estaba bromeando.

Ninguno canta. Ninguno está en deuda por salvarles la vida.

Gimió. Fue un golpe vergonzoso, incluso yo lo sabía. Por suerte, se lo tomó como un caballero.

—Megari te metió en esto, ¿no? —preguntó, volviéndose hacia su hermana de ojos brillantes.

La niña se encogió de hombros.

—Siempre dices que la historia ignora a Iro. Alguien tiene que cantar todas las batallas que hemos librado para que sean recordadas.

—Me refería a que las cantaras tú, Megari. Tú eres la música, no yo.

—Vamos, Takkan, parece que prefieres ir a la batalla antes que cantar una mísera canción conmigo. Lina no espera que las alondras y las golondrinas acudan al templo, ya sabes. No durante el invierno, al menos.

Asentí con la cabeza, tranquilizándolo.

—Está bien —aceptó al fin—. Si que me sienta un poco mal delante de cientos de personas te hace feliz, entonces es un pequeño precio que pagar. Una canción.

Megari saltó, aplaudiendo con alegría.

—Tendremos que practicar para que no hagas el ridículo delante de Lina.

—*Tú* deberías practicar antes de que haga demasiado frío —advirtió Takkan—. ¿No dijiste que querías jugar entre los ciruelos en flor, o fue una treta para que Lina y yo viniéramos aquí contigo?

—Fue una treta para que cantaras en el festival, Hermano. Sabía que no dirías que no, no delante de Lina.

Megari sacó su laúd y se sentó sobre un tronco caído. Su rostro se iluminó de alegría en cuanto empezó a rasguear.

Me apoyé contra un árbol y escuché. Para mí, la música nunca había sido uno de los mayores placeres de la vida. Tocar la cítara había sido una tarea que consideraba solo un poco más deseable que coser.

Pero me había equivocado. Había subestimado la música.

Megari tocó un acorde anhelante, y mi corazón sintió un feroz dolor, como si sus propias cuerdas hubieran sido tensadas. Lo que daría por volver a bailar con la flauta de Yotan o por cantar con mi madre en la cocina. Aquellos eran tiempos felices, como este momento. Muy pronto, la canción de Megari se convertiría también en un recuerdo.

Takkan apareció, apoyado en el otro lado de mi árbol y escuchando a su hermana tocar. ¿Había estado allí todo el tiempo?

Cuando me vio observándolo, aparté rápido la mirada. Pero era demasiado tarde. Rodeó el árbol hasta que estuvimos uno al lado del otro.

Empecé a moverme hacia otro árbol, pero Takkan susurró:

—Hay una historia detrás de esta canción. ¿Oyes cómo Megari imita al río?

Pasó los dedos por las cuerdas. Sí, sonaba como si el agua corriera y goteara.

—La canción trata de una chica que bajaba por el río Baiyun en una concha de castaña —relató Takkan—. Era del tamaño de una ciruela, tan pequeña que luchaba contra las cigarras con agujas y se subía a los milanos para huir de sus enemigos. Y llevaba un dedal en la cabeza para que nadie supiera que en realidad era hija de la dama de la luna.

¿Un dedal en la cabeza? Mostré mi escepticismo con los labios torcidos. *¿Te lo has inventado?*

—¿No te gusta?

Me encogí de hombros. No tenía ningún sentido. ¿Por qué un dedal en la cabeza si era una hija de la dama de la luna?

—No es la mejor historia que tengo —Takkan se rio—. Pero a veces me pregunto si eres una de ellas, Lina. Una hija de la luna. He decidido que debe ser por eso que no quieres que nadie vea tus ojos. Nos cegarían a todos con su brillo.

Se estaba burlando, usando sus historias para sacarme de mi caparazón. Que me llevaran los demonios, estaba funcionando. Tomé una flor de la manga y soplé sus pétalos en la cara de Takkan. Lo hizo reír, y yo sonreí. Observé las manchas de tinta y carbonilla en sus mangas enrolladas, el cabello barrido por el viento y recogido en la nuca, sus ojos oscuros, de alguna manera más brillantes cada vez que los veía. Kiki tenía razón. No era tan bárbaro como me lo había imaginado.

Eso no significaba que me gustara, por supuesto.

Pero que me gustaran sus historias no hacía daño.

Acababa de empezar a nevar cuando vimos a los lobos. Bajaban la colina, acechando por los salientes blancos como la nieve, con ojos pálidos y despiadados.

Megari me agarró con fuerza del brazo. Giramos hacia otro camino, pero el resto de la manada estaba en camino, apareciendo desde la dirección a la que nos dirigíamos. Pronto estaríamos rodeados.

—Lina —dijo Takkan entre dientes mientras me pasaba las

riendas de Almirante. Tomó su arco y su carcaj con cuatro flechas de plumas azules—. Lleva a mi hermana de vuelta al castillo.

—¿De vuelta al castillo? —repitió Megari. Ella me soltó la manga—. No, no te vas a quedar atrás para…

Takkan la interrumpió, levantándola y poniéndola a lomos de Almirante.

Por el bien de Megari, yo también me subí al caballo, clavándole los talones a los costados para instarle a que se alejara.

—¡Lina! No podemos dejar a Takkan. Está herido. Tienes que volver.

Mi mente gritaba lo mismo. Nunca había visto a Takkan en combate. No dudaba de que era hábil, y de que ningún hombre querría enemistarse con él. Pero por muy guerrero competente que fuera, seguía debilitado por su herida. No podía luchar solo contra toda una manada de lobos.

Me bajé de un salto, dándole una palmada a Almirante para que llevara a Megari de regreso al castillo sin mí. Él sería más rápido sin mi peso, y conocía el camino. Aterricé en la nieve, y Takkan me puso en pie. Por el parpadeo desesperado de sus ojos oscuros, me di cuenta de que me consideraba una tonta por quedarme.

Pero al menos era una tonta valiente.

Los lobos nos rodearon, envalentonados por mi pequeña daga y la fuerte respiración de Takkan. Gruñían, sus pelajes grises brillaban con la nieve. Sus colmillos eran tan grandes que les sobresalían de los labios.

—Quédate cerca —dijo Takkan, apretando su espalda contra la mía.

El aire estaba cargado de amenaza, tan tenso como la cuerda del arco que se tensaba bajo sus dedos. Me mordí los labios, con más miedo de jadear en voz alta que de que sus dientes blancos acabaran conmigo.

Un aullido llegó desde más allá de la colina, y entonces los lobos atacaron.

Takkan lanzó sus flechas, disparando con la precisión de un tirador dotado. Cada flecha encontró su hogar en el vientre o el pecho de un lobo. Si solo hubiera habido cuatro lobos, la batalla habría terminado. Pero llegaron más, procedentes de detrás de los árboles y de la colina.

Desenvainó su espada.

Yo era la presa más vulnerable, pero los lobos me ignoraron por completo. Aullaban, esquivando mis ataques y dándome patadas. Lo único que les importaba era Takkan.

Iban a matarlo.

La sangre me latía en los oídos mientras la lucha se desarrollaba cuesta arriba, chocando con la maleza. Derribé a uno de los lobos que corrían tras Takkan, pero sus poderosas patas me apartaron y caí, inútil.

Abajo, un lobo merodeaba por el límite de la colina. A primera vista, se parecía a los demás: su pelaje era de un gris claro y erizado, las orejas se elevaban hacia arriba, en alerta. Pero era más pequeño que los otros lobos y observaba la lucha desde lejos. Cada vez que Takkan mataba a uno de su manada, lanzaba un grito terrible. Era él el lobo que había aullado para iniciar el ataque.

Me arrastré hacia él, avanzando como podía por la maleza.

Había un brazalete de oro en una de sus patas delanteras. Algo inusual para un lobo.

Salté sobre su espalda, mis pies patinaron contra la nieve mientras él intentaba arrojarme al suelo. Los colmillos se cerraron con un chasquido frente a mi cara y el mundo giró, el cielo se convirtió en una mancha gris-azul mientras el lobo intentaba golpearme contra la colina. Pero yo aguanté.

Olía a humo, y sus ojos eran de un amarillo turbio, como los de los otros lobos, pero captaban la luz de una forma que me hizo mirar dos veces. Gruñó, tratando de zafarse de mí, pero me aferré, blandiendo a ciegas mi daga.

Me inmovilizó sobre la nieve, a punto de acabar conmigo con sus garras. Pero le clavé la espada en la carne, retorciéndola bien profundo hasta que atravesó el hueso. El lobo lanzó un grito ensordecedor. La sangre brotó del corte en su pelaje gris.

Creí que volvería a atacar en venganza, pero sus ojos amarillos me recorrieron y me observaron. Su mirada era amenazante, incluso para un lobo. Y extrañamente calculadora.

Con un movimiento de la cola, giró y salió corriendo hacia la colina, aullando para que el resto de los lobos se retiraran.

Takkan corrió a mi lado, respirando con dificultad. Tenía la cara ensangrentada y su capa estaba desgarrada. Pero no estaba herido, y yo tampoco.

Dejó caer su espada en señal de alivio.

—Eso fue… la cosa más imprudente, más tonta… más valiente que he visto nunca.

Deja de hablar.

Lo arrastré a la nieve conmigo, y por un momento yacimos allí, medio recuperando el aliento, medio riéndonos de que estábamos milagrosamente vivos.

Al poco tiempo, un caballo galopó hacia nosotros. Era Megari en Almirante, con el lazo de su ceñidor deshaciéndose mientras cargaba hacia nosotros. Su rostro estaba manchado de lágrimas, pero tenía una mueca más feroz que la que podría haber hecho cualquier lobo. Saltó del caballo y lanzó un puñado de nieve a su hermano.

—¡No te atrevas a mandarme lejos así otra vez!

—¿Y dejar que te coman los lobos? —Takkan se protegió de los ataques de su hermana.

—Mejor que me coman a que mamá me mate en casa. Eres su favorito, lo sabes.

—Lo sé.

Megari rodeó con sus brazos la cintura de su hermano.

—Pero es solo porque eres muy estúpido. —Fingió que le daba un puñetazo en las costillas—. Arrojándote a una manada de lobos cuando cualquier persona sensata habría corrido.

El hermano y la hermana se rieron.

El fantasma de una risa también escapó de mis labios. Apenas un sonido. Pero una sombra temible se retorcía en la parte superior de mi cuenco: una serpiente invisible que se deslizaba hacia mi bolsillo.

Introduje la mano en el interior y saqué el ramito de flores de ciruelo que me había dado Megari. Sus hojas y flores se habían vuelto negras.

La alegría que había saboreado se esfumó rápido. Mi corazón se hundió. Por un precioso instante, había olvidado la oscura maldición que se cernía sobre mí.

Cuando Takkan y Megari no estaban mirando, dejé caer el ramito, dejando que sus brotes marchitos cayeran en la nieve.

No volví a sonreír durante el resto del camino a casa.

CAPÍTULO 26

Me sobresaltó ver a Hasege de regreso en la fortaleza. Estaba junto a Pao, vigilando las puertas, y nos saludó a Takkan, Megari y a mí con el ceño fruncido.

—Así que es verdad. Pasas el rato con la chica demonio.

La respuesta de Takkan fue la más fría que había oído nunca:

—Has vuelto antes de tiempo, primo.

—¿Has perdido el sentido común, Takkan? La guerra se acerca, y me envías lejos cuando debería estar defendiendo el castillo, ¿todo por este demonio?

—Llámala demonio una vez más, y no serás bien recibido cuando vuelvas a Iro. Nunca más.

Los labios de Hasege se adelgazaron. No me miraba, como si estuviera enervado por mi presencia. La cicatriz que le había hecho brillaba bajo la luz violeta del crepúsculo, torcida, pálida y fea.

—Te advierto que la gente hablará. Iro ya está en desgracia después de tu compromiso roto; ¿por qué crees que se dirigen más soldados a la Fortaleza Tazheni que aquí? Ahora nos humillas aún más haciendo huésped a este… a este espíritu maligno. No me extraña que digan que la princesa muerta te rechazó porque eras indigno.

Hubo un hipo en mi respiración, y una mezcla de ira y vergüenza se agitó en mi pecho. ¡No había sido por eso por lo que había huido de la ceremonia! ¿Eso era realmente lo que todos decían?

A mi lado, Takkan se había puesto notablemente rígido.

—No me importan los chismes de Gindara. Pero debes tener más respeto por Shiori'anma.

—¿Respeto como el que ella tenía por ti? Solo espero que mientras he estado fuera, hayas dejado de perder el tiempo de todos buscándola. En esto, tu padre estaría de acuerdo conmigo. Incluso lord Yuji se ha rendido.

—¿Lo ha hecho? —preguntó Takkan con tristeza. Tomó la mano de su hermana, pasó junto a Hasege y se dirigió a Pao—: Hemos encontrado lobos de camino a casa. Quiero que se explore la zona.

—¿Lobos? —Las oscuras cejas de Pao se fruncieron—. Hace años que no se ven lobos cerca de Iro.

—Nos atacaron en la colina, no lejos del límite occidental de la desembocadura del río.

Hasege se rio.

—¿Crees que incluso los lobos son los asesinos de Yuji ahora, Takkan? Solo son bestias, y tú escapaste ileso. De verdad *has* perdido el sentido común.

Observé a Takkan, preguntándome si se había fijado en el lobo más pequeño. El que tenía el manguito en la pata delantera...

Los ojos de Takkan eran pétreos.

—No podemos descartar la posibilidad de que lord Yuji los haya enviado. Es posible que haya renunciado a encontrar a Shiori'anma, pero él sigue siendo un traidor. Y peligroso.

—Hasege y yo saldremos a investigar —dijo Pao, presuroso. Le dio un codazo a Hasege—. Ven.

—No —replicó Hasege—. Iré solo. Tú acompaña a las mujeres dentro.

No fue necesario. *Lady* Bushian ya estaba en la puerta, corriendo hacia su hija.

—¡Mamá! —gritó Megari—. Fue idea mía. Quería ver los ciruelos en flor, y...

—Ni una palabra más —dijo *lady* Bushian. Me lanzó una mirada que habría hecho gemir incluso a los lobos.

Volví a mi habitación caminando con dificultad. Mis túnicas estaban rotas y mis faldas empapadas, pero no podía dejar de pensar en el ataque de los lobos y en cómo se habían marchitado las flores de ciruelo. Apenas podía ver con claridad. Demasiado tarde me di cuenta de que mis pasos me habían llevado hacia la habitación de Zairena en lugar de la mía.

—Hasege ha vuelto, ¿se ha enterado? —le decía su criada—. ¿Quiere saludarlo? Está hablando con Takkan fuera...

—Hasege puede esperar.

Zairena me vio en la puerta y la abrió de par en par.

—¿Has venido a despedirte, Lina?

¿Despedirme?

—¿Crees que puedes poner a Megari en peligro y seguir gozando de la gracia de *lady* Bushian? —Zairena se rio—. No me sorprendería que te pidiera que te fueras.

Mi mandíbula se tensó. Seguí caminando, pero Zairena me bloqueó el paso.

—¿Adónde huyes? No hay necesidad de esconderse, y menos cuando tienes ese cuenco en la cabeza. —Me agarró por los lados del cuenco, tratando de quitármelo.

Me zafé de su agarre, maldiciendo en mi interior los estrechos pasillos de la fortaleza. No estaba de humor para lidiar con ella. Mi túnica estaba empapada y necesitaba vendarme los dedos de inmediato. Zairena se hizo a un lado.

—Ah, he tocado un nervio, ¿no? —Inclinó la cabeza y se tocó el lunar de la mejilla—. ¿Qué *guardas* bajo ese cuenco, Lina? Espero que sea algo que valga la pena.

Pasé por delante de ella empujándola con el hombro. *Pena* era un eufemismo.

Dejé de asistir a las comidas en el castillo. Incluso falté a mis clases con Chiruan. Me había prometido que cocinaría tofu con siete especias y cangrejo en suflé de huevo, dos platos que se habían convertido en mis favoritos. Pero desde mi viaje para ver los ciruelos en flor, no tenía ganas de aprender.

La desesperación se apoderó de mí, y enterré la cara entre las manos. Las innumerables noches que pasé blandiendo ortigas encantadas con hojas afiladas como un cuchillo y espinas urticantes no me habían hecho emitir ningún sonido, pero en un momento fugaz con Megari y Takkan, casi lo había arruinado todo.

Casi había conseguido que mataran a mis hermanos.

Cuando me cansé de pasearme por mis aposentos y de deprimirme sola junto a la ventana, deambulé por la fortaleza. Al fin, hallé un pabellón enclaustrado en los jardines y encontré consuelo en su terraza, cálida y aislada. Con toda esta agitación y las conversaciones sobre la guerra con A'landi, el pabellón parecía haber sido olvidado, y los escalones de piedra que conducían a las puertas estaban llenos de nieve. Encendí un fuego en el brasero y me acurruqué junto a él, observando cómo se balanceaban las linternas desde los aleros besados por la escarcha.

Para pasar el tiempo, plegué grullas. Pequeñas, una fracción del tamaño de Kiki, ya que el papel era precioso.

Hacía tiempo que no andabas así, Shiori. Kiki batió las alas, depositándome nieve en la nariz. *No pasó nada. Nadie resultó herido. ¿Por qué estás tan triste?*

No levanté la vista.

Anímate. Canta esa tonta canción tuya. No puedes languidecer todo el día. Tienes una maldición que romper.

Mi red de flores estrella era lo último en lo que quería pensar. Cuando le hice un gesto a Kiki para que se fuera, ella gruñó y se fue volando. Después de media hora, me preocupé y empecé a guardar mis pájaros de papel para ir a buscarla. Entonces, de la nada, Kiki vino en picado hacia mí, metiéndose en la canasta. Al mismo tiempo, una figura conocida dobló la esquina.

—Veo que has encontrado el famoso pabellón de musgo —dijo Takkan, quitando las hojas que se pegaban a los bancos—. No me extraña que no te encontrara, escondida en el fondo del jardín. Pensé que estarías en la cocina, pero Chiruan dice que no te ha visto desde ayer.

¿Me había estado buscando? Se me frunció el ceño, pero seguí sin levantar la vista. No reconocí su presencia. Fingí concentrarme en mis grullas, tratando de indicar que quería estar sola.

—Se suponía que esto iba a ser una casa de té —continuó Takkan—, pero Madre abandonó la idea. Ahora es un buen lugar para pensar en silencio, o para practicar el canto donde solo los pájaros pueden oír. —Una sonrisa débil—. O para *plegar* algunas grullas. ¿Pedirás un deseo cuando tengas mil?

Tragué saliva con fuerza, respondiendo a su pregunta solo en mis pensamientos. A estas alturas, probablemente ya había plegaba más de quinientas. Al principio, mi objetivo era pedir un deseo. Un deseo tonto y fantasioso. Ahora sabía que no debía confiar en los viejos cuentos.

No, las plegaba para mí. Se había convertido en una costumbre mía, para dar a mis manos algo que hacer y hacerme sentir un poco menos sola cuando Kiki estaba fuera, haciendo correr la voz sobre mí a mis hermanos.

Aunque no respondí, mi silencio no disuadió a Takkan. Buscó en su mochila un *dumpling* de arroz pegajoso envuelto en hojas de bambú y un cordel.

Levanté la cabeza.

—Siempre buscas esto en la cena —dijo, desenvolviendo uno.

Reconocí que el *dumpling* era obra mía; el cordel estaba cruzado en todos los puntos equivocados y apretaba demasiado las hojas. Por mucho que me gustara, aún no dominaba el plato.

Mi estómago gruñó, amotinándose contra mi decisión de ignorarlo. Redoblé mi atención a mis grullas, ni siquiera miré cuando me ofreció de nuevo el *dumpling*.

Kiki crujió desde el interior de mi canasta de grullas, se arrastró hasta mi codo y me mordió el brazo.

Come, Shiori.

No tengo hambre.

¿No tienes hambre? ¿Después de todas las molestias que me tomé para encontrarlo y traerlo aquí? ¡Casi me ve!

¿Lo has traído hasta aquí? Fingí que me quitaba la nieve de las mangas. *Pensé que me dirías que lo ignorara.*

¿Cuándo te he dicho eso? Volvió a morderme el brazo, como si eso me hiciera entrar en razón. *Me has conjurado gracias a la esperanza, Shiori. ¿Crees que puedes romper la maldición de tus hermanos sumida en la desesperación? Ve, ve a pasar tiempo con él.*

—¿Qué guardas ahí en la manga, Lina? —preguntó Takkan con buen humor—. Si son pasteles, me llevaré este bollo de vuelta.

Mi resistencia se derritió, pero sobre todo porque tenía hambre. Acepté el *dumpling* y lo devoré en tres bocados, con el arroz pegajoso que se adhería a mis dientes mientras masticaba. Me limpié la boca y dejé escapar un suspiro de satisfacción.

—¿Té?

No. Solo me dejaría sobornar una vez.

Me crucé de brazos y levanté la vista. Takkan también estaba comiendo un *dumpling*, y una cantimplora de té estaba en el banco a su lado.

Hoy tenía un aspecto diferente. En lugar de su armadura, llevaba una larga chaqueta azul marino que nunca había visto antes, cruzada en el cuello, con pantalones de color *beige* y un fino ceñidor negro. Lo hacía parecer menos un centinela de espalda rígida y más alguien que hubiera deseado que fuera mi amigo. Me pregunté si pensaba en nosotros como amigos.

—Habría venido a buscarte antes —dijo de pronto—, pero he estado fuera con los centinelas, cazando lobos.

Arrugué las hojas del *dumpling* en mi puño.

¿Lobos?

—Hemos encontrado su guarida —dijo Takkan—. Los demás han llegado a la conclusión de que eran simples lobos, nada sospechoso, y que desde luego no formaban parte de un ataque coordinado de lord Yuji y sus aliados. Pero yo no estoy tan convencido.

Bajándose la capucha, empezó a caminar por delante de mí. Habló en voz muy baja.

—Estabas conmigo, Lina. ¿Notaste algo inusual en los lobos?

Apreté los labios, aliviada de que él también lo hubiera visto.

Sobre uno de ellos, sí. El más pequeño con los ojos amarillos. Me llevé la mano al tobillo, indicando que llevaba un brazalete de oro.

—Lo he visto —murmuró Takkan—, y no puedo dejar de pensar en ello. El aliado de lord Yuji tiene un hechicero llamado el Lobo, uno que está unido a él por un amuleto que lleva.

Los hechiceros, recordé que me dijo Seryu, juraban servir a quien poseyera su amuleto.

—Cuando se lo comenté a los demás —continuó Takkan—, pensaron que estaba loco por pensar… por pensar que había algo extraño en el lobo que vimos. Por pensar que podría haber sido… —Dudó.

¿Magia? Lo escribí en la palma de la mano.

—Sí —susurró—. Magia.

Takkan inhaló.

—No sé mucho sobre la magia, Lina, pero he oído historias de fuera de Kiata. En todas, los hechiceros son astutos, a menudo más que sus amos. El Lobo, presiento, no será diferente.

Se rio suavemente de sí mismo.

—Escúchame, usando cuentos y rumores para darle forma a mi estrategia. Todo el mundo está centrado en derrotar a los a'landanos, pero aquí estoy yo, preocupado por el Lobo. Menos mal que no estoy en el consejo del emperador, ni soy el comandante del ejército. No me extraña que los demás piensen que me he vuelto loco.

Me incliné un poco más, demostrándole que no pensaba eso. En absoluto.

Bajó la voz.

—A veces pienso que la magia nunca abandonó Kiata. No del todo. Incluso me atrevería a preguntarme si los propios príncipes y la princesa habrán sido hechizados; es la única manera de explicar cómo nadie ha podido encontrarlos. —Sus labios se afinaron—. Pero tal vez me esté engañando a mí mismo. El invierno aquí tiene una forma de enturbiar la razón.

Me estremecí, con un frío repentino. Takkan estaba tan cerca de la verdad, pero él ni siquiera lo sabía. Mis dedos apretaron la grulla inacabada que aún tenía en mis manos.

Hice un último pliegue en el ave, luego abrí sus alas y se la mostré.

—¿Qué es, una paloma?

No.

—¿Un cisne?

Golpeé la cabeza del pájaro.

—¿Una grulla?

Sí. Doblé otra hoja en forma de grulla. Luego otra y otra hasta que tuve seis, dispuestas en un círculo deforme. Era lo máximo que me atrevía a mostrarle.

—Seis grullas —dijo Takkan—. Me temo que no lo entiendo.

Por supuesto que no lo hizo. Era injusto hacerle jugar a este juego de adivinanzas. Llevándolo a ello como si hubiera una recompensa al final del camino.

La culpa y la frustración me invadieron, y recogí las grullas y las arrojé a lo alto. Bajaron volando por las escaleras, y sus cabezas se balancearon con el viento al aterrizar en la nieve. Pero una no voló y se posó en mi brazo. Cuando la tomé por un ala, Takkan tomó la otra. Nuestras yemas estaban tan cerca que casi podía sentir el calor de su piel.

Aparté la mano y me volví hacia el té, que había rechazado. Ya se había enfriado, pero no tenía un sabor amargo cuando pasó por mi garganta. Todavía estaba perfumado, y el rastro de su calor persistente me tranquilizó.

Takkan sostenía la última grulla en su palma.

—Son importantes para ti, ¿verdad? Las grullas.

Eso, al menos, podía responderlo. Asentí con la cabeza.

—¿Sabes cómo llegaron a tener esa corona roja en la cabeza?

No. Dime.

—Todo el mundo sabe que Emuri'en era el más grande de los siete dioses —empezó a relatar Takkan, con la voz más grave al relatar la leyenda más preciada de Kiata—. Hizo el océano con sus lágrimas y pintó el cielo con sus sueños. Y su pelo eclipsaba cualquier luz y estrella del universo. Tan radiantes eran sus cabellos que el sol pidió un mechón y lo llevó como collar para iluminar el mundo.

La voz de Takkan resonó como el rico rumor de las notas más bajas de la cítara.

—Con la tierra ahora brillante, Emuri'en observó a los humanos que habitaban abajo y llegó a amarlos. Pero se dio cuenta de que los humanos eran débiles, susceptibles a la codicia y la envidia. Todas las mañanas se cortaba el pelo, opacaba su brillo tiñéndolo de rojo, el color de la fuerza y la sangre, y unía a diferentes mortales, atando sus destinos con amor. Pero con cada mechón que cortaba, su poder se debilitaba, así que recurrió a las nubes para crear mil grullas, aves sagradas que la ayudaran en su labor.

Sacó las dos hebras de hilo con las que se envolvían los *dumplings* de arroz y colocó una bajo el pico de la grulla.

—Con el tiempo, cedió tanto su poder que ya no pudo permanecer en el cielo y cayó en la tierra. Sus grullas intentaron atraparla, pero al lanzarse en picado, derramaron su tinte rojo sobre sus frentes, creando la corona carmesí que aún hoy se conserva. —Su voz se suavizó—. Cuando Emuri'en lo vio, esbozó una última sonrisa y les hizo prometer que continuarían su tarea, conectando destinos y suertes.

»Las mil grullas volaron al cielo, rezando para que reviviera. Aunque los propios dioses deseaban que su hermana volviera, no podían traerla de vuelta. Así que tomaron el último mechón de su cabello y lo plantaron en la tierra, con la esperanza de que renaciera algún día. Y así fue, pero esa es una historia para otra ocasión.

Recogió una segunda grulla del suelo y metió la otra hebra de hilo bajo su pico.

—Hasta hoy, las grullas llevan los hilos de nuestro destino. Dicen que cada vez que los caminos de dos personas se cruzan, también lo hacen sus hilos. Cuando se vuelven importantes el uno para el otro o se hacen una promesa, se hace un nudo que los une.

Anudó los dos hilos en un extremo y bajó la voz.

—Pero cuando se enamoran, sus hilos se atan por ambos extremos, convirtiéndose en uno solo. —Ató el segundo extremo del cordel para que se convirtiera en un círculo—. Y sus destinos están unidos de forma irremediable.

Era el final de su relato, y me ofreció los hilos anudados.

Dudé.

Si el destino es un manojo de cuerdas, entonces llevaré tijeras, solía decirles a mis tutores cuando nos enseñaban sobre Emuri'en. *Mis decisiones son mías. Las tomaré como yo quiera.*

Fácil de decir para una princesa, pero yo ya no lo era.

Demasiado tarde, alcancé a Takkan. Una ráfaga de viento barrió las hebras de su mano.

Cayeron sobre la nieve, y yo me esforcé por recogerlas antes de que el viento las robara. Pero o yo era demasiado lenta o el viento era demasiado rápido. Nuestros hilos del destino se retorcieron en el aire, revoloteando por encima de los tejados, y luego se fueron muy, muy lejos.

Solo el cielo sabía qué sería de ellos.

CAPÍTULO 27

Estaba en la cocina cuando oí un grito. El tono estridente se interpuso entre el estrépito de los cortes de Chiruan, el silbido constante de la tetera y el estruendo de las ollas de los cocineros mientras preparaban el almuerzo.

Bajé el cuchillo y lo limpié en el delantal mientras miraba a Chiruan.

¿Qué ha pasado?

—Ve a echar un vistazo.

Tomé mi capa y salí corriendo. Ya había una multitud junto al jardín frente a la puerta norte.

Vi primero a Hasege, que guiaba a Zairena entre los hombres y las mujeres. Ella llevaba un abanico de seda negra y borlas de cuentas. Estaba abierto, cubriendo todo menos sus ojos.

¿Había sido ella la que había gritado? No, no podía ser ella. Tenía la barbilla levantada, las mangas dobladas cuidadosamente en los puños; caminaba lento, como si se dirigiera al templo para un ritual de oración.

¿Qué está haciendo aquí?, me pregunté. *¿Qué está pasando?*

Zairena cerró su abanico y se arrodilló, con su túnica blanca camuflada contra la nieve. Me puse en puntas de pie, sin perder de vista a Kiki, que había salido volando de mi manga para ver mejor lo que ocurría.

Entonces lo vi.

Un centinela muerto yacía en la nieve. Bajo el débil sol de invierno, las sombras se aferraban a su forma inmóvil, y alguien había cubierto sus ojos con un fino ceñidor, pero lo reconocí inmediatamente.

El corazón se me subió a la garganta. *Oriyu.*

Las venas eran azules contra la piel pálida, su pelo gris estaba apelmazado en las sienes. Pero fueron sus labios los que llamaron mi atención.

Sus labios. Kiki jadeó. *Están… están…*

Negros. Me crucé de brazos, temblando. No necesitaba años de estudio con las sacerdotisas de Nawaiyi para saber qué veneno era. Cuatro Suspiros.

Con el abanico levantado de nuevo, Zairena asintió con solemnidad ante Takkan.

—Cuatro Suspiros —dijo al resto de nosotros con su tono más grave—. Al cabo de una hora de haber bebido, los labios de la víctima se vuelven negros, y la muerte le sigue rápidamente.

Zairena se volvió hacia la doncella que estaba a su lado, la que debía haber descubierto al guardia muerto.

—Ve ahora al templo. Limpia tu espíritu de este terrible asesinato. Iré contigo, debemos rezar para que el alma de Oriyu encuentre la paz y no se quede a perseguirnos.

La multitud se separó, y yo aproveché la oportunidad para abrirme paso hacia el cadáver.

Mantuve la cabeza baja y me moví entre la multitud hasta que pude ver a Hasege y a Takkan.

—Será enterrado esta noche —anunció Hasege con brusquedad—. Encontraremos al asesino. Ahora vuelvan a su puesto de trabajo.

La multitud se dispersó, pero yo me quedé. Los centinelas estaban registrando el cuerpo de Oriyu, y yo quería ver lo que encontraban.

Hasege agitó una antorcha frente a mi cara.

—No eres bienvenida aquí.

—Déjala pasar —ordenó Takkan, interponiéndose entre los dos. Tenía la cara demacrada, y sus movimientos, por lo general ligeros, sufrían el peso de la tristeza. Me dio pena. Oriyu había sido su amigo—. Tal vez vio algo que pasamos por alto.

—Ella podría ser la asesina —dijo Hasege con dureza—. No es de Iro y no tiene familia que responda por ella. Mira el cuenco que tiene en la cabeza. Está ocultando algo...

—Ya te dije que está bajo mi protección.

Hasege bajó la antorcha para dejarme pasar, pero le siguió un silencio inquietante. Podía darme cuenta de que muchos de los hombres que estaban allí pensaban lo mismo que él y yo les disgustaba. Me miraron entrecerrando los ojos y apretaron las mandíbulas cuando me acerqué a Oriyu.

Pao, por lo menos, se hizo a un lado para que así pudiera aproximarme.

—Estuvo a cargo del fuego hace dos noches —estaba murmurando—. Oriyu no había dormido en varios días, así que lo reemplacé y le dije que se fuera a descansar. Cuando no apareció para el próximo turno, asumí que le habían pedido que fuera a buscar a los lobos otra vez.

Hundí los dedos en la nieve mientras asimilaba los labios negros de Oriyu, su túnica arrugada, la pila que formaba la armadura que Pao y los otros le habían quitado. Nada.

Inhalé. El incienso de sus ropas era fuerte, y extrañamente dulce.

Le hice gestos a Pao, hice sonidos de olfateo y luego fingí quedarme dormida. Cuatro Suspiros se puede inhalar, estaba tratando de explicar.

Escribí en la nieve:

Respirar veneno para dormir.
Luego comer. Morir.

Pao frunció el ceño.

—¿Crees que el asesino se lo dio a Oriyu mientras dormía?

No podía estar segura, así que me encogí de hombros. Era una suposición.

Había cientos de soldados fuera en los barracones, pero los centinelas llevaban la cuenta de cada persona que entraba y salía de la fortaleza. Así sería bastante fácil rastrear al asesino. A menos que…

¿No se ha ido?

Cuando Pao transmitió mi deducción, los demás respondieron a mi idea con miradas y ceños fruncidos. Mis oídos captaron su discusión con facilidad: ¿qué sabía yo, «una simple muchacha», de asesinatos y venenos? Se pronunciaron otros nombres más creativos para mí, hasta que Takkan los silenció con una mirada fulminante.

Se había quedado callado. Sus ojos oscuros brillaban, iluminados por el fuego de la antorcha, mientras estudiaba el cadáver de su amigo.

Bajo mis mangas, se me puso la piel de gallina en los brazos. Estaba seguro de que estaba pensando en la carta que había encontrado cerca de la aldea de Tianyi. Si lord Yuji había encontrado de verdad una forma de producir Cuatro Suspiros, podría causar muchos problemas.

Takkan se inclinó para desenvolver la bufanda de Oriyu de su cuello, doblándola con cuidado a su lado. Comenzó a quitarle a su amigo los guantes y la túnica interior.

—Takkan, ¿qué estás haciendo? Ya hemos...

Takkan ignoró a los centinelas.

—Pao, sostén una linterna.

A conciencia, Takkan inspeccionó el cadáver de su amigo, girándolo sobre su lado.

—Ahí —habló al fin, trazando una red de débiles venas doradas bajo los brazos de Oriyu. Había más en la nuca, pero casi totalmente desvanecidas—. Lina tenía razón. Parece que Oriyu sí inhaló Cuatro Suspiros antes de que se le administrara una dosis fatal.

—¿De qué nos sirve eso?

Takkan se levantó.

—Sellaremos la fortaleza —dijo con firmeza—. Nadie podrá entrar o salir hasta que descubramos al asesino.

—¿Sellar la fortaleza? —replicó Hasege con incredulidad—. ¿Estás diciendo que realmente crees a la chica? Solo un tonto se quedaría.

—Un tonto, o alguien muy inteligente. Alguien que conocemos y en quien confiamos. No podemos arriesgarnos.

—Al menos envía a algunos de nosotros a buscar fuera de la fortaleza —señaló Hasege—. ¿O es que ni siquiera confías en tus propios hombres? ¿En tus propios parientes?

La respuesta de Takkan fue fría:

—Si uno de mis parientes tiene un historial de deshonrar el nombre de Bushian, entonces no es digno de mi confianza.

Hasege me lanzó una mirada rencorosa. Se esforzaba por contener su ira, y no lo conseguía.

—Para empezar, ¿cómo sabemos que el asesino estaba *en* la fortaleza? —gruñó—. Oriyu podría haber sido envenenado mientras estaba cazando lobos. Una tontería que *tú* ordenaste, porque crees que lord Yuji los envió a matarte.

La expresión de Takkan se ensombreció.

—¿Estás sugiriendo que yo tengo la culpa de la muerte de Oriyu?

—Ya, ya, primo. No estoy lapidando a nadie. Simplemente estoy considerando todas las posibilidades. Como tú mismo eres aficionado a hacer.

Takkan sostuvo la mirada de su primo.

—Consideremos las posibilidades, entonces. ¿Por qué alguien querría envenenar a Oriyu dos veces? ¿Primero sumiéndolo en un sueño profundo y, luego, alimentándolo con una dosis letal? —Habló despacio, considerando cada palabra—. Apostaría que el asesino tenía otro objetivo en mente, y Oriyu fue expuesto al veneno por error. Una vez que el asesino lo descubrió, lo asesinó, y esperó que el frío borrara todo rastro de Cuatro Suspiros de su piel.

—Yo digo que el asesino confundió al viejo contigo —argumentó Hasege—, y ahora se dirige torpemente a los campamentos de Yuji mientras nosotros nos quedamos aquí, perdiendo el tiempo en lugar de perseguirlo.

—Esto no ha sido un atentado frustrado contra mi vida —afirmó Takkan, recogiendo la bufanda de Oriyu—. Estamos asumiendo que el asesino *es* un asesino. Hay formas más fáciles de matar a un hombre que con Cuatro Suspiros. Otros venenos son igual de letales, igual de rápidos. No, Cuatro Suspiros es único porque puede hacer que sus víctimas duerman como una luna adormecida, haciéndolas vulnerables a la captura.

—¿Cómo podría suceder con el emperador? —dijo Pao.

—O con los hijos del emperador.

Mientras un escalofrío me invadía, la boca de Hasege se torció en una sonrisa cínica.

—De verdad, Takkan, no estarás relacionando la muerte de Oriyu con esa carta que encontraste, ¿verdad?

—No puede ser una coincidencia.

—Digamos que el asesino está efectivamente en la fortaleza —repuso Hasege—. ¿A quién trataría de dañar si no es a ti?

—No lo sabremos hasta que lo encontremos —contestó Takkan con gravedad. Levantó la bufanda de Oriyu—. Oriyu no quemaba incienso con frecuencia. Empezaremos por ahí, para averiguar de dónde viene. Pregunta a todos los de la fortaleza.

Takkan le dio la espalda a Hasege para enfrentarse a los otros centinelas.

—Sea cual fuere la filiación del asesino, debemos encontrarlo... antes de que se cobre otra vida. ¿Entendido?

Uno a uno, los centinelas se inclinaron, murmurando su acuerdo. Miré a Hasege; tenía los labios cerrados en una línea fina y sus ojos negros ardían. No se inclinó.

Los centinelas salieron, tres de ellos se llevaron a Oriyu, y los otros se fueron con Takkan de vuelta al castillo. Hasege se dirigió solo a las puertas para ordenar que se cerraran hasta nuevo aviso.

Observé sus pesados pasos hundiéndose en la nieve. Algo en el aire había cambiado. Un velo de inquietud y desconfianza se había instalado en el castillo.

Había un traidor entre nosotros.

Aquella noche estaba tan enojada que apenas sentí el frío. Abrí mi cartera, saqué las ortigas y las extendí ante mí como mechones de fuego. Después de todas estas semanas, mi cuerpo había desarrollado una inesperada tolerancia a las espinas, y aunque mis manos ardían y se ampollaban bajo su calor abrasador, al menos el dolor se había vuelto manejable.

Lo que significaba que mi mente podía concentrarse en otras cosas, como el traidor del castillo. Como mi madrastra.

¿Crees que tu madrastra tiene algo que ver con el levantamiento de lord Yuji?, preguntó Kiki.

Tiene que estar involucrada, pensé, arrancando una espina de la ortigas. *¿Por qué si no nos enviaría lejos a mis hermanos y a mí? Para derrocar al gobierno de mi padre. Tal vez Yuji es su amante, y todo este tiempo ha estado conspirando para ponerlo en el trono.*

Pero tan pronto como lo pensé, una fibra de incertidumbre se agitó en mis entrañas. Muchos hombres habían deseado a Raikama a lo largo de los años, pero ella era ferozmente leal a Padre. Siempre lo había sido.

¿O acaso pensaba eso porque me había hechizado?

Por supuesto que lo hizo, pensé con sorna. Probablemente nos había hechizado a todos para que nos convirtiéramos en sus marionetas, para que la amáramos.

Un dolor surgió en mi pecho. Era como un fantasma dentro de mí, la cáscara de un sentimiento que salía a la superficie a través de las grietas de mi memoria para recordarme que alguna vez había amado de verdad a Raikama, aunque no pudiera recordar por qué.

Porque era parte de su hechizo, me reprendí a mí misma, irritada por haber dejado que mi ira contra Raikama se disipara, aunque fuera por un instante. Apreté los puños.

Es una serpiente, le dije a Kiki con fiereza. *Ella misma me lo dijo una vez. Entonces no lo entendí, pero ahora sí. Es un veneno y quiere destruir a Kiata.*

Mi pájaro de papel miró con recelo.

Entonces, ¿por qué molestarse contigo y tus hermanos? ¿Por qué no matarte y derrocar a tu padre de una vez? Desde luego, ella tiene el poder para hacerlo.

Era una pregunta que me había preocupado durante meses. Había sido una espina en mi mano, una que seguía empujando más profundo cuanto más intentaba sacarla.

Es un veneno, repetí, negándome a seguir discutiendo.

Pero en mi interior, empecé a preguntarme. Por un momento, había dejado de odiar a Raikama, por primera vez desde que me había maldecido. Habría jurado que, durante ese momento, el encantamiento que nublaba mis recuerdos se había debilitado. No, tenía que ser mi imaginación. ¿Por qué iba a utilizar Raikama su magia en mis recuerdos? ¿Qué respuestas podría tener mi pasado?

No tenía sentido, pero no podía dejar de preguntármelo. No podía dejar de escarbar en las lagunas de mi memoria. Y esa noche, en mis sueños, comencé a recordar.

—Andahai dijo que alguien intentó envenenar a Padre la semana pasada —declaré cuando encontré a Raikama sola en su habitación. Estaba peinándose y tarareando para sí misma, hasta que me vio—. Dijo que tú hiciste un antídoto que lo salvó. ¿Cómo lo hiciste? ¿Usaste tus serpientes?

Ella lo ponderó, de la misma manera que yo lo había hecho antes de decidir si mentir o no.

—Sí, con mis serpientes. A veces, pero no a menudo, el veneno es la cura para el veneno. Es un medicamento disfrazado.

—¿Puedo verlas? Oh, por favor. Hasho trae a casa sapos y lagartijas todo el tiempo, pero nunca encuentra serpientes. Y nunca he entrado en tu jardín.

—Sería peligroso, Shiori —advirtió Raikama—. Algunas de mis serpientes son venenosas. Podrían morder a una alborotadora como tú.

Era una broma cariñosa, pero su tono era tenso. Una niña más reflexiva habría cambiado el tema. Esa niña no era yo.

—¿Nunca te preocupa que te muerdan? —pregunté.

—El veneno tiene poco efecto en mí. Mis serpientes saben que no deben intentarlo.

—¿Por qué no tiene efecto en ti?

Se rio, burlándose.

—Tu curiosidad será tu perdición algún día, pequeña.

—¿Por qué? —insistí.

Una pausa.

—Porque soy una de ellas —reveló al fin. Dejó el peine, sus ojos se veían redondos y luminosos. Luego, cuando parpadeó, se volvieron amarillos, como los de una serpiente.

Me desperté, casi saltando de la cama. El recuerdo debería haberme helado la sangre, pero de alguna manera extraña e incomprensible, no lo hizo.

Porque, durante un breve instante, eché de menos a mi madrastra.

CAPÍTULO 28

Al final de la semana, levanté mi roca por última vez, sosteniéndola en alto y con gran ceremonia por encima de las ortigas. Golpeé hacia abajo, moliendo la última espina hasta que se rompió con un chasquido.

Por fin estaba hecho. Lo peor había pasado. Ya no habría hojas dentadas, ni espinas punzantes. El fuego demoníaco seguía brillando a través de las flores estrella, como las réplicas de un relámpago, pero ya no me cegaba con cada destello. Ahora cada hebra brillaba con un lustre efervescente, un caleidoscopio de luces y colores.

Podría haberlas contemplado todo el día. Pero mi trabajo no había terminado.

De regreso en mis aposentos, probé las fibras de flores estrella en mis dedos. Se sentían más gruesas de lo que parecían, casi como paja. También estaban sueltas como la paja. Sin su envoltura de fuego demoníaco, las hebras se deshacían fácilmente. Había que retorcerlas.

Había que hilarlas.

Al principio pensé que podría ser inteligente y montar mi propio huso con un pincel de escribir. Enrollé las fibras de las flores estrella una y otra vez, intentando imitar a Zairena con su huso. Pero fue imposible. El hilo salía burdo y áspero, y tardaría semanas, si no meses, en terminar mi trabajo de esta manera.

Necesitaba la rueca de Zairena.

El problema era que desde que me había sorprendido mirándola en la sala de ocio de *lady* Bushian, la había guardado en sus aposentos privados.

Nada le gustaría más que descubrirme hilando ortigas encantadas, le murmuré sin sonido a Kiki. *Ella ya cree que pertenezco al calabozo. Imagínate el regocijo que le daría la perspectiva de mi cabeza en una lanza.*

¿Qué alternativas tienes?, preguntó Kiki.

No muchas, admití, vistiéndome para la cocina. *Empezaré por prepararle unos pasteles.*

¿Pasteles?, preguntó mi pájaro, arrugando el pico. *¿De verdad, Shiori?*

Sí. Siempre que metía a Hasho en problemas, lo compensaba con comida. La comida es la mejor ofrenda de paz.

Quizá para ti, dijo Kiki, todavía escéptica. *Alguien como Zairena preferiría joyas.*

Bueno, no tengo dinero para joyas. Tengo acceso a la cocina, y Zairena dijo que echaba de menos los postres de su provincia.

Así que, pasteles.

No cualquier pastel. Pasteles de mono.

Los pasteles de mono se llamaban así porque los monos de las nieves eran conocidos por salir a escondidas de los bosques para robarlos. Eran redondos y anaranjados y estaban rellenos de cacahuete, y por lo general se servían en palitos para que parecieran pies peludos sobre bambú. Había pasado muchos festivales de verano viendo cómo los hacían los vendedores de Chajinda, y confiaba en poder replicar sus recetas.

Tal vez estaba demasiado confiada.

Utilicé zanahorias para teñir la harina de arroz, pero acabó pareciendo más melocotón que naranja. Después de machacar la masa y los cacahuetes con un mazo de madera, algunos pasteles acabaron con demasiado cacahuete y otros con demasiado poco. También resultó difícil asar los pasteles. La masa se pegaba a la sartén y quemaba los bordes en lugar de dejarlos crujientes.

En la siguiente tanda, aprendí de mis errores y vigilé los pasteles con más cuidado. Mi madre me había preparado una vez un pastel similar, usando coco junto con los cacahuetes. Me sujetó las manos con una cuchara de madera sobre el fuego.

—Canta nuestra canción una vez, luego dale la vuelta —decía—. Canta otra vez, luego dale la vuelta.

Channari era una niña que vivía junto al mar,
que mantenía el fuego, a la espera de su hermana.
¿Qué preparaba para tener una sonrisa feliz?
Pasteles, pasteles, con coco y dátiles.

Casi había terminado de asar la segunda tanda cuando Takkan y Pao entraron en la cocina. La nieve fresca cubría sus capas, y el frío exterior había hecho que la nariz y las mejillas de Takkan se sonrojaran, algo que me pareció más adorable de lo que quería.

—Un poco temprano para el postre, ¿no? —saludó—. ¿Cómo se supone que Pao y yo vamos a buscar asesinos cuando nos tientas con estos aromas?

Se acercó a la parrilla, pero le di un ligero golpe en la mano. *Todavía están calientes.*

—¿Puedo tomar uno de esos? —preguntó Pao, señalando mi plato de pasteles de sacrificio, los que había quemado.

Cuando le di el plato entero, su cara seria casi se abrió a una sonrisa. Casi.

—Te has ganado un aliado para toda la vida —bromeó Takkan mientras Pao se alejaba del borde de la cocina para comer. Pao empezaba a recordarme a mis hermanos. Sus orejas sobresalían como las de los gemelos, y sus sonrisas eran tan difíciles de lograr como las de Andahai.

¿Pero Takkan? Todavía no había tomado una decisión sobre mi antiguo prometido. De alguna manera, no me parecía bien compararlo con mis hermanos.

Se acercó a la sartén y, de repente, me alegré del fuego que crecía bajo mis pasteles de mono, una explicación creíble para la oleada de rubor que me había invadido la cara.

¿Has encontrado al asesino?, dije moviendo los labios apresurada, señalando la bufanda de Oriyu, que Takkan había doblado sobre su brazo.

—No, Pao y yo seguimos buscando. Hemos interrogado a todo el mundo en Iro, pero sin éxito. —Hizo un gesto hacia mis pasteles—. Muy amable de tu parte enviarnos hoy al trabajo con bocadillos.

No son para ti, empecé a gesticular, pero Takkan alcanzó uno sobre la parrilla.

Dejó escapar un grito.

—Está caliente.

Me crucé de brazos, conteniendo una carcajada.

Eso te pasa por tu impaciencia.

Takkan seguía sosteniendo el pastel, pasándolo de mano en mano para dejarlo enfriar. Finalmente, mordió y masticó.

Agité las manos, ansiosa.

¿Qué tal está?

—¿Ahora quién se impacienta? —bromeó. Tenía la boca llena y las palabras salieron amortiguadas—. Apenas he terminado de masticar el primer bocado. Necesitaré el segundo para formarme una opinión.

Dio otro bocado, manteniendo su expresión perfectamente neutral y sin divulgar ninguna opinión.

Takkan sonrió.

—Siempre me ha gustado un buen pastel de mono.

Me relajé.

¿Son reconocibles? ¿No son demasiado dulces? ¿No son demasiado gruesos?

Él no entendía mis preguntas, pero alivió mis preocupaciones agarrando otro. Se lo dejé antes de apartarlo de la parrilla y señalé a Pao.

Comparte con él.

—¿Para quién es el resto?

Agité la mano como un abanico para indicar a Zairena.

Takkan enarcó una ceja.

—¿Zairena? ¿Te ha pedido que los hagas hoy?

No. Levanté un hombro. *¿Por qué?*

—Dijo que saben mejor cuando se comen en la nieve. —Takkan sacó su pastel por la ventana, y cuando la nieve cayó sobre él, pequeñas colas de vapor se enroscaron en la superficie asada—. Colas de mono.

Sonreí. Sí que parecían colas de mono.

Me resultaba difícil imaginar que Zairena fuera una niña tan fantasiosa, pero sabía de primera mano lo mucho que puede cambiar uno después de una gran pérdida. Tal vez había una posibilidad real de convertirnos en amigas.

Takkan me ofreció el pastel humeante. ¿Quién hubiera imaginado que Zairena tenía razón? La nieve endureció más rápido la piel glutinosa del pastel, haciéndolo aún más crujiente.

Asentí con la cabeza.

—Ahora me llevaré unos cuantos más. Para Pao, por supuesto. —Me guiñó un ojo, apilando pasteles en sus bolsillos—. Ven, te acompañaré al castillo.

Temía ver a *lady* Bushian incluso más que a Zairena. Desde que Megari y yo nos habíamos escabullido a la montaña del Conejo, había hecho todo lo posible por evitarla. Sabía que me culpaba de que casi mataran a su hijo y a su hija.

Así que cuando me recibió en la sala de ocio, no pude estar más sorprendida.

—Has estado evitándome, Lina —dijo con severidad—. Te saltas las comidas y te sumerges en las sombras cada vez que te cruzas conmigo en los pasillos.

Bajo mi cuenco, parpadeé. ¿Había sido tan evidente?

—El coraje es el credo de Bushian.

—Madre... —intervino Megari—, ¡ella luchó contra los lobos con Takkan! No creo que tengas que sermonearla sobre...

—Silencio, Megari. A menos que quieras ser la siguiente. —*Lady* Bushian se enderezó, recuperando su equilibrio y volviendo a centrar su mirada en mí—. La próxima vez que desobedezcas mis reglas, afrontarás mi reprimenda de inmediato. Mi ira no se desvanece con el tiempo, sino que crece. Y tienes *mucha* suerte de que Takkan se haya escabullido también. Si no hubiera estado allí con vosotras dos cuando los lobos atacaron... bueno, ninguna de vosotras estaría bajo este techo. ¿Me has entendido?

Agaché la cabeza. Parecía que Takkan no le había contado a su madre lo del lobo con el brazalete de oro.

—Bien. Ahora, ¿qué es lo que tienes? ¿Pasteles? ¿Los has hecho para intentar apaciguarme?

Me limité a sonreír, contenta de no poder responder.

—Ven, tráelos adentro.

Zairena estaba en su telar. Una arruguita asomó en sus labios, probablemente disgustada porque *lady* Bushian había decidido no echarme después de todo. Puse la bandeja frente a ella y me obligué a sonreír.

—¡Pasteles de mono! —exclamó Megari. Tomó uno y se lo metió en la boca de forma similar a su hermano—. Mmm.

Zairena tomó un pastel y lo olió.

—Sí que parecen pasteles de mono. Sin embargo, te falta mucho para dominar la receta, Lina. Los bordes están quemados, ¿y qué color es ese? Los monos de nieve son anaranjados, no rosados.

Separé los postigos de la ventana. La luz blanca iluminó la habitación, y una brisa fresca entró por la celosía de hierro.

Zairena se puso de pie y abrió de inmediato su abanico para cubrirse la cara.

—¿Qué crees que estás haciendo? —exclamó—. Fuera hace mucho frío. Megari se va a resfriar.

Ladeé la cabeza, confundida. Estaba sosteniendo los pasteles fuera de la ventana, tal como Takkan me había mostrado.

—¡Colas de mono! —gritó Megari.

El vapor salió en espiral de los pasteles anaranjados, y Megari tomó dos y le pasó uno a su madre y el otro a Zairena.

—¡Cómetelo rápido, antes de que el vapor se vaya!

El pastel de mono crujió bajo los dientes de Megari, pero Zairena no quiso tocar el suyo.

—Prefiero no darme el gusto de comer dulces —declaró, dejando al fin su abanico.

—¿No son tus favoritos? —preguntó Megari.

Zairena mantuvo la compostura, sorbiendo tranquila su té.

—La gente cambia. Además, ya están fríos. —Su nariz hizo un leve movimiento—. Míralos, todos quemados y desiguales. Ni siquiera le serviría esos pasteles a mi perro.

—No tienes perro —replicó Megari—. Y tú te los comías de la nieve cuando se te caían.

Lady Bushian envió a su hija una mirada de advertencia.

Megari olfateó.

—Bueno, eso solo significa más para los demás. Gracias por hacerlos, Lina.

Pude esbozar una sonrisa para la niña. Pero cuando me llevé el pastel a los labios, perdí el apetito de repente. Zairena había mentido sobre los pasteles, igual que había mentido sobre los hilos para Raikama.

Eran cosas extrañas sobre las cuales mentir, pasteles e hilos. Cuando elegía mentir, era para ocultar la verdad. El comportamiento de Zairena casi la hacía parecer que no sabía la verdad.

Como si fuera una impostora.

Era algo que sentía en las entrañas, nada más. No sería prudente sacar conclusiones precipitadas, pero, por otra parte, nunca había sido de las más sabias.

Ya te lo dije, no todo el mundo ama tanto la comida como tú, Shiori, dijo Kiki, saltando sobre mi hombro para seguirme el ritmo mientras me alejaba por el pasillo hacia la habitación de Zairena. Me mordió el pelo, tratando de hacerme retroceder antes de que actuara precipitadamente. *¿No crees que deberías esperar al menos hasta la noche?*

Entonces estará durmiendo en su habitación.

No todas las noches. No desde que Hasege ha vuelto.

Tropecé en mi camino y parpadeé ante mi pajarito. ¡Qué fisgona era!

¿Estás segura de esto?

Más segura que tú de que es una impostora.

¿No pensaste en decírmelo?

Acabo de enterarme por los guardias, dijo Kiki zumbando cerca de mi oído. *No me paso el día escuchando chismes humanos.*

Tal vez deberías hacerlo, pensé, cambiando el rumbo hacia mis propios aposentos. *Está resultando útil.*

Kiki me lanzó una mirada de desagrado, pero su pecho se hinchó de orgullo.

Aquella noche, mientras Kiki engañaba a la guardia y los llevaba a una alegre persecución por los terrenos de la fortaleza, me colé en la habitación de Zairena. Era el doble de grande que la mía, pero solo tenía una vista parcial de la montaña del Conejo. Una de sus túnicas blancas estaba colgada sobre un biombo para que se secara, y su ceñidor negro estaba arrojada con descuido sobre un taburete. Un fuerte incienso ardía frente a un altar personal, con una ofrenda de frutas y vino de arroz, y los nombres de sus padres escritos en placas de madera.

Abaniqué el aire y me planté frente a sus cofres. Dentro había cartas, la mayoría de ellas de la madre de Zairena a *lady* Bushian, y pergaminos del templo de Nawaiyi, en los que se elogiaba a Zairena por sus diligentes estudios. Y un cuadro de ella.

Kiki llegó volando, y yo ladeé la cabeza hacia ella, buscando su opinión.

Extraño, ¿no? Llevar un cuadro tuyo.

Kiki se burló.

Ella se ama a sí misma. ¿Te sorprende?

No, pero seguía sospechando. Estudié el cuadro. Era verdad que se parecía a Zairena. La misma barbilla redondeada y nariz puntiaguda, la única trenza en la espalda, el lunar en la mejilla derecha.

Era ella, sin duda.

La dejé en su sitio, con el ánimo mermado. Pero no había terminado mi búsqueda.

Me dirigí a sus cajones. Había frascos de corteza de sauce para aliviar las dolencias estomacales de Megari, talismanes y amuletos para alejar a los demonios y para viajar con seguridad, un tarro de incienso, una serie de cosméticos y demasiados pañuelos y abanicos.

Y en sus cofres, solo hilos, hilos y más hilos. Los dorados ya habían sido enviados a Raikama —Zairena había hecho alarde de envolver la caja y no había hablado de otra cosa durante días—, pero quedaba un frasco del tinte dorado.

Lo levanté. El color *era* luminoso, pero eso no me hizo cambiar de opinión sobre Raikama. Puede que mi madrastra se pasara los días en el bastidor de bordado, pero tenía tanta pasión por la costura como yo por las serpientes.

Con cuidado, abrí el tapón de la botella y aspiré. El olor era penetrante, como el de la tinta concentrada con una fuerte dosis de té amargo. No había rastro de dulzura. Arranqué una página de mi cuaderno de escritura y unté un poco en el papel.

Si es veneno, se volverá negro muy pronto, le dije a Kiki.

Pero calentarlo puede acelerar el proceso, como la cocción.

Acerqué la página a una vela y esperé. El tinte se secó y brilló, volviéndose suave y solo más dorado. No era negro.

¿No es veneno?, preguntó Kiki.

No, confirmé, medio decepcionada y medio aliviada.

Así que Zairena no era la asesina. Tal vez mi antipatía por ella estaba nublando mi lógica.

Al menos, colarme aquí no había sido en vano. La rueca de Zairena estaba en un rincón de su habitación, cubierta por la muselina.

Me acerqué a ella con indecisión. Si me descubría usándola para mis flores estrella, me devolvería al calabozo. Sería expulsada por ser hechicera. Quemada en la hoguera, sin que mi alma pudiera encontrar la paz.

Pero si no hilaba las ortigas, mis hermanos seguirían siendo grullas para siempre.

Entre la muerte de mis hermanos y la mía propia, elegía la mía sin dudarlo.

Menos mal que había traído mi cartera. Levanté la sábana y estiré el brazo para tomar un huso sin hilo.

Vigila, le dije a Kiki.

Lo último que necesitaba era que Zairena me descubriera hilando flores estrella en su habitación.

CAPÍTULO 29

Noche tras noche, me colaba en la habitación de Zairena para trabajar. Al final de la semana, estaba tan cansada que me ardían los ojos y casi me balanceaba a cada paso. Pero ya casi había terminado. *Terminaría* esta noche.

Las flores estrella bailaban entre mis dedos, sus fibras ásperas se deslizaban sobre la rueda y se transformaban en algo más fino. Algo mágico.

Cuando las fibras se fundieron en un hilo continuo, una hebra roja se trenzó con las flores estrella: el hilo del destino de Emuri'en. Mi corazón cantó la primera vez que lo vi, e incluso después de regresar a mi habitación, no pude dormir de la emoción. Ahora, en esta última noche de hilado, mi corazón estaba pesado por razones en las que no quería pensar. La maldición de Raikama empezaba a pesarme, y solo quería terminar.

Fui más descuidada que de costumbre y olvidé cambiar el huso por un huso vacío, mis dedos se deslizaban ocasionalmente fuera de la rueca mientras mi pie la hacía girar de forma inestable. Mis ojos se esforzaban demasiado por el brillo de las ortigas, pero mis dedos trabajaban incluso aunque mi mente se desviara. Cuando por fin vacié la cartera de la última enredadera y el huso se llenó de gruesas y brillantes flores estrella, dejé escapar un suspiro de alivio y me permití un momento para admirar mi trabajo.

Luego cubrí la rueca de Zairena y limpié cualquier rastro de mi intrusión. El incienso no ayudaba; era tan pesado que me daba sueño. Me froté los ojos.

Ayúdame, Kiki.

Mientras Kiki volaba para recoger una hebra de flor estrella que estaba caída, soltó un gemido bajo.

¡Mi ala! Mírala, está arruinada.

El tinte dorado había manchado el ala de papel de Kiki, filtrándose en los patrones de plumas doradas y plateadas de los bordes.

Vamos, no es el fin del mundo. Lo limpiaré. Había abierto la ventana para tomar un puñado de nieve y estaba frotándola en el ala de Kiki cuando unos pasos chirriaron contra el suelo de madera del exterior.

Tomé a Kiki en brazos y apoyé la espalda en la pared. Cuando los pasos siguieron, me apresuré a salir de la habitación, maldiciendo los pasillos de la fortaleza por ser tan estrechos.

Zairena estaba en las escaleras, y se volvió en cuanto me oyó, con el ceño fruncido.

—¿Qué haces merodeando?

Tenía el pelo suelto, sin su trenza habitual, las mangas arrugadas y los labios ligeramente hinchados. Levanté la barbilla ante su aspecto desaliñado.

Podría preguntarte lo mismo.

Me dirigí a las escaleras, pero Zairena no se movió.

—No tienes nada que hacer en el ala del Jardín Norte. ¿Estuviste en mi habitación?

Me agarró la muñeca y la sacudió, como si hubiera robado joyas y las hubiera escondido en las mangas.

—Muéstrame lo que hay dentro de la bolsa.

Mi corazón tronó en mis oídos.

Toma, ábrelo tú misma.

Zairena abrió la bolsa de golpe. El interior estaba tan vacío como el lado oscuro de la luna.

Pensé que eso la apaciguaría, pero Zairena solo pareció enfurecerse más. Me arrojó la bolsa a los brazos.

—Ten cuidado —dijo en un siseo—. Aquí colgamos a los ladrones, pero preferiría verte arder.

Mientras ella se alejaba, yo me acomodé tranquila el ceñidor.

¿Quieres que le saque los ojos por ti? , preguntó Kiki, volando fuera de mi cuenco.

Tentador, murmuré. *Pero no. No vale la pena.*

—No es aterradora, no como tu madrastra. Pero tengo un mal presentimiento, Shiori.

Bostecé, demasiado cansada para preocuparme. Zairena me había estado amenazando todo el invierno. Era como una serpiente sin veneno. Sus mordiscos no podían matar.

Sin embargo, podían dañar.

A la mañana siguiente, cuando llegué a la cocina, lista para trabajar como de costumbre, Rai y Kenton me bloquearon en la puerta. Se acurrucaron como un par de bagres, con sus bigotes largos y desiguales, y sus mentes demasiado vacías para pensar por sí mismas.

En estas pocas semanas, habíamos establecido una forma civilizada, si no cálida, de trabajar juntos en la cocina. Rai incluso había empezado a dejarme echar mano de su reserva de azúcar, y Kenton había admitido por fin que mi sopa de pescado era mejor que la suya. ¿Por qué me miraban así en ese momento?

—Hoy no te necesitamos, Lina —dijeron con dureza—. Vete.

Empezaron a cerrar la puerta, pero me escabullí entre ellos y corrí hacia la parte de atrás, donde Chiruan estaba haciendo huevos al vapor.

Me reconoció con uno de sus habituales gruñidos.

—Deberías irte —me habló sin levantar la vista—. Vuelve dentro de una semana, cuando las cosas se hayan calmado.

¿Cuando se haya calmado qué? Mi confusión se multiplicó y la expresé con las manos.

Otro gruñido, y sus fosas nasales se ensancharon.

—Por supuesto que no sabes lo que ha pasado. —Bajó la voz—. La joven ama estuvo enferma ayer. Zairena les echa la culpa a esos pasteles que has horneado. No debes entrar en la cocina, no hasta que Megari se recupere.

¿Creía que yo había envenenado a Megari? Sacudí la cabeza violentamente.

Eso es ridículo.

Chiruan se volvió hacia la caja de laca que tenía a su lado, en la que guardaba sus especias y recetas, y espolvoreó una pizca de granos de pimienta en el plato que se estaba cociendo a fuego lento junto a los huevos.

—No estés tan cabizbaja, Lina. *Lady* Bushian y lord Takkan también se comieron los pasteles. Estoy seguro de que el joven lord al menos responderá por ti.

Chiruan me hizo un gesto para que me fuera, pero no me moví. No estaba cabizbaja, estaba furiosa. Y preocupada.

¿Cómo está ella?, pregunté, tirando de mi pelo para indicar las coletas de Megari.

—Estará bien. Su estómago es débil, y este tipo de cosas van y vienen. *Lady* Bushian entenderá que no has tenido nada que ver.

Estaba hirviendo de rabia. ¿Todo esto simplemente porque Zairena pensaba que yo había robado en su habitación?

—Se le pasará en unos días, Lina —me consoló Chiruan, confundiendo mi ira con el miedo—. Ve a disculparte con Zairena por lo que hayas hecho para ofenderla.

¿Disculparme?

¿Se le habían subido las especias a la cabeza?

—Sí, discúlpate. Estos nobles necesitan que les hagan cosquillas en los pies y les acaricien el ego, *lady* Zairena sobre todo.

Apreté los labios.

De ninguna manera.

En un inusual acto de simpatía, dijo:

—Eres muy trabajadora, niña. Me aseguraré de que nadie te quite el puesto para lavar el arroz cuando te vayas. Ahora haz caso de lo que te digo y date prisa. No te enemistes con Zairena.

Me quité el delantal y me apresuré a marcharme, pero no para disculparme.

Chiruan se equivocaba: tenía muchos enemigos. Uno más no me vendría mal.

De las celosías de las puertas de Megari colgaban talismanes, pequeños amuletos que sonaban y tintineaban cuando me deslizaba dentro.

Takkan ya estaba allí, dibujando en uno de sus libros. Levantó la vista para saber quién era y se llevó un dedo a los labios. Megari estaba dormida.

Me acerqué a ella de puntillas, mordiéndome el labio mientras observaba su pequeño rostro pálido. Tenía los dedos extendidos sobre los pliegues de su manta, y su respiración era lenta y suave. Debajo de su brazo, asomando por la manta, había una muñeca de ojos redondos con flores de seda en el pelo. Parecía sonreírme sin importar dónde me moviera, como su dueña.

—Está descansando —susurró Takkan—. Se enfermó del estómago, pero ya está convaleciente.

Asentí, aunque mis hombros seguían pesados. Me dirigí a la puerta.

Takkan me siguió.

—Pareces alterada, Lina —aventuró una vez que estuvimos fuera—. ¿Son los rumores?

Lo miré, con la boca abierta por la sorpresa. ¿Se había enterado?

—Sé que no son ciertos. Mi madre también lo sabe. —Guardó su cuaderno de dibujo bajo el brazo—. Ven conmigo. Quiero enseñarte algo.

Pao vigilaba las puertas a las que nos acercábamos, dos mamparas corredizas decoradas con una luna llena dorada y una montaña del Conejo en marfil. La cabeza del centinela se inclinó con curiosidad cuando me vio, y un instante después comprendí por qué.

Takkan me había traído a sus aposentos. Eran ordenados y con escaso mobiliario, a diferencia de los de Megari. Su espada colgaba en un perchero, su armadura y su casco en un armario abierto. A la izquierda, junto a las ventanas, había un escritorio rodeado de libros y altas pilas de papel.

—Esto es lo que quería mostrarte —explicó, guiándome hacia el escritorio—. Pensé que lo apreciarías.

Casi una docena de cuadros descansaban sobre la mesa baja, todos grabados con la pulcra mano de Takkan. Representaban momentos de las leyendas más preciadas de Kiata.

—Está destinado a ser un regalo para Megari cuando tenga suficientes historias —dijo con timidez—. Me temo que para cuando lo termine, será demasiado grande para ellos.

Nunca se es demasiado grande para los cuentos, pensé, recorriendo la pintura de Emuri'en. Las grullas con coronas escarlatas que se parecían tanto a mis hermanos. El cabello imposiblemente largo que entrelazaba los destinos y a veces los cambiaba.

Era hermoso.

Me arrodillé, estudiando cuadro tras cuadro. Estaba la dama de la luna con su marido cazador, y uno de lord Sharima'en, el dios de la muerte, con su esposa, Ashmiyu'en, diosa de la vida. Había historias de dragones que perseguían a las tortugas, y de cortadores de bambú que encontraban espíritus mágicos en los árboles. Pero había un cuadro que no correspondía.

Estaba en la parte inferior de la pila, y tiré de él con suavidad mientras Takkan dejaba entrar más luz por las ventanas.

Había ilustrado a una muchacha de larga cabellera negra y ricas túnicas bermellón. Llevaba una orquídea en maceta y sobre ella volaba una cometa, azul como la porcelana pintada. Algo en la escena hizo que la tristeza floreciera en mi pecho, aunque no podía saber por qué.

¿Qué es esto?

Una sombra pasó por el rostro de Takkan.

—Eso no es para Megari.

¿Para quién?, dije con mímica.

Takkan respiró profundo antes de responder:

—La princesa Shiori.

El nombre retumbó en mis oídos.

Ah.

La chica se parecía a mí. Incluso mis hermanos estaban allí, seis jóvenes príncipes en el fondo. Tomé uno de los pinceles de su escritorio y escribí en mi cuaderno:

¿La conocías?

—No tuve opción —dijo Takkan con rigidez—. Nuestros esponsales se arreglaron cuando éramos niños. Padre siempre dijo que era un gran honor para nuestra familia, dado que nunca hemos sido tan poderosos como los que viven más cerca de Gindara. Fue una sorpresa, una oportunidad que no podíamos rechazar.

¿Había deseado poder rechazarlo? Yo también me había sorprendido.

—¿Un lord de tercer rango? —me había quejado más de una vez—. Si me van a enviar a Iro, ¿no puede al menos tener una villa en Gindara para que pueda visitarlos?

Me tragué el recuerdo, llena de vergüenza.

Takkan continuó:

—Había oído hablar mucho de ella. Que era rebelde e impaciente, llena de travesuras y mentirosa. Pero todos los que la conocían la querían. Decían que tenía personalidad y una risa que nadie podía resistir. Así que le escribí cartas. Quería conocerla, pero ¿cómo te presentas a una princesa? —Se rio, pero había poco humor en su tono—. Madre me sugirió que le escribiera historias, y así lo hice. Eran sobre mí, sobre la vida en Iro, con dibujitos. Los inviernos aquí son largos, así que tuve mucho tiempo. Me dijeron que Shiori era curiosa, así que intentaba terminar cada historia con una nota de suspense, con la esperanza de que me escribiera para preguntar qué pasaba después.

Takkan se había tensado al contarme esta historia, y ahora sus hombros finalmente se inclinaron, y se dobló sobre sus rodillas.

En voz baja, dijo:

—Pero nunca lo hizo. Creo que ni siquiera las abrió.

Me alegré de tener el cuenco en la cabeza, porque no podía mirarlo.

Me acordé de esas cartas. Cada pocos meses, mis criadas traían una a mis aposentos, cada sobre más grueso que el anterior.

—Al menos tiene bonita caligrafía —había dicho la primera vez al ver mi nombre escrito con la letra de Takkan. Pero no leí ninguna. Ni siquiera las abrí. En parte era por petulancia, pero sobre todo... sobre todo, no quería enfrentarme a mi futuro. Mi sombrío y horrible futuro, casada con un sombrío y horrible lord.

Si pudiera volver a palacio ahora, esas cartas serían lo primero que buscaría.

Grosera, dije moviendo los labios y golpeando mi puño en la palma de la mano. *Debiste enojarte.*

—Estaba enojado —admitió Takkan—. Incluso pensaba decírselo cuando la conociera, pero… —Suspiró—. Pero ella me hizo cambiar de opinión.

Ahora mi ceño se frunció. Por mi vida, no recordaba haber conocido a Takkan, excepto cuando éramos niños, apenas bastante mayores como para tener recuerdos.

¿Cuándo la conociste?

—Un año, mi familia estaba en Gindara durante el Festival de Verano. Intenté encontrar a Shiori para presentarme, pero los hijos del emperador estaban ocupados. Había un concurso solo para ellos, organizado por lord Yuji. —Al oír el nombre, Takkan se puso tenso— Les había dado a los seis príncipes y a la princesa una maceta de tierra a cada uno el mes anterior. En cada una se sembraron semillas de orquídeas.

Lo recordé. Una prueba de «carácter moral», había dicho Yuji. Andahai, Benkai, Wandei y Hasho la habían pasado; habían regado la planta todos los días, pero no había brotado ni el más mínimo brote. Yotan había roto su maceta en una pelea con Reiji, y ambos lo habían admitido, así que habían pasado la prueba también por su honestidad. Pero yo… no la había pasado porque mi maceta había florecido con orquídeas.

Eran púrpuras, del mismo color que los costosos tintes que nos enviaban los comerciantes para nuestras túnicas de invierno. Vibrantes como una salpicadura de crepúsculo. Recuerdo que me sorprendió —y me encantó— lo bien que habían crecido. Debería haberme preguntado cómo habían florecido tan rápidamente, y cómo las flores habían adquirido exactamente el color y la forma que yo había imaginado.

Ahora sabía que se debía a mi magia.

—No había ninguna semilla en la maceta —dijo el señor Yuji, mostrando sus pequeños dientes mientras sonreía—, solo pétalos de orquídea aplastados en el fondo de la tierra. Era un juego, Shiori'anma. No te juzgaré por plantar una nueva flor en tu maceta.

—Pero no lo hice —protesté.

—Admite que has hecho trampa, Shiori —insistió Reiji—. Sabemos que eres la princesa de los mentirosos.

—¡No hice trampa! —grité. Mi cara se calentó de humillación. Todos me miraron fijo—. No estoy mintiendo.

Ninguno de mis hermanos me creyó. Ni siquiera Hasho.

Me alejé, negándome a que me avergonzaran injustamente delante de toda la corte. Corrí al fondo del patio y me escondí detrás de un magnolio, mordisqueando los pasteles que había guardado en las mangas.

Al poco tiempo, un chico que no conocía me ofreció un pañuelo. Era delgado y desgarbado, sus túnicas eran demasiado cortas y su sombrero se deslizaba por el pelo negro encerado en exceso. Probablemente era el hijo de algún cortesano al que le habían indicado buscarme a cambio del favor de mi padre.

Parecía divertido y algo aliviado de que estuviera comiendo y no llorando.

—¿Pasteles de mono? —dijo a modo de saludo—. Están excepcionalmente buenos este año, pero se deshacen un poco. —Se

tocó la boca, en señal de cortesía de que yo tenía migas por todas partes.

Le arrebaté el pañuelo y me limpié los labios. Estaba a punto de ordenarle que se fuera cuando se arrodilló a mi lado y me dijo con solemnidad:

—Te creo... lo de las flores.

Me había encontrado en mi momento más débil. Los hombros se me hundieron.

—Las regué todos los días. Les hablé, como el jefe de la cocina les habla a sus hierbas para que crezcan más rápido.

—Fue un truco malvado que lord Yuji te hizo.

—¿Lord Yuji? —repetí, retorciendo un mechón de pelo mientras rumiaba—. ¿Por qué me engañaría? Quiere que me case con uno de sus hijos.

El chico se estremeció. Preguntó dubitativo:

—¿Quieres casarte con el hijo de lord Yuji?

—No quiero casarme con nadie —declaré—. Pero mejor uno de los hijos de Yuji que ese tonto bárbaro del norte. Al menos estaré más cerca de casa, así podré pasar el menor tiempo posible con mi marido.

—Ya veo. Así que no es porque te desagrade tu prometido.

—Me disgusta que exista. —Aspiré por la nariz, doblé su pañuelo y se lo devolví—. Gracias... No me dijiste tu nombre.

El chico sonrió, su comportamiento era extrañamente más animado.

—Mi nombre no importa. —Sobre su hombro flotaba una cometa, exquisitamente pintado con una bandada de grullas volando sobre una montaña con dos picos. Me la tendió—. ¿Te gusta? Lo he pintado yo.

—Es bonito, casi tan bueno como el trabajo de Yotan. ¿Lo vas a presentar al concurso?

—No hay tiempo. Mi padre y yo tenemos que irnos antes del anochecer. Vivimos lejos de aquí.

—¿Para quién es?

Sacó un pincel y empezó a escribir. Su caligrafía era pulcra y precisa, pero no tuve paciencia para que pintara el nombre de alguien en la cometa. Mi temperamento ya estaba irritado por el concurso de lord Yuji, y tomé su cometa y corrí con ella.

Para ser un chico de piernas enjutas, era rápido. Me alcanzó enseguida, y en mi sorpresa, solté la cometa por accidente.

La cometa se elevó y quedó fuera de mi alcance. Empecé a perseguirla, pero el chico me hizo retroceder.

—Déjala volar.

La vimos volar por encima de los árboles, y mi corazón se hundió cuando se hizo más pequeña, hasta que no fue más que un punto en el cielo. Se me llenaron los ojos de lágrimas y me odié a mí misma por haber llorado delante de ese niño que no conocía. Por haber perdido también su cometa. Por arruinar todo lo que tocaba.

—Lo siento —dije, sintiéndome fatal.

Sus ojos eran oscuros y serios.

—No lo sientas. Las cometas están hechas para volar, algunas más alto que otras.

—Es una suerte, entonces. Los demás estamos atados por nuestros hilos. —Dejé escapar un miserable suspiro y me limpié los ojos. Luego me volví hacia el chico. Quise hablar con imperiosidad, pero mis palabras salieron con dificultad y con culpa—. Dijiste que era un regalo. Podría ayudarte a pintar otra. No soy muy buena en arte, no como Yotan…

—Me gustaría —respondió el chico con entusiasmo, despojándose de parte de su incómoda formalidad.

Volvió a sonreír, con una disposición aún más alegre que antes, y a pesar de mis lágrimas, no pude evitar devolverle la sonrisa. Me crucé de brazos, a punto de sentarme en la hierba para empezar a pintar cuando, en ese momento, alguien se acercó por detrás.

El chico se puso rígido de inmediato, volviéndose tímido y retraído.

—Pensándolo bien, por favor, no te preocupes por ello. —Se inclinó, excusándose mientras Hasho entraba en escena—. Me alegro de haberte conocido por fin, Shiori'anma.

¡Todo este tiempo, ese chico había sido Takkan! Ahora parecía diferente. Por una parte, no era el chico desgarbado y tímido con demasiada cera en el pelo. Por otra parte, yo tampoco era la misma.

Tomé aire, coloreada de vergüenza. Ni siquiera mis hermanos me habían creído lo de las flores. ¿Por qué lo había hecho Takkan, que apenas me conocía? Cuyas cartas había desechado y nunca había leído. Cuya amistad había rechazado.

—Después de conocerla —decía Takkan—, nunca más le escribí.

¿Por qué no?

—Porque tenía la respuesta que buscaba.

Me tensé, segura de que Takkan me había odiado. La respuesta me dolería, lo sabía, pero no pude evitar preguntar:

¿Cuál era?

—Mis padres consideran que el matrimonio es un deber para con la familia y la patria —dijo Takkan a modo de respuesta—. Yo lo veo como un deber para con el corazón. La comida alimenta el vientre, los pensamientos alimentan la mente, pero el amor es lo que alimenta el corazón. Esperaba, con mis cartas, que Shiori y yo pudiéramos llegar a llenar el corazón del otro. Que pudiéramos ser felices juntos. Después de conocerla, pensé que sí, que había una posibilidad.

Mi corazón se aceleró y latió, dando todo tipo de saltos en mi pecho que nunca había conocido.

—Quizá me estaba engañando a mí mismo. —Takkan levantó la pintura de mí con la cometa—. Iba a dárselo después de nuestra ceremonia de esponsales, pero prefirió saltar al lago Sagrado antes que encontrarse conmigo.

Era la primera vez que veía a Takkan realmente dolido. Sus hombros se tensaron.

—Mi familia se convirtió en el ridículo de Gindara, y le dije a mi padre que debíamos irnos de inmediato. Princesa o no, ninguna persona de buen carácter actuaría de forma tan irrespetuosa.

El cuadro se desplomó en sus manos, y mi estómago se hundió con él. Había herido a Takkan cuando hui de la ceremonia. Ni una sola vez me había preguntado lo que debía ser para él, atravesar el país para encontrarse conmigo. Debía estar tan decepcionado. Y triste.

—Después de volver a casa, deseé haberle dado al menos la oportunidad de explicarse —confesó Takkan—. Deseé no haberme ido con tanta rabia. Pero era demasiado orgulloso para escribirle.

Dejó a un lado el cuadro, de espaldas a mí.

—Entonces ella desapareció —dijo con suavidad—, y siempre lamentaré no haberme quedado. Quizá las cosas habrían sido diferentes para ella si lo hubiera hecho.

Mi respiración se había vuelto superficial y, antes de que pudiera detenerla, las lágrimas me aguijonearon los ojos. Me las limpié apresurada, pero debí de pasar por alto alguna mancha, porque Takkan me ofreció su pañuelo. Como lo había hecho hacía tantos años.

—¿Estas lágrimas son por la princesa, Lina? —me preguntó con suavidad—. ¿O son por ti?

Ante la pregunta, levanté la vista. El pincel se me escapó de las manos, y Takkan y yo nos inclinamos para recogerlo. Nuestros dedos se tocaron, agarrando cada extremo del mango.

Él miró nuestras manos. La mía temblaba, y él la cubrió con la suya, estabilizándome.

—Desearía que me hablaras —expresó—. A veces, por la forma en que mueves los labios, juro que puedes hacerlo. Aunque me equivoque, desearía poder ver al menos tus ojos.

Sus ojos me sobresaltaron, tan penetrantes que parecían ver a través de mi cuenco de madera. Por un momento, habría jurado que sabía la verdad: que yo *era* Shiori.

Pero entonces apartó la mirada y el momento desapareció.

La decepción me punzó el pecho. No lo sabía. ¿Cómo podía saberlo? Mi aspecto y mi comportamiento no se parecían en nada a esa princesa despreocupada que había conocido una vez, hacía tantos años.

Soltó el pincel y dejó caer la cabeza.

—No debería haber dicho eso. No es justo para ti. Solo sé que me preocupo por ti, Lina. No pude estar ahí para Shiori, pero estaré ahí… para ti. Me necesites o no.

Tragué saliva, mirando nuestras manos. Debería haber negado con la cabeza y haberle dicho que no quería que estuviera allí para mí.

Pero no hice tal cosa. Aunque mis cargas eran mías, y solo mías, había un consuelo simple en tener a Takkan conmigo.

Entrelacé mis dedos con los suyos y estreché el espacio entre nosotros, tanto como me atreví.

Deseé que nunca tuviéramos que separarnos.

CAPÍTULO 30

Con ganas de empezar a trabajar, volví a la cocina, ignorando las miradas afiladas de Rai y Kenton. Al mediodía, se habían olvidado de los rumores de Zairena, y yo estaba amasando la masa para los fideos, con una sopa ya hirviendo a fuego lento.

Todo iba bien hasta que Hasege irrumpió en la casa, blandiendo su espada.

A diferencia de Zairena, nunca había aparecido en la cocina, y me preparé, segura de que ella lo había enviado para hacerme la vida imposible. Más rumores de que era una hechicera, la vergüenza pública por el cuenco que tenía en la cabeza... fuera lo que fuera, estaba preparada.

Pero Hasege no estaba aquí por mí. El desprecio parpadeó en sus ojos cuando se percató de mi presencia, aunque su dura mirada pasó por delante de mí hasta llegar a los cocineros. A Chiruan.

—Se acabó tu tiempo, viejo. Ven conmigo.

La confusión torció el amplio rostro del cocinero.

—Mi señor, sé que la cena se está retrasando esta noche, y que el pollo de anoche estaba demasiado cocido, pero...

El acero cortó el aire, y la espada de Hasege aterrizó en el borde de la garganta de Chiruan.

—He dicho que vengas conmigo.

Chiruan dejó a un lado su cuchilla.

—Al menos deme la dignidad de decirme qué he hecho mal.

—¿Qué has hecho mal? —repitió Hasege con una carcajada—. Muy bien, por el bien de todos los presentes. Tú, Chiruan, eres culpable de asesinar a Oriyu, honorable centinela del castillo de Bushian.

La mano me saltó a la boca. ¿Chiruan, el asesino? Era imposible.

—S-s-señor, Chiruan ha sido el jefe de la cocina del castillo de Bushian durante más de treinta años —habló Rai, tan sorprendido como yo—. Él…

—Es a'landano —nos recordó Hasege.

—Mitad a'landano —balbuceó Chiruan—. Esto es una tontería. Oriyu murió por Cuatro Suspiros. No tengo…

—Esto se encontró en tu habitación. —Hasege levantó una botellita con forma de calabaza alargada y vertió su contenido en una de las ollas que hervían a fuego lento. Al cabo de unos instantes, un olor asquerosamente dulce invadió la cocina, y el contenido de la olla se ennegreció como si alguien hubiera arrojado hollín en su interior.

Cuatro Suspiros.

—¿Decías, viejo?

Chiruan tosió y volvió la mejilla.

—Eso no es mío. —Vaciló—. No lo es.

—Se encontró dentro de una bolsa de oro —informó Hasege mientras uno de los centinelas sacaba un saco de *makans* de oro—. Demasiado dinero para un cocinero honesto y trabajador como tú.

—Nunca he visto eso antes…

—Una palabra más, y te cortaré la lengua. Lo mismo va para cualquier otro que hable en defensa de este hombre. —Hasege movió la punta de la espada de cocinero a cocinero antes de regresarla a la garganta de Chiruan.

Todo el mundo se encogió, enroscándose como un ciempiés, mientras Hasege y sus centinelas rebuscaban en la despensa. Me estremecí cuando las botellas y los tarros de cristal se hicieron añicos, y las salsas y los vinos de cocina de Chiruan, cuidadosamente seleccionados, fueron arrojados al suelo.

Encontraron la caja de Chiruan.

—Abran esto —exigió Hasege a Rai y Kenton, señalando la cerradura.

—Solo Chiruan tiene la llave.

—No es nada —suplicó Chiruan—. Solo especias y recetas. Ha estado en mi familia durante años…

—Llévalo a lord Takkan para que lo inspeccione —ordenó Hasege, cortando la llave del cuello del cocinero—. Y lleven a Chiruan al calabozo.

Mientras los centinelas obedecían, comencé a protestar. Hasege me empujó contra la pared.

—Apártate, demonio — advirtió—. A menos que quieras ser la siguiente.

Reprimí mis pensamientos, segura de que a Chiruan le habían tendido una trampa. Tras un largo y frágil silencio, Hasege se marchó por fin, y yo me deshice del delantal y corrí de regreso al castillo. Pao me impidió entrar en las habitaciones de Takkan.

—Su Señoría está ocupado. Acaba de regresar de la aldea de Iro, y no debe ser molestado…

Pasé por encima de él y golpeé la puerta con los nudillos. Era el colmo de la insolencia, pero no me importó.

Cuando Pao empezó a tirar de mí para apartarme de la puerta, Takkan apareció en el vano.

Todavía llevaba su capa, con sus pliegues de color azul intenso sobre los hombros. Las sombras se aferraban a su cuerpo, y sus ojos, que normalmente están llenos de concentración y propósito, parecían cansados.

—Déjala entrar.

Pao me envió una mirada exasperada antes de retroceder. Necesitaría una montaña de pasteles de alubias dulces para tener su favor de nuevo.

¡Chiruan!, dije con gestos salvajes. *Él…*

—Sé que estás molesta, Lina —dijo Takkan. Su voz era más tensa de lo que jamás había escuchado—. Pero las pruebas son claras como el agua. Chiruan ha asesinado a un hombre y ha cometido alta traición contra el emperador y contra Kiata. Sé que fue un mentor para ti, y le agradezco su amabilidad, pero esta guerra ha dividido las lealtades. A veces la verdad es el veneno más difícil de tragar.

Todo lo que dijo tenía sentido. Era exactamente lo que Andahai o Benkai habrían hecho si alguien en quien confiaban los hubiera traicionado. Y, sin embargo, no podía creerlo.

Estaba buscando un papel para decírselo cuando vi la caja de Chiruan.

Descansaba sobre el escritorio de Takkan, recién abierta. Reconocí su suave laca roja, los grabados con incrustaciones de nácar, de niños pequeños jugando, las salpicaduras de aceite y salsa que Chiruan limpiaba meticulosamente del esmalte cada noche. Esta vez no había tenido la oportunidad.

La tapa yacía en el suelo, con su funda de seda despojada. Takkan la recogió y la sostuvo junto a un farol.

—¿Qué lees, Lina?

Tragando con fuerza, me incliné hacia la tapa.

En el interior de la tapa había listas de ingredientes, tiempos de cocción y temperaturas. También había variaciones.

De oro, una se titulaba. *Para el sueño*.

Debajo, *Negro: para la muerte*.

La cara se me drenó de sangre, mi visión se cegaba y regresaba. Apreté los ojos. Así que a eso se refería Takkan con lo de las pruebas.

—No haremos un juicio hasta que se confirme la receta —dijo Takkan, cerrando la caja—. Pero no parece prometedor, Lina. Un buen hombre ha muerto. Tengamos un poco de consuelo al saber que se ha encontrado a su asesino, y recemos para que encontremos algunas respuestas.

La cara me escocía por el horror de todo aquello, pero asentí en silencio.

Nadie tenía acceso a la caja excepto Chiruan. Ni Rai ni Kenton, ni ninguno de los sirvientes. Deseé poder preguntarle a Chiruan por qué. ¿Por qué Oriyu? ¿Por qué había traicionado a Kiata de esta manera?

Los centinelas tendrían una respuesta muy pronto. Tal vez la razón *era* tan simple como el dinero. Pensé en los *makans* de oro que tintineaban en esa bolsa de cáñamo: la recompensa de Chiruan. Quizás había algo más: tal vez un puesto en palacio si Yuji ascendía al trono. No podía pensar en nada más.

¿Importa?, me pregunté. *¿Importa que alguien en quien confías te traicione?*

Ahora pensaba en Raikama, no en Chiruan.

No, me respondí. Pero aun así quería saber.

—Cuidado con tu curiosidad, pequeña —me decía Raikama cuando era pequeña—. Acércate demasiado al fuego y te quemarás.

Era irónico que mi madrastra me advirtiera así. Yo ya me estaba quemando, y ella —Raikama— era la que había encendido el fuego.

Después de la detención de Chiruan, todos los que estaban en la cocina eran como un fantasma, mitad allí y mitad no. Cuando terminé de ayudar a Rai y Kenton a limpiar el desorden de los centinelas, me encerré en mi habitación. Por mucho que lo deseara, no podía involucrarme más en los asuntos de la fortaleza. Mi estancia en Iro se acercaba a su fin, y aún tenía que realizar una última tarea antes de marcharme.

Cubrí los paneles de papel de mis ventanas y puertas, y luego extendí las flores estrella sobre mi regazo. Los hilos eran exquisitos, una lustrosa trenza de oro y violeta y rojo, como las tres magias que la habían forjado. El fuego demoníaco, la sangre de las estrellas y los hilos del destino de Emuri'en. Necesitaba entrelazarlos lo suficientemente fuerte como para frenar la magia de mi madrastra.

No hagas los agujeros demasiado flojos, dijo Kiki mientras mis dedos danzaban por las flores estrella, haciendo nudo tras nudo.

Deja de preocuparte.

Los agujeros eran tan anchos como mi meñique, lo bastante pequeños para que Kiki se deslizara por ellos, pero no una de las serpientes de Raikama. Ya me había asegurado de eso.

No soy yo quien tiene el ceño fruncido. ¿Cuál es el problema, Shiori? ¿No deberías alegrarte de haber terminado? Pronto te irás a casa.

Sí, debería alegrarme que estuviéramos tan cerca del final de este horrible viaje. Pero, si era sincera, hubiera preferido que no terminara nunca.

No había olvidado el precio que tendríamos que pagar para romper nuestra maldición. Durante todo el invierno, había tratado de bloquearlo de mi mente. Pero ahora que la red estaba casi terminada, estaba siempre en mis pensamientos.

Uno de mis hermanos tendría que morir.

Una y otra vez, me torturé con las diferentes posibilidades. De que no volviera a oír a Andahai regañarme. De que nunca más escuchara las palabras de Benkai para tranquilizarme. De que nunca volviera a construir cometas con Wandei o a reír con Yotan, o a discutir con Reiji. De que nunca más confiara mis secretos a Hasho.

Con cada nudo que hacía, mi corazón dolía un poco más. A medida que mi red aumentaba de tamaño, la pequeña perla de mi pecho brillaba y palpitaba, y a veces me punzaba tanto que tenía que parar y recuperar el aliento.

¿Le habrá dolido alguna vez la perla a Raikama? Me pregunté cómo debió de ser para ella abandonar su país para llegar a palacio. Sola y melancólica, cargada de secretos que no podía compartir con nadie.

Apreté los dientes. ¿Me estaba compadeciendo de verdad de mi madrastra?

Un poco. Solía parecer tan contenta cuando entraba en sus aposentos, como si yo fuera su única amiga en el mundo. ¿Por qué tenía que cambiar eso? ¿Qué la había hecho odiarme?

Lógica, Shiori, murmuré en silencio, recogiendo mi red de nuevo. *Raikama es malvada, eso es todo. No hay nada que entender.*

Eso era lo que me decía a mí misma noche tras noche mientras trabajaba en la red, hasta que até los extremos de la última hebra de flores estrella.

Hasta que, por fin, mi red estuvo terminada.

Era espléndida, lo suficientemente larga y ancha como para llegar a los rincones más lejanos de mi habitación. El fuego demoníaco le daba una luz brillante, como chispas, y la sangre de las estrellas la hacía vibrar, como si de alguna manera hubiera capturado todos los colores del universo. Si le dijera a alguien que había machacado mil rubíes para hacerla, me creería, porque esa era la única forma de describir los hilos del destino de Emuri'en. Con las tres magias juntas, la red brillaba con una luz que podría haber atrapado mi mirada para toda la eternidad.

Por muy hermosa que fuera, mirarla no me producía ninguna alegría. La guardé en mi cartera, sin querer volver a verla hasta el desgraciado día en que tuviera que usarla contra Raikama. No quería ni pensar en mi madrastra hasta entonces.

Pero parecía que no tenía opción. Aquella noche, mientras dormía, un recuerdo largamente enterrado afloró, sin ser invitado:

—¿Por qué pusiste la serpiente en la cama de Reiji? —preguntó mi madrastra—. Le molestó.

—Se lo merecía. Rompió mi muñeca favorita.

—Solo porque Reiji fue cruel no significa que tú también debas serlo. Piensa en la serpiente, podrías haberla herido.

—O podría haber mordido a Reiji —dije con maldad.

—¡Shiori!

—No me gusta Reiji —repliqué, terca—. Y no me gustan las serpientes. Son el enemigo natural de las grullas.

Raikama se rio.

—Son las grullas las que se comen a las serpientes, no al revés. Las serpientes son mis amigas. Fueron mis únicas amigas, alguna vez.

—¿Incluso las víboras? —pregunté—. Hasho dijo que son venenosas.

—Las víboras en especial. Prácticamente me criaron. —Lo dijo tan seria que no pude saber si estaba bromeando.

—Bueno, entonces, tú eres la única serpiente que me gusta, madrastra.

Raikama me alborotó el pelo. En su rostro brillaba un resplandor dorado y radiante como la luna. Empecé a señalarlo, pero la mano de Raikama se apartó de mi pelo. En un instante, el brillo desapareció, como si lo hubiera imaginado.

También desapareció su humor, y su voz se volvió seria.

—Un día no dirás eso. Un día, me despreciarás.

—No podría odiarte.

—Lo harás —afirmó al final—. Una víbora es venenosa, lo quiera o no.

—Pero no todo el veneno es malo. A veces es un medicamento disfrazado.

Raikama parpadeó, sorprendida.

—¿Qué?

—Eso me lo dijiste una vez, cuando alguien intentó matar a Padre con una carta envenenada. ¿No te acuerdas? Hiciste un antídoto con el veneno de tus serpientes.

Me estudió, con una media sonrisa formándose en sus labios.

—Tienes muy buena memoria.

—Lo salvaste. Por eso nunca pude despreciarte. —Hice una pausa, probando una palabra en mi lengua. Me aventuré a decir—: Madre.

Su sonrisa se disolvió enseguida.

—No soy tu madre, Shiori. No eres hija mía. Nunca lo serás.

Antes de que pudiera detenerla, me tocó los ojos, y olvidé el recuerdo durante muchos, muchos años.

Por la mañana, Kiki bailó sobre mi nariz, despertándome con la nieve sacudida de sus alas.

—Seryu quiere que te encuentres con él esta noche junto al río. Tiene noticias.

CAPÍTULO 31

La luna solitaria colgaba redonda y brillante como el ojo de un dragón. La nieve recién caída enfriaba el aire, dejándome poco tiempo para pensar en cosas secundarias mientras me dirigía a la parte trasera de la fortaleza.

—Un poco tarde para salir, Lina —dijo Pao, sin dejarme pasar—. Ya está oscuro.

En el pasado, todo lo que tenía que hacer era sugerir que Chiruan me había enviado, y Pao me habría dejado ir a cualquier parte. Pero Chiruan estaba en el calabozo. Levanté mi antorcha y mi balde, moviendo los labios para decir un montón de tonterías:

Setas, hielo, trucha, río.

—No tan rápido, no tan rápido —dijo Pao, inclinándose hacia delante. Gruñó—. No sé cómo lo hace Takkan. No entiendo nada de lo que dices.

Esa es la cuestión. Le sacudí la canasta y le hice un gesto en dirección a la cocina. *Necesito ir.*

Pao carraspeó.

—Muy bien, vete, vete. Pero no te quedes mucho tiempo, o se lo diré a *lady* Bushian.

Sin necesidad de que me lo advirtieran dos veces, salí corriendo.

Las luciérnagas bailaban sobre el río, tantas que parecían las chispas de una hoguera. Kiki se sentó en mi hombro mientras yo me agachaba en la orilla, con el cuerpo temblando por el frío.

En el agua, la luna llena vacilaba, su luz plateada hacía brillar la escarcha.

Seryu, estoy aquí.

Apunté el extremo de mi antorcha al río helado, observando cómo la superficie se agrietaba y se fracturaba en miles de líneas interconectadas. Esperé. El hielo se separó y, mientras las corrientes ondulaban y se arremolinaban debajo, dos ojos rubí, grandes como huevos de codorniz, brillaron desde el interior de la borrasca acuática.

—Parece que estás mejor alimentada que la última vez —saludó Seryu, adoptando su forma humana en el agua. Como de costumbre, las branquias iridiscentes brillaban en sus pómulos y las escamas verde jade asomaban por sus ropas de seda. Pero hoy tenía un aspecto diferente. Tenía el pelo más corto, solo hasta la barbilla y, por primera vez, sus ojos estaban desprovistos de toda picardía.

—Mejor alimentada, y más cálida. Por otra parte, un pajarito entrometido me dijo que te has alojado en un castillo, protegido por los mejores centinelas de Kiata. No me dijo que uno de ellos era tu prometido.

La irritación punzaba la voz de Seryu, lo que no entendía.

¿Qué más da? Por lo que él sabe, no soy nadie.

—Puede que tengas un cuenco en la cabeza. Pero hasta un tonto como Bushi'an Takkan puede ver que difícilmente no eres nadie.

Miré al dragón con desprecio.

No es un tonto. Si no te conociera mejor, diría que pareces celoso.

—¿Yo? ¿Celoso de un mortal? —se burló Seryu—. Los dragones no se preocupan por emociones tan mezquinas. Además, soy el nieto del Rey Dragón. Tengo muchos admiradores propios.

¿Cómo?, pregunté. *Pensé que rara vez salías a la superficie.*

—Los humanos no son los únicos capaces de apreciar mi grandeza —replicó Seryu. Su expresión se transformó en un ceño fruncido—. ¡En casa, solo mi reputación atrae a decenas, no, cientos de admiradores!

Lanzó un triste suspiro.

—Pero tú siempre has sido una de mis favoritas, Shiori —admitió, ablandándose de repente—. Si no fueras tan… tan humana, yo…

¿Qué harías?

—No importa.

El dragón estaba actuando de forma extraña hoy. En un momento estaba irritable y al siguiente melancólico. Hice una mueca, temiendo que eso significara que no me iban a gustar sus noticias.

La red está terminada, le informé, yendo directamente al grano. Hacía frío junto al río y no quería congelarme. *Kiki dijo que tenías noticias.*

—Dos días de dragón no son suficientes para recuperar el favor de mi abuelo —replicó Seryu, irritado.

—¿Qué estás diciendo?

—No tengo noticias, Shiori. Solo traigo un mensaje de mi abuelo.

Me congelé.

¿Cuál es?

—Lamenta no haber destrozado tus huesos por encima del mar de Taijin —dijo Seryu débilmente—. Y te asegura que la única razón por la que tus hermanos, que vuelan sobre el mar en busca del nombre de tu madrastra, aún no han sido reducidos a espuma es por su perla.

¿Qué es esto de la perla de Raikama?

—Me ha ordenado que te diga que, *si* sobrevives a tu encuentro con la Reina sin Nombre, él exige su perla. Pertenece a los dragones.

Muy bien, se la daré, si me dice cómo romper mi maldición.

—El Rey Dragón no negocia —repuso Seryu con un gruñido—. La próxima vez que me veas, deberás tener su perla.

Su imagen comenzó a ondularse y desvanecerse en el agua.

¡Espera, Seryu!

Solo sus ojos rojos permanecían ahora, más apagados que nunca.

—No puedo ayudarte a romper tu maldición. Ya lo he intentado. Pero eres inteligente. Estoy seguro de que lo descubrirás.

Estaba cansada de necesitar ser inteligente. De necesitar resolver las cosas. Solo quería volver a casa y estar con mi familia, despertar y descubrir que todo esto había sido un sueño horrible y vívido.

Me agaché más cerca del río como si fuera a susurrar. Había algo pesado en mi mente que quería probar.

Me he estado preguntando por mi madrastra. ¿Y si…? ¿Y si no es una maldición? ¿Y si…? Toqué mi cuenco, sintiéndome tonta por las palabras que estaba a punto de decir, pero era demasiado tarde para dar marcha atrás. *¿Y si a veces el veneno es un medicamento disfrazado?*

Al reaparecer su rostro en el agua, Seryu me miró como si me hubieran salido cuernos y bigotes.

—¿Crees que tenía buenas intenciones cuando convirtió a tus hermanos en grullas?

Ya no sé lo que pienso. Solo trato de entender por qué. ¿Por qué lo hizo?

Resopló.

—Los humanos, siempre tratando de encontrar la razón detrás de esto o aquello. ¿Qué cambiaría?

Eso no podía responderlo. ¿Cómo podría, sin saber qué había que entender?

—La perla de su corazón no es como la de cualquier otro dragón. Está corrompida, y ella también debe estar corrompida por poseerla. Eso es todo lo que necesitas saber.

Seryu tenía razón: sus razones no podían justificar sus acciones. Lo que nos había hecho a mis hermanos y a mí era imperdonable. Solo un corazón cruel podría producir tal maldición.

Entonces, ¿por qué no lo creía?

—No compliques las cosas —afirmó Seryu, contundente—. Salva a tus hermanos, y luego llévale la perla a mi abuelo. Prométeme esto, de un amigo a otro.

Asentí con la cabeza, confundida.

—Bien. —El alivio rodó por sus hombros—. Ahora debo irme.

¿No te veré antes?

—Ojalá pudieras, princesa, pero no. No me echarás de menos de todos modos, ahora que tus afectos se han desviado hacia ese lord poco notable.

Me sonrojé antes de poder contenerme.

—Ah, así que Kiki no estaba contando cuentos.

Takkan es un amigo. Y me gustaría que dejaras de usar la palabra humano *como insulto. Soy humana, y mis hermanos también.*

—Dije que era poco notable. —Antes de que pudiera lanzar otra réplica, Seryu se sumergió de nuevo en el agua. Cuando volvió a salir a la superficie, sus plumosas cejas verdes estaban fruncidas. Me pregunté qué estaría ocurriendo en su reino submarino, porque su comportamiento se volvió repentinamente rígido, como si lo estuvieran observando.

—Enviaré un mensaje a tus hermanos de que has completado la red. Haz lo posible por sobrevivir hasta que te vuelva a ver.

El agua se aquietó y él desapareció, dejándome sola con el peso de la maldición de Raikama.

Cuando regresé al castillo, estaba agotada, medio congelada y con muchas ganas de desplomarme junto a la chimenea. Pero olvidé mi fatiga cuando vi a Megari acurrucada contra mi puerta, violentamente enferma.

—Lina —habló con voz ronca—. Has vuelto. No podía dormir. Mi estómago.

Tenía la cara pálida, los ojos vidriosos e hinchados y las extremidades tan flácidas que apenas podía mantenerse en pie.

—Mi estómago —gimió, con el vómito en los labios—. Ayúdame.

Se estremeció mientras se desplomaba sobre mí, desganada. Su pulso disminuía rápido.

Frenética por la preocupación, la tomé en mis brazos.

Resiste, Megari, pensé, cargándola. *Estarás bien.*

No la llevarás a la sacerdotisa de la sonrisa, ¿verdad?, exclamó Kiki desde el interior de mi manga.

Así es. Por mucho que odiara admitirlo, necesitaba la ayuda de Zairena. Recé para que estuviera en su habitación esta noche. Golpeé con los nudillos en su puerta, sin parar hasta que respondió.

—¿Estás poseída? ¿Cómo te atreves…? —empezó a regañarme Zairena, pero luego los ojos se le abrieron de par en par—. ¡Megari!

De inmediato, le hizo una señal al guardia que estaba al final del pasillo.

—Lleva a *lady* Megari a sus aposentos.

Empecé a seguirla, pero Zairena me hizo un gesto para que me fuera.

—Vuelve a dormir. Ya has hecho bastante, y no necesitamos que toda la fortaleza sepa que Megari está enferma.

Pero la ignoré, ayudando al guardia a colocar a Megari de nuevo en su cama.

Acaricié el pelo de la niña, deseando poder contarle una historia. Me conformé con rasguear suavemente su laúd. Una bandeja con mandarinas a medio comer y dátiles rojos secos descansaba sobre una de sus mesas. Y un plato de pastel de caqui viejo. ¡Por los hilos de Emuri'en! Esperaba que no hubiera caído enferma por comer uno de los postres de Chiruan.

Me parecieron horas antes de que Zairena volviera con el té. Cuando me vio, sus labios se separaron para hacer uno de sus comentarios desagradables. Por una vez, se lo pensó mejor y me pasó el té. Juntas ayudamos a Megari a beber, elevándole la barbilla para que goteara el líquido a través de sus labios apretados. Una vez vacía la tetera, la respiración de Megari se calmó de a poco y volvió a dormirse.

—Estará mejor por la mañana —afirmó Zairena.

Gracias, le dije con un gesto, realmente agradecida. Tal vez Zairena *era* una sacerdotisa después de todo. El té olía a jengibre, naranja y bayas de espino, todos los ingredientes para aliviar los dolores de estómago.

—Espera. —El rostro de Zairena estaba cansado, sus dedos manchados de té y hierbas—. Fue una suerte que me la trajeras. Gracias, Lina.

Parpadeé, sorprendida por el gesto de paz, por muy reacio que fuera.

¿Quién lo hubiera imaginado?, murmuró Kiki una vez que estuvimos a solas. *Hizo falta que Megari casi muriera para que esa víbora retirara sus colmillos. ¿La crees?*

Me desplomé sobre la cama, agotada por completo. No importaba si la creía. Al final de la semana, me habría ido de aquí.

Y si los dioses lo querían, mi invierno en Iro sería un recuerdo que quedaría muy lejos, en el pasado.

CAPÍTULO 32

Solo había dos despedidas que me importaban, y no sabía cómo proceder con ninguna de ellas.

Empecé con Megari. Volvía a ser la misma niña alegre de siempre y, cuando la visité, estaba tratando de decidir qué ponerse para el Festival de Invierno.

La rodeaban charcos de seda y satén, vestidos y ceñidores y zapatillas esparcidos por el suelo.

—¡Lina! —gritó, vadeando por el desorden. Levantó dos cintas—. Ayúdame, estoy tratando de decidir los colores para mis trenzas.

Mi mirada se detuvo en la cinta escarlata, pero señalé la azul. Era el color del escudo de Bushian, y hacía juego con el cuello y los puños del vestido que llevaba Megari.

—Yo también lo pensé. Toma, ¿por qué no te quedas con esta, entonces?

Megari me enredó la cinta escarlata en el pelo.

—El rojo te queda muy bien. Deberías usarlo más.

Antes era mi color favorito. Ahora apenas podía verlo sin pensar en mis hermanos, en las seis coronas carmesí que la maldición les obligaba a llevar.

—¿Estás emocionada por lo de esta noche? —preguntó, arrastrándome hacia la ventana—. Va a ser espectacular. El mejor hasta ahora.

Nunca había pensado mucho en el Festival de Invierno. En Gindara era un acontecimiento tan poco importante que solíamos combinarlo con las celebraciones de Año Nuevo. Pero podía imaginar por qué Megari lo amaba tanto. Incluso desde el castillo, podía ver los cientos de farolitos que se balanceaban desde los tejados de Iro.

—Las esculturas de hielo son mis favoritas —continuó Megari—. No se pueden ver desde aquí, pero son preciosas. El año pasado había dragones, barcos y jardines enteros hechos de hielo. Durarán hasta el Año Nuevo, si tenemos suerte. Entonces, por fin será primavera y podré llevarte a ver los conejos de la montaña.

Tragué saliva y busqué en mi cartera mi cuaderno de notas para mostrarle el mensaje de despedida que había preparado.

Megari, me voy...

El golpeteo de los tambores hizo que mis manos se estremecieran, y la página se rasgó cuando un cuerno sonó desde detrás de la fortaleza.

¿Qué está pasando?, dije con mímica.

Megari dejó escapar un suspiro de desaprobación.

—Todo el mundo está en la cacería.

Un rato después, los caballos galoparon y las puertas se abrieron.

¿La cacería?

—Es la tradición.

Megari se volvió hacia su laúd, haciendo una mueca cuando tiró de una cuerda que estaba demasiado desafinada.

—La cantidad de flechas que se necesita para disparar a su objetivo predice cuántos días de nieve habrá el año que viene. Una tontería, lo sé. Takkan lo odia, pero como Padre no está, tiene que dirigirlos. Es el mejor tirador, después de todo. Incluso mejor que Hasege.

Algo en mi estómago comenzó a cuajar. Me abalancé sobre el escritorio de Megari, con la mano escribiendo con furia.

—¿Qué cazan? —leyó Megari por encima de mi hombro—. Por lo general, un alce o un ciervo, pero en el desayuno, Hasege dijo que vio grullas salvajes dando vueltas por el bosque…

No esperé a que terminara. La tinta salpicó mis túnicas cuando dejé caer el pincel y corrí hacia la puerta.

Ojalá tuviera alas. La nieve me llegaba a las rodillas, y bajar la colina hacia el bosque era una batalla en sí misma. Mientras, el viento aullaba, mordiendo mis oídos, parecía burlarse: *No alcanzarás a tus hermanos a tiempo*.

Las flechas estallaban en las nubes en intervalos de pocos minutos, y una ráfaga de terror recorrió mi columna vertebral cuando vi a mis hermanos rodeando los árboles, con sus coronas carmesí marcadas contra el cielo gris.

¡Salid de aquí, Hermanos!, grité en mi mente. *¡Huid!*

Pero no podían oírme.

Al fin, vi huellas de cascos en la nieve, un camino pisoteado que atravesaba el bosque. Lo seguí, con el pulso que retumbaba en mis oídos mientras seguía las huellas para acelerar el paso. Allí estaban: Takkan y sus centinelas. Pao tenía su flecha apuntando al cielo: ¡a mis hermanos! Me puse delante de su caballo.

—¡Alto! —gritó Takkan mientras los caballos se encabritaban, y sus cascos estaban tan cerca que me arrojaban nieve a la cara.

—¿Qué…? —balbuceó Hasege, reconociéndome—. ¿Estás loca, chica? ¿Cómo te atreves a interrumpir la cacería?

Takkan ya estaba desmontando, pero yo no podía esperarlo. Salté, agarrando el arco de Pao y arrojándolo a la nieve. Antes de que nadie pudiera detenerme, fui de caballo en caballo, vaciando frenética los carcaj de los centinelas. Con un brazo lleno de flechas, corrí.

¡Hermanos! ¡Hermanos!

Me vieron. Hasho se acercó, el resto descendió con cuidado hacia el bosque. Kiki los encontró primero, en un bosquecito de abetos nevados.

Respiraba con dificultad, mareada por el blanco dondequiera que mirara. No me di cuenta de que me estaba congelando hasta que Hasho me rozó la mejilla con un ala y no sentí nada. Con suavidad, mis hermanos me cobijaron en sus plumas, devolviéndome el calor a la sangre.

Dejé caer las flechas y abracé a cada uno de ellos, incluso a Reiji. ¿De verdad habían pasado dos meses desde que los había visto por última vez? Teníamos mil preguntas para cada uno, pero lo que más me preocupaba era su seguridad. Rápidamente los llevé a todos detrás de los árboles para que los cazadores no nos vieran.

¿Estáis heridos?, pregunté.

Solo Hasho, respondió Kiki por las grullas. Se dirigió a mi hermano menor, que me mostró la parte inferior de su ala. Era solo un rasguño, pero la visión me hizo estremecer. Me agaché para ponerle nieve en la herida, pero Hasho me quitó de encima y se la sacudió de las plumas. Graznaba furioso y me volví hacia Kiki.

Dice que no hay que mimarlo, tradujo el pájaro de papel. *Está más preocupado por ti. Tus hermanos se enteraron de que atraparon a un asesino en el castillo de Bushian.*

Estoy bien. No quería hablar del arresto de Chiruan. *La red está terminada. Diles que estoy lista para partir.*

Mientras Kiki hablaba, los redondos ojos de Benkai me observaban. Hizo un murmullo bajo.

Dice que no pareces preparada, respondió Kiki por mi segundo hermano. *Seryu les dijo que te llevó al castillo de Bushian nada menos que tu prometido.* El pájaro de papel ladeó la cabeza. *Pregunta si esto es cierto.*

Es cierto.

El pico de Benkai se separó, como si dijera: «Ah, eso explica muchas cosas».

No sabía por qué me ardía la cara. O por qué creí necesario decirle a Kiki que creía que no llegarían hasta mañana.

Llegaron antes. Tienen noticias para ti. Un grito excitado salió del pico de Andahai, y Kiki batió las alas para que se callara. *Han descubierto el verdadero nombre de Raikama.*

Contuve la respiración.

¿Cuál es?

Estaban buscando en todos los lugares equivocados, continuó Kiki mientras Wandei, mi hermano más callado, se hinchaba un poco de orgullo. *A'landi, Samaran. Entonces Wandei recordó que su padre fue a las islas Tambu hace quince años. Le había pedido que trajera madera de teca, que no se pudre como el abedul y el sauce, y es la más resistente para la construcción.*

Reiji interrumpió con un grito de impaciencia, y Kiki se levantó de golpe.

Solo estoy haciendo mi trabajo. No puedo evitarlo si está divagando.

Mirando fijo a mis hermanos, Kiki se sentó en el hombro de Yotan y transmitió el resto de la historia:

El emperador Hanriyu había sido invitado a ir a Tambu, junto con todos los reyes, emperadores y príncipes de Lor'yan. Sus hermanos encontraron registros en un monasterio del sur. Entraron tantas veces que los monjes estaban preparando una olla para hacer un guiso de pájaros.

Kiki se estremeció.

¿Guiso de pájaros? Ahora me alegro más de ser de papel. Arrugó el pico antes de continuar: *Había una muchacha en Tambu, de la que se decía que era la más bella del mundo, y tu padre debía ser el juez del concurso para obtener su mano. Al final, ella no eligió a ninguno de los pretendientes y vino con tu padre a Kiata. Su nombre era Vanna.*

Vanna.

Le di vueltas en la mente.

En tambun, significa «dorada». Kiki resopló. *Poco sutil, ¿no? ¿Por qué no llamarla Ojos de Serpiente, si iban a ser tan obvios?*

Silencio, Kiki.

El cuento encajaba. El nombre, también —aunque quizá demasiado bien—, como el de Su Resplandor.

Era la última pieza del rompecabezas. Una vez que nos enfrentáramos a Raikama, seríamos libres. Y, sin embargo, mi estómago se retorcía de miedo. Como si estuviéramos a punto de hacer algo terrible y malo.

Hasho me pellizcó las faldas, con sus ojos de grulla notablemente claros.

Quiere saber qué pasa, dijo Kiki.

No respondí.

Pensaron que la noticia te haría feliz. Saben que tienes miedo de lo que viene, pero romper la maldición es la única forma de ayudar a tu padre a recuperar el control de Kiata. Aunque signifique la muerte de uno de ellos, es un precio que todos han prometido pagar.

No es solo eso, confesé con lentitud. *Estoy... Estoy empezando a tener dudas sobre Raikama. ¿Por qué se tomó tantas molestias para maldecirnos si nos quería muertos? Con su poder, podría habernos matado fácilmente.*

Andahai resopló.

Ahora no es el momento de filosofar, dijo su mirada. *Tenemos su nombre; tenemos la red. Pronto nos libraremos de ella, y Padre la conocerá como el monstruo que es de verdad.*

Eso era lo que todos queríamos desde el principio, así que ¿por qué estaba insegura?

¿Recordáis cuando vino por primera vez?, pregunté. *Nos quería como si fuéramos suyos. ¿Recuerdas cómo convenció a Padre para que te consiguiera el caballo que querías, Andahai? ¿Y,*

Wandei, cómo nos ayudó a construir nuestra mejor cometa? La queríamos.

Mis hermanos se movieron con inquietud, pero Reiji golpeó la nieve. Su pico era el más afilado de todas las grullas y, ahora, se retorcía de rabia. Apenas necesité la ayuda de Kiki para entender lo que estaba diciendo.

Por supuesto que la queríamos; nos hechizó. Después de todo este tiempo, ¿quieres empezar a creer que nuestra madrastra es buena? Kiata se está desmoronando, y apostaría mis alas a que Raikama tiene algo que ver con ello.

Ante eso, mis hermanos batieron las alas, emitiendo sonidos de acuerdo.

Sin embargo… Las manos se me cayeron sobre el regazo en señal de derrota. Nada de lo que dijera los convencería. *Piénsenlo. Por favor.*

La nieve se filtraba a través de mis túnicas, el frío me quemaba las rodillas. Cuando empecé a levantarme, una pesada capa me envolvió los hombros.

—Eres rápida, Lina —dijo Takkan.

Almirante relinchó detrás de mí, atado a un árbol. Takkan señaló a las grullas, inclinando la cabeza en señal de disculpa. Se acercó a ellas con cuidado, y yo asentí con la cabeza para indicarles a mis hermanos que podían confiar en él. Aun así, Reiji chasqueó el pico, hasta que Andahai le tiró del ala.

—Solo soy yo —dijo Takkan en voz baja—. Envié a los demás a casa. La cacería ha terminado.

Se arrodilló para envolver el ala de Hasho con la tela del estandarte de su familia.

—Nunca hemos visto grullas en esta época del año, si no, no habríamos…

Le puse una mano en el brazo.

Benkai nos estudió a Takkan y a mí, con ojos perspicaces. Podía leer exactamente lo que estaba pensando:

¿Podría ser...?

¿Takkan, tu prometido? Kiki intervino por mi hermano desde el interior de mi manga.

Siempre de buen ánimo, Yotan me lanzó nieve con humor.

¿Me atrevo a adivinar que te gusta de verdad?

Mi pájaro de papel estaba disfrutando demasiado de esto. Transmitió las burlas de Hasho:

Creo recordar que le dijiste a papá que solo los monstruos vivían en el norte.

Mi mano seguía en el brazo de Takkan y la levanté enseguida, como si hubiera tocado el fuego. Mis hermanos se rieron, graznando, y yo quise arrancarles las plumas.

Solo es un amigo, les dije a todos con un movimiento de muñeca.

Tendría que ser un buen amigo para ir detrás de una chica con un cuenco en la cabeza, dice tu hermano Reiji.

Kiki soltó una risita desde dentro de mi manga, y yo la miré con desprecio.

Sí, es un buen amigo.

Andahai se adelantó, el menos divertido de todos. No necesité la ayuda de Kiki para entender lo que decía.

Rápido entonces, despídete de él. Ya que estás aquí y tienes la red, podrías volver con nosotros.

Una sonrisa ladeó los labios de Takkan.

—Seis grullas —observó—. Como las que has doblado. —Se fijó en lo protectores que eran mis hermanos al rodearme—. Te conocen.

Me alegré de no poder decir nada en respuesta. Tragué saliva con fuerza, sin estar preparada para comenzar mi despedida.

—¿Qué pasa, Lina? Pareces triste.

Estaba triste. Más triste de lo que esperaba estar ante la perspectiva de dejar este lugar. Dejar a Takkan.

Su capa me pesaba sobre los hombros, y estaba empezando a quitármela cuando Takkan se acercó.

—¿Mi madre ya te ha dado la noticia?

Sacudí la cabeza. No estaba segura de poder soportar más noticias.

¿Qué ha pasado?

Su mirada se centró en mí con intensidad.

—Lord Yuji ha asesinado al *khagan* de A'landi y le ha quitado a su hechicero. El Lobo es ahora suyo y está reuniendo un ejército para tomar Gindara.

La conmoción me oprimió el pecho y, por un momento, no pude respirar. Mis hermanos empezaron a graznar, sus ruidos eran incomprensibles mientras me rodeaban, gritando unos sobre otros.

Takkan nos observó con curiosidad, arrugando el ceño. Pero no dio muestras de sus pensamientos.

—Debo abandonar el castillo de Bushian esta noche —dijo.

Mis labios se apretaron y se movieron:

¿Esta noche?

—Sí, durante el festival. Entonces llamaré menos la atención. Pareces asustada, Lina. No te preocupes, esto no es una despedida.

Lo era para mí. Me iba ahora, con mis hermanos.

Retrocedí, mis talones se hundieron en la nieve. No sabía cómo despedirme.

Yo… Tengo que…

Andahai soltó un graznido y me empujó hacia Takkan.

Ve al festival, me indicó con sus movimientos. *Ve, ve.*

Lo miré sorprendida. De todos mis hermanos, él era el que menos esperaba que simpatizara.

Dicen que Hasho necesita tiempo para descansar, transmitió Kiki mientras Benkai me daba su bendición con un ala levantada. *Y que no estaría de más quedarse en la fortaleza unas horas más. Además, si las noticias de Takkan sobre lord Yuji son ciertas, deben planear su regreso con más cuidado.*

Andahai se adelantó, y desde el interior de mi manga, Kiki comunicó sus instrucciones:

Encuéntranos aquí de nuevo esta noche después de que Bushi'an Takkan se vaya.

Se lo prometí. Con el corazón tembloroso, abracé a mis hermanos y me volví hacia Takkan. Me miraba, con la cabeza inclinada en un ángulo inquisitivo. Pero no dijo nada, cumpliendo con honor su promesa de no preguntar por mi pasado.

Son especiales para mí, expliqué con un gesto hacia las grullas. Me puse las manos sobre el pecho mientras se alejaban volando. *Son mis hermanos.*

Mientras volvía con Takkan al castillo, me pregunté hasta qué punto lo entendía.

CAPÍTULO 33

Me puse mi mejor túnica, una escarlata con dibujos de peonías y martinetes, y me puse mis guantes más abrigados. Salvo por el cuenco en la cabeza, casi me parecía a mí misma.

Me colgué la cartera al hombro, lo que puso en peligro el efecto. Con raspones y manchada de agua, arruinaba cualquier apariencia de elegancia que pudiera tener. Algo que Zairena señaló en cuanto me encontró en las escaleras del castillo.

Arrugó la nariz.

—¿Tienes que llevar ese bolso a todas partes?

En un momento normal, la habría dejado en mi habitación para evitar interacciones como esta, pero me iba después del festival. No tendría tiempo de volver al castillo.

Me encogí de hombros y metí la bufanda dentro como si eso fuera a disipar sus preguntas.

Zairena chasqueó la lengua. En lugar de su túnica de luto, llevaba un vestido de color índigo pálido, con una túnica interior rosa que combinaba elegantemente con su ceñidor y sus puños. Las pieles de zorro envolvían sus hombros, y sus guantes color marfil asomaban por las mangas acampanadas mientras levantaba su linterna, inclinando su llama cerca de mi cartera.

—Toma, lleva esto en su lugar. —Zairena me ofreció su bolso de seda. Era del mismo rojo que mi túnica, con remolinos de bordados dorados entretejidos en su lustrosa tela—. No seas tan tímida, Lina. Al menos pruébalo.

Antes de que pudiera detenerla, cambió mi cartera por la suya.

—¿Ves qué diferencia hace una cosa tan pequeña? Estás casi guapa, incluso con ese cuenco en la cabeza.

Era cierto. El bolso de seda brillaba contra mi ceñidor, como si le perteneciera.

Zairena se acercó a mi oído.

—No me sorprendería que Takkan se fijara en ti.

Me volví para mirarla.

¿Qué?

Sonrió.

—No me importa que se haya quedado contigo. Quizás ese fue nuestro malentendido desde el principio. Ahora, no me ensucies el bolso; lo quiero de vuelta después del festival. —Mostró sus dientes, una sonrisa que no era del todo amable, pero que, lo más probable, era la mejor que podía hacer.

El bolso *era* precioso, pero no era para mí. No necesitaba ni quería la ayuda de Zairena para sentirme bonita, y mucho menos para llamar la atención de Takkan. Se lo devolví, negando con la cabeza.

—Como quieras —replicó Zairena, volviendo a ponerme la cartera al hombro.

Cuando se fue, miré a Kiki en las vigas de arriba. Estos días le gustaba revolotear de viga en viga. en lugar de sofocarse en mis mangas.

¿No vienes?, le pregunté.

¿A ver cómo te quedas embobada por el canto del lord?

Me crucé de brazos.

Creía que estabas esperándolo.

La música me da sueño, dijo Kiki, fingiendo un bostezo. *De todos modos, prefiero esperar aquí a tener que esconderme en tu manga. Pero no te quedes mucho tiempo. Tus hermanos te están esperando, no lo olvides.*

Le di un beso a Kiki y me apresuré a salir. Subí a uno de los carros con destino a Iro. Mientras sus ruedas bajaban la colina, observé el cielo. Los rojos y rosas contorneaban las nubes… también el violeta, como si el amanecer y el atardecer se mezclaran.

No habrá luna cuando caiga el sol. Esta noche Imurinya volvió al cielo y se convirtió en un espectro de su pasado: la diosa del destino. Yo solo rezaba para que viera con buenos ojos el mío.

Las representaciones del festival habían empezado antes, y los asientos de la parte delantera del teatro estaban todos ocupados, así que me senté entre extraños en un banco de madera del fondo. La nieve que entraba por las ventanas me hacía cosquillas en la cara. Las campanas tintineaban de fondo, y fuera, los tambores de las fiestas sonaban.

Parecía que toda la ciudad estaba aquí. Debía de haber mil personas en el teatro, todas ellas portando linternas redondas sin encender que se balanceaban contra sus rodillas. Los niños saltaban en el lugar, ansiosos de que comenzara la siguiente representación.

El sol se había ocultado en su mayor parte, pero un último resplandor del oeste barrió el escenario cuando *lady* Bushian se puso de pie y dio la bienvenida al pueblo de Iro al festival.

—Esta noche celebramos el final de un largo invierno, y la luz que viene después de la oscuridad. Como tributo del castillo de Bushian, mis hijos interpretarán la leyenda más preciada de Iro para honrar y agradecer a todos ustedes un año de trabajo duro, lealtad y armonía. —Hizo una reverencia y luego dio la bienvenida al escenario a Megari y Takkan.

Megari se sentó primorosa en el taburete dispuesto para ella y se adecentó sus exuberantes faldas azules antes de agarrar su laúd. Levantó los hombros y, con un movimiento de la mano hacia abajo, rasgueó un acorde inicial.

Cuando los ojos de Megari se iluminaron, absorbidos por la música, Takkan se adelantó.

—Cuando Emuri'en cayó de los cielos a la tierra —comenzó a relatar—, sus mil grullas rezaron para que renaciera. Y así fue, como una niña humana llamada Imurinya.

Las sonrisas se extendieron por el teatro cuando niños y adultos reconocieron la leyenda que Takkan y Megari habían elegido.

Takkan cantó:

Imurinya no era como los demás niños.
Su piel brillaba de plata como la luna,
y su pelo resplandecía con la luz de las estrellas,
tan brillante que nadie podía ver su dolor.

Pronto se convirtió en una dama,
melancólica y sola
si no hubiera sido por los conejos de la montaña,
que no temían su resplandor.

Entonces llegaron reyes y príncipes,
pidiendo su mano.
A cada uno de ellos les pidió un simple regalo:
un regalo que la hiciera feliz.

Trajeron anillos de jade y coronas de perlas,
suntuosas sedas y cofres de oro.
¿De qué me sirven esas riquezas?, *pensó Imurinya.*
No soy más que una doncella de la montaña.

Su esperanza comenzó a desvanecerse,
hasta que el último pretendiente se armó de valor,
un humilde cazador con un humilde regalo:
un peine de madera tallado con una flor de ciruelo.

Todos lo ridiculizaron por atreverse con un objeto tan sencillo.
Pero Imurinya los silenció con una mano suave y preguntó:
«¿Por qué debería hacerme feliz un peine?».

El cazador respondió:
«Los conejos me han dicho que más allá de la luz que brilla,
tus ojos están oscuros de tristeza.
No tengo oro, ni tengo reino,

pero daría este peine para sostener tu pelo,
para poder ver tus ojos e iluminarlos de alegría».

Y así Imurinya lo amó y se casó con él.
Pero poco después, las historias de su luz llegaron a los cielos,
y los grandes dioses reconocieron a su hermana Emuri'en
renacida.

Enviaron grullas a buscarla
con un melocotón de la inmortalidad para restaurar
su condición de diosa,
pero Imurinya no quiso volver sin su esposo
mortal,
y él no era bienvenido entre los dioses.

Inteligente como era, dividió la fruta,
y sirvió la mitad en la sopa del cazador y la otra mitad en
la suya.
Juntos volaron a mitad de camino hacia el cielo,
reclamando la luna como suya.

Ahora, una vez al año, en esta noche de invierno,
sus mil grullas la devuelven al cielo
y se convierte de nuevo en Emuri'en,
diosa del destino y del amor.

La voz de Takkan se acalló, y los últimos acordes de su canción fueron tan suaves que nadie se atrevió a respirar. Levantó su linterna, con su papel azul pintado con conejos y grullas y una luna plateada. Sus ojos buscaron entre la multitud hasta que encontraron mi mirada. Sonrió e inspiró profundamente:

Para honrar su luna más oscura,
encendemos nuestros faroles
para que parte de nuestra luz toque el cielo,
igual que la suya toca nuestra tierra.

Por fin, Megari rasgueó un último acorde.

Mientras el silencio se prolongaba, inhalé, sintiendo un suave dolor en el pecho. La de Imurinya era una historia de amor y pérdida, tan diferente de la mía, y sin embargo no pude evitar empatizar con ella. A su manera, ella también estaba maldita, incapaz de volver a casa.

Se parece más a Raikama que a mí, pensé. La competencia por la mano de Imurinya me recordó la historia de mi hermano sobre Vanna y sus pretendientes. A Raikama nunca le había gustado oír hablar de la dama de la luna. Sentí una punzada de simpatía por ella. ¿Podría ser porque Imurinya le recordaba a ella misma?

Dejé de lado ese pensamiento. Esta noche era para celebrar los nuevos comienzos, no para rememorar el pasado.

Guiados por Takkan, todos los presentes en la sala levantaron sus faroles y los encendieron, hasta que la luz de la propia Imurinya pareció sonreír al teatro. Los asistentes abrieron las puertas para que pudiéramos ver que el encendido de las linternas había comenzado también en el exterior, proyectando un resplandor dorado sobre el río y la ladera de la montaña del Conejo.

Y con la suave nieve que entraba por las puertas abiertas, fresca y blanca contra los postes bermellones del teatro, me di cuenta de que Takkan había tenido razón todo el tiempo.

Iro era el lugar más hermoso del mundo.

Cuando encontré a Takkan, se estaba poniendo la armadura mientras su hermana guardaba la comida del festival en las alforjas de Almirante. Megari le tiró de la manga cuando me vio.

—Ahí está —gritó, dando un codazo a Takkan con una amplia sonrisa—. ¿No te alegras de haberte quedado aquí en lugar de ir a buscarla?

Por alguna razón, la mirada de disgusto que lanzó Takkan a su hermana me revolvió el estómago.

—Takkan estaba encantado de que vinieras —continuó Megari, ajena a la creciente mortificación de su hermano—. Él escribió la canción, ¿lo sabías? Bueno, solo la letra. Yo escribí la música.

Me toqué el corazón.

Me encantó. También a todos los demás.

—Sabía que te gustaría. —Megari sonrió astuta—. El paseo de las linternas acaba de empezar; deberíais ir a verlo. No me esperéis, actuar siempre me deja hambrienta.

Salió corriendo antes de que ninguno de nosotros pudiera detenerla.

—Ahora supongo que sé cómo se siente mi madre cuando salgo corriendo a la batalla —bromeó Takkan.

¿Ya te vas?, señalé hacia Almirante.

—Pronto —contestó, con el arrepentimiento que engrosaba su voz. Carraspeó y bajó su linterna para que estuviera a la altura de la mía—. No iba a hacerlo sin despedirme.

Eso me hizo más feliz de lo que deseaba admitir.

Caminamos juntos, las risas y los tambores del festival zumbaban en mi cabeza mientras nuestros pasos se sincronizaban. Pasamos por delante de una hilera de esculturas de hielo. Eran tan magníficas como había dicho Megari: tigres y mariposas, barcos dragón y emperatrices con coronas de fénix, incluso una réplica del palacio imperial. No pude elegir una favorita.

Por primera vez, la comida no me atraía. Estaba flotando, igual que los faroles del río. Todos parecían pequeñas lunas, redondas y llenas. Cada uno tenía una cuerda roja atada en la parte superior, algo en lo que nunca me había fijado en todos mis años de celebración de la mitad del invierno en Gindara. Me detuve y señalé.

—Es una tradición local —dijo Takkan, servicial—. Si atas un cordón rojo a tu farol y lo colocas en el río, las grullas sagradas llevarán tu hilo del destino a la persona que estás destinada a amar.

Una bonita historia, pero bastante inverosímil. Si fuera así, todo el mundo en el reino viajaría a Iro y colocaría sus faroles en el río Baiyun.

Tal vez el objetivo de tales leyendas era simplemente traer esperanza.

—El Festival de Invierno es la celebración de Emuri'en —continuó Takkan—. No solo para venerar la luna; solía ser una noche para que la gente se conociera y, tal vez, se enamorara.

Mantuve la mirada en el agua, observando el brillo de la superficie helada bajo la luz de la linterna, ignorando la ligera aceleración de mi pulso.

—¿Has visto alguna vez la luna llena sobre la montaña del Conejo? Decimos que en ese momento es cuando...

Imurinya está mirando, dije moviendo los labios. Mis hombros se hundieron con pesar. No, nunca la había visto.

—Puede que no esté mirando esta noche —dijo Takkan, levantando su linterna hacia la montaña—, pero sigo diciendo que esto es un hermoso espectáculo.

Miré hacia donde señalaba y se me cortó la respiración. No había luna, pero la luz del río Baiyun iluminaba sus dos picos, y el viento había arrastrado algunas de las linternas para que flotaran en el cielo, como pequeños soles contra la montaña.

Se arrodilló junto al río y yo hice lo mismo.

—Debo estar borracho de luz de luna para decirte esto... pero después de dejarte en la Posada del Gorrión, yo... No podía dejar de pensar en ti. No sabía nada de ti y, sin embargo, nunca había conocido a nadie tan decidida... o descarada. Ni siquiera Megari. —Se rio, y luego su expresión se volvió seria una vez más—. De alguna manera, sabía que volvería a verte. Era como si pudiera sentir que nuestros hilos se cruzaban. Sin embargo, cuando viniste a Iro, parecías diferente. Más triste, más retraída. Te buscaba en la cocina mientras Pao y yo caminábamos por el castillo. Quería hacerte sonreír.

Lo recordaba. Cada vez que lo descubría patrullando los terrenos, ralentizaba mi trabajo, animada al verlo más fuerte cada día que pasaba.

—Pronto aprendí que no podía competir con la comida.

Mis hombros temblaron de risa.

Pocas personas pueden hacerlo.

—Pero te gustaban mis historias. Eso lo aprendí. —Tocó su linterna con la mía, con tanta ternura que mi estómago se hundió—. Quizá me sirvieron de peine de madera. Te contaría historias desde el amanecer hasta el anochecer si eso significara llenar tus ojos de felicidad.

Extendí la mano, enganchando mi brazo bajo el suyo; no sabía qué me había llevado a hacerlo. Tal vez fuera la historia, la belleza de los faroles que nos rodeaban o incluso el frío que adormecía mis sentidos, pero la mortificación me invadió un momento demasiado tarde. Intenté apartarme, pero Takkan no me soltó. Me acercó, y mi hombro se fundió con el suyo.

Pensé que me besaría. Dioses, *quería* que me besara.

Pero entonces empezaron los fuegos artificiales, que se elevaron hacia el cielo y brillaron entre las estrellas. Contra el crepúsculo y la nieve, bajamos nuestras linternas al río, viendo cómo se deslizaban con otras cien, algunas llevadas por el viento hasta tocar el lago de nubes. Era todo tan hermoso que no me atrevía a pestañear. Quería grabar este momento en mi memoria.

—¿Estarás aquí cuando vuelva, Lina?

La voz de Takkan era tan suave que casi no la oí.

Se me formó un nudo en la garganta, cálido y tierno. Me aparté de él, fingiendo mirar nuestras linternas a la deriva por el agua.

¿Qué te hace pensar que me voy?

Se había vuelto bueno leyendo mis labios.

—Cuando me ofrecí por primera vez a traerte aquí, te negaste. Sé que Iro era poco más que un lugar para pasar el invierno para ti, pero no puedo evitar la esperanza de que te quedes.

Bajé la mirada.

Mi silencio fue revelador, y Takkan se inclinó hasta que nuestras cabezas quedaron a la misma altura. Su voz tembló cuando habló:

—No quisiera que estuvieras sola, Lina, ni en tus alegrías ni en tus penas. Desearía que tu hilo se anudara al mío, siempre.

Ahora levanté la vista hacia él, alegrándome de que no pudiera ver el desconcierto en mis ojos.

¿Había usado involuntariamente mi magia a fin de hechizarlo para que hiciera semejante declaración? Ni siquiera sabía quién era yo. Quién era *en realidad.*

En lugar de responder, apoyé mi cabeza en su pecho, metiendo mi coronilla, con tazón y todo, bajo su mentón. Pude sentir su respiración entrecortada, pero no dijo nada. Me rodeó la cintura con un brazo y me abrazó.

La razón exigía que me fuera en ese momento, antes de que el aire de la montaña se me subiera a la cabeza, antes de que me preocupara demasiado por Takkan. Pero era ya tarde para eso.

Todo lo que quería era que esta noche durara para siempre. Descubrir que nuestros hilos se habían cruzado y anudado todo el tiempo. Era irónico, ¿no?, que yo —una chica que siempre había querido tomar sus propias decisiones— no deseara más que rendirme al destino. Me reí en silencio de mí misma.

A todas luces, yo nunca habría elegido a alguien como Takkan. Era demasiado serio, demasiado bueno. Alguien que siempre seguía las reglas, mientras que a mí me gustaba romperlas. Alguien que prefería quedarse en casa, mientras que yo anhelaba navegar tan lejos como pudiera.

Le habría gastado bromas sin piedad, pensé, sonriendo al imaginarnos a los dos de niños.

Ninguno de mis hermanos le habría dado su protección a un ladrón que hubiera intentado robarles. Ninguno habría encontrado la belleza en una simple montaña, y ninguno se habría conformado con vivir toda su vida en el norte, lejos de la corte y la batalla.

Me volví hacia él, rozando con mis dedos su mejilla. Cuando lo conocí, me había parecido que su rostro era ordinario. Nariz recta, ojos marrones, un pico puntiagudo en el nacimiento del cabello. Bastante guapo. Sin embargo, cada vez que lo veía, me gustaba un poco más.

Ahora veía en sus ojos la riqueza de la tierra de verano. Su nariz me parecía adorable, roja por el frío, y su voz era como una canción favorita que nunca me cansaba de escuchar. Era curioso que me hubiera robado el corazón, cuando *yo* había sido la ladrona el día que nos conocimos.

Intenté calentarle la nariz con la mano, pero Takkan me atrapó los dedos, llevando las puntas de mis guantes a sus labios. Me levantó la barbilla, y su aliento me hizo cosquillas en la nariz.

Iba a besarme.

Por fin.

Cerré los ojos a medias, con los dedos de los pies que se me curvaban dentro de las botas. Después de meses diciéndome a mí misma que Takkan no significaba nada, quería quedarme en sus brazos hasta que saliera el sol. Quería oírle decir mi nombre, mi verdadero nombre, y decirme de nuevo que quería que me quedara en Iro.

Que me llevaran los demonios, *quería* quedarme.

Pero no podía. Megari siempre decía que yo era como la chica de uno de sus cuentos. Con el cuenco en la cabeza, probablemente pensaba que estaba envuelta en misterio y encanto. No se equivocaba, pero mi magia solo había traído desgracias y penas a los que amaba. Si fuera un personaje de un cuento, no sería la heroína. Yo era la agitadora que lo había sacudido todo de su sitio. Uno a uno, tenía que arreglar mis errores.

Todavía me quedaban muchas decisiones por tomar. Quedarme aquí —por mucho que lo deseara— era la equivocada.

Sus labios estaban casi sobre los míos, las puntas de nuestras narices se tocaban, cuando, sin previo aviso, me zafé de su abrazo. Si me quedaba más tiempo, mi corazón podría estallar y todos los muros que había construido a su alrededor se desmoronarían.

—¡Lina!

Me alejé a toda prisa, sin mirar atrás.

Emuri'en, sé amable, rogué, con una mirada al cielo sin luna. *Deja que sobrevivamos a las pruebas que nos esperan. No anudes nuestros hilos, solo para cortarlos.*

Mientras me escabullía de la fiesta, lo último que vi fue nuestras linternas desapareciendo por el recodo del río.

Estaba buscando un caballo que me llevara al bosque cuando Kiki se abalanzó sobre mi pecho.

¡Shiori!, chilló, agitando sus alas violentamente en mi cara. *Mira. ¡Mira!*

Ahora no.

La aparté de un manotazo, aún angustiada por cómo había dejado a Takkan.

Mi pájaro de papel era salvaje, agitando sus alas en mi pelo y en mis orejas. Me mordió el pelo y me arrastró hacia el farol más cercano.

¡Mira!

Un rastro de tinta negra brillaba en la parte inferior del ala de Kiki mientras bailaba alrededor de la llama.

¿Qué pasa?, pregunté con cansancio. *Te ayudaré a lavarla mañana.*

Negro, Shiori. Antes era dorado, por el tinte del hilo de Zairena. Me lo lavaste con nieve hace días, ¿no lo recuerdas?

Ahora Kiki tenía mi atención. La examiné a la luz de la linterna. Efectivamente, su ala era negra como la tinta.

Cuatro Suspiros.

Me senté en los hilos, dijo Kiki rápido. *Los hilos de su rueca. Y...*

No necesitó decir nada más. Mi entendimiento se iluminó, y regresé por donde había venido.

Zairena. Todo el tiempo había sido Zairena.

CAPÍTULO 34

Volví a rodear el festival, con la cabeza que me retumbaba mientras me abría paso entre la multitud.

Todo este tiempo, Zairena había sido la asesina. Tenía que encontrar a Takkan antes de que se fuera. Cada momento que ella estaba aquí, él estaba en peligro.

¡Ahí está!, gritó Kiki, apuntando con un ala a un hombre que subía por el estrecho camino de regreso al castillo.

A la tenue luz de la linterna, la figura se parecía a Takkan por detrás. La misma altura, el mismo paso, la misma armadura. Pero al acercarme, vi que sus hombros eran más cuadrados y sus movimientos más pesados.

¡Hasege! Corrí tras él. Los centinelas también tenían que saberlo.

Zairena es la asesina, traté de decirlo moviendo los labios, gesticulando.

Él no lo entendió. Su rostro estaba más rojo que de costumbre. Parecía borracho, con los ojos negros como la ceniza hundidos.

Desistí de intentar explicarle.

¿Dónde está Takkan?

—¿Takkan? —preguntó con un gruñido. Se acercó a uno de los caballos—. Te estaba buscando. Sube, te llevaré al castillo.

Su voluntad de ayudar me sorprendió. Me quedé atrás, sin confiar en él.

¿Está en el castillo?

—¿Qué? —Hasege chasqueó la lengua—. ¿No me crees, Lina? Mira ahí: mi tía está volviendo para despedirse de Takkan ahora mismo.

Ladeó la cabeza hacia la carreta que llevaba a *lady* Bushian colina arriba.

Shiori… Kiki vaciló. *No confío en él.*

Yo tampoco, pero necesitaba hablar con alguien —si no con Takkan, con *lady* Bushian—, y me llevaría demasiado tiempo a pie. Salté al caballo de Hasege.

Las luces de la fortaleza ardían como pinceladas de fuego contra el cielo nocturno. Mientras el caballo de Hasege subía al galope por la colina, la aprensión se hizo más fuerte en mis entrañas.

Mi ventana estaba iluminada. Pero no había dejado ninguna vela encendida.

El caballo se detuvo bruscamente contra un árbol. Mientras la nieve caía de sus ramas sobre mi capa, me bajé de un salto, más sacudida por la luz en mi habitación que por el golpe de frío.

—Vamos —dijo Hasege, quitándose el polvo de la nieve—. Te está esperando arriba.

Las sombras se cernían sobre los pasillos del castillo, que parecían más largos de lo que yo recordaba. No creí lo que Hasege dijo de Takkan, ni por un instante, pero algo *estaba* mal. Mis pasos golpearon las escaleras cuando subí dos o tres peldaños a la vez. Corrí a mi habitación.

Mi puerta estaba entreabierta.

Con una mano en mi daga, entré a toda prisa, sin saber lo que esperaba encontrar. Mi habitación estaba vacía. Intacta, salvo por las velas encendidas en mi mesa.

Me aferré a mi cartera, agradeciendo a los dioses que la hubiera traído conmigo.

Pero cuando empecé a salir, su exterior de paja empezó a brillar, como si parpadease demasiado rápido. Tenía que ser un truco de la luz. La paja estaba resbaladiza por la nieve derretida, y la limpié con las manos, segura de que eso haría que volviera a la normalidad.

Entonces, la cartera que tenía en las manos desapareció por completo. En su lugar, tenía un bolso de seda.

El bolso de Zairena.

Demonios de Tambu, juró Kiki.

Había sido una ilusión, que se había desvanecido por la nieve derretida. Lo que significaba que mi verdadera cartera... la red de flores estrella...

Ya estaba buscando, volcando la cama y tirando las mantas al suelo. En mi angustia, no oí las voces que resonaban en el pasillo fuera de mi habitación, hasta que fue demasiado tarde.

—¿No puede esperar esto hasta que regrese Takkan? —inquirió *lady* Bushian en voz alta—. No entiendo qué puede ser tan importante como para arrastrarme fuera del festival durante el encendido de los faroles.

—He tratado de advertirte, tía. —La silueta de Hasege se recortaba contra las paredes de papel, las oscuras corazas de su armadura se pronunciaban a la luz de las velas—. Pero solo Zairena quiso escuchar.

Zairena entró en mis aposentos, parada con delicadeza junto al marco de la puerta mientras Hasege y *lady* Bushian la seguían.

—¿Buscas esto, Lina? —me preguntó, sosteniendo mi cartera.

Sin pensarlo, me abalancé sobre mi bolsa. Un movimiento estúpido. Hasege me agarró, encadenando mis muñecas con sus manos de hierro.

Zairena sonrió. Mi desesperación no hizo más que enfatizar su punto de vista.

—Quédate aquí —dijo, apartando a *lady* Bushian de mí. Levantó la cartera—. Esta bolsa contiene magia peligrosa.

Aflojó las hebillas y abrió la solapa. Contuve la respiración, segura de que nadie vería la red de flores estrella que brillaba en su interior. Lo que no esperaba era que la sombra de un lobo saliera de la bolsa.

Atravesó las paredes y le enseñó los colmillos a *lady* Bushian, que se puso tan pálida que pensé que se desmayaría. Hasege me soltó, blandió su espada y golpeó al lobo mientras este se acercaba sigiloso a mi ventana. Allí, la criatura se retorció y se revolvió, hasta que por fin Zairena cerró la mochila.

Con un siseo, el lobo desapareció.

Me retumbaron los oídos. ¿Cómo… cómo había hecho eso Zairena? No es posible que hubiera…

—Magia —se quejó Hasege—. ¿Ahora me crees, tía?

Lady Bushian se apretó el corazón, jadeando.

—¿Qué…? ¿Qué, por los grandes dioses? ¿Cómo…?

—¿Cómo? —Zairena se cruzó de brazos con dramatismo—. Lina es una sacerdotisa de los demonios, plantada en el castillo de Bushian por el propio lord Yuji para cumplir sus órdenes.

Está mintiendo, traté de comunicar, negando desesperadamente con la cabeza.

Pero pude ver en los ojos de *lady* Bushian que Zairena había ganado. No importaba lo que dijera, su truco con la sombra del lobo los había convencido de mi culpabilidad.

—No temas —habló Zairena, consolando a la madre de Takkan con un toque en la manga—. Hasege y yo siempre percibimos que había una fuerza maligna dentro de Lina. Me he estado preparando para este momento.

Demasiado tarde, me lancé hacia la puerta abierta, pero Hasege me bloqueó con facilidad. Enganchó el brazo alrededor de mi cintura y me sujetó los brazos, con tanta brusquedad que me encogí.

Kiki, pensé, empujando mi codo hacia Hasege y dándole a mi pájaro la oportunidad que necesitaba para arrastrarse fuera de mi manga. *Encuentra a mis hermanos. Encuentra a Takkan.*

Entonces salté, golpeando mi cuenco en la nariz de Hasege. Fue suficiente para que Kiki saliera disparada, sin ser notada.

Hasege dejó escapar un grito.

—Qué, tú…

—Mantenla quieta —interrumpió Zairena, hablando por encima de cualquiera fuera el insulto que Hasege estaba a punto de decirme. Buscó en su pelo un alfiler dorado, cuya punta estaba alarmantemente curvada, como una guadaña. Sus ojos brillaban.

—Esto me lo dieron las sacerdotisas de Nawaiyi, una antigua aguja que se utilizaba para exorcizar demonios. Nuestra Lina finge ser muda, pero me pregunto si es solo para poder ocultar su verdadero ser. Hagamos una prueba, ¿de acuerdo?

Sin previo aviso, Zairena me clavó la aguja en el tobillo. De repente, mis sentidos se rompieron. El dolor se me clavó en los huesos.

Me apreté y me mordí el labio con fuerza. Esto no era nada, me recordé a mí misma. Después de meses de trabajar con las flores estrella, esto no era nada.

Pero Zairena era implacable. Me hincó la aguja una y otra vez. A veces esperaba con crueldad entre las puñaladas, como para darme una oportunidad para respirar. Pero la siguiente era aún más profunda, y la elevación de su brazo apenas me daba tiempo a recuperar la cordura y contener el grito.

Mi visión se desenfocó, y clavé las uñas en la armadura de Hasege, a punto de desmayarme.

—¡Basta, Zairena! —gritó *lady* Bushian—. Ya basta.

Las lágrimas corrieron por mis mejillas. No podía mantenerme en pie. Apenas sentía las piernas.

—No hay esperanza para ella —declaró Zairena con un movimiento de cabeza—. El demonio no se irá.

—¿Qué significa eso? —preguntó *lady* Bushian con la respiración entrecortada.

Los ojos negros de Hasege brillaron.

—Significa que debe morir. Debe ser quemada.

—¿Quemada? —repitió *lady* Bushian con horror.

—Sí —afirmó Hasege—. Debemos hacerlo tan pronto como termine el festival, o nos arriesgamos a traer el peligro al castillo de Bushian.

—Es la única manera, *lady* Bushian —convino Zairena con solemnidad.

Lady Bushian me miró.

No soy yo, dije moviendo los labios desesperada. *Es Zairena.*

Pero el truco de Zairena con el lobo había envenenado a *lady* Bushian contra mí. Durante un largo momento, no dijo nada. Y entonces...

—¿Y Takkan? Tal vez deberíamos esperarlo...

—No hay tiempo. El ejército de lord Yuji se acerca a Gindara. Pronto llamará al demonio dentro de Lina para que lo ayude en su traición.

Los hombros de *lady* Bushian se agitaron. No me miró mientras asentía con la cabeza.

—No se lo digas a Megari —pidió mientras Hasege me llevaba—. Le rompería el corazón saber cómo Lina nos traicionó a todos.

La nieve entraba por la ventana de mi celda, derritiéndose en pequeños charcos sobre el suelo de piedras. Era el menor de mis problemas, pero ¡grandes dioses! Si esta iba a ser realmente mi última noche en la tierra, deseaba pasarla caliente y seca.

Por milésima vez, intenté derribar la puerta. Pero, maldita sea Zairena, la aguja no era una reliquia especial para exorcizar demonios. Estaba envenenada, y el entumecimiento de mis piernas persistía mucho después de su ataque. No podía huir, aunque quisiera.

Los minutos se convirtieron en horas. Me cansé de golpear las paredes y apoyé mis nudillos sangrantes contra mis mejillas.

Debía ser más de medianoche cuando oí los pasos.

Eran ligeros y rápidos, los de un niño.

Megari.

Había traído una pequeña canasta llena de papel, del tipo que se usa en el templo para pedir deseos. Sin tinta.

—Los guardias se llevaron la tinta en barra y el pincel —informó, jugueteando con el amuleto que había atado sobre la canasta. Era uno para la fuerza y la protección—. El papel no es gran consuelo. Pero pensé... Pensé que querrías plegar tus pájaros. Yo también plegaré algunos, y quizá juntas tengamos suficientes para pedir a los dioses que te liberen.

Quise abrazarla y le estreché las manos. Sus ojos estaban rojos e hinchados; había estado llorando por mí.

—He intentado hacer entrar en razón a mamá, pero no me escucha. Dice que eres una hechicera. —Su voz temblaba—. Pero una vez que Takkan regrese de Gindara, sé que le hará caso.

Me mordí el labio. Megari no sabía el poco tiempo que tenía. Mañana me iban a quemar en la hoguera.

Zairena no es quien dice ser, intenté decirle. *Ella es la asesina. No yo, no Chiruan. Ella es la verdadera sacerdotisa de las Montañas Sagradas.*

—Más despacio, Lina. No puedo entenderte.

Alcancé el papel, pero la puerta de mi celda se abrió con estrépito y entró Zairena, equilibrando serena una bandeja con cuatro cuencos cubiertos.

—Será mejor que te vayas, Megari —advirtió—. Lina necesita dormir antes de su prueba de mañana.

Megari se volvió para mirarla.

—¿Qué prueba?

—No más preguntas. Vete o le diré a Hasege que Pao te ha dejado entrar.

Zairena se arrodilló ante los barrotes de mi celda.

—Qué niña más fastidiosa —dijo una vez que la niña estuvo fuera del alcance del oído—. Pensé que ella sería mi mayor obstáculo, pero imagina mi sorpresa cuando supe que eras tú, *Shiori*.

Al oír mi nombre, se me erizaron los pelos de la nuca.

Ella lo sabía.

Sus ojos brillaron con maldad, y se ocupó de la bandeja que había traído, arreglando los cuatro cuencos.

—Sí, lo sé. A las sacerdotisas de las Montañas Sagradas se nos enseña a sentir la magia, aunque tú... tú eras asombrosamente poco talentosa. Pensé en ti tan solo como una piedra en el zapato, una rareza con ese cuenco en la cabeza, que llevaba esa sucia cartera. Apenas digno de mi atención. —Hizo una pausa deliberada—. Hasta que hilaste las flores estrella en mi rueca.

Levantó la tapa del primer cuenco, revelando una brillante hebra de flores estrella.

—Qué descaro, hilar una montaña entera en mi rueca. Creía que te colabas en mi habitación para robarme el hilo. —Se rio de sí misma—. Iba a matarte por eso, de la misma manera que maté al viejo entrometido de Oriyu. Pero entonces encontré este pequeño trozo de magia en tu habitación mientras cuidabas de la querida Megari. Dicen que es útil contra los dragones.

Me lancé por mi cartera, pero Zairena me esquivó enseguida.

—No tienes que preocuparte, Shiori'anma. No voy a darle la red a lord Yuji, ese tonto titubeante. O al Lobo. —Acarició la cartera—. Cuando descubra que he tramado tu muerte, ya no seremos aliados.

Apreté los barrotes de hierro, intentando ponerme en pie, pero mis piernas no cooperaban.

—¿Te estás preguntando cómo sabía que la princesa iba a tejer flores estrella? —preguntó Zairena.

No, no lo hacía. Pero Zairena estaba de un humor presumido, y no tuve más remedio que escuchar.

—El Lobo me dijo que se encontró con tus hermanos en A'landi. Se encontraron con él bajo la apariencia de su antiguo maestro, un famoso vidente.

Algo dentro de mí se rompió, y me sentí enferma de repente. ¡Grandes dioses! Era el Lobo quien les había dicho a mis hermanos que hicieran la red de flores estrella. Nos había dado la cartera para que yo le trajera las flores estrella del monte Rayuna. Así, tejería una red… para robar un tesoro mucho mayor…

La perla de Raikama.

Me quedé fría.

—Lo sé. —Zairena fingió simpatizar—. Los hechiceros son muy codiciosos, ¿verdad? Le dije que se olvidara de la perla de la Reina sin Nombre y se concentrara en tu sangre mágica, pero quería las dos cosas.

¿Mi sangre mágica?

—No sabías que eras la sangre mágica de Kiata, ¿verdad? Nadie puede culparte. Supongo que incluso los dioses y los dragones ya han olvidado lo que es, y entre nosotros, los mortales, se menosprecia como leyenda. Pero tu madrastra es inteligente, y esa perla suya debe haberle dado el poder de verte por lo que eres. Fue muy sabia al ocultarte sus talentos. Debió pensar que estarías más segura sin saberlo. Ella estaba muy en lo cierto. *Casi*.

Mis pensamientos daban vueltas; me esforzaba por comprender. Zairena sonrió.

—Verás, la magia de tu sangre es originaria de Kiata. Una rareza hoy en día, y es la única magia capaz de liberar a los demonios que se encuentran en las Montañas Sagradas. El Lobo te ha buscado por esta misma razón, y yo le seguí el juego para que compartiera conmigo lo que sabía. Pareces confundida. Con razón; todos vosotros, tontos, habéis tergiversado nuestras historias y habéis olvidado lo que realmente representamos.

Su voz se llenó de orgullo.

—Las sacerdotisas no estamos aliadas con los demonios. Pertenecemos a las Montañas Sagradas. Nuestra tarea es mantener su maldad atrapada en las montañas. Y por eso te hemos estado esperando, Shiori'anma. Tú eres la sangre mágica y, por lo tanto, no podemos permitir que vivas.

Las palabras retumbaron en mis oídos. Retrocedí, alejándome de los barrotes tanto como pude, buscando detrás de mí una piedra o un ladrillo suelto, pero no había nada excepto el papel de Megari y los charcos de nieve derretida.

—Ahora, si me hubieras dicho antes que eras la princesa —continuó Zairena—, te habría dado una muerte honorable. Menos humillante que la que ha planeado Hasege. Pero no podía usar Cuatro Suspiros contigo, no cuando Chiruan ya había sido capturado. —Hizo una pausa—. Aun así, tengo que decir que es bastante bonito cómo ha funcionado todo. El plan siempre fue recoger tus cenizas.

Me estremecí, despreciándome por ello. Mis dedos se clavaron en la tierra húmeda y lancé un puñado lamentable a Zairena. Mi ataque apenas la tocó, y la tierra aterrizó en su bandeja.

Ocultando una sonrisa, la sacerdotisa se arrodilló de nuevo y limpió la bandeja con una toalla, para luego levantar la tapa del segundo cuenco. Un caqui seco.

—Habrás adivinado que tengo cierto talento para los venenos. Por ejemplo, la comida favorita de Megari. No me mires así, Lina: solo era un poco de agua de la penumbra, nada tan grave como Cuatro Suspiros. Además, me hacía tantas preguntas que no tenía opción. Siempre le di el antídoto a tiempo. Eso me hizo ganar la confianza de *lady* Bushian. La tuya también.

La ira me deslumbró, caliente y blanca y cegadora. Si no fuera por las barras de hierro que nos separaban, podría haber estrangulado a Zairena allí mismo.

—Oh, realmente desearás poder matarme cuando termine. —Zairena se rio mientras mordisqueaba el caqui—. Caquis envenenados, tendré que guardar eso en mi libro. Si hubiera funcionado con Cuatro Suspiros. —Exhaló—. Eso es lo fastidioso de Cuatro Suspiros, el olor. Incluso Oriyu notó el incienso cuando entró en mi habitación. Parece que he tenido más suerte ocultando el olor en las tinturas. Después de todo, uno rara vez huele un ceñidor antes de ponérselo, ¿o sí, princesa?

Abrió el tercer recipiente. Un cordón de oro, como el que se usa para atar un ceñidor.

Sacudí la cabeza. No lo entendía.

—Esto estaba en el ceñidor que llevabas cuando te caíste al lago en Gindara —explicó Zairena—. Por suerte para ti, tenía suficiente cantidad de Cuatro Suspiros para dejarte dormida durante días. Pero ninguno de nosotros previó que la Reina sin Nombre lo reconocería a tiempo. Casi me mata.

El mundo dio vueltas, y apenas pude oír lo que Zairena decía.

Todo este tiempo, ¡Raikama había intentado protegerme! Mi cabeza flotaba y, sin embargo, nunca lo había visto tan claro. La respuesta siempre había estado ahí.

Raikama había bloqueado mi magia para intentar protegerme, para ocultarme de todos los que conocía, ¡para que el Lobo no pudiera encontrarme!

—Después de que desapareciste —continuó Zairena—, el Lobo me envió a Iro como castigo, para que esperara sin hacer nada en caso de que Takkan te encontrara. ¿Quién iba a imaginar que lo haría? Muy inteligente, llevar ese cuenco en la cabeza y fingir que no podías no hablar. Todo este tiempo, estabas delante de mis narices.

Ya casi no la escuchaba. Mi odio había llegado a un punto de ebullición y me lancé sobre ella.

Fue un intento lamentable. No pude llegar muy lejos con los músculos entumecidos, y caí contra los barrotes. Aferrándome a ellos, me abalancé sobre ella, y el agua de mis mangas, empapadas por los charcos de la celda, le salpicó la cara.

Zairena retrocedió. El agua goteaba de su frente, haciendo que el polvo corriera en chorros blancos que se le agolpaban alrededor de la barbilla. En su piel brillaban motas doradas, rastros de Cuatro Suspiros.

Mientras se limpiaba con la manga, la cara de Zairena empezó a brillar, de la misma manera que lo había hecho mi cartera.

Primero desapareció el lunar. Luego, el resto de sus rasgos empezaron a cambiar. Su boca se ensanchó, sus párpados se volvieron profundos y caídos, y su rostro envejeció décadas.

Solté un grito ahogado, reconociendo a mi doncella del palacio. Guiya.

—¿Se acuerda de mí, Su Alteza? —dijo, encorvando los hombros y fingiendo temblar. Se rio—. La verdadera Tesuwa Zairena pereció con sus padres. ¿Te estás preguntando si soy una hechicera? No, no. Mi magia es insignificante, comparada con el poder que tú y tu madrastra poseéis.

Agua, me di cuenta. Por eso siempre llevaba un paraguas, siempre se protegía de la lluvia y la nieve. El agua borraba la ilusión y revelaba quién era en realidad.

Con gran dramatismo, Guiya abrió el último cuenco de la bandeja. Dentro había cenizas.

No lo entendí.

—Los restos de la sangre mágica que vivió antes que tú —anunció—. Sus cenizas fueron consagradas en las Montañas Sagradas, lo último que quedaba de la magia oscura en Kiata. Las sacerdotisas las atesoramos durante décadas, hasta que supimos de ti.

Se me revolvió el estómago cuando Guiya se espolvoreó las cenizas en la cara y sus rasgos volvieron a ser los de Zairena.

Tapó los cuencos y empezó a levantarse.

—Realmente tenías la suerte de los dragones, princesa. Pero esa suerte ha llegado a su fin. Mañana las Montañas Sagradas volverán a estar en paz y las sacerdotisas cantaremos para ti. Mañana añadiremos tu nombre a los que te precedieron. Te recordaremos durante siglos, como recordamos a todos los que han deshonrado a los dioses. Mañana morirás.

CAPÍTULO 35

Todavía era de noche cuando vinieron a por mí. Los rayos del amanecer brillaban débiles a través de los barrotes de hierro, la luna era una astilla sin esperanza.

Pao no me miró a los ojos mientras otros dos centinelas me subían al carro. Me di cuenta de que la orden de Hasege de quemarme no le había sentado bien. Quizá por eso me dejó llevar la canasta de Megari.

Mientras el carro bajaba la colina pasando por Iro, intenté liberar las manos. Los centinelas sentados a mi lado se sacudieron y mantuvieron las dagas desenvainadas como amenaza, hasta que me rendí.

De todos modos, fue inútil. Las cuerdas estaban bien atadas.

Pasé el resto del viaje intentando, casi sin conseguirlo, plegar pájaros de papel. Tenía los dedos agarrotados por el frío y las cuerdas me rozaban las muñecas. Pero era mejor que estar sentada sin hacer nada en el carro. Mejor que pensar en el destino que me esperaba.

Abajo, Hasege y sus hombres paleaban la nieve y recogían leña. Todo este tiempo había sido valiente, pero vacilé cuando vi la estaca. Estaba en la entrada del bosque, rodeada de árboles cortados. No podría haber imaginado un lugar más desolado para morir, encima de un montón de paja y palos en un campo de nieve sin particularidades.

—*Lady* Zairena sugirió que realizáramos el rito al menos a un kilómetro de Iro —dijo Pao con solemnidad cuando me sorprendió mirando a un lado—. Para que tu espíritu no atormente la ciudad.

Ya casi habíamos llegado, y metió la mano en la bolsa que llevaba a su lado, sacando una corta ristra de pájaros de papel.

—De Megari —informó con rigidez—. Había más, pero *lady* Bushian no lo permitió. —Vaciló—. Ambas se despiden de ti.

La tristeza se me agolpó en la garganta mientras asentía. Pao colocó la ristra de pájaros sobre mi regazo, y los conté mientras el viento mordía sus alas. Siete pájaros. Un número para la fuerza.

Busqué en el cielo señales de mis hermanos o de Kiki. Con cada minuto que se iba, mi corazón se hundía. El miedo crecía en mi interior, todo mi cuerpo temblaba por más que intentara estabilizarlo. Mi vida no acabaría así, sola, rodeada de enemigos.

Mis hermanos vendrían a por mí. Sabía que lo harían.

El último papel que Megari me había dado se lo llevó el viento, y apoyé las manos cansadas sobre el regazo, agarrando mi canasta. La sensibilidad me volvía poco a poco a las piernas, solo para que me entumeciera el frío. Tal vez me congelaría antes de morir quemada. Había cierta ironía en ello.

Guiya volvía a llevar el rostro de Zairena y estaba montada en una yegua blanca al lado de Hasege, con los ojos oscuros e inescrutables. La correa de mi cartera estaba deliberadamente cruzada sobre su torso.

Cómo deseaba poder hundirla en la nieve y dejar al descubierto su ilusión. Cualquier cosa para borrar la sonrisa de su cara.

El propio Hasege me ató a la estaca. Las cuerdas se me clavaron en la cintura y los tobillos, y mientras las tensaba tanto que me dolía respirar, le escupí.

Me fulminó con la mirada.

—¿Qué es esto? ¿Más brujería? —Antes de que pudiera detenerlo, arrojó la ristra de pájaros de Megari a la nieve. Intentó tomar también mi canasta, pero no la solté. Sus ojos se estrecharon con crueldad—. Traigan la antorcha.

Cuando el centinela que llevaba la antorcha se acercó, cambié el peso de una pierna a la otra con un cosquilleo en los pies, que se esforzaban contra la madera desigual. Intenté que no se me notara el miedo, pero no funcionó.

—Espera —gritó Pao. Todo este tiempo, su mandíbula había estado apretada, con palabras de protesta que era claro que pesaban en su mente—. Mi señor, creo que debería reconsiderarlo.

—¿Otra vez con las objeciones, Pao? —ladró Hasege—. Si no tienes estómago para matar a un demonio, entonces puedes marcharte. —Hasege se dirigió a los centinelas que se habían reunido para mi sentencia—. Esta chica asesinó a Oriyu —afirmó—. Inculpó a Chiruan por ello. Incluso *lady* Bushian ha visto pruebas de su maldad. Si ella tiene miedo de la chica, todos nosotros deberíamos temerle también.

—No sabemos si *ella* mató a Oriyu —argumentó Pao—. Podrían haberle tendido una trampa a ella también. Deberíamos esperar hasta que lord Takkan regrese.

—¿Esperar? —gruñó Hasege—. Takkan es débil y se deja llevar demasiado fácil por su magia oscura. Esperar por él traerá la ruina a Iro.

Hasege sostuvo una antorcha en mi cara.

—¿No te has preguntado por qué no podemos ver sus ojos? Porque es un demonio. —Se volvió para mirar a los hombres—. Sé que todos ustedes son leales a Takkan, pero nuestro deber como centinelas es expulsar a los demonios de Kiata. Al proteger a este monstruo, él traiciona a los propios dioses.

Los hombres se miraron entre sí. Su lealtad era hacia Takkan, pero la lealtad a los dioses importaba por encima de todo.

—Ella no es un monstruo —argumentó Pao—. Es solo una niña.

—Ella es un demonio —chilló Zairena—. Esto es de ella, ¿no es así?

Abrió mi cartera, y un enjambre de bestias sombrías salió corriendo. Zorros y lobos, osos y tigres, algunos con formas tan grotescas que no se parecían a ninguna criatura que caminara por la tierra.

Los hombres jadearon de horror.

—¿Ahora me creen?— gritó Hasege mientras Zairena cerraba la cartera, encerrando a sus falsos demonios en su interior—. Ella debe morir.

Mientras Hasege reunía a los hombres, dejé de escuchar. El sol estaba saliendo, su luz me hacía sentir un pinchazo en los ojos, y escudriñé el cielo vacío. Seguramente Kiki ya había encontrado a mis hermanos.

Pero cada vez que veía movimiento, resultaba ser una nube cambiante. No era una grulla.

Ni mis hermanos.

Me tragué mi decepción.

¿Y qué si mis hermanos no venían a por mí? ¿Iba a quedarme aquí como carne en una brocheta esperando a que me quemaran, sosteniendo una canasta de pájaros de papel inútiles?

Dejé caer la canasta y empecé a forcejear con las cuerdas, retorciéndome. Hasege me había atado con fuerza y apenas cedían. Me concentré en las muñecas, mordiendo las cuerdas con los dientes. Las fibras eran duras, y aunque tuviera todo el día, no podría liberar mis manos.

Pero mejor esto que escuchar a Zairena rezar en voz alta, murmurando súplicas a los dioses para que mi espíritu encontrara la paz con lord Sharima'en y no volviera a molestar a Iro. Volví a desear arrojarle un puñado de nieve para lavar aquella desgraciada ilusión. Pero la sacerdotisa era inteligente y mantenía una distancia prudente.

¡Shiori!, llamó Kiki desde muy lejos. *¡Shiori!*

Levanté la vista y se me cortó la respiración. Kiki estaba demasiado lejana y era demasiado pequeña para que yo la viera, pero seis grullas atravesaban las nubes, con sus grandes alas bañadas en luz carmesí mientras se deslizaban por la luz del amanecer hacia mí.

¡Mis hermanos!

Las ramas bajo mis pies crujieron, y Zairena se detuvo en medio de la oración para mirarme. Luego levantó la vista hacia el cielo y un oscuro ceño se dibujó en su rostro.

—Dispara a esos pájaros —ordenó—. Está usando su magia oscura para que la ayuden. ¡Dispara ahora!

¡Kiki!, insté mientras los centinelas levantaban sus arcos. *¡Diles que se vayan de aquí!*

Reiji y Hasho me ignoraron. Se lanzaron en picado, y sus alas le quitaron la antorcha de las manos a Hasege antes de volver a salir hacia el cielo. Mientras la llama chisporroteaba en la nieve, Kiki se abalanzó sobre uno de mis papeles dispersos para atrapar las brasas.

En qué lío te has metido, Shiori, dijo mientras ponía las chispas sobre las cuerdas en mis muñecas.

Las cuerdas ardieron con lentitud, aflojándose. Deslicé las manos con asombro.

Eres una genia, ¡gracias!

Idea de Wandei. Tienes un hermano realmente brillante.

Estaba desatando las cuerdas de mi cintura cuando una sombra recorrió la pira. Zairena.

La ilusión de Guiya era tan perfecta como antes: el rostro empolvado, los ojos juveniles —agudos y brillantes— y el lunar en la mejilla derecha. La sacerdotisa tenía la mano en un puño y lo levantó en alto, arrojando un puñado de sus malditas cenizas sobre la pira que había debajo de mí.

El fuego brotó y surgió de las cenizas con tanta fuerza que habría volado hacia atrás si no siguiera atada a la estaca. Era de un tono rojo asquerosamente brillante, pero su corazón era negro como el humo que rodaba hacia el cielo.

Fuego demoníaco.

Se extendió rápido —demasiado rápido—, enroscándose en los palos bajo mis pies, trepando por el montículo de madera y rodeándome con muros de llamas. El pánico se apoderó de mi pecho, deshice el último nudo de la cintura y me incliné hasta los tobillos. El calor crecía en intensidad, el humo era tan espeso que me dolían los pulmones al luchar por cada nuevo aliento.

Pero el fuego no me tocaba. Mientras me agachaba para liberar las piernas, las llamas se alejaban de mi cara, como si hubiera un escudo imaginario que me protegiera.

Una gota de luz brilló en mi pecho, tenue pero palpitante. Me agarré el corazón. ¿Podría ser que la perla de Seryu me estuviera protegiendo del fuego demoníaco?

Lo comprobé, inclinándome hacia las llamas. El fuego demoníaco retrocedió y la perla brilló, más que nunca. Pero en medio del caos de mis hermanos que luchaban contra los hombres de Hasege, nadie me observaba. Nadie excepto Guiya.

Apresuradamente, tiré de la cuerda que me rodeaba los tobillos y me liberé de la estaca. Las llamas se separaron para mí mientras caía hacia delante y me alejaba a trompicones de la pira.

¡Deprisa, Shiori!, gritó Kiki. *Guiya, está…*

Kiki no tuvo que terminar su frase. Era imposible no ver la figura de Guiya. Sus ojos se fijaron en la luz que parpadeaba en mi pecho, abrió mi cartera y metió la mano dentro.

¡No! Estaba a dos o tres pasos como máximo de la nieve. Salté. La red voló de las manos de Guiya y me tragó enseguida, su magia se aferraba al premio que buscaba. De mi pecho salió el fragmento de la perla de Seryu, cayendo limpia en las manos de Guiya.

Una vez más, el fuego demoníaco rugió, y la fuerza de su calor me hizo retroceder hasta lo más profundo de la pira. El humo se convirtió en garras que me inmovilizaron cuando traté de atravesar las llamas.

Una sonrisa se dibujó en los labios de Guiya, y sus ojos brillaron triunfantes.

—Hasta la vista, Su Alteza —dijo, tratando de quitarme la red, pero no la dejé ir.

Se rio y se echó la capucha sobre la cabeza.

—La tomaré cuando vuelva a por tus cenizas, entonces. No temas. No eres la primera que hemos quemado en nombre de las montañas. No te dolerá, es el regalo de las sacerdotisas para ti.

Antes de que ninguno de los hombres se diera cuenta de que estaba haciendo brujería, Guiya montó el caballo más cercano y cabalgó hacia el límite del bosque. Allí, detrás de los árboles descabezados que Hasege y sus soldados habían cortado para alimentar la pira, me vio arder.

Las lágrimas me escaldaban las mejillas y podía oler que mi pelo empezaba a chamuscarse, un olor terrible y acre. La única razón por la que no estaba ya convertida en cenizas era la red de flores estrella, mi único escudo, pero no pasaría mucho tiempo antes de que el fuego demoníaco se abriera paso a través de los agujeros de la red y me abrasara la piel.

Mis hermanos, que habían estado distrayendo a los centinelas hasta ahora, se abalanzaron para ayudarme. Las flechas surcaron el cielo, mellando sus alas mientras daban vueltas sobre mí. Las plumas estallaron y cayeron sobre mi pira, pero mis hermanos no se retiraron. Se lanzaron a sacarme del fuego, Andahai y Benkai me levantaban mientras Hasho apagaba las llamas de mis ropas con sus alas.

Del fuego surgieron garras de humo que se enroscaron en los cuellos de Andahai y Benkai. Graznando alarmados, me soltaron y caí de espaldas contra la estaca. Mientras se esforzaban por levantarme de nuevo, mis otros hermanos arrojaron nieve al fuego para intentar apagarlo. Las llamas no hacían más que crecer.

Diles que se vayan de aquí, le grité a Kiki. *¡Vete! Esto es fuego demoníaco. No pueden ayudarme.*

Mientras tanto, los centinelas habían avanzado, desenfundando sus espadas y blandiéndolas contra mis hermanos. Benkai y Andahai se rindieron, sus gritos angustiosos ensordecían mis oídos. Pero Hasho se quedó, con las plumas rotas y las alas heridas por las flechas. Estaba tan cerca que pude ver que tenía lágrimas en los ojos.

Vete, le supliqué, dándome la vuelta para ocultar mis propias lágrimas.

A mis pies, los pájaros de papel ardían, su canasta ya estaba hecha cenizas. El amuleto que Megari había atado a la canasta también estaba a punto de desaparecer, junto con sus palabras de fuerza y protección. Cuando me lancé a salvarla, los últimos pájaros se marchitaron en las brillantes llamas rojas, y con ellos mis últimas esperanzas.

Tú también deberías irte, le dije a Kiki. *Vete. Mientras puedas.*

Cuando tú mueres, yo muero, respondió mi pájaro. *Si tú no tienes miedo, yo tampoco lo tendré. Me quedaré contigo hasta el final, Shiori.*

La abracé, arropándola bajo mi cuenco. No necesitaba mil pájaros, no cuando tenía a Kiki.

La leña chisporroteaba, mi equilibrio se tambaleaba mientras el fuego crecía en fuerza y tamaño. El humo me llenaba los pulmones, el calor me abrumaba. Apreté los ojos, deseando quedarme en calma.

Pensé en cuando robaba boniatos con miel en el Festival de Verano, preparaba sopa de pescado con rábanos flotantes para Takkan, asaba pasteles con mamá. Tal vez ella estaría allí en el cielo para hacerlos conmigo, y yo podría por fin tener la receta correcta y oírla cantar de nuevo.

Kiki se estremeció.

Shiori, jadeó. *Mira. ¡Mira!*

Me obligué a abrir los ojos, pero el humo era demasiado espeso…

Vi un parpadeo de azul, y un destello de acero. Pero eso fue todo.

Entonces lo oí.

—¡Lina! — gritó Takkan. Su espada brilló en lo alto, y pude ver su figura, borrosa a través de las llamas, viniendo hacia mí. A cien pasos de la estaca, Hasege lo interceptó. Sus espadas se enzarzaron en un duelo mortal.

A mi lado, Pao echaba nieve al fuego. Uno a uno, los demás centinelas comenzaron a ayudar, pero las llamas no mostraban signos de debilitamiento.

Levanté la cabeza hacia el cielo, intentando no toser por el humo. El fuego demoníaco me azotaba la espalda y me penetraba en la piel. Guiya no había mentido; no me dolía. Mi piel ni siquiera se ennegreció, sino que el fuego se dirigió directamente a mi sangre. Pude sentir cómo se me encendía el corazón…

Los siete construíamos cometas todos los veranos, murmuré para mis adentros. Deseaba poder construir otra, con mis hermanos, con Takkan. Deseaba poder leer las cartas que me había enviado.

—¡Lina! —volvió a gritar Takkan. El miedo por mi vida le dio una fuerza repentina, y dominó a su primo, golpeándolo en la nuca. Mientras Hasege se desplomaba, Takkan cargó hacia el fuego.

Muere, Shiori, siseaban las llamas con la voz de Guiya. *O él también lo hará.*

La sacerdotisa bordeaba el límite del bosque, dominando el fuego. Tenía un arco levantado, con la flecha dirigida directamente al corazón de Takkan.

El fuego rugía a mi alrededor, consumiendo mis sentidos.

—¡Takkan! —grité—. ¡Cuidado!

La conmoción que recorrió su rostro fue lo último que vi antes de que el cuenco de mi cabeza se hiciera añicos. Y el fuego me tragó entera.

CAPÍTULO 36

Me desperté cubierta de brasas, con la ropa chamuscada y ennegrecida. La red de flores estrella brillaba en mi regazo, iluminando las columnas de humo. El aire era tan denso y el mundo tan oscuro que me preguntaba si seguía en la tierra, hasta que empecé a distinguir formas en las cenizas. Allí estaba la cuerda de pájaros de papel que Megari había hecho para mí, y lo que quedaba de su amuleto de protección. Me di la vuelta para tomar el amuleto y luego tosí, sin poder evitar que mis pulmones boqueasen.

Alabados sean los dioses. Kiki lloró de alivio al atravesar el humo y aterrizar sobre mi estómago. *Estaba tan oscuro que creí que habíamos muerto.*

Me senté, con todo el cuerpo temblando mientras me quitaba la red de flores estrella. Las dos mitades rotas de mi cuenco de nogal estaban a mi lado, y llevé enseguida los dedos a la parte superior de la cabeza. Por primera vez en meses, toqué el pelo, gruesos y ásperos mechones de pelo, en lugar del cuenco.

Las manos, que seguían temblando, se dirigieron a mi garganta. Que me llevaran los demonios, había hablado. Me puse en pie de un salto, con el miedo saltando en mi pecho.

Tus hermanos están vivos, dijo Kiki, leyendo mis pensamientos. *Pero siguen siendo grullas. Debes haber roto solo tu parte de la maldición.*

Tenía razón. Recogí un trozo del cuenco de madera. Me había acostumbrado tanto a su peso sobre mi cabeza que me sentía extraña y ligera sin él.

No debía ser una maldición, susurré en silencio mientras el cuenco se deshacía en polvo en mis manos. *Era un escudo. Uno para ocultar mi magia del mundo, y... para protegerme de ella al mismo tiempo.*

Kiki se posó en mi brazo.

¿Protegerte de tu propia magia?

Asentí con la cabeza.

La mía y la de los demás. El cuenco se rompió para salvarme del fuego demoníaco de Guiya. Si no, ya sería un montón de cenizas.

Si no era una maldición, entonces todo este tiempo, ¿podrías haber hablado? ¿Tus hermanos no habrían muerto?

De eso, no estaba segura.

Ella necesitaba que yo tuviera miedo para que no fuera a casa de mi padre ni le dijera a nadie quién era. Necesitaba que la odiara para poder ocultarme del Lobo.

Tragué con fuerza, encontrando por fin mi voz.

—¿Dónde está Takkan?

En cuanto pregunté, lo vi recostado contra los montones grises de maleza. No había ninguna flecha en su armadura.

No estaba herido.

Le quité los guanteletes y rodeé con mis dedos los suyos. Sus manos estaban frías y, mientras las calentaba, le aparté el pelo de los ojos y le di un suave beso en la frente.

—Takkan.

Sus ojos se abrieron, y un alivio similar al mío inundó su rostro. Me acercó a él, colocando su capa sobre mis túnicas hechas jirones. Su corazón me latía contra el oído, salvaje y ansioso.

—Pensé que era demasiado tarde —dijo con voz ronca—. Pensé que te había perdido.

—Podría decir lo mismo.

Hablé con dificultad, casi con torpeza. Mi voz estaba áspera por el humo y por los meses sin uso, y mis palabras sonaban mejor en mi mente que en voz alta. Era curioso cómo antes parloteaba con naturalidad y mi lengua se movía más rápido que mis pensamientos. Ahora pensaba mucho y seguía sonando como una idiota.

Tragué saliva.

—Casi consigues que te maten, precipitándote al fuego de esa manera.

—Lo volvería a hacer sin dudar —respondió Takkan—. Para escuchar tu voz. Para ver por fin tus ojos.

Me recorrió la mejilla con los dedos, del mismo modo que yo había recorrido la suya en el Festival de Invierno, y dejó de importarme lo torpe que sonaba. Estaba viva, mi parte de la maldición se había roto.

Mientras sostenía su mano, presionando sus dedos contra mi mejilla, Kiki se asomó curiosa por mi pelo.

—¿Es eso un pájaro de papel? —preguntó Takkan, parpadeando.

Asentí con la cabeza.

—Se llama Kiki. La hice... con magia.

Takkan no parecía sorprendido.

—Y estas... —Recogió la ristra de grullas de papel esparcidas entre las cenizas. Sus alas tenían marcas de quemaduras, y algunas se habían quemado tanto que habían perdido el pico—. ¿También pueden volar?

—No. Kiki es especial.

—¿Como tú?

No tuve oportunidad de responder. Los centinelas se acercaban, con la cabeza baja en señal de disculpa. No podía decir si era por mí o por Takkan, a quien habían traicionado, excepto Pao.

Le tendí el amuleto que Megari me había dado. La tinta se había derretido y la tela estaba carbonizada, pero se lo pasé a Pao.

—Dile a Megari que siento no haber podido despedirme. La echaré de menos.

Asintió solemnemente con la cabeza.

—¡Hechicera! —Escupió una voz desde atrás.

Hasege. Se había despertado y empujado a los centinelas para cargar contra mí. Takkan saltó para atajarle, pero la daga de Hasege salió volando y la hoja se dirigió a mi corazón.

—¡Lina, cuidado! —aulló Takkan.

La capa que llevaba cobró vida y su tejido me cubrió como un escudo. Hizo girar la daga de Hasege, y el arma cayó en la nieve con un golpe.

—¡Ves, magia! —gritó Hasege—. ¡Qué haces, atándome! ¿Has perdido el sentido común, Takkan? Es una hechicera...

—Y esa es la única razón por la que no te ejecuto aquí y ahora, Hasege —dijo Takkan con frialdad—. Solo gracias a la magia Lina sobrevivió a tu traición. Estás exiliado de Iro. A partir de hoy, ya no eres centinela, y ya no perteneces al clan Bushian.

Golpeó la cabeza de Hasege contra la nieve, amortiguando sus protestas. Él y los demás centinelas comenzaron a atar a Hasege y a prepararse para llevárselo.

Bruto ignorante, murmuró Kiki desde mi manga. *Pagaría buen oro por verle la cara cuando le digas quién eres en realidad.*

Shiori'anma, la hija más querida del emperador. Princesa de Kiata. Hacía tanto tiempo que no me sentía como mi yo del pasado que había olvidado el resto de mis títulos.

No le diré a nadie quién soy realmente, pensé, quitándome las cenizas de los brazos. Vi mi cartera enterrada en la nieve y me arrodillé para recogerla.

¿Qué?

No me voy a quedar.

Takkan estaba con los centinelas, cargando a Hasege en el carro para llevarlo a las mazmorras del castillo. Le oía gritar órdenes, y de vez en cuando me echaba miradas. Era probable que pensara que yo también iba a volver con él.

Pero no era así. Necesitaba un caballo para alcanzar a Guiya. El más cercano era Almirante y, cuando comencé a montarlo, Takkan llegó a mi lado.

Me di cuenta de que tenía mil preguntas para mí, pero en lugar de eso sujetó las riendas de Almirante, manteniendo el caballo estable.

Ignoré su ayuda y tiré de las correas de la silla para subirme al asiento. Almirante refunfuñó, pero no se resistió. Ya no me temía.

—No olvides esto —dijo Takkan, entregándome las grullas que su hermana había plegado.

Le agradecí sin palabras y metí los pájaros de papel en mi cartera.

Una vez ensillada y atada, separé los labios para despedirme de Takkan, pero él saltó a la espalda del Almirante detrás de mí.

—¿Qué estás haciendo? —protesté.

—¿Qué parece? Voy contigo.

—Yo no…

—No puedes pretender robarme el caballo y largarte sin mí. —Puso a Almirante en movimiento. La voz de Takkan zumbó contra mi oído—. Además, tengo una historia que creo que puede gustarte.

¿Una historia?

Kiki se posó en mi hombro. Casi esperaba que se burlara y se quejara de que Takkan solo nos retrasaría. Pero no lo hizo.

—De acuerdo —acepté, ignorando el revoloteo de mi estómago cuando Takkan tomó las riendas—. Cuéntame por el camino.

Seguimos a Kiki hacia lo más profundo del bosque de Zhensa. La nieve caía de los pinos. Era difícil hablar mientras el viento soplaba, pero podía sentir las preguntas que pesaban en la mente de Takkan.

Por la tarde, Almirante necesitaba descansar, así que nos instalamos en la curva sur del Baiyun, donde el río se ensanchaba.

No tardéis mucho, dijo Kiki, revoloteando alrededor de nuestras cabezas. *Buscaré en los cielos a tus hermanos. Ya deberían haber alcanzado a Guiya*. Se quedó para hacer una última ocurrencia.

Esta es una parada de descanso, no una oportunidad para coquetear con Takkan ahora que puedes hablar.

Takkan condujo a Almirante al río, dejándolo beber a gusto. Yo también necesitaba un descanso, aunque me negaba a admitirlo en voz alta. Para alguien que había estado a punto de morir quemada en la hoguera, me encontraba demasiado bien. Pero cuando olí el humo que seguía pegado a mi ropa y a mi pelo, me temblaron los hombros.

—Mejorará —afirmó Takkan en voz baja, observándome—. Llevará tiempo, pero el descanso ayudará. El agua también lo hará. Debes tener sed.

Estaba *sedienta*. No me había dado cuenta hasta que él lo mencionó.

Bebí con avidez, trago tras trago. Nada había tenido un sabor tan maravilloso en toda mi vida, y pronto tuve un chorro que me corría por la túnica.

—Más despacio —apuntó Takkan, riendo mientras sacudía la cabeza—. El río fluye hasta Gindara. Hay mucho más, incluso para una ladrona sedienta como tú.

Me limpié la boca con la manga.

—¿No tienes preguntas para mí? ¿Como por qué tenía un cuenco en la cabeza y por qué no podía hablar?

—¿Qué hay que saber?—respondió—. Lo único que importa es que estás viva. Pensé que te había perdido, Lina.

Me derretí al escuchar su voz tan dolorosamente tierna. No había pensado que fuera capaz de derretirme, no antes de este momento. Culpé a la falta de aliento por haber bebido demasiado rápido, pero eso no explicaba por qué mis rodillas se doblaban o por qué Almirante resoplaba detrás de nosotros, sorbiendo con alegría el agua del río. La nieve se derretía de los árboles y goteaba sobre nuestros hombros. El mundo que nos rodeaba parecía desvanecerse; lo único que vi en ese instante fue a Takkan.

Me replegué en los brazos de Takkan mientras me abrazaba. No podía negar que él significaba algo para mí. Cuando estaba en la hoguera, a punto de morir, había deseado un momento como este: él que me abrazaba, yo que escuchaba cómo mi corazón saltaba mientras el suyo latía sin cesar contra mi oído.

Pero ahora me liberé de su abrazo y lo aparté con suavidad. Podía hablar, lo que debería haber hecho más fácil mentir, pero descubrí que no podía. No a Takkan.

—Deberías ir a Gindara —recomendé, incapaz de mirarlo a los ojos—. Tengo que ponerme al día con las grullas. Y con... Zairena.

—¿Zairena?

—Ella no es quien dice ser. Es una sacerdotisa de las Montañas Sagradas, que usó la magia para tomar la apariencia de la hija de *lady* Tesuwa.

—Entonces será peligrosa. Razón de más para que vaya contigo.

—No necesito tu ayuda.

—No te voy a dejar. —Su mandíbula se tensó con determinación—. ¿No recuerdas lo que te dije? No quiero que estés sola.

Era lo que me había dicho en el Festival de Invierno.

No quisiera que estuvieras sola, Lina, ni en tus alegrías ni en tus penas. Desearía que tu hilo se anudara al mío, siempre.

—¿Y la guerra del emperador? —Se me formó un duro nudo en la garganta y busqué otro sorbo de agua—. Has... has sido llamado a luchar.

—Estoy ligado a ti primero. Siempre lo he estado.

—¿Ligado a mí? —repetí—. Todo lo que hice fue coser algunos puntos torcidos en tu herida, Takkan. No tienes que actuar como si estuvieras en deuda conmigo de por vida.

—No soy el tipo de hombre que reniega de sus compromisos.

—Entonces te libero de ello.

—No creo que tengas autoridad. —La boca de Takkan se inclinó, y su mirada se clavó en la mía—. No cuando lleva once años en vigor.

Las palabras fueron un trueno para mis oídos.

—Tú… . ¿lo sabes?

—¿No quieres escuchar mi historia ahora? —preguntó. Solo un ligero temblor en su voz delataba sus nervios—. Se trata de una princesa con seis hermanos, una de los cuales nunca leyó las cartas del simple e indigno muchacho que solo deseaba conocerla.

—Oh, dioses —susurré, superada. Las emociones se me agolparon en la garganta, una mezcla inabarcable de arrebato y vergüenza. Quería abrazarlo y esconderme de él a la vez. Lo único que pude hacer fue enterrar la cara entre las manos—. Yo… Nunca te he llamado así, ¿verdad?

—Has dado a conocer tu desagrado por el norte, Shiori —afirmó Takkan con buen humor. Hizo una pausa significativa cuando enunció mi nombre—. No me sorprendió que tu desprecio se extendiera hacia mí.

Shiori.

Me gustaba cómo decía mi nombre. Como si las sílabas fueran las primeras notas de una canción que le gustaba cantar. Una sonrisita me tocó la cara.

—¿Desde cuándo lo sabes?

—No estaba seguro hasta hoy... cuando te he visto —admitió Takkan—. Pero lo pensé. Me lo he preguntado muchas veces. Primero, cuando te conocí en la aldea de Tianyi, la forma en que tus hombros y tus pies bailaban cuando cocinabas, como si estuvieras escuchando una canción secreta. Recordé haber visto a la princesa Shiori hacer eso en el Festival de Verano cuando comía algo que le gustaba.

»También había pequeñas cosas, como la forma en que escondes la comida en las mangas o cómo aparece un hoyuelo en tu mejilla izquierda cuando sonríes.

Parpadeé.

—¿Te has fijado en todo eso?

—Quería fijarme en más cosas. Pero nunca me respondiste, Shiori —señaló, fingiendo reprenderme—. Si no, podría haber descubierto que eras tú aquel primer día en la Posada del Gorrión. —Me ardían las mejillas.

—Guardé tus cartas. Todas y cada una de ellas están enterradas bajo el tesoro de talismanes que recogí y con los que deseé que no tuviera que casarme contigo.

Era cierto, y me mortificó haberlo admitido.

—Si me hubieras dicho que eran cuentos... podría haber corrido a conocerte. Me preocupaba que fueras aburrido.

Takkan se rio.

—Ahora espero que no te duermas leyéndolos. Después de todo, aún hay tiempo para huir.

No me reí. Tomé sus manos, colocando mis palmas sobre las suyas, y finalmente pronuncié las palabras que había querido decir desde hacía meses:

—Siento haberme perdido nuestra ceremonia.

—Siento haberme enojado contigo. Me arrepentí en cuanto mi padre y yo nos fuimos, pero era demasiado orgulloso para volver. —Takkan entrelazó sus dedos con los míos y me apretó las manos con suavidad—. No quiero que me liberen de mi compromiso, Shiori. Pero si lo haces, nunca te retendría en contra de tu voluntad. Iría contigo a pedir a nuestros padres que nos liberen.

Le creí; creería cualquier cosa que Takkan me dijera.

—Me alegro de que te haya elegido —reconocía, tragando saliva—. Sería una mentira decir que no me importas.

—¿Pero?

—Pero no podemos fingir que no ha pasado nada. Incluso si derrotamos al Lobo, no podemos continuar donde lo dejamos hace cinco meses. Soy hechicera. Mi padre no puede solo perdonarme porque soy su hija.

—¿Por qué no? Quizá sea hora de que la magia vuelva a Kiata.

—No dirías eso si lo supieras. —Mi voz se llenó de angustia—. Mi magia es peligrosa.

—Pero no lo es —objetó Takkan.

Retiré mi mano de la suya y la apreté contra el árbol más cercano. Las ramas del olmo estaban grises por el invierno, y enterré la aprensión que surgía en mi interior, sustituyéndola por recuerdos de calor y primavera.

—Florece —susurré, y las ramas brillaron en plata y oro hasta que las hojas brotaron en sus enjutos brazos, brillantes como cuentas de jade.

Takkan jadeó atónito.

—Eso no parece peligroso en absoluto. Es increíble.

—No, no es increíble—dije mientras soltaba el árbol. Sus ramas volvieron a quedar desnudas y grises, y apreté los dientes. ¿Cómo mostrarle?

Metí la mano en mi cartera, con la intención de mostrarle la red de flores estrella, pero en su lugar palpé los siete pájaros de papel que Megari había plegado.

Silbé a los pájaros con suavidad.

—Despierten.

Las alas de papel crujieron contra la bolsa. Luego volaron, desapareciendo antes de que pudiera llamarlos.

—Puedo prestar trozos de mi alma —expliqué—. Kiki es la única que ha durado. Por eso, mi madrastra nos maldijo a mis hermanos y a mí. Por eso, el Lobo me quiere…

—Más despacio, Shiori. Más despacio. No estoy entendiendo.

Por supuesto que no lo hacía. Mis emociones estaban fuera de control.

Hacía tanto tiempo que no podía hablar, que no podía usar mi magia, que la prisa por volver era demasiado de golpe.

Dejé escapar un suspiro tembloroso. Sentí la lengua más pesada que nunca, y las palabras me llegaron con lentitud:

—Ya conoces las leyendas, Takkan. ¿Sobre los demonios atrapados en las Montañas Sagradas? Los dioses los sellaron dentro, atándolos con cadenas divinas para que nunca volvieran a sembrar el mal en Kiata. —Me mordí el labio—. Bueno, resulta que mi magia puede romper esas cadenas. Por eso el Lobo me quiere. Debe haber orquestado todo, incluso la traición de lord Yuji. Incluso los Cuatro Suspiros en la carta que encontraste… que estaban destinados a mí. Todo este tiempo, el dolor y los problemas por los que tú, mi padre, todo el mundo ha pasado… han sido por mí.

Takkan no se había movido. Su expresión no había cambiado en absoluto. Su ceño era claro, sus labios una línea inescrutable, sus ojos siempre firmes. Entonces habló:

—Durante los últimos cinco meses, pensé que habías muerto. No hubo un solo día en el que no rezara por ti, en el que no me culpara por haber dejado Gindara sin ver tu cara. Si crees que hay algo que puedas decir para disuadirme de ir contigo, estás muy equivocada.

—Pero los demonios…

—Tendrían que arrancarme de tu lado —replicó Takkan con firmeza—. Me temo que estás atada a mí, Shiori, aunque no desees casarte nunca conmigo. Me comprometo a protegerte.

Me quedé mirando a Takkan, sin saber si quería besarlo o hacerlo entrar en razón. Sí, había visto mis pensamientos. Debía de haberse entrenado para eso, en estos últimos meses.

—Ahora, ¿a dónde vamos desde aquí?

—A por mis hermanos —susurré.

—Las grullas. Seis grullas.

Asentí con la cabeza.

—Entonces vamos.

—Espera —dije. Incluso ahora, al verle con el sombrero ligeramente torcido y a punto de caerse de su pelo barrido por el viento, me invadió una oleada involuntaria de calidez—. ¿Vas a besarme o no?

La sorpresa en la cara de Takkan valía más que mil historias.

—Sabes, eres aún más audaz cuando puedes hablar, princesa Shiori.

—Tengo muchos meses que recuperar.

Takkan se rio, pero rozó su nariz con la mía, acercándose de forma tan tentadora que nuestras respiraciones se mezclaron en el aire frío.

Cerré los ojos.

Pero no era nuestro momento.

Un caballo relinchó detrás de los árboles. El semental de Hasege salió disparado, con su pelaje gris salpicado de rojo. Guiya estaba recostada sobre el cuello del caballo, con sus ropas blancas como la nieve desparramadas por la silla de montar. Tenía la trenza deshecha y el pelo enmarañado por las cenizas de las Montañas Sagradas. La habían atacado.

Cuando me vio, sus ojos se volvieron blancos y salvajes.

—Veo que sigues viva —se lamentó—. Eres la plaga, Shiori'anma.

Apenas estaba escuchando. En las garras de Guiya, con las alas juntas, estaba Kiki.

¡Corre, Shiori!, chilló mi pájaro, arqueándose y retorciéndose. *Tus hermanos...*

Guiya cerró el puño, aplastando a Kiki. La arrojó a la nieve y cargó contra ella, con chispas de magia bailando en las yemas de sus dedos. Las cenizas de su pelo giraron en una poderosa corriente, tomando la forma de una espada. Apuntando a mi corazón.

—¡Por las montañas! —gritó Guiya.

Takkan echó mano de su arco, y yo de la daga de la alforja de Almirante.

Pero antes de que ninguno de nosotros pudiera asestar un golpe, las flechas se dispararon desde asaltantes invisibles. Takkan y yo nos pusimos detrás de los árboles para cubrirnos, pero no éramos el objetivo.

Las flechas alcanzaron a Guiya en la espalda, una de ellas le atravesó sin piedad el cuello. Sangre oscura brotó de sus labios. Con un grito estrangulado, se deslizó de su caballo y se hundió en la nieve. Muerta.

Corrí hacia Kiki, levantándola y alisando los pliegues de su cuerpo arrugado. Ella se levantó, agitando sus alas arrugadas.

¡Corre!, gritó. *Ya están aquí.*

Saltando de los árboles, los soldados de lord Yuji cayeron sobre nosotros con gritos amenazantes. En sus garras había seis jaulas.

—¡Mis hermanos!

CAPÍTULO 37

Los picos de mis hermanos estaban atados, y sus alas se agitaban contra los barrotes de bambú. Sus ojos eran lúgubres, más humanos de lo que nunca les había visto como grullas. Me dolía mirar.

Una docena de espadas nos apuntaban a Takkan y a mí. Debían ser más de cien soldados. Cada uno llevaba una máscara de lobo, y una armadura pintada de color blanco caracola, que se confundía con la nieve que cubría los árboles revestidos de musgo.

—Eres difícil de encontrar, princesa Shiori —dijo lord Yuji, haciendo una reverencia—. Iro era posiblemente el último lugar donde esperaba que estuvieras. El destino tiene una forma de hacer las cosas interesantes, ¿verdad?

—Libéralos —ordené en voz baja. El sol se hundía y las sombras tocaban las alas de mis hermanos.

—Su Majestad se preocupó mucho cuando sus hijos desaparecieron —continuó lord Yuji, como si no me hubiera oído. Tenía la sonrisa fácil, una que yo había llegado a odiar—. Cuando vuelva a Gindara, debo informarle que los han encontrado.

La ira se agitó en mi pecho, la magia me calentó la sangre. Las rocas y los guijarros a mis pies se levantaron del suelo, arremolinándose alrededor del dobladillo de mis faldas.

Yuji fingió no darse cuenta.

—Tengo poco interés en dañar a tu padre, si quieres saberlo, princesa. Mientras hablamos, mi ejército asedia Gindara. Confío en que me entregará el palacio a cambio de las vidas de tus seis hermanos. —Reconoció la presencia de Takkan, levantando la barbilla—. El joven de Bushian es sin duda una ventaja inesperada. Su padre pagará con generosidad por la vida de su único hijo.

Ya había esperado bastante. Kiki se lanzó a apuñalar los ojos de Yuji, y yo lancé una andanada de piedras a su ejército mientras Takkan disparaba flechas al traicionero lord. Era lo mismo que haber lanzado flores a los soldados. Un escudo invisible protegía a Yuji y a sus hombres. Cada flecha y cada piedra rebotaban. Kiki volvió a volar hacia mi pelo, asustada.

—Había oído que eres hechicera —mencionó Yuji con una risa baja—. ¿Esto es lo mejor que puedes hacer?

Takkan bajó su arco y acortó la distancia entre nosotros, con su hombro tocando el mío.

—Mira, Shiori —dijo en voz baja—. Alrededor de su cuello.

Entrecerré los ojos ante el amuleto que colgaba del pecho de Yuji. Era de bronce, mucho más liso y apagado que el adorno habitual del acaudalado señor de la guerra, pero había una cabeza de lobo tallada en la superficie. El amuleto parecía temblar contra sus finas ropas, como si la magia que contenía fuera demasiado grande para mantenerla dentro.

—Muéstrate, Lobo —grité.

Del amuleto salió humo, primero un tirabuzón y luego muchas cintas oscuras. Olía a amargura, como a té demasiado hervido, y su niebla espesa y aterciopelada nubló mi visión.

—¡Shiori! —gritó Takkan, metiendo la mano en el humo para sacarme.

Nos aferramos el uno al otro, con Kiki acurrucada en mi pelo. Podía sentir el encanto en acción, un encanto mucho más fuerte que el mío propio. No pude evitar que mi cartera se levantara de mis hombros. Intenté agarrar la correa, pero salió disparada, volando hacia el lado de lord Yuji.

Allí, el humo se acumuló y comenzó a condensarse, solidificándose al fin en la forma del Lobo.

Mis hermanos chillaron, agitando sus alas de forma salvaje. Ya lo habían visto antes.

—Creo que esto es mío —gruñó el Lobo, con mi cartera agarrada con firmeza. Con las yemas de los dedos brillantes, la abrió, y la luz brotó—. Ah, una red de flores estrella. Una pieza de leyenda. Es tan impresionante como esperaba.

Para ser un hechicero, su aspecto no era muy impresionante. Una cortina de pelo liso y ceniciento enmarcaba el estrecho rostro, y la barbilla lucía una larga barba. Los ojos eran amarillos, pero no el amarillo luminoso que tenía mi madrastra cuando usaba su poder. Los suyos eran turbios y líquidos, como los del lobo que había encontrado aquella tarde en Iro.

—Eras tú en la montaña —susurré.

—Es un honor que me reconozcas, princesa. —El lobo cerró la cartera—. Tu madrastra hizo un buen trabajo escondiéndote de mí; ni siquiera sabía que eras tú en Iro. Confío en que hayas disfrutado de esos meses extra que te compró. Le costarán mucho.

—¿Cómo? —pregunté—. No tienes magia en Kiata.

—No la tenía —aceptó—. Pero parece que, con los años, los kiatanos han olvidado que los hechiceros sin magia adoptan su forma más vulnerable. La forma destinada a recordarles que un gran poder tiene un gran costo. ¿Quieres adivinar cuál es la mía?

—Un lobo —dije sin emoción. Su presencia ya resultaba molesta.

Aplaudió.

—Bien hecho. Un lobo era impotente y casi tan simplón como tus queridos hermanos cuando son grullas. Hasta que me encontré con esto.

Sus grandes manos sujetaron el fragmento de la perla de Seryu.

—Si hubiera sabido que llevabas un trozo de perla de dragón dentro de ti, princesa, te habría ahorrado la molestia de ir al monte Rayuna por mí, y perder todos estos meses en la red.

Estaba hirviendo de rabia. Ya era bastante malo que se hubiera hecho pasar por el maestro Tsring y que les hubiera dado la cartera a mis hermanos, ¡que todos esos meses de odio a Raikama y de fabricación de la red hubieran sido parte de un horrible truco para robarle la perla!

Pero oírlo de sus labios complacientes, como si me pidiera *disculpas*, era peor.

La daga de mi cadera se estremeció, y canalicé mi furia y mi odio en ella hasta que voló desde mi costado hasta el corazón del Lobo. El hechicero levantó una mano, y la hoja se detuvo a medio vuelo.

—Cuidado, Shiori'anma. —El Lobo se rio—. La rabia puede ser peligrosa, viniendo de alguien como tú.

Lentamente, la daga giró hasta apuntar a Takkan.

En un movimiento borroso, Takkan la apartó y atacó al Lobo. Fue tan rápido que el hechicero no se esperaba el golpe, pero antes de que pudiera hacer ningún daño real, una fuerza invisible levantó a Takkan en el aire. Una sombra cayó sobre él, y se quedó quieto como una piedra.

—Inútil humano — se burló el Lobo—. Es valiente, lo reconozco. ¿No vas a rogarme que lo libere?

Mis manos se cerraron en puños a mi lado, la única indicación de que estaba furiosa. No, no iba a suplicar. El Lobo no iba a matar a Takkan. Todavía no.

Era un hechicero bajo juramento a Yuji. Y Yuji había dicho expresamente que quería a Takkan vivo. Incluso ahora, podía ver al Lobo que se resistía a su juramento al hombre. Tenía un brazalete de oro en la muñeca, igual que el que el lobo había llevado.

—Basta de teatro —interrumpió lord Yuji—. Date prisa y mata a la chica. Dices que necesitas su sangre mágica; pues bien, te la he traído.

—En efecto, lo has hecho —concedió el Lobo, con una amplia reverencia a Yuji. Soltó a Takkan y tomó su espada. Su hoja ya estaba roja, la sangre de Guiya, supuse, y la sacudió para secarla. Se volvió hacia mí—. Es una pena, todo lo bueno tiene que llegar a su fin. Pero lo primero es lo primero.

—Lo primero es lo primero —repitió alegremente lord Yuji—. ¿Alguna última palabra, Shiori'anma? No es propio de ti estar callada.

Estaba equivocado. Los meses bajo la maldición de mi madrastra me habían enseñado a encontrar fuerza en el silencio. Me habían enseñado a escuchar y a observar. La ira se erizó en mi interior al ver a Takkan colgando en el aire, y el odio espesó mi sangre mientras mis hermanos luchaban en sus jaulas.

—Acaba con ella y llévanos a Gindara de inmediato. El trono de Kiata está esperando.

El Lobo se inclinó.

—Como quieras.

Entonces el hechicero levantó su espada y la clavó profunda en el abdomen de lord Yuji.

—Gracias, *Amo* —apuntó—. Has cumplido tu propósito.

Los ojos del lord se estremecieron cuando sus ricas túnicas se llenaron de sangre espesa y oscura.

—Tú... ...¡estás atado a mí! —graznó—. Tu juramento...

El Lobo sonrió sombrío ante el horror del señor de la guerra.

—Estoy cansado de este juego, que va de amo a amo. —Tiró del amuleto que colgaba del cuello de Yuji—. Es hora de ser mi propio amo.

Entonces sacó la espada, y lord Yuji se derrumbó en el suelo.

De un empujón, el Lobo arrojó a su antiguo amo al río. Observé, atónita, cómo las aguas se llevaban a Yuji. El Lobo acababa de romper su juramento. Había dado su último aliento como hechicero y pronto despertaría como... un demonio.

No tuve tiempo de entender por qué se condenó a sí mismo a ese destino.

La luna estaba saliendo, y las sombras se extendían por el bosque. Mis hermanos ya empezaban a transformarse. Sus miembros se volvieron nervudos y largos, y sus plumas se convirtieron en piel.

Pero esta vez no fueron los únicos que cambiaron. Espirales de humo negro salían del amuleto del Lobo, envolviendo el brazalete dorado de su muñeca. Como un trueno, el brazalete se hizo añicos. Entonces comenzó el verdadero cambio.

La carne del Lobo comenzó a astillarse. Cuando gritó, su voz cambió de hombre a bestia: de un grito a un gruñido. Su estructura humana se convulsionó, los hombros se estiraron y las uñas se hicieron largas, atravesando el humo a intervalos extraños. La piel maduró con el pelaje, los huesos y los músculos se reajustaron en la forma de una bestia.

—Algo no está bien —murmuró Takkan—. Si se está convirtiendo en un demonio, las Montañas Sagradas deberían reclamarlo. No debería seguir aquí.

Estuve de acuerdo en silencio, pero no fue la transformación del Lobo lo que me paralizó. Fue la perla de Seryu.

Las sombras eclipsaban el fragmento, sofocando su luz. Y también estaba empezando a cambiar; se estaba fusionando con el amuleto del Lobo, poseído por su gran y terrible poder. Tenía que ser la razón por la que el Lobo podía resistirse a su llamada a las Montañas Sagradas.

Tenía que quitárselo.

A nuestro alrededor, los aterrorizados soldados de lord Yuji corrieron hacia los árboles. Takkan tomó su arco y disparó hacia la tormenta. Su flecha atravesó la carne del Lobo, solo para disolverse en el polvo.

—Es inútil —grité, enganchándolo por el brazo mientras llamaba a Almirante. Mientras el caballo galopaba hacia nosotros, me apresuré hacia mis hermanos y recogí mi daga caída para abrir sus jaulas.

¡Deprisa, deprisa!, gritó Kiki. *Tenemos que salir de aquí.*

Mis hermanos seguían cambiándose. Unos agudos gritos de agonía les desgarraban la garganta, sus alas se fundían en brazos y sus plumas en tela y piel. Mientras sus ojos se agudizaban con la conciencia, Takkan y yo les pusimos las armas en las manos. La oscuridad que rodeaba al Lobo crecía, se extendía en espiral hacia el bosque, matando todo lo que tocaba. Los soldados se desplomaron, sus cuerpos se convirtieron en polvo cuando el humo se derramó sobre ellos.

—¡Corred! —aullé. Mis seis hermanos, recién llegados a la humanidad, se tambalearon al oír mi grito—. ¡Salid de aquí!

Empujé a Takkan para que los siguiera, pero no quiso irse. No sin mí.

—¿Cómo puedo ayudar?

Solo Takkan podía preguntar eso con tanta calma cuando estábamos a tiro de piedra de un demonio.

—¡Sigue a mis hermanos! Morirás si te quedas.

—¿Y tú?

—Necesito esa perla. Se está fusionando con su amulet…

No llegué a terminar la frase. Takkan giró hacia el Lobo, cargando a ciegas.

¡Demonios de Tambu!, maldijo Kiki. *El chico es aún más imprudente que tú.*

Yo ya corría tras él, con mi alarma aumentando a cada paso.

—¡Takkan!

Apuntó su última flecha al Lobo —a la luz blanca que parpadeaba en su tenue agarre— y la soltó.

La flecha desapareció entre el humo. Todo el bosque pareció quedarse quieto, una capa oscura se asentó sobre los árboles mientras el Lobo completaba su transformación. El momento se prolongó una eternidad antes de que un fragmento de luz saliera de las sombras: la perla de Seryu.

Takkan se inclinó para recogerla justo antes de que el Lobo se lanzara hacia él.

—¡Despierta! —grité, invocando a los árboles para que nos protegieran a ambos. Las ramas se estiraron y se convirtieron en muros, bloqueando las garras del lobo.

El escudo no duraría para siempre.

Rápidamente, agarré a Takkan de la mano, tirando de él hacia arriba. Juntos, saltamos a la espalda de Almirante y corrimos a reunirnos con mis hermanos.

—¿En qué estabas pensando? Podrían haberte matado.

—Las probabilidades de morir eran altas —respondió, recuperando el aliento—. Pero no estaban aseguradas.

Quise abrazarlo.

—Tonto valiente.

—Si así me llamas ahora, en lugar de «ese lord bárbaro de tercer rango» —me pasó la perla de Seryu con una sonrisa—, entonces valió la pena.

A lo largo de la linde del bosque, mis hermanos habían reunido más caballos para ellos y nos gritaban que nos diéramos prisa. Detrás de nosotros, las paredes ramificadas empezaban a desmoronarse. El humo negro se derramaba sobre el Lobo, elevándose en el cielo hacia las montañas.

Dejé escapar un suspiro de alivio. Sin la perla de Seryu, el Lobo no podría resistir su llamada a las Montañas Sagradas durante mucho tiempo. Estábamos a salvo.

Entonces, unas garras invisibles me rodearon el cuello.

—¡Shiori! — gritó Takkan. Me agarró de la mano mientras nuestro caballo se encabritaba y el Lobo empezaba a arrastrarme.

Ríndete, ronroneó el Lobo contra mi oído. *Ríndete, a menos que quieras que muera. A menos que quieras que todos ellos mueran.*

El dolor me pinchó los ojos. Vi que mis hermanos cargaban hacia el Lobo.

—¡No luchéis! —grité mientras la oscuridad rodeaba al demonio—. Os matará.

—No te dejaré ir —dijo Takkan entre dientes—. Vamos, Shiori.

—Tienes que hacerlo. —Me acerqué a Takkan tanto como pude, nuestros labios estaban tan cerca que podía sentir su aliento.

Nuestras frentes se tocaron, y empujé la perla de Seryu contra la mano de Takkan. Lo protegería a él y a mis hermanos. A Kiata también, si no podía derrotar al Lobo.

Luego la solté.

Volé lejos de Takkan, con la risa del Lobo retumbando en mis oídos, tan profunda que hasta los árboles se estremecieron.

Antes de que pudiera parpadear, salimos disparados hacia el cielo, dejando el bosque muy atrás.

Ya no había vuelta atrás: nos uníamos a los demonios en el interior de las Montañas Sagradas.

CAPÍTULO 38

Cayó la noche. El cielo se convirtió en tinta, borrando el sol, y la oscuridad cubrió también el mundo de abajo. No podía decir si volábamos sobre el mar, el bosque o la montaña.

Poco importaba. Sabía a dónde íbamos.

Los dioses habían decretado que todos los demonios fueran prisioneros de las Montañas Sagradas, y ahora que el Lobo se había transformado, no podía resistir su atracción.

Ni yo podía resistir la suya.

Volábamos tan rápido que apenas podía parpadear o respirar, pero cada vez que podía, luchaba con el Lobo, forcejeando para liberarme de su agarre. Kiki le clavó el pico en los ojos mientras yo lo atacaba con mi daga, pero era una batalla perdida. Era humo; no tenía carne que herir ni huesos que romper.

Solo quedaba su amuleto. Ya no era de bronce, sino negro como la obsidiana, con la cara de un lobo todavía grabada en su superficie. Cada vez que intentaba alcanzar el amuleto, el humo se desplazaba para ocultarlo, hasta que prácticamente me ahogaba en mi propia desesperación.

Finalmente, Gindara brilló debajo de mí. Había olvidado lo cerca que estaba mi hogar de las Montañas Sagradas. Contra el manto de la noche, la ciudad estaba iluminada con faroles y antorchas. Pude ver el lago Sagrado, cuyas aguas reflejaban el brillo de la pálida luna. Muy rápido, pasamos el palacio y volamos hacia las estribaciones, acercándonos cada vez más a las montañas.

Una luz brillaba desde el valle y los árboles de abajo. Al igual que nosotros, se movía, serpenteando por el bosque como una serpiente.

—Tu madrastra —indicó el Lobo. Sus garras se enroscaron sobre la cartera de flores estrella y la aferró con alegría—. Su perla es bastante excepcional. Estaré encantado de liberarla de ella, una vez que haya terminado contigo.

—Deberías haber pensado en eso antes —grité—. Mataste a tu maestro, ¿recuerdas? Eres un demonio.

—¿Crees que sería tan descuidado para romper mi juramento? —se burló el Lobo, deleitándose a ojos vistas con lo que él sabía y yo no—. Solo la sangre mágica puede romper el sello de las Montañas Sagradas, lo que significa que solo tú puedes liberar a los miles de personas atrapadas en ellas. —Hizo una pausa para dejar que las palabras calaran mientras el horror se reflejaba en mi rostro—. Sí, así es. He estado esperando todo este tiempo el nacimiento de una nueva sangre mágica. Tú, Shiori. Cuando tu sangre se derrame por las Montañas Sagradas, los demonios desatarán por fin su furia sobre Kiata. Con la perla de tu madrastra en mis manos, seré su rey.

—No —susurré. Con todas mis fuerzas, me lancé contra el Lobo y clavé mi daga en su amuleto, clavando la hoja bien profunda.

Por un momento, sus ojos rojos se ensancharon. Las garras se enroscaron alrededor del amuleto, y su agarre sobre mí vaciló.

Entonces, mi daga chisporroteó, fundiéndose por completo, y el emblema azul anudado de Takkan se agitó contra el viento. Intenté agarrar sus cuerdas, pero mis dedos solo alcanzaron humo.

El Lobo reía y reía.

El miedo me heló el corazón. No me quedaba nada. Ni arma, ni perla de dragón, ni siquiera la red de flores estrella.

Nada más que la ropa que llevaba puesta.

—¡Despertad! —grité. Mis mangas cobraron vida como brazos adicionales, uno de los cuales cubrió los ojos del lobo y otro le arrebató la cartera.

Mientras la red caía en picado en la oscuridad, solté un pequeño suspiro de triunfo. Si no podía salvarme, al menos mantendría la perla de Raikama a salvo del Lobo.

Contuve un grito mientras él se sumergía hacia las montañas, dirigiéndose a la más grande del centro. Nos precipitamos tan rápido hacia su cima nevada que apenas alcancé a ver los siete pájaros de papel que volaban hacia Kiki y hacia mí. Los mismos que Megari había plegado y yo había dado vida.

Llevaban un hilo rojo, que ataron con un nudo alrededor de mi muñeca.

Raikama los invocó para que nos ayudaran, tradujo Kiki a los pájaros. *¡Milagros de Ashmiyu'en! Ella va a salvarnos. Ella...*

Kiki se equivocaba. Nadie podría salvarme.

El humo picó mis fosas nasales, y salí disparada hacia un lado. El Lobo apartó a los pájaros, sus ojos brillantes y rojos, que ardieron en mí mientras la oscuridad consumía mi mundo.

En mi siguiente respiración, estaba dentro de las Montañas Sagradas.

Aterricé con un golpe contra lo que parecía un lecho de flores. No, eso no podía ser.

Pero eran flores. Lotos y orquídeas luna, peonías e incluso los jóvenes capullos de los crisantemos.

Me puse en pie y parpadeé, segura de que era una ilusión. Las alondras cantaban y las cigarras entonaban su sinfonía de verano. Caminé como si estuviera bajo el agua, mis movimientos eran tan pesados que tenía que arrastrar un pie delante del otro.

No tardé muchos pasos en reconocer dónde estaba.

El jardín de tu madrastra, jadeó Kiki y salió de mi manga.

La subí a mi hombro.

—¿Tú también estás aquí? Deberías haberte quedado fuera.

Ya te lo he dicho. Donde tú vas, yo voy. Si tú mueres, yo muero. Me conviene ayudarte a mantenerte con vida. Ahora es cuestión de ingenio, Shiori.

—Ingenio —repetí, girando para observar mi entorno.

Sí, este era el jardín de Raikama, pero los árboles parecían más altos de lo que debían. Y yo… Miré mis pequeños pies en unas sandalias que hacía tiempo que había desechado.

Volvía a ser una niña de siete años, con orquídeas de seda prendidas en mis trenzas y collares de jade y coral colgando del cuello.

No, no era una ilusión. Era un recuerdo.

Llegaron las serpientes. Había cientos, y venían de todas partes. Bajando sigilosas de los árboles de glicinas, se deslizaban por las gruesas ramas, y nadaban por el estanque.

Algunas tenían cuernos y otras tenían garras. Todas tenían ojos rojos como la sangre.

No eran serpientes. Eran demonios.

—Hemos estado esperando mucho tiempo, Shiori —susurraron—. Solo necesitamos probar. Solo probar.

Me quedé helada, como petrificada por sus voces. El Lobo era el primer demonio que había visto en la vida real, pero mis hermanos alguna vez se habían deleitado en aterrorizarme con historias de demonios. Los más poderosos podían robarte el alma con un toque e, incluso, el demonio más débil podía hacerte olvidar tu nombre con tan solo una mirada.

Por no mencionar que eran monstruos. Monstruos sedientos de sangre y de poder.

Y yo era el primer humano que habían visto en siglos.

El hilo rojo atado a mi muñeca me alejó del estanque, como un recordatorio de que debía volver a mis sentidos. Salté, reuniendo mi magia para defenderme. La tela de mis mangas se abrió como si fueran alas, elevándome por encima de los demonios, y navegué sobre la hierba hasta aterrizar junto a la puerta. Estaba abierta y me dispuse a atravesarla.

Pero no era una puerta. Me estrellé contra un muro de roca.

La ilusión que mantenía unido el jardín de Raikama se tambaleó, revelando paredes de granito y una caverna vacía.

No había salida.

El miedo se apoderó de mí cuando los demonios se abalanzaron sobre mis tobillos, siseando y mostrando sus colmillos.

—No encontrarás salida —gruñeron mientras la ilusión del jardín de Raikama volvía a aparecer.

Por un instante, vislumbré sus verdaderas formas. Pieles rojas como el cinabrio o grises como la muerte. Vi los ojos y las cabezas adicionales, los cuernos y las colas y los juegos de garras dentadas. Eran pesadillas que cobraban vida, lo suficiente como para que se me pusiera la piel de gallina.

Excepto por las cadenas.

No había entendido por qué los demonios venían a mí disfrazados, fingiendo ser las serpientes de mi madrastra o incluso los guardias imperiales de la puerta. No hasta que vi que estaban atrapados en el lugar. Atados a las paredes de las montañas, encadenados por decreto de los dioses.

Por eso los demonios te atraen hacia ellos. No pueden venir a ti. Kiki se dio cuenta al mismo tiempo que yo.

Ese era *su* problema, pensaba. El mío era que no tenía salida.

En este escenario, los demonios ganarían. Fácilmente.

Golpeé los puños contra la pared.

—¡Madrastra! —grité—. Ayúdame. Por favor.

Sigue el hilo, Shiori. Te llevará hasta la base de la montaña. En lo alto, los siete pájaros de papel que había enviado Raikama revoloteaban. En sus picos había un largo hilo rojo, el mismo que me habían anudado a la muñeca.

Date prisa, dijo la voz. *Los demonios intentarán atraparte en tus recuerdos, pero no debes perderte. Sigue el hilo. Te espero al final.*

Toqué el nudo rojo de la muñeca, sacando fuerzas de las palabras de Raikama. El hilo me llevaba al estanque, donde las carpas de ojos demoníacos miraban con avidez.

—Aquí vamos, Kiki.

Salté.

En lugar de aterrizar con un chapoteo, caí a través de un techo y aterricé con fuerza en un suelo de madera. Los tablones estaban fríos como el hielo, otra ilusión.

Estaba dentro de palacio, pero no el palacio en el que crecí. Aparecieron habitaciones donde no debían, y deambulé por un laberinto de pasillos con interminables giros y vueltas. Si no fuera por mi hilo, me habría perdido para siempre.

Los demonios me acechaban con viejos recuerdos. Aromas de la sopa de pescado de mi madre, o de mis platos favoritos de la cocina, olvidados hace años. Recuerdos de canciones de cítara que alguna vez me obligaron a aprender, de tutores y criadas que hacía tiempo que se habían ido.

Algunos tomaron la forma de guardias, ministros, incluso de mis hermanos.

—¡Princesa! —gritaban—. Es hora de comer. ¿No quieres venir?

—Shiori, únete a nosotros para una partida de ajedrez. ¿No es así, Hermana?

Deben pensar que eres una idiota para caer en esos trucos, murmuró Kiki mientras yo seguía corriendo. Estuve de acuerdo y los ignoré a todos, centrándome solo en el hilo rojo. Lo seguí, huyendo por las ventanas, saltando dentro de los espejos, incluso lanzándome a través de los biombos de madera. Cada habitación me parecía un nuevo piso en una torre interminable, y tenía que llegar al de abajo.

Finalmente, llegué a la base de la montaña. Me di cuenta porque el hilo se tensó de repente.

—¡Deja de bostezar!

Me giré al oír la voz de Hasho.

Mi hermano menor estaba vestido con sus túnicas ceremoniales. El sombrero le quedaba grande, presumiblemente para ocultar sus ojos de demonio.

—Llegas tarde, Shiori —reprendió—. ¿Qué tienes en la manga?

Me toqué la manga. Llevaba también mis túnicas ceremoniales, la misma chaqueta gruesa que había usado para mi ceremonia de esponsales. Unas zapatillas de raso rosa y una pesada túnica de seda bordada con grullas y crisantemos brillantes. Un ceñidor dorado me rodeaba la cintura.

Este recuerdo era reciente, así que los detalles eran más nítidos. Oí el gemido grave de la madera susurrante bajo mis sandalias, el silbido de los ciruelos y los cerezos meciéndose con el viento de verano, mi repentino anhelo de saltar al lago para escapar del calor. Era tan real que no podía evitar que me doliera el corazón.

Empecé a seguir mi hilo, negándome a caer en la estratagema de los demonios.

Entonces Hasho volvió a hablar:

—Vamos, Hermana —me instó, esta vez con suavidad—. Ya llegas tarde.

Su rostro estaba pletórico, no demacrado como ahora, después de pasar meses como grulla. Sus ojos oscuros bailaban con vida, y un hoyuelo tocaba su mejilla izquierda mientras se reía de mí.

—¿Es tu prometido el que te preocupa?—preguntó—. Lo he visto. No tiene verrugas ni forúnculos. Es guapo, como Benkai. También sonríe a menudo, aunque no tanto como Yotan. Te gustará.

Mi hermano empezó a empujarme hacia las dos grandes puertas que había delante, pero me alejé antes de que pudiera acercarse. Por mucho que se pareciera a Hasho, sabía que no lo era.

—No me toques.

Sus ojos se encendieron como fuego de demonio, y Kiki chilló mientras el demonio Hasho intentaba capturarme. Lo esquivé limpiamente y giré, siguiendo el hilo hacia la sala de audiencias.

Me detuve en la entrada. Las puertas estaban cerradas, a diferencia de todas las que había encontrado en la montaña.

A través del espacio entre ellas, vi que el hilo continuaba, fluyendo hacia una luz más allá de las paredes de la montaña. Supe enseguida que ese resplandor procedía de la perla de Raikama.

¡Está ahí!, exclamó Kiki. *Estamos muy cerca.*

Abrí las puertas, esperando que mil demonios más surgieran de las sombras.

Pero solo había uno. El Lobo.

Estaba sentado en lo que parecía ser el trono más grandioso de mi padre, pulido con laca bermellón y cubierto por un dosel de madera de grullas doradas. A diferencia de los otros demonios, el Lobo no ocultaba su verdadera forma. Se había vuelto más alto, más musculoso y delgado. Tenía la cabeza de un lobo, con orejas puntiagudas y colmillos que salían de su mandíbula, y el pelaje gris le cubría el cuello y las extremidades, pero se comportaba como un hombre.

Llevaba un elaborado conjunto de túnicas de seda, y su chaqueta era un horrible tapiz de dioses moribundos, dragones sangrantes y hechiceros destruidos por la sangre de las estrellas. Un tocado dorado le cubría la cabeza, más magnífico que cualquiera de los de mi padre. Habría parecido ridículo, con los hilos de perlas y las nubes de diamantes, si no fuera por las tres grullas de marfil que colgaban de cada lado de su corona.

Seis en total. Todas ensangrentadas.

Apreté los dientes, observando el hilo rojo que se extendía por su regazo. Su extremo se adentraba en una fisura irregular de la montaña: Raikama tenía que estar fuera.

Una sonrisa se dibujó en el rostro del Lobo al ver que el color se me escapaba. Abrió las garras, y el hilo corrió por su palma como un fino chorro de sangre.

—Un demonio como yo puede robar tu alma con un toque, ¿lo sabías? Te marcaría como mía, quizás incluso te condenaría a vivir como un demonio. Pero tienes suerte, Shiori'anma. Tu sangre es demasiado valiosa para ese destino.

Pasó el hilo por el borde de una afilada uña.

—En lugar de eso, juguemos a un juego, sangre mágica —murmuró—. Alcanza el hilo antes de que te mate.

Ya estaba corriendo.

Su garra se abalanzó sobre mi garganta, pero todo sucedió tan rápido que ni siquiera tuve tiempo de inmutarme.

Aterricé sobre mi estómago, con los dedos atrapando el hilo. Los trozos de papel quedaron a la deriva, alas y picos. ¡Los pájaros de Megari! Habían recibido el impacto del golpe del Lobo.

No esperé. Salté hacia la fisura en la ladera de la montaña. El aire helado se precipitó, picando mi cara. ¡Y la luz! Una luz cegadora y efervescente.

—¡Kiki! —grité de repente, buscando a mi pájaro.

Estoy aquí, estoy aquí. Ella estaba aferrada a mi faja.

Gracias a los grandes dioses. Me preocupaba que el Lobo la hubiera atrapado.

Unas manos frías agarraron las mías, tirando. A través de las grietas de la montaña, pude ver a mi madrastra. Las serpientes la rodeaban, siseando mientras me arrancaba de la montaña. La luz brotó de la perla de su corazón y empecé a salir a duras penas, con los codos clavados en la tierra blanda y luego con las rodillas.

Estaba casi libre cuando el Lobo me agarró el tobillo. Su tacto me hizo sentir un escalofrío adormecedor, y su voz me apareció de repente en la cabeza.

El toque de un demonio tiene un gran poder, ronroneó. *Podría quitarte el alma, Shiori'anma, pero por suerte para ti, tu sangre es más valiosa.*

Me clavó la uña en el talón, arraigándose profundamente, y un grito salió de mis pulmones.

Volví a la montaña, en contra de mi voluntad, con el sabor metálico de mi sangre que perfumaba el aire húmedo.

—¡Shiori! — gritó Raikama. Me tomó por los brazos, el delgado hilo que unía nuestras muñecas parpadeaba bajo la luz de la luna.

Detrás de mí, los demonios clamaban por mi sangre. Pronto nuestras posiciones se intercambiarían. Yo quedaría atrapada para siempre en la montaña, y ellos serían libres.

Con la boca blancuzca por la suciedad y los escombros, me acerqué a Raikama, luchando contra la atracción del Lobo. Que me ayuden, no voy a volver a esa montaña.

En estos últimos meses, nunca había dejado de luchar por mis hermanos. Ahora no podía dejar de luchar por mí misma.

Reuní cada rescoldo de fuerza que tenía. Siempre había tenido una voluntad fuerte, pero ¿un corazón fuerte? Pensé en el dolor que había soportado para trabajar con las ortigas —las espinas punzantes y las hojas afiladas—, en la desesperación de esos largos meses que había trabajado sola en la posada de la señora Dainan, en la agonía de saber que un simple sonido de mis labios sería todo lo que se necesitaba para matar a mis hermanos.

Todo eso lo había superado.

—Y esto también lo superaré —le susurré a la montaña.

Las paredes temblaron, los escombros se derramaron desde alturas invisibles. Las piedras eran pequeñas al principio, meros guijarros que saltaban hacia la hondonada.

Luego crecieron. Los saltos se convirtieron en golpes, y las enormes piedras eclipsaron la luz moteada que brillaba desde el corazón de Raikama fuera de la montaña. Cayeron peñascos. Eran implacables y se precipitaban a la velocidad de mi pulso acelerado. Pronto, los demonios dejaron de gemir y empezaron a chillar.

En medio del alboroto, volví a mirar al Lobo. Sus ojos brillaban como la sangre que me manchaba el tobillo.

—Vamos a jugar a un juego —grité, haciéndome eco de sus palabras anteriores—. Suéltate antes de que te mate.

Mientras hablaba, una lluvia de rocas se desplomó, con un eco en las paredes. Cayeron, golpeando brutalmente contra el Lobo. Me di cuenta de que le dolía, así que ordené que cayeran más. El polvo cubrió el pelaje del Lobo, y la mirada que me dirigió fue tan feroz, tan retorcida de furia, que pensé que la batalla estaba ganada. Entonces, las comisuras de su boca se levantaron y una amplia sonrisa se dibujó en su rostro.

—Que así sea —dijo, levantando la garra de mi carne. Mi sangre empapó su uña, del mismo rojo que sus ojos.

Con un grito feroz, se convirtió en humo y desapareció en la montaña.

Ni siquiera tuve la oportunidad de respirar. Raikama me arrastró a través de la fisura y fuera de la montaña, donde yací jadeando en el aire frío.

La perla brillaba dentro de su pecho, un faro luminoso de magia pura. Parecía más frágil de lo que nunca la había visto, los ojos dorados cansados, los hombros encogidos, la cicatriz de su cara que brillaba a la luz de su perla.

—Tenemos que sellar la montaña. Préstame tu poder, Shiori. Me temo que no tengo suficiente.

Tomé su mano, agarrándola con fuerza. La luz de la perla parpadeó, avasallándonos. Se me aguaron los ojos y los cerré, concentrándome en la montaña. El humo salía por la grieta que había creado Raikama, y mi madrastra apretó la espalda contra la roca para mantener a los demonios dentro.

En una última llamarada, una ráfaga de luz onduló por la cara de la propia montaña. Y luego el silencio. Ya no podía oír el llanto de los demonios. No hubo humo que ondulara.

Cuando terminó, Raikama se desplomó sobre el suelo.

Me dejé caer con ella, y sus serpientes se separaron para hacerme sitio. Se deslizaban por encima de una cartera cubierta de nieve. La misma que yo había dejado caer: la red de flores estrella.

—¿Madrastra? —susurré.

Todavía tenía su mano. La última vez que la había sostenido, había sido una niña pequeña, y mi puñito apenas podía envolver dos de sus dedos. Ahora mi mano era más grande que la suya, mis dedos llenos de cicatrices eran más largos que los suyos, tan suaves. Pero su piel estaba fría, como siempre lo había estado. Cuando era pequeña, me encantaba intentar calentar sus dedos con los míos. Me maravillaba no poder hacerlo.

—Gracias —susurré, arrastrándome para estar más cerca de ella—. Tú... viniste a por mí.

Ella me tocó el tobillo donde el Lobo me había arañado, y la herida se cerró lento, dejando solo una cicatriz rosa torcida.

—¿Recuerdas lo que dijiste cuando nos conocimos? —preguntó.

—No.

—Había dado mis primeros pasos sobre el suelo de Kiata. Llevaba muchas semanas en el barco y estaba cansada. También estaba nerviosa. Pero quería causar una buena impresión. Sobre todo a ti, Shiori. Tu padre me había hablado mucho de ti. Me dijo que tu madre había muerto un año antes y que estabas inconsolable.

El recuerdo, tan lejano como un sueño, volvió con fuerza. No había podido dejar de mirarla —no por su belleza, sino porque su sonrisa había parecido tan incierta, tan nerviosa cuando nos conoció a mis hermanos y a mí—, y cuando llegó el momento de saludarla, hice algo que horrorizó a los ministros de Padre. La abracé.

Por un momento, había brillado, igual que Imurinya.

—¿Eres de la luna? —susurré, recordando ahora.

Eso era lo que le había preguntado.

—No. No vengo de ningún hogar —había respondido Raikama, en un kiatán rebuscado.

—Entonces no conocía sus leyendas —explicaba ahora Raikama—,así que no sabía qué decir.

Durante años, estuve segura de que era de la luna. Luego lo olvidé.

Ahora sabía que era su perla de dragón la que la hacía brillar. Ahora sabía por qué nunca le había gustado la leyenda de Imurinya. Le recordaba demasiado a sí misma.

—¿Tienes hogar ahora?

—Sí —respondió ella—. El hogar es donde no necesito mi luz para sentirme caliente. Está contigo, con tus hermanos y con tu padre.

Respiró de forma entrecortada, tratando de incorporarse sobre los codos. Pero algo le dolía, y no quiso decirme qué.

—Llévanos a casa, Shiori —murmuró—. Llévanos a casa.

CAPÍTULO 39

Incluso con la guía del hilo de Raikama, el viaje a casa duró toda la noche. No era lo bastante fuerte como para llevar a mi madrastra por mi cuenta, y siendo un pájaro de papel, Kiki era de poca ayuda. Usar mi magia para ayudarnos no hacía más que cansarme, así que me coloqué los brazos de mi madrastra sobre los hombros y seguí su ovillo de hilo a través del bosque, un paso pesado cada vez.

—Vuelve a buscarme por la mañana —gimió Raikama cuando me detuve para recuperar el aliento—. No iré a ninguna parte.

Era un chiste desenfadado como los que solía contar cuando yo era pequeña, pero no pude reírme. No. No la dejaría.

Kiki iba a la cabeza, revoloteando por el hilo mientras esperaba impaciente a que la alcanzáramos. Mantenía las distancias con Raikama, pero no dejaba de observarla. Mi madrastra se dio cuenta.

—Vaya pájaro que tienes —reconoció—. Me reconfortó saber que la tenías como compañía cuando te envié lejos.

—Es mi mejor amiga —contesté—. Hemos pasado muchas cosas juntas.

Una larga pausa.

—Siento haberla matado aquella vez. Me arrepiento de muchas cosas, Shiori.

—Lo sé.

Mi madrastra permaneció en silencio el resto del paseo, con los ojos cerrados, el pecho tan quieto que no podía saber si respiraba. Su hermoso rostro era como la porcelana, sin color. No sangraba, pero en el fondo, sabía que su vida se desvanecía. La perla de su corazón brillaba con fuerza, como si intentara recomponerla.

Tal vez esté hibernando, dijo Kiki, notando la arruga de preocupación en mi frente. *Las serpientes hacen eso durante el invierno, ya sabes.*

—Eso espero, Kiki. —Fue todo lo que pude articular—. Eso espero.

Cuando el hilo nos llevó de vuelta al jardín de mi madrastra, ya casi había amanecido. Tenía la frente húmeda de sudor y los hombros doloridos por llevar a Raikama durante horas. La dejé con suavidad debajo de un árbol y llamé a los guardias.

No hubo respuesta.

—¡Guardias!

Raikama me tocó el brazo.

—Están dormidos, Shiori —dijo débil—. Tu padre también.

No entendí.

—Los despertaré.

—No —insistió ella, sin soltarme—. Se despertarán cuando llegue la primavera. Las fuerzas de lord Yuji vinieron a atacar, así que puse a dormir a toda la ciudad. —Hizo una pausa—. Hay buenos hombres en el ejército de Yuji. Hombres leales, que no tuvieron más remedio que seguir a su lord en la batalla. No dejaría que tu país fuera destrozado por un derramamiento de sangre innecesario si pudiera evitarlo.

Me apretó el brazo, las sombras bajo sus ojos delataban lo que debía haberle costado ese hechizo.

—La ciudad estará congelada hasta la primavera. Tú y tus hermanos estaréis a salvo aquí.

—Deja que te ayude.

—Ya lo has hecho —repuso ella—. Tejiendo la red.

Sacudí la cabeza. No lo entendía.

—El Lobo me engañó. La hice para romper la maldición...

—Y así romperás la mía —interrumpió Raikama—. Toma mi perla.

—Pero morirás sin ella.

—Por favor. Me hace daño.

Aun así, dudé. La cartera se sintió repentinamente pesada. Abrí su solapa, la luz de la red de flores estrella se derramó de inmediato al levantarla. Pero no me atreví a extenderla sobre mi madrastra.

Las serpientes se deslizaron hasta los pies de Raikama, frotándose contra ella, cariñosas.

—Las serpientes siempre han sido sensibles a la magia —informó—. Son primas de los dragones, ¿lo sabías?

Asentí en silencio.

—¿Recuerdas el día que entraste en mi jardín para robar una de mis serpientes?

Otro asentimiento. ¿Cómo podría olvidarlo?

—Ellas percibieron tu magia incluso antes que yo. Era poderosa… y peligrosa; muchos la codiciarían. Tenías mucha curiosidad por ellas, Shiori, y por mí. Al principio no me importaba, pero a medida que crecía tu amor, me hacías tan feliz que mi luz empezó a brillar demasiado. Sabía que no podía ocultarte mis secretos para siempre.

Cerré los ojos, recordando las raras ocasiones en que mi madrastra brillaba con esa luz tan radiante y hermosa que me hacía preguntarme de nuevo si era la mismísima dama de la luna. Tarde o temprano, le habría preguntado si era magia.

—Por eso te cerré mi corazón. Enterré tus recuerdos e hice todo lo que pude para mantenerte alejada de la magia, incluso si eso significaba alejarte de mí. —Su respiración se volvió más irregular—. Pero entonces tus poderes salieron a la luz de todos modos, y conociste a ese dragón. Sabía que solo era cuestión de tiempo que alguien más descubriera tu magia.

—Podrías habérmelo dicho. Podrías habérselo dicho a Padre.

—Quería hacerlo —admitió—. Muchas veces estuve a punto, pero tenía miedo de revelar mis propios secretos. De perderte a ti y a tu padre, mi familia. Pero los perdí de todos modos.

Su voz era suave, cada palabra salía de sus labios como si le doliera. Solo con ver sus ojos, vidriosos por las lágrimas que luchaba por contener, estaba dispuesta a perdonarla por todo.

Pero todavía no.

—¿Por qué maldijiste a mis hermanos? —Necesitaba saberlo.

Ella tragó saliva visiblemente, apoyando la cabeza en el árbol.

—Eso no fue del todo obra mía —confesó al fin—. En Tambu, mi afinidad con las serpientes me dio cierto poder, pero eso era más bien una maldición. Era mejor olvidarla. —Bajó los ojos y me pregunté qué oscuro pasado había dejado atrás—. Aquí, mi magia proviene de mi perla. No se parece a ninguna otra, como habrás notado. Oscura y rota, como mi corazón, una vez. —Inhaló profundo—. Aumenta mi poder y obedece mis órdenes, pero no siempre de la manera que deseo.

Levantó su mirada para encontrarse con la mía.

—Quería protegerte del Lobo, Shiori. Pretendía ocultar quién eras y enviarte lejos, al menos hasta que encontrara la forma de enfrentarme a él. Pero cuando les dijiste a tus hermanos que yo era un demonio, me entró el pánico. Traté de hacerles olvidar, pero no pude. Todo lo que sabía era que tenía que protegerlos tanto a ellos como a ti. Convertirlos en grullas fue la forma en que la perla decidió obedecer mis deseos.

Mi voz era un hilo.

—¿Realmente habrían muerto si yo hubiera hablado?

—Sí. La perla no miente.

Su certeza hizo que se me cerrara la garganta.

—¿Pero por qué?

Raikama se retorció las manos.

—Monstruo puedo parecer, pero soy humana como tú, y he cometido mis errores. Uno de ellos fue recurrir a la perla, en especial cuando tenía miedo... —Suspiró y al fin contestó—. La perla toma el destino y lo retuerce a su antojo. Convirtiendo a tus hermanos en grullas, llevándote lejos al norte y obligándote a hacer una red de flores estrella, cruzando tus hilos con el Rey Dragón… todo esto lo ha hecho porque desea volver con su dueño. —Su mandíbula se apretó—. Ese dueño nunca he sido yo.

—Su poder ha sido una carga para ti. —Por fin lo entendí.

Raikama asintió con un leve movimiento de cabeza.

—Libérame de él, Shiori. Por favor.

Luché contra mí misma sobre si debía cumplir o no la petición de mi madrastra. Al final, supe que no podía desobedecerla. No ahora.

Despacio, bajé la red, extendiéndola sobre su cuerpo como si fuera una manta. Se le había puesto la piel de gallina en los brazos desnudos; sus mangas estaban rotas y deshilachadas. Es curioso, había tejido la red de este tamaño con la intención de incapacitarla, no de mantenerla caliente. Pero en ese momento, me alegraba de haberlo hecho.

La red de flores estrella brilló, su trenza de tres magias resplandecía con intensidad alrededor de la perla rota en el pecho de mi madrastra. Las manos de Raikama se apretaron a los lados, con las uñas clavadas en la tierra. Me di cuenta de que estaba conteniendo un grito, y dejó escapar un agudo jadeo cuando la red se hizo más brillante, superando la luz de su perla.

Salió de su corazón como una gota de noche y flotó sobre mis manos abiertas.

La magia oscura que se arremolinaba en el interior de la perla me hipnotizó, igual que cuando la vi por primera vez. Se posó en la palma de mi mano, y su luz se atenuó hasta casi oscurecerse.

Sin la perla, mi madrastra se hundió contra el árbol a su espalda y una sonrisa pacífica se extendió por su rostro. Su pelo se volvió completamente blanco, y las escamas motearon su piel hasta que tuvo rostro de serpiente: su nariz empujada y elevada, y sus pupilas delgadas como rendijas. Sin embargo, parecía estar más cómoda en este cuerpo que con su máscara de belleza y resplandor.

Dejé la perla sobre la cartera, sin querer separarme de mi madrastra.

—¿Me hablarás de la chica que solías ser? ¿Vanna?

—¿Vanna? —repitió Raikama.

—¿No es ese tu nombre, madrastra? Tu verdadero nombre.

—No lo es. —Ella hizo una pausa, su expresión lejana de repente—. Era el de mi hermana.

—¿De tu hermana?

—Sí, tuve una hermana, hace mucho tiempo. Una a la que odiaba más que a nadie, y a la que amaba más que a nadie. Todos me llamaban monstruo, excepto mi Vanna. Ella era tan amable como hermosa. Dorada, la llamaban todos, como la luz dentro de su corazón.

—La perla. —Lo entendí.

Raikama asintió.

—Nació con una perla de dragón en su corazón. Era más una maldición que una bendición, pues atraía a los demonios, así como a los príncipes y reyes. Intenté protegerla de ellos, pero....

Su voz se apagó, pero no había necesidad de terminar la historia.

—Lo siento —susurré.

—Debería haber sido yo —se lamentó Raikama en voz baja—. Yo era un monstruo, Shiori, por dentro y por fuera. Hice cosas terribles, con la esperanza de encontrar una forma de romper la maldición sobre mi cara y parecerme a los demás. Al final, la persona que más quería pagó el precio. Cuando Vanna murió, su perla se enterró en mi corazón para evitar que se rompiera, y cumplió mi deseo más querido, de la forma más cruel. Me dio un nuevo rostro: el de mi *hermana*.

Raikama se tocó las ásperas escamas de la piel.

—Quería morir —declaró con voz ronca—. Ver la cara de Vanna en la mía cada vez que me miraba en el espejo... era más doloroso que ver mi verdadero rostro. —Los dedos se detuvieron en su cicatriz—. No creí que pudiera soportarlo, no hasta que conocí a tu padre. Había perdido a su esposa, a la que amaba más que a la vida misma, y fue amable conmigo. Comprendimos las penas del otro, así que vine con él aquí, para formar parte de su familia.

—Madrastra...

Me tomó la mano. Nuestras muñecas seguían unidas por el hilo rojo, pero su brillo se desvanecía rápido, lo que hizo que de repente me doliera respirar.

—Lo que más lamento es no haber protegido a Vanna —se quejó—. Daría cualquier cosa por cambiar ese momento en el tiempo, pero ni siquiera la magia más poderosa de la tierra puede alterar el pasado. Tú fuiste mi segunda oportunidad, Shiori. Cuando supe que el peligro podría llegar a ti, juré que haría lo que fuera necesario para protegerte. Como no pude proteger a Vanna.

—Lo has hecho —repliqué—. Nos has salvado a todos.

Ella no respondió, pero se enderezó contra el árbol, reuniendo lo que le quedaba de fuerza. Sus escamas captaron el brillo del sol naciente, resplandeciendo como ópalos.

—Ya casi amanece —mencionó—. Es hora de acabar con la maldición de tus hermanos.

—Pero yo... —No pude terminar mis palabras. *No sé tu nombre.*

—Siempre lo has sabido —respondió mi madrastra, como si leyera mis pensamientos—. ¿Cuál era esa canción que solías cantar en la cocina?

Se me desencajó la mandíbula y me quedé mirando.

—Pero... pero eran recuerdos de mi madre.

—No. —Su voz era suave—. Esos recuerdos eran conmigo.

Comenzó a cantar, con una voz grave y triste que no había escuchado en años:

Channari era una niña que vivía junto al mar,
que mantenía el fuego con una cuchara y una olla.
Remover, remover, una sopa para tener piel bonita.
Hervir, hervir a fuego lento, un guiso para tener un pelo
negro y grueso.
¿Pero qué preparaba para tener una sonrisa feliz?
Pasteles, pasteles, con coco y caña de azúcar.

Me tambaleé, sin poder creerlo. Mañanas en la cocina que habíamos robado a nuestros quehaceres, riendo con mi madre mientras me enseñaba a hacer sopa de pescado. ¿Todas ellas con Raikama?

—La echabas tanto de menos que no comías —relató mi madrastra en voz baja—. Llorabas, en silencio, y te negabas a hablar. —Hizo una pausa—. Durante meses, esto siguió así, y tu padre no sabía qué hacer. Era nueva en el palacio y acababa de perder a un ser querido. Hacerte feliz me hizo feliz.

—Usaste tu magia en mí.

—Por poco tiempo —admitió—. Quería darte recuerdos de tu madre. Recuerdos que te hicieran sonreír, incluso cuando llegaste a despreciarme.

Incluso cuando llegaste a despreciarme. La tristeza de su voz me impedía enojarme con ella. Apreté su mano con más fuerza. Era la única madre que había conocido.

—¿Qué significa Channari? —pregunté cuando por fin recuperé la voz.

—Significa «chica con cara de luna» —dijo Raikama, tocando su piel estriada—. Poético, ¿no? Y muy apropiado. Vanna era el sol para mi luna. —Miró las estrellas que se desvanecían—. La veré pronto.

—No —le insistí—. No te vayas.

El amanecer floreció en el cielo, y mi madrastra apartó los ojos del sol. Me soltó la mano.

—Tus hermanos pronto se convertirán en grullas. Evitémosles otro cambio. Terminemos lo que empecé.

Asentí, entumecida, con la cabeza. Entonces, tomando la perla de Raikama en una mano, susurré:

—Channari.

La perla comenzó a girar en mi palma, y su luz envolvió todo mi ser. En su superficie oscura y brillante, pude ver a mis hermanos. Corrían por el bosque, buscándome, gritando:

—¡Shiori, Shiori!

Fue Hasho quien vio primero el amanecer. Los rayos del amanecer se extendían a través de los árboles hasta las extremidades de mis hermanos, que se preparaban para el cambio.

Pero las cintas de luz solar adquirieron la forma de serpientes. Brillaron, envolviendo los brazos de mis hermanos, susurrando con la voz de Raikama.

—Vuestra hermana os ha liberado. Que os vaya bien, hijos de mi marido.

La visión de mis hermanos se desvaneció, y la perla se detuvo, descansando pesada y silenciosa sobre mi palma.

—Y ahora es mi momento —anunció Raikama, soltando mi mano.

—No. Madrastra, tú...

—La magia que hice en las montañas no se mantendrá para siempre —me interrumpió—. Debes ir a un lugar donde los demonios no puedan seguirte, al menos por un tiempo. Allí, harás algo por mí.

Por última vez su voz se volvió imponente, un recordatorio de que era mi madrastra. Pero ya no era la Reina sin Nombre.

—Cualquier cosa.

—Devuelve la perla a su dueño. Esto debes hacerlo antes de que se rompa por completo. El Rey Dragón sabrá de quién hablo.

—Pero él la quiere para sí mismo.

—Sí, y la red te protegerá de su ira, pero solo por un tiempo. No dejes que te engañe, Shiori. La perla será peligrosa en manos de cualquiera que no sea su dueño. Como lo has visto conmigo. —Raikama tragó saliva—. Prométeme que solo se la darás al dragón con la fuerza necesaria para que vuelva a estar entera.

—Lo prometo.

—Bien. —Su voz se volvió distante, llena de arrepentimiento—. Es algo que debería haber hecho hace mucho, mucho tiempo.

Entonces, con mucha ternura, me acarició la mejilla con la mano.

—Diles a tus hermanos que lo siento. Por mis engaños, y por lo que les he hecho pasar.

Inclinó la cabeza contra el árbol.

—Dile a tu padre que le tengo mucho cariño. En mi vida antes de él, conocí poco amor, y mi mayor alegría fue que él me dio una familia que apreciar como propia. Dile que lo siento.

Acarició una lágrima que me resbalaba por la mejilla mientras yo negaba con la cabeza, rogándole que no continuara.

—Y yo te pido perdón a ti, Shiori. Por todo el dolor que te he causado, pero, sobre todo, por decir que nunca serías hija mía. Eres mi hija, no de mi sangre, sino de mi corazón.

No pude contener más las lágrimas.

—Madrastra, por favor…

Las manos, ahora apoyadas en el pecho, se levantaron un poco. No había terminado de hablar.

—Aprende de mis errores —aconsejó, tan suavemente que tuve que acercarme para escuchar—, y aprende de mis alegrías. Rodéate de aquellos que te amarán siempre, a pesar de tus errores y tus defectos. Forma una familia que te encuentre más bella cada día, incluso cuando tu pelo esté blanco por la edad. Sé la luz que haga brillar el farol de alguien. —Un largo suspiro, su pecho cayendo—. ¿Lo harás, hija mía?

Apenas podía asentir con la cabeza, y mucho menos hablar.

—Sí.

—Bien. —Se inclinó hacia atrás, su pelo completamente blanco contra el árbol cubierto de nieve—. Canta conmigo.

Lo intenté, pero mis lágrimas se interpusieron en el camino. La boca me sabía a sal y mi voz estaba tan ronca que me dolía. Pero mientras ella cantaba, yo me unía cuando podía.

Channari era una niña que vivía junto al mar,
que mantenía el fuego con una cuchara y una olla…

Hacia el final, sus dedos se debilitaron. El brillo de sus ojos se desvaneció y nuestra canción se fundió con el viento, sin terminar.

La abracé y lloré.

CAPÍTULO 40

Mis hermanos y yo le ofrecimos a Raikama una pequeña ceremonia privada en su jardín. No hubo procesión, ni ritos oficiales en los que se la honrara entre nuestros antepasados y se le dieran ofrendas de dinero y comida. Incluso si el palacio hubiera estado despierto, no creo que ella hubiera querido un gran funeral. Lo único que habría deseado era que Padre estuviera allí. Cuando terminó, Takkan me devolvió la perla de Seryu. Hice una pequeña red para mantenerla en su sitio, la anudé a un cordón y la llevé al cuello. Sin decir nada, desaparecí en mi habitación.

La habitación ya no me parecía mía. Nada había cambiado: ni el orden de mis libros en la estantería ni el conjunto de horquillas y pendientes sobre mis joyeros lacados, ni siquiera la disposición de mis almohadas de seda.

Solo yo había cambiado. De forma inconmensurable.

Lo primero que hice fue rebuscar un tesoro largamente olvidado. Era una caja cubierta de brocado rojo, escondida en lo profundo del fondo de un cajón bajo montones de talismanes y amuletos, una década de deseos.

Las cartas de Takkan.

Las leí una y otra vez, riendo y llorando con sus historias, que llenaban mi corazón y me dolía al mismo tiempo. Muchas de ellas hablaban de él cuando era niño y trataba de disciplinar a su enérgica hermana, pero a menudo acababa participando en sus aventuras. Me hicieron echar de menos a Megari, a Iro y, sobre todo, a Takkan.

Leí hasta que mi visión estaba tan nublada que las palabras se convertían en borrones de tinta. Pero no pude dormir, no hasta que coloqué la perla de Raikama en mi almohada y la red de flores estrella en la mesa junto a mi cama. Eso, de alguna manera, fue suficiente para asegurarme de que el último medio año no había sido un sueño del que pudiera despertar sin más. Que mis cicatrices, por dentro y por fuera, eran reales. Que tenía promesas que debía cumplir.

Finalmente me dormí, sucumbiendo a un vacío sin sueños que, según me contaron mis hermanos, duró tres días enteros. Las serpientes rondaban mi cama y las acogí. Ya no les tenía miedo. Al fin y al cabo, solo lloraban a su madre, igual que yo.

No supe qué hicieron mis hermanos mientras dormía, pero cuando me desperté, había un montón de espadas fuera de los muros de palacio, incautadas a todos los soldados del ejército de lord Yuji. Takkan y mis hermanos las habían reunido, y ahora las armas se encontraban en el patio fuera de los aposentos que mis hermanos y yo compartíamos, apiñadas en un estrecho círculo, como si hubieran sido amigas durante años.

No había visto a Takkan desde que el Lobo me había llevado a las Montañas Sagradas. Sin embargo, a veces, cuando estaba medio despierta, me parecía oír su voz, contándome historias. Leyendo sus cartas en voz alta.

Se dio cuenta de mi presencia antes que mis hermanos y se puso en pie. Verlo hizo que una chispa de calor floreciera dentro de mí, pero no pude sonreír para él. Probablemente pensó que este era el comienzo de nuestro futuro… solo que yo no estaba aquí para quedarme.

Levanté la perla de Raikama. También la de Seryu, que llevaba al cuello.

—Me voy al mar de Taijin. A Ai'long, el reino de los dragones.

Las olas rodaban por la playa, el agua brillaba como la nieve recién caída. Una y otra vez, con un ritmo perpetuo, las olas crecían y caían, bañaban la orilla y luego se retiraban, como lo habían hecho mucho antes de que yo naciera, y seguirían haciéndolo mucho después de que me fuera.

Takkan y mis hermanos, que venían por detrás, redujeron el espacio que nos separaba, pero yo no estaba preparada para empezar a despedirme. No estaba preparada para irme, cuando acababa de llegar a casa.

—Todavía me quedan unos minutos —les murmuré mientras observaba el sol. Solo se había levantado a mitad de camino sobre el horizonte, arrojando un resplandor bruñido sobre el mar de Taijin. Bajo su luz, el agua parecía más dorada que nevada, con rastros de violeta de la noche moribunda y gotas de escarlata del envejecido amanecer. La vista, bella de una forma anormal, hizo que mi cartera se sintiera más pesada. La perla de Raikama estaba dentro, en su nido de flores estrella.

—¿Seguro que no quieres esperar a Padre? —preguntó Hasho.

—Será mejor si no lo hago.

Pasarían semanas antes de que Padre y el resto de Gindara se despertaran. Además, no sabía cómo decirle a Padre la verdad. Que yo era la sangre mágica de Kiata. Que yo era una grieta en las costuras que los dioses habían cosido para mantener la magia fuera de nuestro país para siempre.

—Padre ya estará bastante angustiado —añadí. Tragué saliva con fuerza, imaginando su reacción ante la muerte de Raikama—. Volveré muy pronto.

En cuanto las palabras salieron de mis labios, deseé poder retirarlas. Ni siquiera le había dicho a Seryu que no le iba a dar la perla a su abuelo. El Rey Dragón no estaría contento, eso era seguro. Bueno, con o sin la ayuda de Seryu, cumpliría mi promesa a Raikama. Encontraría al verdadero dueño de la perla.

Kiki se cernió sobre mí mientras me quitaba los zapatos, dejándolos en la orilla.

¿Crees que podré nadar tan bien como volar?, preguntó. *Quizá Seryu pueda darme aletas.*

No respondí. La arena bajo mis pies estaba húmeda y fría, y me estremecí cuando el mar me llegó a los tobillos.

Había una última cosa que hacer antes de entrar. Hasho me trajo una caja de teca, una madera autóctona de Tambu, envuelta en una de las batas de brocado de Raikama. Cada uno de los siete habíamos colocado un trocito de nosotros mismos en la caja: Andahai, una joya de una de sus coronas; Benkai, una flecha; Reiji, una pieza de ajedrez; Wandei, su libro favorito; Yotan, un pincel; Hasho, una pluma; y yo, siete pájaros de papel.

Raikama no estaría sola cuando volviera a las islas Tambu.

Con cuidado, envolví la caja con una hebra del hilo rojo que mi madrastra siempre había utilizado para encontrar el camino a casa.

—Reúnela con su hermana —le susurré a la caja antes de colocarla sobre una suave corriente. En silencio, la vi flotar hasta que desapareció más allá de mi vista.

Uno tras otro, mis hermanos me abrazaron. Hasho fue el que más tiempo me abrazó y me susurró.

—No te alejes demasiado, hermana. Te echaremos de menos.

El último fue Takkan.

Tenía arena por toda la túnica, y su pelo no dejaba de azotarle las mejillas, pero nunca me había parecido más digno —o querido— que en ese momento. Se inclinó, manteniendo una distancia respetuosa.

—Mis hermanos no te van a meter en el calabozo por darme un abrazo —bromeé.

—Lo sé —admitió en voz baja—. Solo me preocupa que no quiera dejarte ir.

Me lancé entonces a sus brazos, enterrando mi cabeza bajo su barbilla.

Me acarició el pelo.

—Quiero ir contigo.

—No puedes. —Levanté la vista, sabiendo por sus labios apretados que deseaba una respuesta diferente—. Me gustaría que pudieras. No te preocupes, estaré en buenas manos.

—Si las leyendas que he oído sobre los dragones son ciertas, tengo motivos para dudar de ello. —Takkan me miró a los ojos, los suyos sin vacilar—. Pero sé que puedes cuidar de ti misma, Shiori. Mejor que nadie. Te esperaré.

Le tomé las manos. No estaba segura de cuándo volvería a verlo. Se decía que el tiempo pasaba de forma diferente en el reino submarino que en este mundo. Podrían pasar años antes de que lo volviera a ver. ¿Serán las cosas iguales entre nosotros cuando regrese?

¿*Si* volvía?

Aparté ese pensamiento de mi mente y pude esbozar una sonrisa.

—Mantén a mis hermanos lejos de los problemas.

—Creo recordar que tú eras la que daba problemas, Shiori. No ellos.

Mi sonrisa se hizo real y comencé a volverme hacia el mar, pero Takkan no había terminado.

—Llévate esto. —Me pasó su cuaderno de dibujo. Era el mismo que tenía en la Posada del Gorrión, con las páginas manchadas de carbón, que olía a sopa.

—¿Más cartas?

—Algo mejor —prometió—. Para que no me olvides.

Toqué mi frente con la suya y apreté mis labios contra su mejilla, sin importarme si mis hermanos me veían.

—Nuestros destinos están unidos —afirmé con ternura—. ¿Cómo podría olvidarte?

Las mareas cobraron fuerza. Una cola verde brilló entre la espuma del mar, y Seryu emergió en su forma humana.

Susurré un adiós a Takkan y me separé de su lado. Cuando entré en el agua y mis pies se hundieron en la arena, Kiki se precipitó tras de mí. Revoloteó frente a mi nariz.

¡No me digas que tampoco me vas a llevar contigo!, gritó, sonando traicionada.

—Claro que sí —respondí—. Donde yo voy, tú vas, ¿recuerdas?

Algo apaciguada, Kiki se subió a mi hombro.

Bueno, dilo la próxima vez.

Mis hermanos saludaban al dragón. Se reconocieron mutuamente con asentimientos de cabeza, y Takkan también inclinó la cabeza.

Medio esperaba que Seryu se presentara como siempre hacía, enumerando sus títulos y haciendo saber a todos que era el nieto del Rey Dragón. Pero se limitó a mirar a Takkan, con sus cejas plumosas retorciéndose en un nudo insondable.

—¿Hay realmente un reino bajo el mar? —preguntó Yotan, moviendo los dedos de los pies en la arena mientras las olas se precipitaban hacia él.

—El reino más hermoso del mundo —respondió Seryu—. Hace que Gindara parezca un viejo pueblo decrépito.

—Cuidado, dragón —advirtió Benkai—. Te olvidas de que estás en tierra. Y hablando con los príncipes de Kiata.

—Oh, soy muy consciente de ambas cosas —replicó Seryu escuetamente. No contestó a más preguntas—. ¿Estás lista, Shiori?

Me subí las faldas y me adentré en el agua.

—Sí.

Kiki envolvió las alas bajo mi cuello.

Prométeme, Shiori. Si me empapo demasiado, no me traerás de vuelta en forma de pez.

Me reí, pellizcándole el pico.

—Te lo prometo.

Seryu extendió la mano, abriendo las garras.

—Aguanta la respiración. El agua salada pica la nariz, o eso me han dicho.

Eché una última mirada a Takkan y a mis hermanos. Mi corazón estaba con ellos, sin importar a dónde fuera. No importaba lo diferentes que fueran las cosas cuando volviera.

Inspiré y contuve la respiración. Sería la última vez que respiraría en mucho tiempo.

Entonces, de la mano de un dragón, salté al mar de Taijin.

En las profundidades de las Montañas Sagradas, el Lobo merodeaba en busca de una salida. Los otros ya lo habían intentado, pero estaban encadenados.

Él ya no lo estaba.

Los demonios se quejaban de que todo había sido en vano, pero el Lobo no escuchaba. Porque en su garra había una preciosa mancha de la sangre de la chica.

La raspó contra la montaña, pintando de rojo sus blancas venas.

La montaña empezó a cantar, se formaron las más diminutas grietas y las sombras se desprendieron de su interior. Los demonios se reunieron, sedientos de venganza, hambrientos de ruina.

Él los alimentaría. Pronto.

Como hechicero, tenía cientos de nombres, tal vez incluso mil. Pero ya no era un encantador. Ahora era un demonio, y solo necesitaba un nombre.

Bandur.

AGRADECIMIENTOS

Mi gratitud a Gina, mi agente, que ya me ha guiado en el lanzamiento de cinco libros, y cuya sabiduría sobre la edición, la escritura y la vida nunca deja de sorprenderme. A Katherine, mi editora, por pensar que había algo especial en *Seis grullas*, y cuyo genio hizo que la historia de Shiori brillara más de lo que yo podría haber imaginado. A Alex y Lili, mis publicistas, por su dedicación y alegría, y por ir siempre más allá para dar a conocer mi trabajo.

A Gianna, Melanie, Alison y al maravilloso equipo de Knopf Books for Young Readers, por su apoyo a *Seis grullas* desde el primer día. Gracias por ayudarme a crear este hermoso libro, por dentro y por fuera. A Tran, por otra portada suntuosa e impresionante, y por hacer que Shiori y Kiki cobren vida. Ha sido un honor trabajar contigo en tres libros, y espero que estemos apenas en los inicios de nuestro trabajo en colaboración.

A Alix, por el *lettering* épico y magnífico que aporta tanto carácter a la historia.

A Virginia, por el impresionante mapa de Kiata. Estoy enamorada del dragón, de las grullas voladoras, del conejo en la luna.

Gracias por visualizar el mundo de Lor'yan, en constante expansión, de una manera que seguramente despertará la imaginación de los lectores.

A Leslie y Doug, los compañeros de crítica más perspicaces que una chica podría pedir, que han leído innumerables borradores y manuscritos archivados, y siempre dan los consejos que necesito escuchar.

A Amaris, Diana y Eva, por ser mis más antiguas y queridas amigas y por leer mi libro a pesar de sus ocupadas vidas. Siempre puedo contar con sus opiniones sinceras y constructivas, que valen más que el oro.

A Lauren y Bess, por leer el primer borrador de los primeros capítulos de *Seis grullas*, y por darme el aliento para seguir adelante.

A Anissa, por ser una defensora de la historia de Shiori desde el principio y por las innumerables conversaciones sobre arte y anime.

A mis suegros, por visitarme desde el otro lado del mundo y ayudarme como niñeros mientras escribía y escribía, y por cocinar el más increíble cerdo asado. También sigo pensando en esos fideos con gambas al ajillo.

A mis padres, que me dejaban leer a gusto cuando era niña. Gracias por llenar mi cabeza y mi corazón de historias, y por animarme a hacerlas crecer a mi manera. Y, mamá, gracias por enseñarme a hacer sopa y a hornear pasteles.

A Victoria, por darme siempre su opinión sobre el romance (siempre «¡más!»), y por inspirar a las jóvenes fuertes sobre las que escribo y a las que admiro.

A Adrián, que lee y edita sin descanso cada uno de mis libros, que cocina para los niños y no se queja cuando me levanto en mitad de la noche para garabatear una nueva idea, y que se ríe conmigo cuando le envío mensajes de texto para pedirle su opinión, aunque estemos a una habitación de distancia. Te amo, siempre.

A mis hijas, ahora son dos. Me alegran los días más duros y me recuerdan por qué vale la pena compartir historias. Este libro es para ustedes.

Por último, como siempre, a mis lectores. Gracias por continuar este viaje conmigo y por leer hasta aquí. Espero que la historia de Shiori haya traído algo de luz a sus vidas y haya encontrado un lugar en su corazón.